MIRA®

Der Preis dieses Bandes versteht sich einschließlich
der gesetzlichen Mehrwertsteuer.

*Umwelthinweis:*
Dieses Buch wurde auf chlor- und säurefreiem Papier gedruckt.

# Riskante Affären

MIRA®

MIRA® TASCHENBUCH
Band 25233
3. Auflage: August 2007

MIRA® TASCHENBÜCHER
erscheinen in der Cora Verlag GmbH & Co. KG,
Valentinskamp 24, 20350 Hamburg
Deutsche Taschenbucherstausgabe

Titel der nordamerikanischen Originalausgaben:
Diamond Bay / Heartbreaker

erschienen bei: Silhouette Books, Toronto
Published by arrangement with
HARLEQUIN ENTERPRISES II B.V./S.àr.l.

Konzeption/Reihengestaltung: fredebold&partner gmbh, Köln
Umschlaggestaltung: pecher und soiron, Köln
Redaktion: Stefanie Kruschandl
Titelabbildung: Getty Images, München
Autorenfoto: © by Harlequin Enterprise S.A., Schweiz
Satz: Buch-Werkstatt GmbH, Bad Aibling
Druck und Bindearbeiten: Ebner & Spiegel, Ulm
Printed in Germany
ISBN 978-3-89941-350-2

www.mira-taschenbuch.de

*Linda Howard*

# Das einsame Strandhaus

Roman

Aus dem Amerikanischen von
Roy Gottwald

MIRA®

## *1. KAPITEL*

Die strahlende, goldene Sonne brannte ihm immer noch heiß auf der Haut, auf seiner nackten Brust und den langen Beinen, obwohl es schon auf den Abend zuging. Er starrte gebannt auf die in den länger werdenden Strahlen aufblitzenden Wellenkronen. Es war weniger das schimmernde Wasser, das ihn so faszinierte, als vielmehr die Tatsache, nichts Wichtigeres zu tun zu haben, als bloß daraufzuschauen.

Einen wundervollen, ganzen Monat konnte er sich in der Einsamkeit entspannen und er selbst sein. Konnte fischen, wenn ihm der Sinn danach stand, oder in den warmen, faszinierenden Gewässern des Golfs herumfahren, falls die Ruhelosigkeit ihn überkam. Wasser übte eine ungeahnte Anziehungskraft auf ihn aus. Das Gewässer hier war mitternachtsblau, dort leuchtend türkis, weiter hinten schimmerte es in blassen, hellgrünen Tönen.

Er hatte genügend Geld für Benzin und Proviant, und nur zwei Menschen auf der Welt wussten, wo er sich befand und wie man ihn erreichen konnte. Am Ende dieses Ferienmonats würde er in die von ihm gewählte, graue Welt zurückkehren und wieder Teil ihrer Schatten werden. Jetzt jedoch konnte er in der Sonne liegen, und mehr wollte er nicht.

Kevin Sabin war müde. Er hatte den endlosen Kampf, die Geheimnistuerei und die Machenschaften, die Gefahren und Täuschungen seiner Arbeit satt. Sein Job war von lebenswichtiger Bedeutung, doch in diesem Monat konnte ein anderer ihn ausführen. Dieser Monat gehörte ihm. Jetzt konnte er verstehen, was seinen alten Freund Grant Sullivan, den besten Agenten, den er je hatte, in die geheimnisvolle Stille von Tennessees Bergwelt gezogen hatte.

Kevin selbst war ein Topagent gewesen, ein legendärer Name, zuerst im Goldenen Dreieck, später dann im Mittleren Osten und in Südamerika, an allen Krisenorten der Welt.

Jetzt war er als Abteilungsleiter tätig, die graue Eminenz hinter einer Gruppe von erstklassigen Agenten, die seinen Anweisungen und Befehlen gehorchten. Man wusste wenig über ihn. Die ihn umgebenen Sicherheitsmaßnahmen waren so gut wie undurchlässig. Kevin hatte es lieber so. Er war ein Einzelgänger, ein verschlossener Mensch, der den Realitäten des Lebens mit Zynismus und Sachlichkeit gegenüberstand. Er kannte die Gefahren und Rückschläge nur zu gut, die seine von ihm eingeschlagene Laufbahn mit sich brachte. Er wusste, wie schmutzig und niederträchtig dieses Geschäft sein konnte, aber er war Realist und hatte sich, als er sich für diese Arbeit entschied, damit abgefunden.

Und dennoch ging es ihm manchmal auf die Nerven, und er ergriff die Flucht, um eine Zeit lang wie ein normaler Sterblicher zu leben. Dann zog er sich auf seinen speziell für ihn gebauten Kabinenkreuzer zurück. Wie alles, was ihn betraf, standen auch seine Ferien unter höchster Geheimhaltungsstufe, doch die Tage und Nächte auf See gaben ihm wieder das Gefühl, ein Mensch zu sein, und waren der einzige Zeitpunkt, wo er sich entspannen und nachdenken konnte, wo er nackt in der Sonne lag und sich wieder auf sich selbst besann, in der Nacht zu den Sternen hochschaute und mit sich ins Reine kam.

Mit einem klagenden Schrei segelte eine Möwe über ihm dahin. Kevin sah ihr nach, wie sie schrie und ungebunden im wolkenlosen Blau des Himmels davonflog. Der leichte, vom

Meer kommende Wind strich sacht über seine nackte Haut, und vor Wohlbehagen trat ein seltener, lächelnder Ausdruck in seine Augen. Er hatte etwas Ungezähmtes und Wildes an sich, das er normalerweise sehr beherrscht zurückhielt, doch hier draußen, wo es nur die Sonne, den Wind und das Wasser gab, musste er diesen Teil seines Wesens nicht länger unterdrücken. Sich in dieser Umgebung etwas anzuziehen, war fast wie ein Sakrileg, und Kevin widerstrebte es immer, in irgendwelche Kleidung schlüpfen zu müssen, sobald er einen Hafen für neues Benzin aufzusuchen hatte, oder wenn ein anderes Boot längsseits kam, dessen Besatzung, wie es hier häufig der Fall war, gern ein Schwätzchen halten wollte.

Die Sonne stand jetzt noch tiefer und tauchte ihren goldenen Rand in das Wasser, als er plötzlich das Geräusch eines anderen Motors vernahm. Er drehte den Kopf und sah einen Kabinenkreuzer, der etwas größer als sein eigener war, gemächlich durch die Wellen auf sich zukommen.

Kevin hielt den Blick auf das Boot gerichtet und bewunderte dessen schnittige Linie und das gleichmäßige, kraftvolle Geräusch des Motors. Er liebte Boote, und er liebte die See.

Sein eigenes Schiff war ein wohlbehüteter Schatz und obendrein ein gut bewahrtes Geheimnis. Niemand wusste, dass es ihm gehörte. Es war auf den Namen eines Versicherungsvertreters aus New Orleans zugelassen, der von Kevin Sabins Existenz nicht die geringste Ahnung hatte. Selbst der Name des Schiffes, Wanda, besaß keine Bedeutung. Kevin kannte niemanden mit diesem Namen, er hatte ihn sich einfach so ausgedacht. Doch die „Wanda“ war ganz sein Eigentum, mit ihren Geheimnissen und Überraschungen. Jeder, der ihn wirklich kannte, hätte auch nichts anderes von ihm erwartet, doch nur ein einziger Mensch auf der Welt hatte je den Mann hinter der Maske kennengelernt, und Grant Sullivan verriet kein Geheimnis.

Das Geräusch des anderen Schiffsmotors veränderte sich, als das Boot die Fahrt verlangsamte und die Richtung auf Kevin einschlug. Verärgert schimpfte er los und sah sich nach den ausgeblichenen, abgeschnittenen Jeansshorts um, die er für solche Gelegenheiten gewöhnlich an Deck hatte.

Der Klang einer Stimme drang über das Wasser zu ihm, und wieder sah er zu dem anderen Boot hinüber. An der vorderen Reling stand eine Frau, die mit erhobenem Arm gemächlich zu ihm herüberwinkte. Es wirkte nicht dringlich, wahrscheinlich hatte man dort kein Problem und war nur auf einen kleinen Schwatz aus. Die untergehende Sonne spiegelte sich auf dem roten Haar der Frau wider und ließ es wie eine flammende Lohe wirken. Dieser ungewöhnlich glühende, rote Ton erregte Kevins Aufmerksamkeit, und er starrte ihn einen Moment lang gebannt an.

Während er schnell in seine Shorts schlüpfte und den Reißverschluss zuzog, runzelte er die Stirn. Das Boot war noch zu weit von ihm entfernt, um das Gesicht der Frau erkennen zu können, doch das rote Haar hatte eine verborgene Erinnerung ausgelöst, die erst noch deutlichere Formen annehmen musste. In seine schwarzbraunen Augen trat ein Ausdruck gespanntester Aufmerksamkeit, als er ihr und dem sich langsam nähernden Boot entgegenblickte. Irgendetwas war doch mit diesem Haar gewesen …

Plötzlich waren Kevins sämtliche Sinne hellwach, und er warf sich flach auf das Deck, ohne lange über das eigenartige Gefühl nachzudenken, das ihn befallen hatte. Seine schnelle Reaktionsfähigkeit hatte ihm schon oft genug das Leben gerettet. Er presste sich eng an die von der Sonne erwärmten Planken. Vielleicht machte er jetzt einen Narren aus sich, aber er war lieber ein lebender Narr als ein toter weiser Mann. Das Geräusch des anderen Motors erstarb, so als hätte das Schiff seine Fahrt noch mehr verlangsamt, und Kevin fasste rasch einen anderen Entschluss. Immer noch auf dem Bauch liegend, kroch er, während ihm der Geruch des Firnis in die Nase stieg und das Holz ihm über die nackte Haut schrammte, zu seinem Lagerraum hinüber.

Er fuhr nie irgendwohin, ohne ein Mittel zu seiner Verteidigung bei sich zu haben. Jetzt zog er ein leistungsstarkes und zielgenaues Gewehr aus dem Lagerraum hervor, obwohl er wusste, es würde ihm nur kurzfristig als Abschreckungsmittel dienen können. Falls seine Instinkte ihn getäuscht haben sollten, dann hätte er gar keine Verwendung dafür. Falls er aber recht behielt, dann verfügten die Leute auf dem anderen Boot über ganz andere Schussmittel als nur einem Gewehr dieser Art, denn dann hätten sie sich auf diesen Zwischenfall sorgsam vorbereitet.

Leise vor sich hin fluchend, kontrollierte Kevin, ob das Gewehr automatisch schussbereit war, und kroch wieder zur Reling zurück. Ruhig ging er in Deckung, brachte den Gewehrlauf in Sichtweite und hob gerade soweit den Kopf, um das andere Schiff sehen zu können. Es näherte sich ihm noch immer und war nur noch weniger als hundert Meter entfernt.

„Das ist nahe genug!“, schrie er, obwohl er nicht wusste, ob seine Stimme laut genug über den Motorenlärm dringen würde. Doch das war eigentlich auch unwichtig, solange man da drüben mitbekam, dass er etwas gerufen hatte.

Das Boot wurde noch langsamer und trieb jetzt nur etwa fünfundsiebzig Meter von ihm entfernt im Wasser. Plötzlich schienen aus allen Ecken Leute aufzutauchen, und keiner von ihnen machte den üblichen Eindruck eines Fischers aus dem Golf oder eines Vergnügungsfahrers, da jeder bewaffnet war, selbst die rothaarige Frau. Kevin musterte sie schnell, und sein gutgeschulter Blick nahm alle Einzelheiten an Größen und Formen auf. Es war ihm möglich, die Waffentypen ohne großes Nachdenken zu identifizieren, weil er mit allen so lange vertraut war. So achtete er mehr auf die Menschen, und sein Blick glitt immer wieder zu einem Mann zurück. Selbst auf diese Entfernung und trotz des Umstandes, dass er hinter den anderen stand, kam Kevin etwas an dieser Gestalt vertraut vor, ähnlich, wie es ihm bei der Frau gegangen war.

Es bestand kein Zweifel mehr. Wie immer in kritischen Situationen, überkam ihn eine eisige, tödliche Ruhe. Er verschwendete keine Zeit damit, darüber nachzudenken, wie groß die Übermacht war, sondern überlegte in Sekundenschnelle, welche Möglichkeiten ihm blieben.

Ein flacher Knall zerriss die Dämmerung – das Geräusch eines über das Wasser abgefeuerten Gewehrschusses. Kevin nahm den schwachen, warmen Druck der über seinen Kopf durch die Luft fliegenden Kugel wahr, die gleich darauf hinter ihm in das Holz der Kabine einschlug. Mit kühler Routine zielte er und feuerte los und zog im selben Augenblick rasch den Kopf ein. Es hätte des unwillkürlich scharfen Aufschreis, der zu ihm herüberdrang, nicht bedurft, um ihm zu sagen, dass er sein Ziel nicht verfehlt hatte. Im Gegenteil, er wäre überrascht und wütend auf sich gewesen, falls er danebengeschossen hätte.

„Sabin!" Der Ruf einer durch einen Verstärker klingenden Stimme tönte blechern über die Meeresoberfläche. „Sie wissen. Sie haben keine Chance! Ergeben Sie sich!"

Mit diesem Angebot hatte Kevin gerechnet. Seine größte Chance bestand darin, sich mit dem Boot auf und davon zu machen, denn die Geschwindigkeit der „Wanda" war eines ihrer herausstechendsten Merkmale. Aber um das tun zu können, hätte er an das Schaltbrett in der Führerkabine kommen müssen. Das hätte bedeutet, sich beim Hinaufsteigen über die Leiter dem gegnerischen Feuer auszusetzen.

Kevin wog die Lage ab und fand, er habe eine fünfzig zu fünfzig Chance, den Führerstand zu erreichen, vielleicht sogar etwas weniger, je nachdem, wie überrascht die andere Seite auf seinen Schachzug reagieren würde. Andererseits hatte er überhaupt keine Chance, wenn er nur einfach dasitzen blieb und versuchte, die Meute mit einem einzigen Gewehr abzuhalten. Zwar verfügte er über genügend Munition, aber die anderen würden mehr davon haben.

Sich zu bewegen, war ein Risiko, das er eingehen musste. Also verschwendete er keinen weiteren Gedanken mehr an seine sich verschlechternden Chancen. Er holte tief Luft, hielt den Atem an, atmete sehr langsam aus und spannte jeden Muskel zum Sprung an. Mit dem ersten Satz musste er soweit wie möglich die Leiter hinaufkommen. Er schloss seine Finger fest um das Gewehr, holte noch einmal tief Luft und sprang ab.

Noch in der Bewegung zog er den Abzug. Das Automatikfeuer brachte die Waffe in seiner Hand zum Schwanken und zwang jeden auf dem anderen Boot, sofort in Deckung zu gehen. Mit der ausgestreckten rechten Hand griff er nach der obersten Leitersprosse, und seine nackten Füße berührten kaum die Stufen, als er sich hochschwang. Aus dem Augenwinkel nahm er im Moment, wo er sich auf das Oberdeck schwang, das Mündungsfeuer von Schüssen wahr, und zwei brennend heiße Einschläge trafen seinen Körper mit aller Wucht. Nur durch seinen Schwung und seine Willenskraft schaffte er es, auf dem Deck anzukommen und nicht wieder auf das Unterdeck herabzustürzen. Ihm wurde schwarz vor Augen, und er verlor fast die Sicht. Das Geräusch seines eigenen Atems dröhnte ihm in den Ohren.

Kevin ließ das Gewehr fallen. „Verdammt!", stieß er wütend aus. Er holte tief Atem, zwang sich, einen klaren Blick zu bekommen, und riss alle Kraft zusammen, um den Kopf zu wenden. Er hielt das Gewehr noch immer fest mit der linken Hand umklammert, konnte es aber nicht mehr fühlen. Über seine linke Körperhälfte strömte das Blut, das im schwindenden Tageslicht fast schwarz wirkte. Schwer atmend griff er mit der rechten Hand zur Seite und nahm das Gewehr auf. Es wieder in der Hand zu halten, machte die Sache etwas besser für ihn, aber auch nicht allzu viel. Der Schweiß brach ihm aus, rann ihm in kleinen Bächen über den Körper und mischte sich mit seinem Blut. Er musste sofort etwas unternehmen, oder man würde ihn überwältigen.

Sein linker Arm und sein linkes Bein gehorchten seinem Willen nicht mehr. Er achtete nicht weiter darauf, sondern kroch nur mit Hilfe seines rechten Armes und Beines zur Seite. Dann stemmte er das Gewehr gegen seine rechte Schulter und feuerte wieder auf das andere Boot, damit man dort wusste, dass er noch am Leben und mit ihm zu rechnen sei und sich nicht einfallen ließ, ihn einfach zu überrumpeln.

Mit einem Blick erfasste er seine Verletzung. Eine Kugel

hatte den äußeren Muskel seines linken Oberschenkels durchschlagen, und eine zweite war in seine linke Schulter gedrungen. Jede für sich war schon gefährlich genug. Nach dem ersten stechenden Schmerz hatte er im Arm und in der Schulter jedes Gefühl verloren, und seine Beine schienen sein Gewicht nicht mehr tragen zu können. Aus Erfahrung wusste Kevin jedoch, dass die Betäubung bald aufhören und der erneut einsetzende Schmerz ihm bald wieder Gewalt über seine verletzten Muskeln geben würde, falls ihm so viel Zeit bliebe, darauf warten zu können.

Er riskierte einen weiteren Blick und bemerkte, dass das andere Boot hinter ihm kreiste. Das Oberdeck war nach hinten hin offen und brachte ihn so gut in ihr Schussfeld.

„Sabin! Wir wissen. Sie sind verletzt! Bringen Sie uns nicht dazu, Sie zu erschießen!“

Nein, am liebsten hätten sie ihn lebend gehabt, um ihn zu „befragen“, aber Kevin wusste, man würde dort drüben kein Risiko eingehen.

Sie würden ihn eher erschießen, als ihn fliehen zu lassen.

Er biss die Zähne zusammen, schleppte sich zum Armaturenbrett hin und drehte den Zündschlüssel um, und der kraftvolle Motor sprang stotternd an. Kevin konnte nicht sehen, wohin das Boot fahren würde, aber das spielte auch keine Rolle, selbst wenn er den anderen Kreuzer rammte.

Keuchend ließ er sich wieder auf die Planken fallen und versuchte, seine Kräfte zu sammeln. Er musste unbedingt an den Steuerknüppel heran, und dazu blieb ihm nur wenig Zeit. Ein wühlender Schmerz breitete sich über seine ganze linke Körperhälfte aus, aber sein Arm und sein Bein fingen an, ihm wieder zu gehorchen. Er hoffte, es würde gut gehen.

Kevin ignorierte den wachsenden Schmerz, stützte sich auf seinem rechten Arm hoch und zwang sich, den linken Arm so lange hochzuheben und zu suchen, bis seine blutigen Finger den Steuerknüppel gefunden und ihn in den ersten Gang gelegt hatten. Langsam begann der Kreuzer, im Wasser an Fahrt zu gewinnen, und gleichzeitig hörte Kevin die Schreie vom anderen Boot herüberdringen.

„So ist es gut, Mädchen", keuchte er und streichelte die Planken. „Mach schnell, beeile dich." Er streckte sich wieder aus. Die Anstrengung ließ jeden Muskel in seinem Körper aufschreien. Aber es gelang ihm, nah genug nach vorn zu kommen, um den Steuerknüppel noch weiter herumzulegen. Das Boot unter ihm machte einen Satz, und sein Motor heulte unter dem plötzlichen Kraftansturm dunkel dröhnend auf.

Bei voller Geschwindigkeit musste Kevin sehen, wohin das Schiff fuhr. Er musste ein neues Risiko eingehen, aber mit jedem Meter Entfernung, die er zwischen sich und das andere Boot brachte, wurden seine Chancen größer. Mit einem Schmerzensschrei quälte er sich auf die Beine. Salziger Schweiß stach ihm in die Augen. Kevin musste das größte Gewicht auf sein rechtes Bein verlagern, aber wenigstens brach ihm das linke nicht weg, und mehr verlangte er gar nicht.

Er warf einen Blick über die Schulter auf den anderen Kreuzer zurück. Er blieb mehr und mehr hinter ihm, obgleich man dort die Jagd nach ihm aufgenommen hatte.

Auf dem Oberdeck des anderen Bootes konnte Kevin eine Gestalt ausmachen, die eine unförmige Röhre gegen ihre Schulter stemmte.

Kevin musste nicht erst lange darüber nachdenken, was

das war. Er hatte zu oft transportable Raketen gesehen, um sie nicht mit einem Blick zu erkennen. Knapp eine Sekunde vor dem Aufblitzen des Anschussfeuers und kaum zwei Sekunden, ehe die Rakete in seinem Boot explodierte, ließ sich Kevin rechts über die Seite seines Schiffes in das türkisfarbene Wasser des Golfes fallen.

Er tauchte, so tief er nur konnte. Aber er hatte nicht viel Zeit, und der Raketenaufschlag warf ihn wie ein Spielzeug durch die Wellen. Ein jagender Schmerz durchfuhr ihn, und alles um ihn wurde wieder schwarz. Es dauerte zwar nur ein oder zwei Sekunden, aber das genügte, um ihn vollkommen orientierungslos zu machen. Er würgte und wusste nicht mehr, wo die Wasseroberfläche war. Jetzt war das Meer nicht länger türkisgrün, und es drückte ihn nach unten.

Nur sein jahrelanges Training rettete ihn. Kevin war nie in Panik ausgebrochen, und jetzt würde er es ganz sicher nicht tun. Er hörte auf, im Wasser um sich zu schlagen und zwang sich, jetzt die Nerven zu bewahren. Sein ungebrochener Lebenswille trug ihn an die Oberfläche zurück. Sobald er wusste, wohin er sich zu bewegen hatte, begann er, so gut es ging, darauf zuzuschwimmen, obgleich er kaum seinen linken Arm und das Bein benutzen konnte. Seine Lungen brannten, als er endlich an die Oberfläche stieß und die warme, salzhaltige Luft einatmete.

Die „Wanda“ brannte. Schwarze Rauchwolken quollen aus dem Rumpf in den perlmuttfarbenen Himmel, der von den allerletzten Lichtstrahlen erhellt wurde. Die Dunkelheit hatte sich bereits über Land und Wasser gesenkt, und Kevin war dankbar dafür, weil darin sein einziger Schutz bestand. Das andere Boot umrundete die „Wanda“ und suchte mit seinen Scheinwerfern das brennende Wrack und das Meer in seiner Nähe ab.

Kevin spürte die Vibration der Motoren im Wasser. Falls man nicht auf seinen Körper – oder auf das, was davon übrig geblieben sein mochte – stieß, würde man die Suche nach ihm fortsetzen. Sie konnten gar nicht anders. Man konnte es sich nicht leisten, einfach beizudrehen.

Schwerfällig drehte er sich auf den Rücken und begann, mit einem Arm rückwärts zu schwimmen. Erst, als er eine genügende Strecke außerhalb der Reichweite der Bootsscheinwerfer war, hielt er inne. Seine Chancen standen nicht sehr gut, denn er war mindestens zwei, wenn nicht drei Meilen von der Küste entfernt. Der Blutverlust hatte ihn geschwächt, und er war kaum fähig, seine linke Körperhälfte zu gebrauchen. Obendrein bestand die Möglichkeit, dass er durch seine Wunden Raubfische anlockte, ehe er überhaupt den ersten Streifen Land erblickte.

Er lachte leise und zynisch auf, spuckte umgehend Wasser, als eine Welle ihn im Gesicht traf. Jetzt saß er zwischen den Raubfischen im Wasser und den menschlichen Haien an Bord des Schiffes in der Falle. Doch um ihn zu fassen, würden sie sich verdammt anstrengen müssen, wo immer es auch sein mochte. Kevin hatte nicht vor, es ihnen leicht zu machen.

Er atmete tief durch, ließ sich auf dem Wasser treiben und versuchte krampfhaft, die Shorts auszuziehen. Doch sein Gestrampel trieb ihn wieder unter Wasser, und er musste sich zurück an die Oberfläche kämpfen. Er hielt das Kleidungsstück zwischen den Zähnen fest und überlegte, wie er am besten vorgehen sollte. Der Stoff war alt, abgetragen und fast fadenscheinig. Es müsste ihm möglich sein, ihn zu zerreißen. Das Problem war nur, dabei an der Wasseroberfläche zu bleiben. Er würde seinen linken Arm und sein linkes Bein einsetzen müssen, oder es würde ihm nie gelingen.

Kevin blieb keine andere Wahl: Trotz der Schmerzen musste er sich damit abquälen.

In dem Augenblick, als er anfing, im Wasser auf der Stelle zu treten, kam es ihm vor, als würde er gleich wieder ohnmächtig werden. Doch der Moment ging vorbei, aber der Schmerz blieb. Verbissen zerrte er mit den Zähnen an dem Stoff, um einen kleinen Riss in das Material zu bekommen. Er verdrängte seine stechenden Schmerzen, als das Gewebe unter seinen Zähnen nachgab. Hastig riss er das Material bis zum Gürtelband auf. Durch die doppelte Stofflage und den Zweifachstich kam er nicht weiter. Wieder biss er in den Jeansstoff, bis er vier lose Streifen hatte, die nur noch vom Bündchen zusammengehalten wurden. Dann fing er an, am Gürtelsaum entlang zu kauen. Der erste Stoffstreifen ging ab, und er hielt ihn in der Faust fest, bis er auch den zweiten losgerissen hatte.

Wieder legte er sich auf den Rücken und ließ sich treiben. Die Erleichterung, die er seinem Bein verschaffte, ließ ihn aufstöhnen. Schnell verknotete er die beiden Streifen, um eine genügend lange Binde für sein Bein zu bekommen. Dann legte er sich den selbstgefertigten Verband um den Oberschenkel und achtete darauf, dass die Ein- und Ausschussstellen damit bedeckt waren. Er zog ihn so fest wie möglich zusammen, ohne die Blutzufuhr zu unterbrechen, aber es war unbedingt erforderlich, die akuten Blutungen durch Druck zu verhindern.

Mit seiner Schulter würde es schwieriger werden. Kevin zerrte und riss, bis er zwei weitere Stoffstreifen vom Bündchen gelöst hatte, und verknotete auch sie. Ihm war nicht ganz klar, wie er sich diese Bandage anlegen konnte. Er wusste nicht einmal, ob er im Rücken eine Ausschusswunde hatte, oder ob die Kugel noch in seiner Schulter steckte. Langsam, linkisch fuhr er mit der Rechten nach hinten, aber seine aufgeweichten Finger spürten nur die glatte Haut. Das bedeutete, die Kugel saß noch im Fleisch. Die Wunde lag hoch auf der Schulter, und es schien fast unmöglich, sie mit dem vorhandenen Material zu verbinden.

Selbst zusammengeknotet würden die beiden Stoffstreifen nicht ausreichen. Erneut fing er an, an dem Gewebe herumzukauen, und riss zwei weitere Fetzen ab, die er mit den ersten beiden verknotete. Es glückte ihm, den Streifen über den Rücken zu legen, ihn unter der Achsel durchzuziehen und ihn fest auf der Schulter zu verknoten. Dann ballte er die Reste seiner Shorts zusammen und schob sie unter der Schlinge über seine Wunde.

Nachdem Kevin sich diese unbeholfene Bandage angelegt hatte, war ihm schwindlig, und er fühlte sich grenzenlos ermattet. Doch er ließ sich nicht unterkriegen und zwang sich, gen Himmel auf die Sterne zu starren, um sich etwas zu orientieren. Er würde nicht aufgeben. Er konnte sich treiben lassen und kurze Zeit hindurch auch etwas schwimmen. Er würde lange brauchen, und falls ihn in der Zwischenzeit kein Hai anfallen sollte, dann würde er auch die Küste erreichen. Er legte sich auf den Rücken und ruhte sich einige Minuten lang aus, ehe er die langsame, qualvolle Strecke gen Land zurückzulegen begann.

Selbst für Mitte Juli war es eine heiße Nacht in Florida. Rachel Jones hatte ihre Gewohnheiten ganz dem Klima angepasst. Sie erledigte ihre Aufgaben ohne Hast entweder früh am Morgen oder verschob sie auf den Spätnachmittag. Sie war bei Sonnenaufgang aufgestanden, hatte in ihrem kleinen Gemüsegarten Unkraut gejätet, die Gänse gefüttert und ihr Auto gewaschen. Als die Temperatur über dreißig Grad stieg, war sie ins Haus gegangen und hatte einen Arm voll getragener Sachen in die Waschmaschine gesteckt. Anschließend hatte sie einige Stunden darauf verwendet, sich auf den Journalistikkurs vorzubereiten, den sie zugestimmt hatte, abends mit Beginn des Herbstsemesters in Gainesville zu halten.

Trotz der Hitze fühlte Rachel sich hier drinnen wohl. Der Ventilator summte beruhigend über ihrem Kopf, sie hatte sich das Haar hochgesteckt und trug nur eine weite, weiße Bluse und ein paar alte Shorts. Neben ihrem Arm stand stets griffbereit ein Glas Eistee, aus dem sie während ihrer Lektüre immer wieder einen Schluck trank.

Die Gänse schnatterten friedlich, während sie von einer Grasfläche zur nächsten watschelten, allen voran Ebenezer Duck, ihr streitsüchtiger alter Anführer. Einmal gab es kurz einen Aufstand, als Ebenezer und Rex, der Hund, darüber in Streit gerieten, wer ein Anrecht auf den Flecken kühlen Grases unter dem Oleandergebüsch besaß. Rachel ging zur Fliegentür und rief ihre wild lärmenden Haustiere zur Ordnung. Das war auch das aufregendste Ereignis des ganzen Tages. Im Sommer verlebte sie die meisten ihrer Tage auf diese Weise. Im Herbst, wenn die Touristensaison begann und Rachels zwei Andenkenläden auf Treasure Island und in Tarpon Springs viel zu tun hatten, wurde alles lebhafter.

Der Journalistikkurs würde ihre Zeit noch mehr als üblich ausfüllen, und deshalb entspannte sie sich jetzt während der Sommermonate. Sie arbeitete mit Unterbrechungen an ihrem dritten Buch und hatte keine große Eile, es zu beenden, da ihr Abgabetermin erst zu Weihnachten und sie ihrem Zeitplan schon um etliches voraus war. Man konnte sich leicht in Rachels Energie täuschen. Sie erreichte sehr viel, ohne dabei gehetzt zu wirken.

Hier war sie daheim, tief mit der sandigen Erde verwurzelt. Das Haus, in dem sie lebte, hatte einst ihrem Großvater gehört, und das Land war seit hundertundfünfzig Jahren im Besitz der Familie.

Bei ihrem Einzug hatte Rachel das Innere neu gestalten lassen, und dennoch vermittelte ihr dieser Ort noch immer das Gefühl des Dauerhaften. Sie kannte das Haus und die umliegende Gegend so gut wie ihr eigenes Gesicht. Vielleicht sogar noch besser, denn Rachel gehörte nicht zu den Menschen, die sich dauernd im Spiegel bewunderten. Das hohe Kieferndickicht vor dem Haus war ihr ebenso vertraut wie die gewellten Wiesen dahinter. Durch die Kiefern schlängelte sich ein Pfad hinunter zum Strand, über den die Wellen des Golfes ausrollten.

Der Strand war nicht für den Tourismus erschlossen, zum Teil der ungewöhnlichen rauen Küste wegen und teilweise deshalb, weil er seit Generationen im Besitz von Leuten war, die es ablehnten, vor ihrer Nase Apartmenthäuser und Motels aus dem Boden schießen zu sehen. In dieser Gegend widmete man sich vor allem der Viehzucht. Rachels Besitz wurde fast ganz von einer riesigen Ranch umschlossen, die John Rafferty gehörte, und auch Rafferty widerstrebte es, ebenso wie ihr selbst, das kleinste Stückchen Land als Baugrundstück zu verkaufen.

Der Strand war Rachels Lieblingsort. Dort konnte sie spazieren gehen, nachdenken und sich bei der unaufhörlich und endlos hereindonnernden Brandung entspannen. Man nannte diesen Ort die „Diamantenbucht“, weil das Licht sich auf eine besondere Art in den über die unter Wasser liegenden Felsen hinwegtosenden Wellen brach, die sich vor dem Eingang der kleinen Bucht befanden. Das Wasser sprühte und glitzerte wie Tausende von Diamanten, bis es über den Sand ausrollte. Ihr Großvater hatte ihr in der Diamantenbucht das Schwimmen beigebracht. Manchmal kam es Rachel vor, als hätte ihr Leben in diesen türkisfarbenen Fluten begonnen.

Mit Sicherheit war die Bucht Mittelpunkt ihrer goldenen Kinderzeit gewesen, als ein Besuch bei ihrem Großvater das Schönste war, was Rachel sich vorstellen konnte. Als sie zwölf Jahre alt war, starb ihre Mutter, und die Bucht wurde zu ihrem ständigen Zuhause. Der Ozean hatte etwas an sich, das ihren Schmerz linderte und ihn für sie leichter zu ertragen machte. Außerdem war ihr Großvater bei ihr, und selbst jetzt brachte der Gedanke an ihn Rachel zum Lächeln. Welch wunderbarer alter Mann er doch gewesen war! Nie war er zu beschäftigt oder zu verlegen, um die gelegentlich unmöglichen Fragen eines heranwachsenden Mädchens zu beantworten. Er hatte ihr alle Freiheit gelassen, sich selbstständig zu entfalten, ohne dass sie dabei den gesunden Menschenverstand verlor.

Er starb in ihrem letzten Collegejahr, doch auch noch im Sterben bewahrte er die ihm eigene Haltung. Er war müde, krank und akzeptierte seinen Tod mit solcher Gelassenheit und Geduld, dass Rachel bei seinem Hinscheiden selbst noch Frieden empfand. Sicher, sie hatte getrauert, aber ihr Schmerz war durch das Wissen erleichtert worden, ihr Großvater habe seinen Tod herbeigesehnt.

Dann hatte das alte Haus leer gestanden, solange Rachel ihre Karriere als Kriminalreporterin in Miami verfolgte. Sie hatte Bobby Bill Jones kennengelernt und ihn geheiratet, und ihr Leben war schön gewesen. Bobby Bill war mehr als nur ihr Ehemann, er war ein guter Freund gewesen, und sie hatten geglaubt, die ganze Welt läge ihnen zu Füßen. Dann hatte Bobbys grausamer Tod diesem Traum ein abruptes Ende bereitet und Rachel im Alter von fünfundzwanzig Jahren zur Witwe gemacht. Sie gab ihre Stellung auf und kehrte hierher in die Bucht zurück.

Erneut fand sie ihren Trost in der Gegenwart des endlosen Meeres. Ihr Gefühlsleben hatte einen großen Einbruch erlitten, aber die Zeit und das friedvolle Leben heilten ihre Wunden. Trotzdem verspürte sie nicht mehr den Drang, wieder in ihr altes, hektisches Leben zurückzukehren. Hier war ihr Heim, und sie war glücklich bei dem, was sie jetzt machte. Die beiden Souveniergeschäfte ermöglichten ihr ein angenehmes Leben, und sie verbesserte ihr Einkommen durch gelegentliche, von ihr verfasste Artikel und ihre Abenteuerromane, die so überraschend erfolgreich geworden waren.

Dieser Sommer war fast wie all die anderen Sommer, die sie je in der Diamantenbucht verlebt hatte, nur war er viel heißer. Die Hitze und die Feuchtigkeit erstickten einen fast, und an manchen Tagen stand ihr nach nichts Anstrengenderem der Sinn, als sich in die Hängematte zu legen und Kühlung zuzufächeln. Sobald die Sonne untergegangen war, wurde es etwas erträglicher, doch auch das war eine relative Angelegenheit. Nachts wehte eine leichte Brise vom Golf her, die ihr die erhitzte Haut ein wenig kühlte, aber es war doch viel zu heiß zum Schlafen.

Rachel hatte bereits kalt geduscht und sich jetzt in die Hollywoodschaukel auf der vorderen Veranda gesetzt. Ab und zu gab sie ihr mit einem trägen Schubs wieder neuen Schwung. Das Quietschen der Ketten mischte sich in das Zirpen der Grillen und das Gequake der Frösche. Rex lag dösend und gefangen in seinen Hundeträumen vor der Fliegentür auf der Veranda.

Rachel schloss die Augen. Sie genoss die frische Brise auf ihrem Gesicht und überlegte, was sie am nächsten Tag tun sollte. Es würde mehr oder weniger dasselbe wie heute oder wie gestern sein, doch sie hatte nichts gegen die Wiederholung einzuwenden. Die Aufregungen der früheren Zeiten hatten ihr gefallen, aber jetzt behagte ihr der Frieden ihres gegenwärtigen Lebens ebenso.

Obwohl sie nur Shorts und eine weite Bluse trug, deren lange Ärmel sie hochgerollt und von der sie die drei obersten Knöpfe des Ausschnitts geöffnet hatte, fühlte sie doch, wie sich kleine Schweißperlen zwischen ihren Brüsten bildeten. Die Hitze machte sie ruhelos, und schließlich sprang sie auf. „Ich gehe spazieren“, erklärte sie ihrem Hund. Er zuckte zwar mit einem Ohr, aber seine Augen blieben geschlossen.

Eigentlich hatte Rachel nicht damit gerechnet, dass er mit ihr kommen würde. Rex war kein sehr anhängliches Tier, nicht einmal bei ihr. Er war unabhängig und ungesellig und wich zähnefletschend und mit aufgestellten Haaren vor einer ausgestreckten Hand zurück. Rachel war überzeugt, dass er, bevor er vor einigen Jahren auf ihrem Hof aufgetaucht war, misshandelt wurde.

Mittlerweile hatten sie eine Art Waffenstillstand geschlossen. Sie fütterte Rex, und er nahm seine Pflichten als Wachhund wahr. Noch immer ließ er sich nicht von ihr streicheln, doch kaum näherte sich ein Fremder, war er sofort an ihrer Seite und starrte den Eindringling finster an, bis er selbst fand, es bestehe keine Gefahr, oder der Fremdling es vorgezogen hatte zu verschwinden. Arbeitete Rachel in ihrem Garten, war Rex für gewöhnlich dicht in ihrer Nähe. Ihre Partnerschaft fußte auf gegenseitigem Respekt, und beide waren zufrieden.

Rex hat wirklich ein leichtes Leben, dachte Rachel, während sie den Hof überquerte und den Pfad einschlug, der sich durch die hohen Kiefern zum Strand hinunterwand. Er musste nicht oft auf sie aufpassen, da nur wenige Besucher zu ihr kamen, den Briefträger ausgenommen. Ihr Haus lag am toten Ende einer nicht asphaltierten Straße, die durch den Rafferty'schen Besitz schnitt, und andere Häuser gab es nicht. John Rafferty war ihr einziger Nachbar, aber es lag ihm nicht, andauernd auf ein Schwätzchen zu ihr zu kommen.

Manchmal kam Honey Mayfield, die ortsansässige Tierärztin, nach einem Besuch auf der Rafferty-Ranch bei ihr vorbei. Sie hatten sich beide recht gut angefreundet. Von ihr abgesehen war Rachel so gut wie für sich allein und fühlte sich deshalb ganz wohl, nachts nur so leicht bekleidet in der Gegend herumzustrolchen.

Der Weg wand sich leicht abschüssig durch das Kieferndickicht. Die Sterne standen klar und deutlich am Himmel. Da Rachel diesen Pfad schon seit ihrer Kindheit kannte, verzichtete sie auf eine Taschenlampe. Selbst unter den Bäumen konnte sie noch so gut sehen, um voranzukommen. Der Strand lag eine Viertelmeile von ihrem Haus entfernt, nicht weiter als einen bequemen Spaziergang. Sie schlenderte gern nachts am Strand entlang. Sie bevorzugte diese Stunde, um der Gewalt des Meeres zu lauschen und den bis auf ihre matten Schaumkronen schwarzen Wellen zuzusehen.

Außerdem war es gerade Ebbe, und Rachel hatte es lieber so. Denn bei Ebbe enthüllte das zurückflutende Wasser die Schätze, die es wie Liebesgaben an den Strand schwemmte. So hatte Rachel schon viele Fundstücke geborgen und hörte nie auf, sich an den Kostbarkeiten zu erfreuen, die die türkisfarbenen Wogen des Golfes ihr zu Füßen spülten.

Es war eine wunderschöne, mondlose Nacht ohne Wolken. Die Sterne funkelten noch strahlender, als Rachel sie seit Jahren gesehen hatte, und ihr Licht brach sich auf den Wellen und funkelte wie zahllose Diamanten.

Diamantenbucht ... Der Name traf wirklich zu. Der Strand war schmal und uneben, an seinen Rändern wuchs Seegras, und die Mündung der Bucht war von zerklüfteten Felsen umgeben, die besonders bei Ebbe sehr gefährlich waren. Doch trotz aller Unzulänglichkeiten vermittelte die Bucht mit ihrer Mischung aus Licht und Wasser einen ganz eigenen Reiz. Rachel konnte stundenlang dastehen, gebannt von der Macht und Herrlichkeit des Meeres, und dem glitzernden Nass zuschauen.

Der grobe Sand kühlte ihr die nackten Füße, und sie wühlte ihre Zehen tiefer hinein. Der Wind frischte plötzlich etwas auf und blies ihr das Haar aus dem Gesicht. Rachel atmete die klare Salzluft tief ein. Sie war mit dem Meer allein.

Der Wind drehte sich, umspielte sie und blies ihr die Haare in das Gesicht. Rachel hob die Hand, um sich eine Strähne aus den Augen zu wischen, und hielt mit leicht gerunzelten Brauen mitten in der Bewegung inne, während sie auf das Wasser starrte.

Sie hätte schwören können, dort etwas gesehen zu haben. Einen Moment lang war eine Bewegung zu erkennen gewesen, doch jetzt nahm ihr angestrengter Blick nichts anderes als das rhythmische Auf und Ab der Wellen wahr. Vielleicht hatte es sich nur um einen Fisch oder ein großes Stück Treibholz gehandelt. Da sie ein wirklich gutes Stück für ein Blumengesteck zu finden hoffte, ging sie bis zum Rand des Wassers vor und hielt sich die Haare zurück, damit sie besser sehen konnte.

Da war es wieder! Etwas hüpfte auf der Wasseroberfläche! Sie machte einen eifrigen Schritt nach vorn und bekam in der schaumigen Brandung nasse Füße. Dann bewegte sich das dunkle Objekt wieder und nahm eine eigenartige Form an. Im Schein des silbrigen Sternenhimmels sah es fast wie ein Arm aus, der matt nach vorn ausgriff, wie bei einem erschöpften Schwimmer, der das Letzte aus sich herausholte. Es war ein kräftiger Arm, und die dunkle Masse daneben konnte gut ein Kopf sein.

In plötzlicher Erkenntnis fuhr Rachel wie elektrisiert zusammen. Ehe sie es recht begriff, war sie auch schon im Wasser und kämpfte sich gegen die Wellen auf den um sich schlagenden Mann zu. Das Wasser hinderte sie, voranzukommen. Immer wieder rissen die Wellen sie mit unglaublicher Kraft um, da die Flut gerade einzusetzen begann.

Rachel verlor den Mann aus den Augen. Sie gab einen erstickten Schrei von sich. Entschlossen bahnte sie sich ihren Weg nach vorn. Mittlerweile stand ihr das Wasser bis zur Brust und die Wogen schlugen ihr ins Gesicht. Wo war der Mann? In der schwarzen Nässe war kein Anzeichen von ihm zu entdecken. Sie kam an der Stelle an, wo sie ihn zuletzt gesehen hatte, aber ihre wild suchenden Hände fanden nichts.

Die Brandung würde ihn an den Strand spülen. Rachel drehte sich um und stolperte ans Ufer zurück. Wieder sah sie den Körper eine Sekunde lang, ehe sein Kopf erneut unter Wasser verschwand. Mit kräftigen Stößen schwamm sie auf ihn zu, und zwei Sekunden später ergriff ihre Hand dichtes Haar. Mit aller Kraft riss sie den Kopf über Wasser, aber der Mann war schlapp und hatte die Augen geschlossen.

„Stirb mir ja nicht unter den Händen weg!“, stieß Rachel hervor, fasste ihn unter den Schultern und zog ihn auf das Land zu. Zweimal riss die hereinkommende Flut die Beine unter ihr weg, und jedesmal befürchtete sie, ertrinken zu müssen, bis sie sich von dem erdrückenden Gewicht des Mannes befreit hatte.

Dann war sie in knietiefem Wasser, und der Körper des Fremden sackte leblos weg. Sie zerrte so lange, bis sie ihn so gut wie ganz aus dem Wasser hatte und fiel dann keuchend und nach Luft ringend auf Händen und Knien auf den Sand. Mit vor Anstrengung schmerzenden Muskeln kroch sie auf den Unbekannten zu.

## 2. KAPITEL

Er war nackt. Rachels Verstand nahm diesen Umstand kaum war, ehe sie ihn wieder wegen wichtigerer Dinge verdrängt hatte. Obwohl sie selbst noch um Atem rang, zwang sie sich dazu, die Luft anzuhalten, während sie dem Mann die Hand auf die Brust legte, um den Herzschlag oder das Auf und Ab des Atems festzustellen. Er lag still da, viel zu still. Sie konnte kein Lebenszeichen an ihm entdecken, und seine Haut war so kalt …

Natürlich musste sie sich kalt anfühlen. Hastig richtete sie sich auf und schüttelte den Kopf, um ihre erschöpften Sinne wieder klarzubekommen. Der Himmel mochte wissen, wie lange er im Wasser gewesen war. Aber als sie ihn zum ersten Mal erblickt hatte, war er geschwommen, wenn auch sehr schwach, und nun vergeudete sie kostbare Zeit, wo es zu handeln galt.

Sie brauchte die letzte ihrer Kraftreserven, um den Körper auf den Bauch zu drehen. Der Mann war nicht gerade klein, und im klaren Sternenschein sah man, dass er kräftig gebaut war. Keuchend spreizte sie seine Arme und begann mit dem rhythmischen Auf und Ab, das seine Lungen wieder aktivieren sollte. Das war auch etwas, das ihr Großvater ihr beigebracht hatte, und zwar sehr genau. Sie hatte von der Gartenarbeit und dem Schwimmen selbst kräftige Arme und Hände, und sie bearbeitete den Leblosen so lange, bis sie durch ein würgendes Keuchen und einen Schwall Wasser, der ihm aus dem Mund schoss, belohnt wurde.

„Na endlich", sagte sie matt, ohne aber mit ihren Bemühungen aufzuhören. Der Mann bekam einen Hustenanfall. Sein ganzer Körper erbebte heftig unter Rachels Händen. Dann stöhnte er erstickt auf, ein Zittern durchrann ihn, und er sank erneut in sich zusammen.

Schnell drehte Rachel ihn auf den Rücken und beugte sich ängstlich über ihn. Sein Atem war jetzt hörbar, wenngleich viel zu hastig und rasselnd, aber wenigstens atmete der Mann. Seine Augen waren geschlossen, und als Rachel ihn schüttelte, sank sein Kopf zur Seite. Er war bewusstlos.

Sie ging in Hockstellung, fröstelte, als der Wind vom Meer ihr durch die nasse Bluse fuhr, und starrte auf die leblose Gestalt vor ihr. Erst da fiel ihr die unbeholfene Schlinge um die Schulter des Mannes auf. Sie wollte sie entfernen, da sie annahm, es handele sich um die Reste eines Hemdes, das er bei dem wie immer gearteten Unfall getragen hatte. Aber das nasse Gewebe, das ihre Finger berührten, war Jeansstoff, viel zu schwer für ein Hemd zu dieser Jahreszeit, und außerdem war es verknotet worden. Sie zog noch einmal daran, und ein Teil des Stoffes löste sich ab. Er war zusammengefaltet und unter den Knoten oben an der Schulter geschoben worden, dort wo Rachel ein tiefes, rundes, grässliches Loch entdeckte, das in dem fahlen Licht schwarz wirkte.

Rachel starrte die Wunde an. Die Erkenntnis traf sie wie ein Schlag. Der Mann war angeschossen worden! Sie hatte zu viele Schussverletzungen gesehen, um das nicht zu erkennen, selbst im bleichen Licht der Sterne, in dem alles wie ein silberner Schimmer oder tiefschwarzer Schatten wirkte.

Sie starrte angestrengt auf die See hinaus, um das verräterische Lichtpünktchen zu entdecken, das die Anwesenheit eines Schiffes erkennen ließ. Aber es war nichts zu sehen. All ihre Sinne waren hellwach, ihre Nerven zum Zerreißen gespannt, und sie wurde augenblicklich argwöhnisch. Menschen wurden nicht grundlos angeschossen, und es war nur logisch, anzunehmen, dass wer immer auf diesen Mann geschossen hatte, es auch wieder tun würde.

Er benötigte dringend Hilfe. Doch Rachel konnte ihn sich nicht einfach über die Schulter werfen und ihn zu ihrem Haus hinauftragen. Wachsam suchte sie noch einmal die dunkle Meeresfläche mit den Augen ab. Aber die See erstreckte sich weit und glatt bis zum Horizont. Rachel würde den Mann zurücklassen müssen, wenigstens so lange, wie sie brauchte, um zum Haus hinauf und wieder zurück zu rennen.

Kaum hatte sie ihren Entschluss gefasst, fasste Rachel den Mann unter den Armen und stemmte ihre Füße tief in den Sand. Vor Anstrengung keuchend zerrte sie ihn weit genug aus dem Wasser, dass die Flut ihn nicht mehr überspülen würde.

Der Mann musste sogar tief im Unterbewusstsein den Schmerz verspürt haben, den Rachel ihm durch das Zerren an seiner verwundeten Schulter zufügte. Er stöhnte heiser auf. Als sie glaubte, ihn weit genug auf den Strand hinaufgeschleppt zu haben, ließ sie seine Schulter so sacht wie möglich auf den Sand sinken und murmelte eine atemlose Entschuldigung vor sich hin, obwohl sie wusste, dass er sie nicht hören konnte. „Ich bin gleich wieder zurück", beruhigte sie ihn und berührte sein nasses Gesicht. Dann rannte sie los.

Normalerweise war der Pfad über den Strand und durch das Kiefernwäldchen eigentlich recht kurz, heute Abend aber schien er sich endlos dahinzuziehen. Rachel kümmerte sich nicht darum, dass sie sich die nackten Zehen an herausragenden Wurzeln stieß, und achtete nicht auf die kleinen Zweige, die immer wieder gegen ihr Gesicht schlugen.

Das aus den Fenstern ihres Hauses dringende Licht war wie

ein Willkommensgruß in der Nacht, das Haus selbst eine Oase der Sicherheit und Vertrautheit. Aber da draußen war etwas Furchtbares passiert, und Rachel konnte nicht einfach in ihre eigenen vier Wände flüchten und so tun, als ob nichts geschehen wäre. Von ihr hing das Leben des Mannes am Strand ab.

Rex hatte sie kommen gehört. Er stand am Rande der Veranda, hatte die Nackenhaare aufgestellt und gab ein leises, warnendes Knurren von sich. Während Rachel über den Hof hetzte, sah sie die Silhouette des Hundes sich gegen das Verandalicht abzeichnen, aber ihr blieb nicht die Zeit, ihn zu beruhigen. Doch die Aufmerksamkeit des Hundes war nicht mehr auf sie gerichtet, als sie die Stufen hinaufstürmte und die Fliegentür so hart hinter sich zuwarf, dass sie in ihren Angeln erzitterte. Der Hund blieb auf seinem Wachposten und behielt die Bäume und den Strand im Auge. Mit zitternden Flanken stellte er sich schützend zwischen Rachel und das, was ihre Flucht durch die Nacht verursacht hatte.

Rachel griff zum Telefon und bemühte sich, wieder zu Atem zu kommen, damit sie zusammenhängend sprechen konnte. Mit bebenden Händen blätterte sie im Telefonbuch herum und suchte nach der Nummer einer Ambulanz oder eines Rettungswagen – selbst der des Sheriffbüros. Jeder war ihr recht. Das Buch entglitt ihr, und mit einem wilden Fluch bückte sie sich, um es wieder aufzuheben. In einem Rettungswagen waren Sanitäter, und der Mann benötigte eher medizinische Versorgung als einen über ihn verfassten Polizeibericht.

Sie fand schließlich die Nummer und begann, sie ins Telefon zu geben, als sie mitten in der Bewegung innehielt und den Apparat anstarrte. Einen Polizeibericht! Sie wusste nicht, warum sie es tat, und konnte sich auch selbst keine logische Erklärung dafür geben, aber unvermittelt wusste sie, dass sie – wenigstens für den Augenblick – die Sache für sich behalten musste. Ihre in den Jahren als Polizeireporterin entwickelten Instinkte warnten sie … und sie gehorchte ihnen, so wie sie ihnen früher nachgegeben hatte. Rachel knallte den Hörer auf die Gabel zurück, blieb eine Sekunde vor dem Telefon stehen, um ihre Gedanken zu ordnen.

Keine Polizei. Nicht zum jetzigen Zeitpunkt. Der Mann am Strand war hilflos und keine Bedrohung für sie oder irgendeinen anderen. Er hätte nicht die geringste Chance, falls es sich hier um mehr als nur eine einfache Schießerei handelte, einen außer Kontrolle geratenen Streit. Er konnte ein Drogenhändler sein – oder ein Terrorist. Alles war denkbar. Andererseits war er vielleicht auch nichts dergleichen, und sie war seine einzige, ihm verbliebene Chance.

Selbst als sie eine gesteppte Decke aus dem obersten Fach ihres Schlafzimmerschrankes riss und wieder, mit Rex direkt auf ihren Fersen, aus dem Haus stürzte, schossen ihr verworrene Bilder aus ihrer Vergangenheit durch den Kopf. Erinnerungen an Dinge, die nicht rechtens waren, bei denen man die glatte Oberfläche akzeptierte und sie ordentlich ablegte, deren wirkliche Geschichte damit aber für immer verbarg. Außer dem normalen Alltagsleben der meisten Leute gab es ganz andere Welten, reich an Gefahren, Betrug und Verrat, die man sich nicht einmal vorstellen konnte. Rachel kannte auch diese Schattenseiten. Sie hatten Bobby das Leben gekostet …

Ihre Arbeit als Kriminalreporterin hatte dazu geführt, dass Rachel den Leuten auf die Zehen trat, und alles, was sie anfasste, machte sie gut. Bobbys Posten beim Rauschgiftdezernat war der Sache nach sehr gefährlich.

Vielleicht hatte Bobby eine Vorahnung gehabt. Einmal sagte er zu ihr: „Liebling, falls mir je etwas zustoßen sollte, denke daran, dass ich die Gefahren meiner Arbeit kenne und willens bin, die Risiken einzugehen. Ich halte meine Tätigkeit für wichtig und werde mein Bestes dabei geben. Genauso wie du nicht vor einer unbequemen Geschichte zurückschrickst. Auch Menschen, die nie ein Risiko eingehen, widerfahren Unfälle. Auf Nummer sicher zu gehen, ist keine Garantie. Wer weiß, bei dem Dreck, den du aufrührst, kann deine Arbeit noch gefährlicher sein als meine."

Das waren prophetische Worte. Innerhalb des Jahres war Bobby Bill tot. Nachforschungen, die Rachel über den Hintergrund eines Politikers anstellte, hatten eine Verbindung zu illegalen Drogengeschäften an den Tag gebracht. Sie verfügte zwar nicht über Beweise, aber ihre Fragen hatten den Politiker offensichtlich nervös gemacht.

Eines Morgens verspätete sie sich für einen Flug nach Jacksonville. Und da in ihrem Wagen nicht genügend Benzin war, hatte Bobby ihr die Schlüssel für sein Auto zugeworfen. „Nimm meinen", sagte er. „Ich habe genügend Zeit, um auf dem Weg ins Büro zu tanken. Bis heute Abend, Liebling."

Aber er hatte keine Zeit mehr dazu gefunden. Zehn Minuten, nachdem ihre Maschine vom Boden abgehoben hatte, startete Bobby Bill ihren Wagen, und eine mit der Zündung verbundene Bombe tötete ihn auf der Stelle.

Von Kummer gequält war sie ihren Ermittlungen weiter nachgegangen. Dieser Politiker verbüßte nun eine lebenslange Freiheitsstrafe ohne Begnadigungsmöglichkeit wegen seiner Rauschgiftgeschäfte und der Beteiligung an Bobbys Tod.

Der Mann am Strand mochte auch ein Schurke oder ein Opfer sein, doch sollte es sich bei ihm um einen Kriminellen handeln, dann bliebe Rachel genügend Zeit, ihn den Behörden zu überantworten, noch ehe er sich von seiner Verwundung erholt hatte. War er aber ein Opfer, dann könnte sie sein letzter Rettungsanker sein.

Er lag noch so da, wie sie ihn verlassen hatte. Die Flut lappte nur bis auf wenige Zentimeter zu seinen Füßen herauf. Nach Luft ringend, sank Rachel neben ihm im Sand auf die Knie und legte dem Mann die Hand auf die Brust. Sie seufzte vor Erleichterung, als sie das stetige Auf und Ab spürte, durch das sie feststellen konnte, dass er noch am Leben war. Rex stand mit gesenktem Haupt und zurückgelegten Ohren neben ihr und grollte drohend, ohne den Blick von der liegenden Gestalt zu lassen.

„Alles in Ordnung, Rex“, sagte Rachel und klopfte dem Hund ganz automatisch beruhigend auf den Rücken, und zum ersten Mal wich er nicht vor ihrer Berührung zurück. Sie breitete die Decke auf dem Sand aus, kniete sich hin, schob die Hände unter den schlaffen Körper und rollte ihn auf die Unterlage. Diesmal gab der Mann keinen Laut von sich, und sie war dankbar, dass er den Schmerz nicht spürte, den sie ihm zufügen musste.

Sie brauchte etliche Minuten, bis sie ihn in die richtige Lage gebracht hatte. Danach musste sie sich ausruhen. Wieder starrte sie unsicher auf das Meer hinaus, doch noch immer war nichts zu sehen. Dort draußen befand sich niemand, obwohl es nicht ungewöhnlich war, die nächtlichen Positionslichter vorüberziehender Schiffe zu sehen. Rex strich ihr wieder grollend um die Beine, und sie sammelte ihre ganze Kraft.

Dann bückte sie sich, nahm die beiden Enden der Decke am Kopf des Mannes hoch und stemmte sich mit den Fersen in den Sand. Vor Anstrengung stöhnte sie auf. Selbst wenn sie ihr ganzes Gewicht in den Ruck legte, brachte sie den Mann nur wenige Schritte voran. Er war mit seinen etwa achtzig Kilo einfach zu schwer für sie.

Vielleicht würde es leichter werden, sobald sie den Strand hinter sich hatte. Auf den schlüpfrigen Tannennadeln müsste es leichter gehen. Wenn es noch schwieriger wurde, würde sie nicht einmal in der Lage sein, ihn zu bewegen. Rachel war sich im Klaren gewesen, dass ihr Vorhaben beschwerlich sein würde, aber sie hatte nicht damit gerechnet, dass es ihre körperlichen Fähigkeiten zu übersteigen drohte. Sie war stark und gesund, und das Leben des Mannes hing von ihr ab. Bestimmt konnte sie ihn die Steigung hinauf zum Haus zerren, selbst wenn es nur Schritt für Schritt gehen sollte.

Die Steigung war nicht steil, und normalerweise nahm Rachel sie ohne Schwierigkeiten, aber jetzt hätte die Erhöhung ebensogut vertikal sein können, bei der Anstrengung, die sie aufbringen musste, um diesen muskulösen Mann hinaufzubefördern. Sie ruckte und zerrte und fiel einige Male auf die Knie. Ihre Lungen schienen manchmal dem Platzen nahe, und bis sie ihn halb den Hügel hochgeschleppt hatte, spürte sie schmerzhaft jeden Muskel.

Rachel legte eine Atempause ein, lehnte sich an eine Kiefer und kämpfte gegen die durch die Überanstrengung unvermeidliche Übelkeit an. Wäre nicht der stützende Baumstamm gewesen, so hätte sie sich vielleicht nicht einmal mehr halten können, weil ihre Beine und Arme so heftig zitterten.

Aus der Nähe erklang der Schrei einer Eule und das unaufhörliche Zirpen der Grillen, die sich von den Ereignissen dieser Nacht nicht berühren ließen. Nur Rex zeigte so etwas wie Mitgefühl. Er wich nicht von der Seite, und jedesmal, wenn sie eine Rast einlegte, drückte er sich gegen ihre Beine. Das war bei ihm ganz ungewöhnlich.

Rachel holte tief Luft, bereitete sich auf eine neue Anstrengung vor und klopfte Rex auf den Rücken. „Braver Kerl, braver Junge", sagte sie zu ihm.

Dann bückte sie sich, um die Decke wieder aufzunehmen. Da machte Rex etwas Ungewöhnliches. Er nahm den Zipfel Decke zwischen die Zähne und knurrte. Rachel starrte ihn an und fragte sich, ob er es sich in den Kopf gesetzt habe, sie daran zu hindern, die Decke mitsamt dem Mann über den Sand zu schleifen. Vorsichtig spannte sie die zittrigen Beine, lehnte sich zurück und zog mit dem letzten Rest an Kraft, der ihr noch verblieben war. Immer noch knurrend, stemmte auch Rex die Beine auf den Boden und zerrte mit. Mit seiner Unterstützung rutschte die Decke etliche Fuß weiter.

Erstaunt hielt Rachel inne und sah verblüfft auf ihren Hund. „Braver Kerl", sagte sie noch einmal. „Braver Junge!" War das nur ein plötzlicher Einfall des Tieres gewesen, oder würde es das noch einmal tun? Rex war ein großer, kräftiger Hund. Honey Mayfield hatte sein Gewicht auf ungefähr vierzig Kilogramm geschätzt. Falls Rachel ihn dazu bringen konnte, zusammen mit ihr an der Decke zu ziehen, dann würden sie den Mann schnell genug den Hügel hinaufbekommen.

„Okay", flüsterte sie und nahm ihr Ende der Decke fester in die Hand. „Lass uns doch einmal sehen, ob du mir wieder hilfst." Sie zog, und auch Rex zerrte, noch immer vor sich hingrollend, als missbillige er ihr Tun. Aber er schien bereit, sie zu unterstützen, wenn sie entschlossen war, ihr Vorhaben durchzuführen.

Mithilfe von Rex ging es viel leichter, und bald hatten sie den kleinen Kiefernwald hinter sich gebracht. Sie mussten nur noch die Schotterstraße und den Hof überqueren, um beim Haus anzukommen. Rachel richtete sich auf und starrte zum Haus hinüber. Die Frage war: Wie sollte sie den Mann jemals die zwei Stufen zur Veranda hochbekommen? Nun, sie hatte ihn bis hierher geschleppt, sie würde ihn also auch in das Haus bekommen, irgendwie. Sie bückte sich und zog wieder an der Decke.

Seit er am Strand einmal aufgestöhnt hatte, war kein Laut mehr von dem Mann zu vernehmen gewesen, selbst dann nicht, als er über die hervorstehenden Wurzeln oder die losen Steine der Straße gezerrt wurde. Rachel ließ die Decke los, hockte sich daneben in das kühle, feuchte Gras und beugte sich erneut über die Gestalt.

Der Fremde atmete noch. Nach den Anstrengungen, die sie ihm zugemutet hatte, war das weit mehr, als sie erwarten konnte. Wieder warf sie einen skeptischen Blick auf die Treppe und runzelte die Stirn. Ihr fehlte ein Förderband, um ihn dort hinaufzubekommen.

Nervöse Unruhe drängte sie zur Hast. Der Mann musste nicht nur versorgt werden, sie musste ihn so schnell wie möglich ins Haus bekommen, um ihn zu verstecken. Hier draußen an der Diamantenbucht lebte sie recht isoliert. Es war deshalb nicht wahrscheinlich, dass jemand zufällig vorbeikommen würde. Aber jemand, der nach dem Mann Ausschau hielte, wäre auch nicht gerade ein zufälliger Besucher. Sie musste den

Verletzten so lange verbergen, bis er wieder bei Bewusstsein war und sie mehr über ihn in Erfahrung gebracht hatte.

Der einzige Weg, ihn die Treppe hinaufzubekommen, war, dem Mann unter die Arme zu greifen und ihn hochzuziehen, so wie sie ihn aus dem Meer gezerrt hatte. Dabei würde Rex ihr keine Hilfe sein können. Sie würde den Kopf, die Schultern und den Oberkörper des Bewusstlosen anheben müssen – damit den schwersten Teil des ganzen Körpers.

Rachel war wieder zu Atem gekommen. Wenn sie noch länger so im Gras herumsaß, würde sie ihr Ziel nie erreichen. Aber sie war entsetzlich müde, und ihre Glieder waren schwer wie Blei. Sie fühlte sich wie zerschlagen und taumelte etwas, als sie wieder auf die Beine kam. Behutsam schlug sie die Decke um die liegende Gestalt, stellte sich an das Kopfende und fasste ihn unter die Achseln. Rachel spannte all ihre Kräfte an, zog ihn in eine halb sitzende Stellung und stützte ihn schnell mit ihren Beinen ab. Er war drauf und dran zur Seite zu kippen, und mit einem Aufschrei umfasste sie seinen Oberkörper, presste die Arme um ihn und verschränkte ihre Hände vor seiner Brust. Sein Kopf sank nach vorn. Neben ihr knurrte Rex und lief aufgeregt hin und her, als er keine Möglichkeit fand, die Decke wieder zwischen die Zähne zu bekommen.

„Schon gut, Rex", keuchte Rachel. „Ich muss es jetzt so machen." Sie fragte sich, ob die Bemerkung eher an den Hund oder an den Mann gerichtet war. Beides war albern, aber in diesem Moment erschien es ihr von großer Bedeutung.

Die Treppe war hinter ihr. Rachel stemmte ihre Füße fest auf die Erde, hielt den Oberkörper des Bewusstlosen fest umschlungen und gab sich einen kräftigen Schubs nach hinten. Mit einem dumpfen Schlag landete sie rücklings auf der ersten

Stufe und schlug sich dabei an der Kante der obersten Stufe schmerzhaft den Rücken auf. Ein stechender Schmerz durchzuckte sie vom Rücken bis zu den Zehen, als ihre Muskeln auf die Anstrengung reagierten. „Ich darf jetzt nicht schlappmachen“, flehte sie leise. „Gleich werde ich mich ausruhen, aber jetzt noch nicht.“

Rachel biss die Zähne zusammen, stellte sich wieder auf die Füße und legte diesmal ihr Gewicht mehr auf die Oberschenkel als auf den schmerzenden Rückenmuskel. Wieder hob und zerrte sie und drückte mit den Beinen nach, bis der Mann noch ein Stück höher lag. Endlich hatte sie die oberste Treppenstufe erreicht und ließ sich, während der Schmerz und die Überanstrengung ihr die Tränen in die Augen trieben, matt darauf fallen. Der Oberkörper des Mannes lag noch immer auf den Stufen, während seine Beine noch in den Hof ragten. Aber wenn es ihr gelänge, ihn auf die Veranda zu bringen, wäre der Rest einfacher. Sie musste die ganze quälende Prozedur wieder aufnehmen.

Rachel wusste nicht, wie sie es fertig brachte, woher sie ihre Kraft nahm. Sie sammelte sich, zerrte und schob. Plötzlich gaben die Beine unter ihr nach und sie fiel schwer rücklings auf die Holzdielen der Veranda, während der Mann auf ihre Beine fiel. Wie betäubt blieb sie einen Moment so liegen und starrte auf das gelbe Verandalicht, das von winzigen Fliegen umschwirrt wurde. Das Herz klopfte ihr zum Zerspringen, und ihr Atem ging rasselnd, als sie tief durchatmete, um neue Kraft zu schöpfen. Das Gewicht des Unbekannten drückte schwer auf ihre Beine. Aber wenigstens lag sie der Länge nach auf dem Fußboden der Veranda, und damit hatte sie es endlich geschafft. Sie hatte den Fremden die Stufen hinaufbekommen!

Stöhnend unter Tränen rutschte Rachel soweit unter dem Mann weg, bis sie sich aufsetzen konnte, obwohl sie am liebsten auf der Stelle eingeschlafen wäre. Sie brauchte eine Weile, bis sie sich von dem auf ihr liegenden Mann befreit hatte, und da sie zu schwach war, sich auf die Beine zu stellen, kroch sie zur Fliegentür, stieß sie auf und kroch wieder zu dem Mann zurück. Nur noch wenige Meter. Durch die Tür hindurch, und nach rechts abbiegen, in ihr Schlafzimmer. Sechs, neun Meter, zu mehr wäre sie auch kaum in der Lage.

Sie nahm wieder, wie sie es vorher getan hatte, das Ende der Decke in die Hand und zerrte daran, während Rex sich wieder willig zeigte, ihr zu helfen. Aber da Rachel nur noch wenig Kraft verblieben war, musste der Hund die meiste Arbeit leisten. Langsam, mühsam brachten sie den Mann Zentimeter für Zentimeter über die Veranda. Rex und sie konnten nicht gleichzeitig durch die Tür kommen, so ging sie als erste und kniete sich hin, um die Decke zu fassen zu bekommen. Knurrend und jeden Muskel seiner stämmigen Gestalt anspannend, zerrte Rex mit seiner ganzen Kraft, und die Decke glitt mit dem darauf liegenden bewusstlosen Mann durch die Tür.

Rachel griff sofort zu und zog lange an der Decke, bis sie ihr Schlafzimmer erreichte. Eine knappe Minute später lag der Mann neben ihrem Bett auf dem Boden. Kaum hatte sie ihren Zipfel losgelassen, gab auch Rex die Decke frei, stellte die Nackenhaare auf und wich in der ihm ungewohnten Umgebung des Hauses nach hinten zurück.

Rachel versuchte gar nicht erst, ihn jetzt zu streicheln. Sie hatte bereits so viel von ihm verlangt, hatte ihn dazu gebracht, seine von ihm gesetzten Grenzen zu überschreiten, dass jeder weitere Annäherungsversuch für ihn einfach zuviel wäre.

„Hier entlang“, sagte sie und brachte das Tier zur Vordertür. Begierig auf seine Freiheit, schoss der Hund an Rachel vorbei und verschwand in der Dunkelheit. Langsam schloss und verriegelte sie die Fliegentür.

Mit schleppenden Schritten ging sie dann zum Vordereingang, schloss auch hier ab und zog die Vorhänge vor die Fenster. Dann ließ sie die altmodischen Jalousien in ihrem Schlafzimmer herunter. Nachdem das geschehen war, schien ihr das Haus so sicher zu sein, wie sie es irgendwie machen konnte. Ihr Blick fiel auf den Mann, der nackt auf dem Schlafzimmerboden lag. Er brauchte dringend ärztliche Hilfe, und zwar die eines erfahrenen Arztes. Aber sie traute sich nicht, einen Doktor anzurufen. Für jeden Arzt war es Pflicht, Schussverletzungen der Polizei zu melden.

Jetzt gab es wirklich nur einen einzigen Menschen, der Rachel helfen konnte, nur eine vertrauenswürdige Person, die ein Geheimnis für sich behalten würde. Sie ging in die Küche und rief Honey Mayfield an. Im Stillen betete sie darum, dass Honey nicht wegen eines Notfalles bereits außer Haus gerufen worden sei. Beim dritten Klingeln wurde der Hörer abgenommen, und eine unüberhörbar schläfrige Stimme sagte: „Mayfield.“

„Hallo, hier spricht Rachel. Kannst du herkommen?“

„Jetzt?“ Rachel gähnte. „Ist etwas mit Rex passiert?“

„Nein, dem Hund geht es gut. Aber … kannst du deine Tasche mitbringen? Und versteck sie in einer Einkaufstüte oder etwas Ähnlichem, damit niemand sie sehen kann.“

Honey war sofort hellwach. „Ist das ein Scherz?“

„Nein. Beeile dich.“

„Ich bin bei dir, so schnell ich kann.“

Sie legten beide gleichzeitig auf, und Rachel ging in ihr Schlafzimmer zurück. Sie hockte sich neben den noch immer bewusstlosen Mann. Die Behandlung, die ihm widerfahren war, hätte eigentlich einen Toten aufwecken müssen. Vielleicht hatte er jedoch so viel Blut verloren, dass er im Koma lag und womöglich dem Tod nahe war.

Angst überkam Rachel, und sie strich dem Unbekannten mit zitternden Händen über das Gesicht, als könne sie ihm mit dieser Berührung neues Leben vermitteln. Er fühlte sich jetzt wärmer als vorher an, und der Atem ging langsam und stoßweise. Aus seiner Schulter sickerte Blut, und Sand klebte an ihm, selbst in den Haaren, aus denen noch das Meerwasser rann.

Rachel versuchte, mit der Hand ihm den Sand aus dem Haar zu bürsten, als sie etwas Klebriges unter ihren Fingern verspürte. Stirnrunzelnd starrte sie auf die wässrig-roten Flecken an ihrer Hand. Ihr wurde klar, dass der Mann auch noch eine Kopfwunde hatte. Und sie hatte ihn über den Hügel und über die Treppen auf die Veranda befördert! Es war ein Wunder, dass sie ihn dabei nicht umgebracht hatte.

Mit klopfendem Herzen eilte sie in die Küche, füllte eine große Schale mit warmem Wasser, kehrte in ihr Schlafzimmer zurück und hockte sich neben dem Verletzten auf den Boden. So behutsam wie möglich wusch sie ihm den Sand und das Blut aus dem Haar und löste ihm die verklebten Strähnen. Unter ihren Fingerspitzen fühlte sie eine starke Schwellung an der rechten Seite seines Kopfes, direkt am Haaransatz an der Schläfe.

Sie schob das Haar zurück und entdeckte klaffende Haut, die aussah, als hätte der Fremde sich den Kopf an einem der großen, zerklüfteten Felsen an der Mündung oder Bucht gestoßen.

Sie blickte ihn mit tränenfeuchten Augen an. Sacht strich sie ihm über die Schulter, als wolle sie sich entschuldigen, und ließ die Finger weich über seine warme, sonnengebräunte Haut gleiten. Was für eine Närrin war sie nur! Das Beste, was sie für diesen Mann tun konnte, war, sofort den Rettungswagen anzurufen und zu hoffen, ihm durch die raue Behandlung keinen größeren Schaden zugefügt zu haben.

Rachel wollte aufstehen und ihren Gedanken in die Tat umsetzen, als ihr plötzlich auffiel, dass der Mann am linken Bein einen verknoteten Verband aus Jeansstoff trug, so ähnlich wie er ihn um die Schulter gehabt hatte. Ihr Rückgrat tat ihr schrecklich weh, als sie ihre Stellung an seinem Kopf verließ und mühsam zu seinen Beinen kroch. Sie ahnte bereits, was sie finden würde. Rachel konnte den Knoten jedoch nicht lösen. Er war zu fest zusammengezogen und vom Wasser noch fester geworden.

Sie holte sich aus ihrem Nähkorb eine Schere und schnitt das Gewebe vorsichtig auf. Die Schere entglitt ihren Fingern, als Rachel auf den Oberschenkel hinunterstarrte, auf die hässliche Wunde an der Außenseite. Er hatte also auch einen Schuss in das Bein abbekommen. Sie untersuchte es sorgfältig und fand sowohl die Stelle, an der die Kugel eingedrungen war, als auch das Ausschussloch. Wenigstens saß das Geschoss nicht fest. So viel Glück hatte der Fremde mit seiner Schulter nicht gehabt.

Niemand wurde durch Zufall von zwei Kugeln getroffen. Jemand musste absichtlich versucht haben, ihn zu töten.

„Ich werde es nicht zulassen!“, sagte sie entschlossen und erschrak vor dem Klang ihrer eigenen Stimme. Sie kannte den

Mann nicht, der unbeweglich und teilnahmslos auf dem Boden lag, aber sie sorgte sich um ihn wie eine Löwenmutter um ihr Junges. Solange sie nicht herausfand, was eigentlich vorgefallen war, würde sie niemandem erlauben, sich ihm auch nur zu nähern.

Soweit es ihr möglich war, reinigte sie ihn. Seine Nacktheit brachte sie nicht in Verlegenheit. Unter diesen Umständen wäre es albern gewesen. Der Mann war verwundet, hilflos. Natürlich wäre es anders, wenn sie ihn so am Strand getroffen hätte. Jetzt brauchte er ihre Hilfe, und sie würde sich von ihrem Schamgefühl nicht abhalten lassen.

Rachel hörte das Geräusch eines die Straße herunterkommenden Wagens und stand hastig auf. Das musste Honey sein. Obwohl Rex sich normalerweise Frauen gegenüber nicht so feindselig verhielt wie Männern, konnte er nach den ungewöhnlichen Ereignissen der Nacht doch reizbar geworden sein und sich der Tierärztin in den Weg stellen. Rachel schloss die Vordertür auf, öffnete sie und trat auf die Veranda hinaus. Sie konnte Rex nirgendwo sehen, aber ein verhaltenes Knurren kam unter dem Oleandergebüsch hervor. Sie sprach beruhigend auf das Tier ein, während Honeys Wagen in die Auffahrt einbog.

Ihre Freundin stieg aus und griff nach zwei auf dem Rücksitz liegenden Einkaufstüten, die sie eng an sich drückte, als sie über den Hof auf Rachel zukam. „Vielen Dank, dass du auf mich gewartet hast“, sagte sie deutlich. „Tante Audrey möchte gern, dass du dir diese Stickmuster für deine Geschäfte ansiehst.“

„Komm herein“, forderte Rachel sie auf und öffnete ihr

die Fliegentür. Rex grollte wieder, als Honey die Stufen hinaufging, blieb aber unter den Büschen liegen.

Honey stellte die beiden Tüten auf dem Boden ab und sah Rachel zu, die die Eingangstür wieder sorgfältig abschloss. „Was ist hier los?", fragte sie neugierig und stemmte ihre kräftigen sommersprossigen Hände in die Seiten. „Warum muss ich meine Utensilien als Stickrahmen ausgeben?"

„Hier herein", sagte Rachel und ging ihr ins Schlafzimmer voran. Er bewegte sich noch immer nicht, außer dem Heben und Senken, während er atmete. „Er ist angeschossen worden", sagte Rachel und kniete sich neben ihn.

Honeys Gesicht verlor seine gesunde Farbe, sodass ihre Sommersprossen auf der Nase und den Wangen besonders deutlich hervortraten. „Lieber Himmel, was geht hier vor? Wer ist er? Hast du schon den Sheriff benachrichtigt? Wer hat auf ihn geschossen?"

„Um gleich drei deiner Fragen zu beantworten: Ich weiß es nicht", antwortete Rachel angespannt, ohne Honey anzusehen. Sie hielt ihren Blick auf das Gesicht des Mannes gerichtet und wünschte, er möge die Augen aufschlagen und ihr die Antworten auf die Fragen geben, die Honey gestellt hatte. „Und den Sheriff werde ich nicht anrufen."

„Was soll das heißen – du wirst ihn nicht anrufen?" Honey schrie fast. Der Anblick des nackten, auf dem Fußboden von Rachels Schlafzimmer liegenden Mannes hatte sie aus ihrer üblichen Ruhe gebracht. „Hast du ihn angeschossen?"

„Natürlich nicht! Er wurde an den Strand geschwemmt."

„Umso mehr hast du Grund, auf der Stelle den Sheriff zu benachrichtigen!"

„Das geht nicht!" Rachel hob den Kopf. Ihre Augen blickten entschlossen und zugleich seltsam ruhig drein. „Ich kann sein Leben auf diese Weise nicht gefährden."

„Hast du den Verstand verloren? Er braucht einen Arzt, und der Sheriff muss Nachforschungen anstellen, warum auf den Mann geschossen wurde! Er könnte ein geflohener Verbrecher sein oder ein Rauschgifthändler. Oder sonst etwas!"

„Das weiß ich auch." Rachel atmete tief durch. „Aber bei der Verfassung, in der er sich befindet, gehe ich wohl kein Risiko ein. Der Mann ist hilflos. Und wenn die Sache ... nicht so planmäßig ... verläuft, dann hat er im Krankenhaus, wo man ihm leicht beikommen könnte, keine Chance."

Honey fasste sich an den Kopf. „Ich begreife nicht, wovon du redest", sagte sie schwach. „Was meinst du mit ‚planmäßig'? Und warum glaubst du, dass jemand ihm beikommen will? Um das auszuführen, was man angefangen hat?"

„Ja."

„Dann ist es erst recht eine Sache für den Sheriff!"

„Hör zu", sagte Rachel beharrlich. „Als ich noch Reporterin war, habe ich manches gesehen, das ... eigenartig war. Eines Abends war ich dabei, als man einen Toten fand. Dem Mann war in den Hinterkopf geschossen worden. Der Bezirkssheriff machte seinen Bericht, und der Tote wurde zur Identifizierung ins Leichenschauhaus gebracht. Als aber zwei Tage später eine winzige Meldung darüber in der Zeitung gebracht wurde, hieß es, der Mann sei eines natürlichen Todes gestorben! Sicher, ich nehme an, es ist irgendwie natürlich, an einer Kugel im Kopf zu sterben. Doch ich wurde neugierig, steckte meine Nase tiefer in die Sache und wollte die Akten einsehen. Die aber waren verschwunden. Beim Büro des Leichenbeschauers lag nichts über einen Mann vor, dem man in den Kopf geschossen hatte. Schließlich wurde mir zugetragen, ich solle mich um meine eigenen Angelegenheiten kümmern und dass bestimmte Leute in der Regierung die Sache in die Hand genommen hätten und wünschten, nichts darüber verlautbart zu sehen."

„Das ergibt keinen Sinn", murmelte Honey.

„Jener Mann war ein Agent."

„Welche Art von Agent? Des Rauschgiftdezernates? Vom FBI? Oder woher?"

„Du bist schon auf der richtigen Fährte, aber du musst noch tiefer schürfen."

„Ein Spion? Willst du damit sagen, er war ein Spion?"

„Er war ein Agent. Ich weiß nicht, für welche Seite er arbeitete, aber die ganze Sache wurde vertuscht und ungeschehen gemacht. Danach bemerkte ich, dass es auch noch andere Dinge gab, die nicht das waren, als was sie erschienen. Ich habe zu viel miterlebt, um heute einfach anzunehmen, dieser Mann hier befinde sich in Sicherheit, sobald ich ihn den Behörden überantwortet hätte."

„Meinst du, der hier sei ein Agent?" Honey starrte auf den Mann hinunter, ihre braunen Augen waren weit aufgerissen.

Rachel zwang sich, ganz ruhig zu antworten. „Ich halte es für denkbar, und ich glaube, wir würden sein Leben gefährden, wenn wir ihn dem Sheriff auslieferten. Damit würde die Sache in die Öffentlichkeit dringen, und jeder, der hinter ihm her wäre, könnte ihn aufspüren."

„Er könnte immer noch ein Drogenhändler sein. Du könntest dein Leben aufs Spiel setzen, wenn du ihn beschützt."

„Das wäre eine Möglichkeit", räumte Rachel ein. „Aber er ist verletzt, und ich bin es nicht. Abgesehen von allem, was ich ihm geben kann, hat er überhaupt keine Chance. Falls das Rauschgiftdezernat einen Drogenring hat auffliegen lassen, wird es bestimmt in den Nachrichten im Fernsehen oder in der Zeitung erwähnt. Ist er ein entflohener Sträfling, dann melden es auch die Nachrichten. Er ist gar nicht in der Verfassung, jemandem Leid anzutun. Ich bin also sicher."

„Und wenn mit einer Drogenlieferung etwas schiefgelaufen ist und irgendwelche anderen obskuren Typen hinter ihm her sein sollten? Dann wärst du nicht mehr sicher, weder vor ihm noch vor der anderen Seite."

„Dieses Risiko muss ich eingehen", sagte Rachel und hielt Honeys beunruhigendem Blick stand. „Ich weiß, worauf ich mich einlasse, und kenne mein Risiko. Vielleicht sehe ich Gespenster, wo keine sind, aber stell dir vor, wie furchtbar es für ihn wäre, wenn ich recht behielte."

Honey atmete tief durch und machte erneut einen Versuch. „Es ist höchst unwahrscheinlich, dass an deinem Strand ein Spion angeschwemmt würde. So etwas passiert nicht im normalen Leben, keinem normalen Menschen, und du bist recht normal, auch wenn du dich leicht exzentrisch gibst."

Rachel konnte nicht glauben, was sie soeben gehört hatte.

Ausgerechnet Honey, die sonst einer der vernünftigsten Menschen in der ganzen Gegend war, musste ihr das sagen. Die Ereignisse brachten offenbar jeden durcheinander. „Es ist unwahrscheinlich, dass überhaupt ein Verwundeter an meinen Teil des Strandes angetrieben wird, ganz gleich, welchen Beruf er hat. Er aber wurde es! Er ist hier, und er braucht dringend Hilfe. Ich habe getan, was ich konnte, und nun braucht er medizinische Versorgung. Er hat immer noch eine Kugel in der Schulter. Bitte, Honey!"

Honey wurde noch eine Spur blasser. „Du willst, dass ich mich um ihn kümmere? Er braucht einen Arzt! Ich bin Tierärztin!“

„Ich kann keinen Doktor hinzuziehen. Ärzte sind gehalten, alle Schussverletzungen der Polizei zu melden. Du kannst es tun. Kein lebenswichtiges Organ ist in Mitleidenschaft gezogen. Nur seine Schulter und das Bein sind betroffen, und ich glaube, er hat eine Gehirnerschütterung. Bitte!“

Honey sah auf den nackten Mann hinunter und biss sich auf die Unterlippe. „Wie hast du ihn hier heraufbekommen?“

„Rex und ich haben ihn auf dieser Decke hergezerrt.“

„Wenn er eine ernstzunehmende Gehirnerschütterung mit einem Bluterguss hat, muss er operiert werden.“

„Ich weiß. Wenn das erforderlich ist, werde ich mich darum kümmern. Ich werde mir etwas einfallen lassen.“

Ein paar Minuten schwiegen sie beide und sahen den Mann an, der so still und hilflos zu ihren Füßen lag. „Na schön“, sagte Honey schließlich in nachgiebigem Ton. „Ich werde tun, was in meinen Kräften steht. Heben wir ihn auf das Bett.“

Das war ebenso schwer, wie ihn vom Strand hochzubringen. Da Honey die Größere und Kräftigere war, fasste sie ihn unter den Schultern, während Rachel einen Arm unter seine Hüften und den anderen unter seine Schenkel schob. Er war ein hochgewachsener, muskulöser Mann, wie Rachel schon vorher bemerkt hatte. Außerdem war er durch seine Bewusstlosigkeit noch schwerer, und sie mussten sehr auf seine Verletzungen achten. „Lieber Himmel“, keuchte Honey, „wie hast du ihn bloß den Berg hinauf und ins Haus bekommen, auch wenn Rex dir geholfen hat?“

„Ich musste einfach“, antwortete Rachel, weil das die einzige Erklärung war, die ihr einfiel.

Schließlich hatten sie ihn auf das Bett gehoben und Rachel ließ sich auf den Boden gleiten, restlos erschöpft von allen Anstrengungen der Nacht. Honey beugte sich über den Mann, um ihn zu untersuchen, der Ausdruck ihres sommersprossigen Gesichts war sorgenvoll.

## 3. KAPITEL

Es war drei Uhr morgens. Honey war vor einer halben Stunde abgefahren, und Rachel hatte sich so lange aufrecht gehalten, bis sie die ersehnte Dusche nehmen und sich das Salz aus den Haaren waschen konnte. Die Hitze des Tages hatte soweit nachgelassen, dass die Luft erträglicher geworden war. Bald jedoch würde die Sonne aufgehen, und die Hitze würde von Neuem wachsen. Rachel brauchte den Schlaf sofort, solange es noch ging, doch ihr Haar war nass. Seufzend stützte sie sich auf ihren Frisiertisch und machte den Fön an.

Der Mann schlief immer noch – oder er war bewusstlos. Er hatte zweifellos eine Gehirnerschütterung, aber Honey hielt sie für nicht sehr schwer oder gar für ein Koma. Sie war zu der Schlussfolgerung gelangt, seine anhaltende Bewusstlosigkeit sei auf eine Mischung aus Erschöpfung, Blutverlust, Schock und den Schlag auf seinen Kopf zurückzuführen. Honey hatte ihm die Kugel aus der Schulter geholt, die Wunden genäht und bandagiert, ihm eine Tetanusspritze und Antibiotika gegeben. Anschließend hatten sie und Rachel ihn gewaschen, die Bettwäsche gewechselt und es dem Kranken so bequem wie möglich gemacht.

Nachdem sie sich zur Hilfe entschlossen hatte, war Honey wieder ganz die tüchtige, unbeirrbare Person geworden, und Rachel war ihr unendlich dankbar dafür. Sie hatte das Gefühl, bis an die Grenzen ihrer physischen Leistungskraft gegangen zu sein, und trotzdem fand sie noch die Kraft, Honey während ihrer nervenaufreibenden Operation bei der Entfernung der Kugel zu assistieren und ihn zu verbinden.

Nachdem ihr Haar trocken geworden war, zog sie sich die saubere Bluse über, die sie in das Bad mitgenommen hatte. Das Gesicht, das sie aus dem Spiegel anschaute, wirkte nicht wie ihr eigenes, und sie starrte neugierig ihre bleiche Haut und die dunklen, blauen Ränder der Ermüdung unter den Augen an. Sie war ganz durcheinander vor Erschöpfung. Es wurde Zeit, dass sie ins Bett kam.

In ihrem Schlafzimmer stand sie vor dem Bett mit der frisch überzogenen Decke und dem schneeweißen Laken und starrte auf den Mann, der so still dalag.

Sie musste Schlaf finden, und sie musste in der Nähe des Verletzten sein, damit sie ihn hörte, falls er aufwachte. Sie war Witwe, dreißig Jahre alt und kein naives Mädchen mehr. Das Vernünftigste wäre, sich neben ihn ins Bett zu legen und sich auszuschlafen. Nachdem sie den Mann einen Moment länger angesehen hatte, traf sie ihre Entscheidung und knipste das Licht aus. Dann ging sie zur anderen Seite des Bettes und schlüpfte vorsichtig und ohne ihn anzustoßen unter die Decke. Sie konnte ein leises Stöhnen nicht unterdrücken, als ihre müden Muskeln sich endlich entspannen konnten, und drehte sich auf die Seite, um dem Schlafenden die Hand auf den Arm zu legen. Sollte er unruhig werden, würde sie aufwachen. Dann schlief sie endlich ein.

Als Rachel erwachte, war es bereits heiß, und sie war schweißgebadet. Nachdem sie ihre Augen geöffnet hatte, durchfuhr sie ein kurzer Schreck, als sie das dunkle, männliche Gesicht neben sich auf dem Kissen erblickte. Aber schnell fielen ihr die vergangenen Ereignisse wieder ein, und sie stützte sich auf den Ellbogen, um den Mann zu betrachten.

Trotz der Hitze schwitzte er nicht, und sein Atem schien ein wenig zu schnell zu gehen. Neue Besorgnis regte sich in ihr. Sie setzte sich auf und legte ihm die Hand auf die Stirn, um zu sehen, ob sie heiß war. Unruhig bewegte er den Kopf. Er fieberte, was sie nicht überraschte.

Schnell verließ Rachel das Bett, es war, wie sie bemerkte, bereits nach zwölf Uhr mittags. Kein Wunder, dass es im Haus so heiß war. Sie öffnete die Fenster und stellte den Ventilator an, um etwas von der heißen Luft aus den Räumen zu bekommen, ehe sie zur weiteren Kühlung die Klimaanlage einschaltete. Sie selbst benutzte die Klimaanlage nicht sehr häufig, aber ihr Patient benötigte die Abkühlung.

Erst musste sie sich um ihn kümmern, ehe sie an etwas anderes denken konnte. Sie löste zwei Aspirintabletten in einem Teelöffel voll Wasser auf und hob sanft seinen Kopf an, um ihn nicht zu erschüttern. „Machen Sie den Mund auf“, sagte sie wie zu einem Baby. „Schlucken Sie das, tun Sie es für mich. Dann lass ich Sie in Ruhe.“ Sein Kopf lag schwer an ihrer Schulter, die Lider mit den schwarzen Wimpern waren noch immer geschlossen. Sein dichtes, glattes Haar fühlte sich warm unter ihren Fingern an und erinnerte sie an sein Fieber. Rachel drückte den Löffel gegen seinen Mund, bemerkte die klar geschnittene Linie seiner Lippen. „Machen Sie schon“, flüsterte sie. „Öffnen Sie den Mund.“

Der Mann versuchte, sich zu ihr hinzudrehen. Sein Kopf ruhte an ihrer Schulter, und sein Mund öffnete sich ein wenig. Mit klopfendem Herzen brachte sie ihn dazu, die Medizin zu schlucken, und hoffte nur, er würde keinen Erstickungsanfall erleiden. Es ging allerdings so erstaunlich gut, dass sie ihm noch weitere drei Teelöffel Wasser einflößen konnte, ehe er wieder in tiefe Bewusstlosigkeit fiel.

Sie feuchtete einen Waschlappen in kaltem Wasser an, faltete ihn und legte ihn dem Mann auf die Stirn. Dann schlug sie die Bettdecke bis zu seiner Hüfte zurück und begann, ihn sorgfältig mit kaltem Wasser abzureiben. Langsam, fast mechanisch fuhr sie mit dem nassen Tuch über seine Brust und Schultern, über seine kräftigen Arme bis zu seinem schlanken, harten Bauch, wo die Brusthaare in einer dünnen, seidigen Linie ausliefen. Rachel atmete tief durch, sie war sich bewusst, dass sie zitterte. Sie hatte nie zuvor einen attraktiveren Mann gesehen.

Er hatte ein gleichmäßiges und gut geschnittenes Gesicht mit einer schmalen, geraden Nase. Sein Mund war fest und doch weich mit der perfekt geschwungenen Oberlippe, die auf Entschlossenheit, vielleicht sogar Skrupellosigkeit hindeutete, während die Unterlippe Sinnlichkeit ausdrückte. Das Kinn war eckig, und auf seinen Wangen zeigte sich der erste Ansatz eines Bartes. Sein Haar war wie dicke Seide, dunkel mit einem roten Schimmer. Seine sonnengebräunte Haut hatte einen olivbraunen Ton.

Er war äußerst muskulös, ohne aber die protzige Muskulatur eines Bodybuilders zu haben. Seine Muskeln zeugten von harter Arbeit und körperlicher Beschäftigung. Es waren die Muskeln eines Menschen, der auf Kraft und Schnelligkeit trainiert war.

Rachel hob eine seiner Hände an und hielt sie zwischen ihren eigenen fest. Er hatte lange, schlanke Finger, die zweifellos zupacken konnten, auch wenn sie jetzt schlaff herunterhingen. Seine Nägel waren kurz und gepflegt. Rachel strich leicht über die Schwielen an den Fingerspitzen und an der Innenfläche seiner Hand. Dabei fiel ihr noch etwas anderes auf: wie hart seine Hand sich an den Kanten anfühlten. Sie atmete schneller und wieder überkam sie ein Gefühl, das Rachel nur mit „Vorsicht" bezeichnen konnte. Sie legte seine Hand an ihre Wange, griff vorsichtig nach vorn und berührte die Narbe auf seinem Bauch – eine geschwungene, glänzende Linie, die sich krass von seiner dunklen Haut abhob. Sie verlief über seinen Bauch, zur rechten Seite hinüber, wo sie irgendwo auf dem Rücken endete. Das war eine Operationsnarbe. Sie erstarrte bei der Vorstellung eines mit aller Wildheit und Brutalität geführten Messerkampfes. Wahrscheinlich hatte er sich mit einer schnellen Drehung der Klinge entziehen wollen und so den Schnitt in die Seite und in den Rücken bekommen.

Ein Mann, mit einer solchen Narbe und mit derart vielsagenden Schwielen an den Händen, war kein gewöhnlicher Mann, der einem gewöhnlichen Job nachging. Kein normaler Mensch hätte mit solchen Verletzungen zur Küste schwimmen können. Das hatte ihm ungeheure Kraft und Entschlossenheit abverlangt. Wie weit war er geschwommen? Rachel hatte keine Lichter auf dem Meer sehen können, wie ihr einfiel. Und trotz all seiner Entschlossenheit war er jetzt hilflos. Sein Überleben hing von ihr ab.

Die Medizin und das Abreiben mit dem kalten Wasser hatten sein Fieber gesenkt. Er schien jetzt tief zu schlafen. Dennoch fragte Rachel sich, wie sie den Unterschied zwischen Schlaf und Bewusstlosigkeit feststellen konnte.

Honey hatte ihr versprochen, am selben Tag wieder vorbeizukommen und nach dem Patienten zu sehen, um sicherzugehen, dass die Gehirnerschütterung nicht schlimmer war, als sie ursprünglich angenommen hatte. Im Moment konnte Rachel nichts weiter tun, als zu ihrer gewohnten Beschäftigung überzugehen.

Sie wollte sich Khakishorts und ein ärmelloses, weißes Baumwollhemd anziehen, doch nach einem raschen Blick auf den Schlafenden ging sie, obwohl es ihr idiotisch erschien, in ihr Bad und schloss die Tür hinter sich ab. Bobby Bill war seit fünf Jahren tot und Rachel nicht daran gewöhnt, einen Mann um sich zu haben, besonders keinen Fremdling.

Anschließend schloss sie alle Fenster und stellte die Klimaanlage an. Dann trat sie vor das Haus. Ebenezer Duck und seine Gefolgschaft watschelten auf sie zu. Ebenezer verlieh laut schnatternd seinem Protest darüber Ausdruck, so lange auf sein Getreide warten zu müssen, das Rachel ihm sonst gleich morgens als Erstes hinstreute. Ebenezer war ein rechter Nörgler vor dem Herrn, wie sie fand, aber dennoch hatte er etwas Majestätisches an sich, so groß, fett und weiß, wie er war, und Rachel mochte seine Launen. Rex kam um die hintere Hausecke und blieb beobachtend stehen, während sie die Gänse fütterte. Wie üblich, wahrte er seine Distanz zu Rachel. Sie schüttete ihm sein Futter in seine Schüssel und goss ihm frisches Wasser in den Napf. Dann trat sie zur Seite. Rex kam niemals näher, solange sie noch bei seinem Futter war.

Anschließend erntete Rachel die reifen Tomaten in ihrem kleinen Garten und merkte, wie ihr Magen vor Hunger knurrte, weil ihre übliche Frühstückszeit längst überschritten war. Ihr ganzer Tagesablauf war durcheinandergeraten, und es schien wenig sinnvoll, wieder in seinen Rhythmus hineinzukommen. Wie konnte sie sich auf ihr Schreiben konzentrieren, wenn sie in Gedanken ständig bei dem fremden Mann in ihrem Schlafzimmer war?

Rachel ging ins Haus und sah nach ihm, aber er hatte sich nicht bewegt. Sie tauchte den Waschlappen in kaltes Wasser und legte ihn wieder auf die Stirn des Mannes. Dann wandte sie die Aufmerksamkeit ihrem hungrigen Magen zu.

Mit einem Glas Eistee in der einen und einem Sandwich in der anderen Hand setzte sie sich neben das Radio, stellte es an und hörte den Nachrichten zu. Es wurde nichts Ungewöhnliches gemeldet – die üblichen örtlichen wie nationalen politischen Verwicklungen – ein Häuserbrand – ein Prozess von lokalem Interesse – dann das Wetter, das keine Änderung versprach. Keine dieser Meldungen enthielt den Schimmer einer Erklärung für die Anwesenheit und Verfassung des Mannes in ihrem Schlafzimmer.

Dann stellte sie den Fernseher ein und hörte fast eine Stunde lang zu, doch auch da kam nichts durch. Es war ein ruhiger Tag, und die Hitze brachte die meisten Leute dazu, im Haus zu bleiben. Es gab keine Meldung über eine Suchaktion oder Festnahmen in der Rauschgiftszene. Als Rachel ein Auto vor ihrem Haus halten hörte, stellte sie den Fernseher ab, stand auf und schaute aus dem Fenster. Honey verließ gerade ihren Wagen, eine neue Einkaufstüte in der Hand.

„Wie geht es ihm?“, fragte sie, sobald sie das Haus betreten hatte.

„Er hat sich immer noch nicht bewegt. Als ich aufwachte, hatte er Fieber. So habe ich mit einigem Glück zwei Aspirintabletten und etwas Wasser in ihn hineinbekommen. Danach habe ich seinen Körper mit kaltem Wasser abgerieben.“

Honey ging ins Schlafzimmer und kontrollierte die Reflexe seiner Pupillen. Dann sah sie nach seinen Verbänden an der

Schulter und am Oberschenkel und erneuerte sie. „Ich habe ein Thermometer mitgebracht", murmelte sie, schlug es herab und steckte es dem Mann in den Mund.

Rachel war ängstlich in der Nähe geblieben. „Welchen Eindruck macht er auf dich?"

„Seine Reflexe sind besser geworden, und die Wunden sehen sauber aus, aber er wird noch lange brauchen, bis er über den Berg ist. Er wird etliche Tage sehr krank sein. Im Übrigen ist es besser, wenn er länger so ruhig bleibt. Er ruht seinen Kopf aus und strengt seine Schulter und das Bein nicht an."

„Und das Fieber?"

Honey fühlte seinen Puls, nahm dann das Thermometer aus seinem Mund und las es ab. „Neununddreißig Grad. Nicht kritisch. Gib ihm alle vier Stunden eine Tablette und so viel Wasser, wie du in ihn hineinbekommst. Verschaff ihm Erleichterung, indem du ihn mit kaltem Wasser abreibst. Ich komme morgen wieder. Aber ich kann nicht zu oft herkommen, sonst wirkt es verdächtig."

Rachel brachte ein Lächeln zustande. „Bist du sicher, dass deine Einbildung nicht mit dir durchgeht?"

Honey zuckte die Schultern. „Ich habe Radio gehört und die Zeitung gelesen. Nirgendwo wurde etwas über diesen Mann erwähnt. Vielleicht wirfst du mich hinaus, aber ich kann mir nur noch zwei Möglichkeiten vorstellen. Einmal, dass er ein Agent –, und zum anderen, dass er ein Drogenhändler ist, der sich auf der Flucht vor seinen eigenen Leuten befindet."

Rachel sah auf sein zerrauftes Haar und schüttelte den Kopf. „Ich glaube nicht, dass er etwas mit Rauschgift zu tun hat."

„Weshalb nicht? Haben solche Leute identifizierbare Tätowierungen oder etwas Ähnliches?"

Rachel erzählte Honey nichts über seine Hände. „Wahrscheinlich will ich mir doch nur einreden, das Richtige getan zu haben."

„Soweit ich es beurteilen kann, hast du das. Gestern Abend war ich nicht dieser Ansicht, aber heute habe ich darüber nachgedacht und habe heute Morgen eine Unterhaltung mit einem Polizisten angefangen. Er hat nichts Ungewöhnliches erwähnt. Falls diese Besuche hier oben etwas mit Rauschgift zu tun haben sollten, bleibt dir Zeit genug, das herauszufinden, ehe er wieder in der Verfassung ist, in der er gefährlich werden könnte. Also, ich denke, du hast recht."

„Wie lange wird es noch dauern, bis er aufwacht?", murmelte Rachel.

Honey zögerte. „Ich weiß es nicht. Ich bin Tierärztin, vergiss das nicht. Bei dem Fieber, dem Blutverlust und dem Schlag auf den Kopf … kann ich es wirklich nicht sagen. Er sollte eigentlich am Tropf hängen und intravenös Flüssigkeit zugeführt bekommen. Sein Puls geht schwach und schnell. Vermutlich müsste er eine Blutübertragung haben. Und dann hat er einen Schock, aber er kommt da heraus. Er könnte jederzeit aufwachen, oder es könnte auch morgen sein. Wenn er aufwacht, könnte er desorientiert sein, was nicht überraschend wäre. Pass auf, dass er sich nicht aufregt. Und was immer du machst, lass ihn nicht aufstehen."

Rachel sah zu dem Mann hinunter, auf seinen kräftigen Körper, und fragte sich, ob sie überhaupt die Möglichkeit hätte, ihn von etwas abzuhalten, wonach ihm der Sinn stand.

Honey holte Gaze und Klebeband aus ihrer Tasche. „Wechsele seine Verbände morgen früh. Ich kann nicht vor morgen Abend wieder hier sein, außer wenn du meinst, dass es ihm schlechter ginge und du mich aus diesem Grund anrufen müsstest. In diesem Fall wäre es allerdings besser, einen Arzt herbeizurufen.“

Rachel lächelte verkrampft. „Danke. Ich weiß, es war für dich nicht einfach, die Sache zu handhaben.“

„Wenigstens hast du für etwas Aufregung in diesem Sommer gesorgt. Ich muss gehen, sonst reißt mir Rafferty die Haare aus, falls ich ihn warten lasse.“

„Richte ihm Grüße von mir aus“, sagte Rachel, als sie auf die Veranda traten.

„Das hängt von seiner Stimmung ab.“ Honey grinste, und ihre Augen glänzten bei der erfreulichen Aussicht auf ein Wortgefecht. John Rafferty und sie lagen sich stets in den Haaren, seit Honey ihre Praxis in dieser Gegend eröffnet hatte. Rafferty hatte seiner Meinung deutlich genug Ausdruck verliehen, dass eine Frau für diese Tätigkeit viel zu schwach sei, und Honey hatte ihm bewiesen, dass er sich irrte.

Rex stand an der Hausecke und passte argwöhnisch und sprungbereit auf, als Honey in ihr Auto stieg und abfuhr. Normalerweise hätte Rachel beruhigend auf ihn eingeredet, aber heute war selbst sie angespannt und mitgenommen. „Pass auf“, sagte sie leise, ohne zu wissen, ob er ihren Befehl begreifen würde. „Braver Junge. Pass schön auf das Haus auf.“

Einige Stunden arbeitete Rachel an ihrem Manuskript, obwohl sie sich nicht recht darauf konzentrieren konnte. Ständig achtete sie auf jedes aus dem Schlafzimmer kommende Geräusch. Am Spätnachmittag stieg das Fieber des Patienten wieder und schien diesmal noch schlimmer zu werden. Seine Haut glühte unter Rachels Händen, und hektische Röte war in sein Gesicht gestiegen. Während Rachel seinen Kopf anhob, sprach sie beruhigend und besänftigend auf den Mann ein. Mit ihrer freien Hand streichelte sie seine Brust und seine Arme, um ihn so wachzurütteln. Ihre Bemühungen waren erfolgreich, als der Mann plötzlich aufstöhnte und sein Gesicht an ihren Hals schmiegte.

Das Geräusch und die Bewegung von jemandem, der so lange still dagelegen hatte, ließ sie zusammenfahren. Ihr Herz klopfte heftig, und einen Moment lang war sie unfähig, sich zu rühren, hielt ihn nur fest und spürte das Kratzen seiner Bartstoppeln an ihrem Nacken.

Es war ein eigenartiges erotisches Gefühl. Erinnerungen kamen auf und trieben ihr die Röte in die Wangen. Wie konnte sie nur auf die unbewusste Berührung eines kranken Mannes so reagieren?

Wie zuvor kühlte sie ihn dann geduldig mit einem mit kaltem Wasser getränkten Tuch und flößte ihm neue Medizin ein. Das Medikament tat seine Wirkung, und das Fieber fiel wieder. Bald schlief der Kranke fest.

Nach einer unruhigen Nacht, in der Rachel wiederholt aufwachte und den Patienten versorgte, stöhnte er gegen Morgen wieder und versuchte vergeblich, sich auf die Seite zu legen. Da sie annahm, dass seine Muskeln sich verspannt hatten, weil er so lange in einer Stellung gelegen hatte, half Rachel ihm, sich auf die rechte Seite zu drehen. Dann kühlte sie seinen Rücken mit dem feuchtkalten Tuch. Der Mann beruhigte sich augenblicklich. Sein Atem ging tief und gleichmäßig. Rachel rieb seinen Rücken, bis sie fest davon überzeugt war, dass er in einen erholsamen Schlaf gesunken war. Dann kroch sie wieder ins Bett zurück. Sie war so grenzenlos müde … Und sie war auch im Nu eingeschlafen.

Der folgende Tag sah nicht sehr viel anders aus als der erste. Rachel pflegte den Kranken und wartete auf Honey, die versprochen hatte, vorbeizukommen, um nach dem Mann zu sehen.

„Wie geht es unserem Patienten?“, fragte die Ärztin, als sie abends vorbeischaute.

Rachel schüttelte den Kopf. „Keine große Veränderung. Er bewegt sich etwas und dreht sich unruhig hin und her, wenn das Fieber höhersteigt, aber er ist noch nicht aufgewacht.“

Honey kontrollierte die Verbände und seine Augen. „Alles in Ordnung“, murmelte sie. „Lass ihn schlafen. Genau das braucht er.“

„Aber das tut er schon so lange“, flüsterte Rachel.

„Er hat eine Menge durchgemacht. Der Körper sorgt von ganz allein dafür, dass er sich erholt.“

Rachel lud ihre Freundin zu einer Tasse Kaffee ein, weil sie nicht zum Essen bleiben wollte. Dann warf Honey einen Blick auf ihre Uhr. „Es ist noch nicht zu spät. Ich glaube, ich werde bei Rafferty vorbeifahren und nach einer seiner Stuten sehen, die fohlen soll. Vielleicht erspart es mir, den Weg wieder zurückzumachen, sobald ich zu Hause angekommen bin. Danke für den Kaffee.“

„Gern geschehen. Ich weiß wirklich nicht, was ich ohne dich hätte tun sollen.“

Honey sah sie einen Moment lang an, ihr sommersprossiges Gesicht war ernst. „Du wärst schon klargekommen, nicht wahr? Du gehörst zu den Menschen, die tun, was sie tun müssen, ohne großes Aufhebens darum zu machen. Der Mann da drinnen schuldet dir eine ganze Menge.“

Rachel wusste aber leider nicht, ob er das auch so sehen würde oder nicht.

Nachdem sie geduscht hatte, blickte sie ihn eindringlich an, als wolle sie ihn zwingen, die Augen zu öffnen und zu ihr zu sprechen, ihr einen Hinweis auf den Mann zu geben, der sich hinter den geschlossenen Lidern verbarg. Mit jeder Stunde, die verstrich, wurde das Geheimnis um ihn größer. Wer war er? Wer hatte ihn angeschossen und warum? Warum wurde in den Medien nichts erwähnt, das einen Hinweis auf ihn hätte abgeben können? Ein verlassenes Boot, das steuerlos im Golf oder an die Küste getrieben wurde, würde in den Nachrichten gebracht werden. Eine vermisste Person hätten die Zeitungen gemeldet. Eine Rauschgiftrazzia, ein entsprungener Sträfling, all dieses wäre eine Durchsage wert gewesen, aber nirgendwo gab es einen Hinweis, warum der Mann mit der Flut angetrieben worden war.

Rachel legte sich ins Bett neben ihn und hoffte auf wenigstens wenige Stunden Schlaf. Ihr schien, der Kranke schliefe ruhiger und das Fieber sei nicht mehr so hoch, wie es zu Anfang gewesen war. Sie legte die Hand auf seinen Arm und schlief ein.

Das Schwanken des Bettes weckte Rachel auf und riss sie aus dem tiefsten Schlaf. Mit klopfendem Herzen setzte sie sich auf. Der Mann bewegte sich unruhig hin und her, versuchte die Decke von sich zu strampeln. Seine Haut war heiß, und er atmete schwer.

Sie knipste ihre Nachttischlampe an, ging ins Bad und holte neue Medizin und frisches Wasser. Diesmal schluckte er leichter. Sanft drückte Rachel seinen Kopf in die Kissen zurück und fuhr ihm zärtlich über das Haar.

Sie musste ihm unbedingt sofort Kühlung verschaffen. Im

Badezimmer feuchtete sie einen Waschlappen an und beugte sich dann über den Kranken, um seinen Oberkörper langsam abzureiben.

Eine Hand berührte ihre Brust. Rachel erstarrte und riss die Augen auf. Ihr ärmelloses Nachthemd war lose, und der tiefe, runde Ausschnitt bot einen besonders guten Einblick, als sie sich über den Mann gebeugt hatte. Langsam glitt seine rechte Hand hinein, und mit der Rückseite seiner schlanken, kräftigen Finger strich er beharrlich über ihre Brustspitzen, vor und zurück, bis die rosa Knospen sich zusammenzogen, und Rachel bei dem unerwarteten angenehmen Genuss die Augen schließen musste. Dann bewegte die Hand sich tiefer, so langsam, dass Rachel den Atem anhielt, bis er die samtweiche Unterseite ihrer Brust streichelte. „Nice", murmelte er, seine Stimme war tiefer, auch wenn das Wort undeutlich herauskam.

Abrupt wurde Rachel sich bewusst, was das bedeutete: Der Mann war wach! Einen Augenblick lang starrte sie in seine halb geöffneten Augen, die so schwarz waren, dass man den Eindruck hatte, sie würden alles Licht aufsaugen. Dann senkte er langsam die Wimpern und war auf einmal wieder fest eingeschlafen. Seine Hand glitt von ihrer Brust und sank auf die Bettdecke.

Rachel war so verwirrt, dass sie sich kaum zu bewegen vermochte. Ihre Haut brannte noch von seiner Berührung, und der Moment, als sie ihm in die Augen geschaut hatte, war wie festgefroren. Er hatte sich ihrem Gedächtnis derart eingeprägt, dass sie sich wie gebrandmarkt vorkam. Seine schwarzen Augen waren schwärzer als die Nacht, ohne eine Spur von braun. Fieber und Schmerz hatten seinen Blick getrübt, aber der Mann hatte etwas gesehen, was ihm anscheinend gefiel und wonach er gegriffen hatte. Sie sah an sich herunter und bemerkte, dass der Ausschnitt ihres losen bequemen Nachthemdes ihre Brüste seinem Blick und seiner Berührung vollkommen ausgesetzt hatte. Unabsichtlich hatte sie ihn zu beidem aufgefordert.

Ihre Hände zitterten, als sie mechanisch fortfuhr, ihn mit dem kalten Lappen zu kühlen. Alle ihre Sinne waren in Aufruhr geraten, und ihr Verstand versuchte, sich an die Tatsache zu gewöhnen, dass ihr Patient wach gewesen war und gesprochen hatte, wenn auch nur ein einziges Wort. „Nice", hatte er gesagt. Die Hitze stieg ihr in die Wangen.

Dann wurde ihr plötzlich die Folgerung bewusst, die sich aus diesem einen Wort ergab, und sie setzte sich kerzengerade hin. Er war Amerikaner! Wäre er das nicht gewesen, dann hätte er in seinem halb bewusstlosen und fieberhaften Zustand das erste Wort in seiner Muttersprache gesagt. Aber er hatte Englisch gesprochen, und der Akzent, obwohl undeutlich, war entschieden amerikanisch gewesen.

Ihr Herz klopfte immer noch aufgeregt. Selbst dann noch, nachdem sie das Licht ausgeschaltet und sich neben den Kranken ins Bett gelegt hatte, zitterte sie und konnte keinen Schlaf finden. Er hatte seine Augen geöffnet und zu ihr gesprochen, hatte sich aus eigenem Antrieb bewegt. Er war auf dem Wege der Besserung. Bei dem Gedanken fiel ihr eine schwere Last von den Schultern.

Rachel drehte sich auf die Seite und betrachtete ihn lange. In der Dunkelheit des Zimmers konnte sie sein Profil zwar kaum erkennen, aber mit jeder einzelnen Faser ihres Seins nahm sie seine Gegenwart wahr.

Er war warm und lebendig, und so etwas wie Schmerz, aber auch Begeisterung erfüllten sie, weil er irgendwie wichtig für sie geworden war, so wichtig, dass der Verlauf ihres Lebens unwiderruflich verändert wurde. Selbst wenn er sie verlassen würde, wie ihre Vernunft es ihr sagte, könnte sie niemals mehr dieselbe sein.

## 4. KAPITEL

„Ich sage dir, er ist tot.“ Der schlanke Mann mit dem grau werdenden braunen Haar und dem hageren, angespannten Gesicht, das im Gegensatz zu der erzwungenen Ruhe und dem beherrschten Benehmen stand, warf dem Sprecher einen geringschätzigen, belustigten Blick zu. „Glaubst du, wir können uns diese Annahme leisten, Tod? Wir haben nichts gefunden – Ich wiederhole: nichts, das seinen Tod bestätigt.“

Tod Ellis kniff die Augen zusammen. „Es ist ausgeschlossen, dass er überlebt haben kann. Dieses Boot explodierte wie ein Benzintank.“

Eine elegante, rothaarige Frau hatte den beiden schweigend zugehört. Jetzt lehnte sie sich vor und drückte ihre Zigarette aus. „Und was ist mit der Meldung eines der Männer, der angeblich etwas oder jemanden über Bord gehen sah?“

Ellis errötete zornig. Diese beiden hatten sich seinem Befehl unterstellt, als es darum ging, die Falle zu stellen, und nun behandelten sie ihn wie einen blutigen Amateur. Das gefiel ihm nicht. Er war alles andere als ein Anfänger, und sie waren verdammt auf ihn angewiesen gewesen, als sie hinter Sabin her waren. Der Plan war nicht nach Wunsch verlaufen, doch Sabin war ihnen auch nicht entkommen, und nur darauf kam es an. Falls sie geglaubt haben sollten, es sei leicht, Sabin zu fangen, dann waren sie bestenfalls Dummköpfe. „Selbst wenn er ins Wasser entkommen sein sollte“, sagte er geduldig, „so war er doch verletzt. Wir haben gesehen, dass er getroffen wurde. Und das passierte Meilen vor der Küste. Er kann in gar keinem Fall an Land gelangt sein. Entweder ist er ertrunken oder von einem Hai angefallen worden. Warum sollten wir durch eine Suche nach ihm das Risiko der Aufmerksamkeit auf uns ziehen?"

Der andere Mann sah mit seinen blassblauen Augen an Ellis vorbei. „Ja. Aber wir reden von Sabin, nicht von irgendeinem normalen Mann. Wie oft ist er uns entwischt? Viel zu oft, als dass ich darauf baue, wir hätten ihn so leicht töten können. An Bord haben wir keine Überreste gefunden, und falls er, wie du sagst, entweder ertrunken oder von den Haien angefallen wurde, müsste es dafür irgendwelche Anzeichen geben. Zwei Tage lang sind wir hier herumgefahren, ohne etwas zu finden. Mir erscheint es nur logisch, jetzt unsere Suche auf die Küste auszudehnen."

„Falls wir das tun, setzen wir uns der Gefahr aus, entlarvt zu werden."

Die Frau lächelte. „Nicht, wenn wir es richtig anstellen. Wir müssen nur vorsichtig genug sein. Die größte Gefahr besteht für uns darin, dass er von einem anderen Schiff aufgelesen und in ein Krankenhaus gebracht wurde. Falls er Gelegenheit hatte, mit jemandem zu reden oder zu telefonieren, werden wir uns ihm nicht nähern können. Zuerst einmal müssen wir ihn ausfindig machen. Ich bin mit Charles einer Meinung. Für uns steht zu viel auf dem Spiel, als dass wir einfach voraussetzen könnten, Sabin sei tot."

Ellis machte ein grimmiges Gesicht. „Hast du eine Vorstellung von der Größe des Gebietes, das wir absuchen müssen?"

Charles zog die Karte von Florida näher zu sich heran. „Unsere Position war hier", sagte er und bezeichnete die betreffende Stelle mit einem X. „Unter Berücksichtigung der Entfernung und der Gezeiten, die ich bereits überprüft habe, meine ich, wir sollten unsere Suche auf dieses Gebiet hier konzentrieren." Er zeichnete ein großes Oval auf die Karte und klopfte mit seinem Kugelschreiber darauf. „Noelle, überprüfe alle Krankenhäuser dieser Gegend und auch die Eintragungen der Polizei, damit wir herausfinden, ob jemand wegen einer Schusswunde behandelt wurde. Während du damit beschäftigt bist, werden wir jeden Zentimeter der Küste absuchen." Charles lehnte sich zurück und beobachtete Ellis mit eiskalten Augen. „Kannst du mit deinen Leuten in Verbindung treten und herausfinden, ohne gleich Verdacht zu erregen, ob er jemanden angerufen hat?"

Ellis zuckte die Schultern. „Ich habe einen verlässlichen Kontaktmann."

„Dann tu das. So wie die Dinge liegen, haben wir vielleicht schon zu lange damit gewartet."

Er würde den Kontakt aufnehmen, das beschloss Ellis, aber er war überzeugt, dass es reine Zeitverschwendung wäre. Sabin war tot. Diese Leute hier taten gerade so, als wäre er eine Art Supermann, der in der Luft verschwinden, dann wunderbarerweise wieder erscheinen könnte. Okay, Sabin hatte einen legendären Ruf gehabt, als er noch aktiv tätig war, doch das war Jahre her. Mittlerweile würde er bei dem langweiligen Schreibtischjob, den er jetzt hatte, an Schärfe eingebüßt haben. Nein, Sabin war tot. Ellis zweifelte nicht daran.

Rachel saß mit einer auf dem Schoß ausgebreiteten Zeitung auf der Verandaschaukel und schälte grüne Bohnen. Auf dem Fensterbrett stand das Radio, aus dem Musik klang. Sie hatte es leise gestellt, weil sie den Patienten nicht stören wollte. Er schlief friedlich.

Sie hatte den ganzen Morgen über damit gerechnet, dass

er endlich aufwachen würde, aber stattdessen wechselten tiefe Schlafphasen mit unruhigen Perioden ab. Bisher hatte er weder die Augen geöffnet noch wieder gesprochen. Einmal jedoch hatte er aufgestöhnt und die rechte Hand an seine Schulter geklammert, bis Rachel seinen Griff gelöst, ihm die Hand gehalten und mit tröstenden Worten beruhigend auf ihn eingeredet hatte.

Mit einem dumpfen Grollen kroch Rex von seiner Stelle unter dem Oleandergebüsch hervor. Rachel warf einen Blick auf ihn, dann ließ sie den Blick über den Hof nach links zur Straße hinüberschweifen, konnte aber nichts Ungewöhnliches entdecken. Es sah Rex gar nicht ähnlich, auf Eichhörnchen oder Kaninchen zu reagieren. „Was ist denn?“, rief sie besorgt.

Der Hund reagierte auf ihren Zuruf, indem er sich auf sie zubewegte und direkt vor den Treppenstufen stehen blieb. Sein Grollen war jetzt zu einem warnenden Knurren geworden, und er starrte auf das Tannendickicht hinüber, zum Hügel hin, der zur Diamantenbucht hinunterführte.

Zwei Männer kamen aus dem Dickicht.

Rachel fuhr damit fort, die Bohnen zu schälen, als wäre ihr nichts aufgefallen, aber sie spürte, wie sich jeder Muskel in ihr anspannte. Schließlich sah sie zu ihnen hinüber, weil sie fand, dies entspreche einem normalen Verhalten. Die Männer trugen Freitzeitgarderobe, leichte Sommerhosen und Strickhemden, und darüber weite Baumwollblousons. Rachel warf einen zweiten Blick auf die Jacken. Es war noch nicht einmal Mittag und das Thermometer war bereits auf neununddreißig Grad geklettert, und es versprach, noch heißer zu werden. Blousons waren da alles andere als praktisch – außer, man wollte darunter ein Schulterhalfter verbergen.

Als die Männer die Straße überquerten und auf das Haus zukamen, wurde Rex' Knurren bösartig. Er duckte sich leicht auf den Vorderbeinen und stellte die Nackenhaare auf. Die Männer blieben stehen, und Rachel fiel die Bewegung auf, die einer von ihnen unter seiner Jacke machte, ehe er anhielt.

„Tut mir leid", rief sie, stellte gemächlich die Bohnen zur Seite und stand auf. „Rex kann keine Fremden ausstehen, und Männer schon gar nicht. Er lässt nicht einmal den Nachbarn auf den Hof. Ich nehme an, er muss einmal von einem Mann misshandelt worden sein. Haben Sie sich verlaufen, oder hat Ihr Boot Sie im Stich gelassen?" Während sie sprach, kam sie die Treppe hinunter und legte Rex beruhigend die Hand auf den Rücken. Er rückte etwas von ihr ab.

„Weder noch. Wir suchen jemanden." Der Mann, der ihr antwortete, war hochgewachsen und gutaussehend, mit hellbraunen Haaren und einem offenen, jugendhaften Lächeln, das seine weißen Zähne im sonnengebräunten Gesicht aufblitzen ließ. Er sah zu Rex hinunter. „Hm, könnten Sie den Hund auch festhalten?"

„Er wird Ihnen nichts tun, solange Sie sich nicht weiter dem Haus nähern." Rachel hoffte, das möge der Wahrheit entsprechen. Sie klopfte Rex noch einmal besänftigend auf den Rücken, ging an ihm vorbei und auf die Männer zu. „Ich glaube, er schützt weniger mich, als sein eigenes Terrain. Nun, was sagten Sie gerade?"

Der andere Mann war kleiner, schlanker und dunkler als der Schönling neben ihm. „FBI", sagte er knapp und hielt ihr eine Dienstmarke vor die Nase. „Ich bin Agent Lowell, und dies ist Agent Ellis. Wir suchen einen Mann, von dem wir annehmen, dass er sich in dieser Gegend aufhält."

Rachel krauste die Stirn und hoffte, sie würde dabei nicht übertreiben. „Einen entlaufenen Strafgefangenen?“

Agent Ellis hatte seinen Blick anerkennend über Rachels lange, nackte Beine gleiten lassen.

Jetzt sah er ihr in die Augen. „Nein, aber wir wollen ihn ins Gefängnis bringen. Wir glauben, dass er hier irgendwo an Land gekommen sein muss.“

„Ich habe hier keine Fremden gesehen, aber ich werde gut aufpassen. Wie sieht er denn aus?“

„Etwa einen Meter achtzig groß, vielleicht größer. Schwarze Augen und dunkelbraunes Haar.“

„Ein Seminole?“

Beide Männer sahen sie verblüfft an. „Nein, kein Indianer“, antwortete Agent Lowell schließlich. „Aber er ist dunkelhäutig wie ein Indianer.“

„Haben Sie ein Foto von ihm?“

Die beiden tauschten einen schnellen Blick. „Nein.“

„Ist er gefährlich? Ich meine, ein Mörder oder so etwas?“ Rachel saß ein Kloß im Hals und schnürte ihr die Kehle zu. Was würde sie tun, wenn die Männer ihr erklärten, er sei ein Mörder? Wie könnte sie das ertragen?

Wieder tauschten sie einen Blick, als wüssten sie nicht recht, was sie sagen sollten. „Man muss davon ausgehen, dass er bewaffnet und gefährlich ist. Falls Ihnen etwas Verdächtiges auffallen sollte, dann rufen Sie uns unter dieser Nummer an.“ Agent Lowell kritzelte eine Nummer auf ein Stück Papier. Sie warf einen Blick darauf, faltete den Zettel zusammen und steckte ihn in ihre Tasche.

„Das werde ich tun“, sagte sie. „Es war nett, dass Sie vorbeigekommen sind.“

Schon im Gehen begriffen, blieb Lowell stehen, drehte sich wieder um und sah sie aus zusammengekniffenen Augen an. „Da unten am Strand sind so seltsame Spuren, so als hätte man etwas darüber gezerrt. Wissen Sie etwas davon?"

Rachel gefror das Blut in den Adern. Warum war sie nicht an den Strand gegangen und hatte die Spuren restlos verwischt? Die Flut hätte ein Übriges getan und das Blut weggewaschen, wo der Mann gestürzt war. Mit Absicht runzelte sie die Stirn, um ihr Zeit zum Nachdenken zu geben. Dann sah sie die beiden strahlend an. „Oh, vermutlich meinen Sie die Stelle, wo ich Muscheln und das Treibholz einsammle. Ich schichte das alles auf einer Decke zusammen und zerre sie hier herauf. Auf diese Weise muss ich nur einmal den Hügel hinauf."

„Und was machen Sie damit? Mit diesen Muscheln und dem Treibholz?"

Die Art, wie Lowell sie ansah, gefiel Rachel ganz und gar nicht. Er schien ihr kein Wort zu glauben. „Ich verkaufe sie", antwortete sie, und das war die Wahrheit. „Ich besitze zwei Souvenierläden."

„Ach so." Lowell lächelte sie an. „Nun, dann wünschen wir viel Glück bei der Muschelsuche." Die beiden wandten sich wieder zum Gehen.

„Soll ich Sie irgendwohin bringen?", fragte Rachel mit erhobener Stimme. „Sie sehen schon sehr erhitzt aus, und es wird noch heißer werden."

Die beiden Männer blickten hinauf in die stechende Sonne am wolkenlosen, blauen Himmel. Ihre schweißüberzogenen Gesichter glänzten. „Wir sind mit dem Boot gekommen", sagte Agent Ellis. „Wir müssen die Küste noch weiter absuchen. Trotzdem, vielen Dank!"

„Gern geschehen. Oh, passen Sie auf, wenn sie die Richtung nach Norden nehmen. Dort wird es sumpfig."

„Ja, nochmals vielen Dank."

Rachel blickte ihnen nach, bis sie zwischen den Kiefern und hinter den Hügel aus ihrer Sicht verschwunden waren. Trotz der ungeheuren Hitze hatte sie eine Gänsehaut. Alles, was sie erfahren hatte, ging ihr im Kopf herum, und sie versuchte, ihre Gedanken zu ordnen und die richtigen Schlüsse daraus zu ziehen.

FBI? Das war denkbar, aber die Männer hatten ihre Dienstmarken so schnell gezückt, dass es ihr unmöglich war, sie zu identifizieren. Die beiden wussten zwar, wie der Gesuchte aussah, hatten aber kein Bild, keinerlei Unterlagen von ihm, was dem FBI eigentlich keine Schwierigkeiten bereiten durfte. Außerdem waren sie ihrer Frage nach dem Vergehen des Fremden ausgewichen, als hätten sie damit nicht gerechnet und wüssten nun keine passende Antwort. Sie hatten gesagt, der Unbekannte sei vermutlich bewaffnet und gefährlich, doch stattdessen war er nackt und hilflos. Wussten sie nicht, dass er angeschossen war? Warum hatten sie nichts darüber erwähnt?

Wenn sie aber nun doch einem Kriminellen Zuflucht gewährte? Diese Möglichkeit hatte immer bestanden, obwohl Rachel sie von der Hand gewiesen hatte. Nun kam sie ihr wieder in den Sinn, und das machte sie ganz krank.

Sie holte die Bohnen und warf auf dem Weg in die Küche einen besorgten Blick durch die offene Schlafzimmertür. Gerade das Kopfende des Bettes und das braune Haar des Fremden auf dem Kissen waren sichtbar. Wenn er wieder aufwachte und sie in diese nachtschwarzen Augen schaute, würde sie dann in die Augen eines Verbrechers sehen? Eines Mörders?

Verbissen wusch sie sich die Hände und blätterte dann im Telefonbuch. Sie wählte die gesuchte Nummer, und nach dem ersten Klingeln sagte eine genervte Stimme: „Sheriff-Büro."

„Andy Phelps, bitte."

„Einen Augenblick."

Sie hörte ein neues Klingeln, doch diesmal kam die Antwort geistesabwesend, als ob die Person ganz andere Dinge im Kopf hatte. „Phelps."

„Andy, hier ist Rachel."

Augenblicklich erwärmte sich sein Ton. „Hallo, Liebes. Ist alles in Ordnung?"

„Bestens. Heiß, aber sonst alles prächtig. Wie geht es Trish und den Kindern?"

„Den Kindern geht es wundervoll, aber Trish betet darum, die Schule möge wieder anfangen."

Rachel lachte und empfand Mitgefühl für Andys Frau. Ihre Jungen trieben ihr wildes Betragen wirklich auf die Spitze. „Hör mal, gerade waren zwei Typen bei mir zu Haus, die vom Strand hochgekommen sind."

Andys Ton wurde schärfer. „Haben sie dich irgendwie belästigt?"

„Nein, nichts dergleichen. Sie sagten, sie seien vom FBI, aber ich konnte ihre Dienstmarken nicht gut erkennen ... Angeblich suchen sie nach jemandem. Sind sie echt? Ist dein Büro darüber informiert worden? Ich bilde mir vielleicht etwas ein, aber ich befinde mich hier am Ende der Straße und Rafferty lebt meilenweit weg. Nach Bobbys Tod ..." Der plötzliche Schmerz der Erinnerung überkam Rachel, sie konnte nicht weitersprechen. Es war zwar schon fünf Jahre her, aber es gab noch immer Augenblicke, in denen der Verlust und die Trauer sie heimsuchten und eine große Leere sie überfiel.

Andy verstand, wie sonst kein anderer. Er hatte mit Bobby Bill beim Rauschgiftdezernat zusammen gearbeitet. Die Erinnerung daran machte seinen Ton spröde. „Ich weiß. Du kannst nicht vorsichtig genug sein. Liebes. Hör zu, uns wurde Order von oben erteilt, mit einigen Leuten zu kooperieren, die auf der Suche nach jemandem sind. Alles wird sehr heruntergespielt. Es sind keine Männer vom hiesigen FBI. Ich zweifle, ob sie überhaupt dem FBI angehören, aber Order ist Order."

Rachel umklammerte den Hörer noch fester. „Und Behörde ist Behörde?"

„Ja, so ungefähr. Halt den Mund darüber, aber halte deine Augen auf. Ich habe bei dieser Sache kein sehr gutes Gefühl."

Er war nicht der Einzige. „Das werde ich. Vielen Dank."

„Nicht der Rede wert. Hör mal, warum kommst du nicht einmal abends zum Essen zu uns? Es ist eine Weile her, seit wir dich gesehen haben."

„Gern, mit Vergnügen. Trish soll mich anrufen."

Sie legten beide auf, und Rachel atmete tief durch. Wenn Andy diese Männer nicht dem FBI zurechnete, dann sollte ihr das genügen. Sie ging in das Schlafzimmer, blieb neben dem Bett stehen und beobachtete den schlafenden Mann. Seine breite Brust hob und senkte sich beim Atmen.

Seit dem Abend, da sie ihn in ihr Haus gebracht hatte, waren die Jalousien geschlossen geblieben, daher war es dämmrig und kühl im Raum. Doch ein dünner Sonnenstrahl drang durch zwei Stäbe und fiel schräg über seinen Bauch. Die lange, dünne Narbe glänzte im Licht. Wer immer er auch sein mochte, was immer er auch getan hatte – er war kein gewöhnlicher Verbrecher.

Rachel pflegte ihn bereits den dritten Tag. Er musste endlich Nahrung zu sich nehmen. Wenn er Tee trinken konnte, dann würde er auch Suppe vertragen. Sie hätte längst auf diesen Gedanken kommen können.

Entschlossen ging Rachel in die Küche und öffnete eine Büchse Hühnersuppe mit Nudeln, goss sie in einen Topf und stellte ihn zum Heißwerden auf den Herd. Das dauerte weniger als fünf Minuten. Sie stellte einen gefüllten Teller auf ein Tablett und trug es ins Schlafzimmer hinüber. Fast hätte sie es fallen lassen, als der Fremde sich plötzlich auf seinen rechten Ellbogen aufrichtete und sie mit seinen durchdringenden, fiebrig glänzenden, schwarzen Augen anstarrte.

Rachel stellte schnell das Tablett auf den Fußboden, verschüttete dabei etwas von der Suppe aus dem Teller, und eilte zum Bett, um dem Mann behilflich zu sein. Sacht stützte sie seinen Kopf und versuchte, nicht gegen seine Schulter zu stoßen, als sie ihren Arm hinter seinen Rücken schob und seinen Kopf gegen ihre Schulter legte. „Legen Sie sich wieder hin“, sagte sie in beruhigendem Ton, den sie ihm gegenüber immer angewandt hatte. „Sie können noch nicht aufstehen.“

Der Mann zog die Augenbrauen zusammen und widerstand Rachels Bemühungen. „Es ist Zeit für die Party“, murmelte er. Die Worte kamen noch immer wie bei einem Betrunkenen undeutlich heraus.

Er war wach, aber sicher nicht ganz klar. Fieberträume hielten ihn noch gefangen. „Nein, die Party hat noch nicht angefangen“, versicherte sie ihm, ergriff seinen rechten Ellbogen und zog ihn nach vorn, damit er sich nicht darauf stützen konnte. Sein Gewicht lag schwer auf ihrem untergeschobenen Arm, als sie ihn wieder auf das Kissen zurücklegte. „Sie können noch einschlafen.“

Schwer atmend blieb er liegen und starrte sie unter zusammengezogenen Augenbrauen her an. Sein Blick flackerte nicht, als Rachel das Tablett vom Boden nahm und auf dem Nachttisch abstellte. Der Mann hatte seine Aufmerksamkeit ganz auf sie gerichtet, als versuche er, die Dinge um sich zu begreifen, sich von den Nebeln, die seinen Verstand umwölbten, zu befreien.

Ruhig sprach Rachel auf ihn ein, während sie ihn mit zusätzlichen Kissen abstützte. Sie wusste nicht, ob er ihre Worte verstand, aber ihre Stimme und ihre Berührungen schienen ihn zu beruhigen. Auf der Bettkante sitzend, begann sie, ihn zu füttern, und sprach die ganze Zeit auf ihn ein. Folgsam öffnete er den Mund, sobald sie den Löffel an seine Lippen setzte, aber bald fielen ihm die Augen vor Müdigkeit zu.

Rachel zog die Kissen wieder fort, damit er flach liegen konnte, und rückte ihm den Kopf bequem zurecht. Plötzlich kam ihr ein Gedanke. Es war den Versuch wert. „Wie heißen Sie?"

Der Mann runzelte die Stirn, und sein Kopf zuckte ruhelos hin und her. „Wer?", fragte er. Aus seiner tiefen Stimme klang Verwirrung.

Rachel blieb über ihn gebeugt stehen, mit der Hand unter seinem Kopf. Ihr Herz klopfte schneller. Vielleicht würde sie einige Antworten bekommen! „Sie! Wie heißen Sie?"

„Ich?" Die Fragen reizten ihn und machten ihn aufgeregt. Er starrte Rachel an, als er sich um Konzentration bemühte, und sein Blick glitt über ihr Gesicht und dann tiefer.

Sie versuchte es noch einmal. „Ja, Sie. Wie ist Ihr Name?"

„Meiner?" Er holte tief Luft und sagte noch einmal: „Meiner?" Beim zweiten Mal klang es wie eine Feststellung, nicht wie eine Frage. Er bewegte sich langsam, hob beide Hände und zuckte unter dem Schmerz in seiner Schulter zusammen. Dann legte er beide Hände über ihre Brüste und strich mit dem Daumen über ihre Spitzen. „Meine", sagte er wieder und meinte eindeutig das, was er für seinen Besitz hielt.

Einen Moment lang, nur einen winzigen Moment lang, war Rachel hilflos dem unerwartet brennenden Vergnügen bei seiner Berührung ausgeliefert. Sie konnte sich nicht dagegen wehren, jeder Nerv in ihr war in Aufruhr, und das Blut schoss ihr heiß durch die Adern, als ihre Brustspitzen unter seinen Daumen hart wurden. Dann kehrte die Wirklichkeit zurück, und Rachel zuckte vor dem Mann zurück und sprang vom Bett auf. Sie war wütend auf ihn und verärgert mit sich selbst. „Das könnte Ihnen so passen!", fuhr sie ihn an.

Schläfrig schloss er die Augen. Rachel stand da und starrte auf ihn hinunter. „Ich muss schon sagen, Sie haben eine sehr einseitige Fantasie", sagte sie leise und vorwurfsvoll.

Seine Lider hoben sich flatternd, und er sah Rachel wieder an. „Ja", sagte er deutlich. Er schloss die Augen und schlief ein.

Hin und her gerissen zwischen Lachen und Zorn stand Rachel mit geballten Fäusten neben dem Bett. Es war zweifelhaft, dass der Mann etwas davon verstanden hatte, was sie sagte. Das letzte, provozierende Wort mochte eine Antwort auf ihre Beschuldigung gewesen sein oder auf irgendeine Frage, die nur in seiner nebelhaften Vorstellung existierte. Jetzt lag er wieder in tiefem Schlaf, war vollkommen entspannt und sich des Aufruhrs, den er hinterlassen hatte, gänzlich unbewusst.

Kopfschüttelnd nahm sie das Tablett auf und verließ auf leisen Sohlen das Zimmer.

Sorgfältig schloss Rachel das Haus ab, bevor sie sich auf den Weg machte, um für den Mann einige Kleidungsstücke zu besorgen, da von Bobbys Sachen nichts mehr übrig war. Sie hielt Rex an, gut aufzupassen, und stieg in ihren kleinen Sportwagen. Ihr Patient schlief friedlich. Sie hatte ihn versorgt und nun hatte sie Zeit für ihre Einkäufe. Dennoch fuhr sie so schnell, wie es zulässig war, denn zum Trödeln fehlte ihr die Ruhe. Ganz sicher würde sie sich wohler fühlen, wenn sie wieder zurück im Haus wäre.

Obwohl der örtliche Supermarkt gerade erst geöffnet hatte, war er bereits voller Kunden, die sich alle entschlossen zu haben schienen, ihre Besorgungen noch vor der größten Hitze am Tag zu erledigen.

Rachel fuhr mit dem Einkaufswagen durch die Regalreihen und warf Unterwäsche, Socken, Tennisschuhe, die ihr groß genug erschienen, Hemden und einen Frotteepullover hinein. Dann wählte sie ein Paar Jeans und vorsichtshalber auch noch schwarze Bermudashorts aus, sollten die Jeans sich zu unbequem am verletzten Bein erweisen, und fügte ein paar Bastsandalen dazu. Sie war auf dem Weg zur Kasse, als ein Prickeln ihr am Rückgrat entlanglief, und sie hob den Kopf. Sie sah sich um und entdeckte einen Mann, der angeblich die ausgestellten Waren betrachtete, und das Prickeln verwandelte sich in Gänsehaut. Der Mann war Agent Lowell.

Ohne stehen zu bleiben, schob Rachel den Einkaufswagen in die Damenabteilung, griff hastig nach einigen Spitzenhemdchen und Satinhöschen und warf sie auf die Herrenartikel.

Aus dem Augenwinkel sah sie, wie Lowell sich ihr zwanglos näherte und ab und zu stehen blieb, um die Waren geistesabwesend zu betrachten. Er verstand sein Handwerk. Er glitt durch die Menge der Käufer, ohne selbst Aufmerksamkeit zu erregen. Er verfolgte eine Spur, ohne sich das Ansehen eines Jägers zu geben.

Wieder näherte Lowell sich Rachel. Sie passte den richtigen Moment ab, wendete ihren Einkaufswagen und rammte ihn in Lowells Knie.

„Oh, du meine Güte, das tut mir leid!", entschuldigte sie sich atemlos. „Ich habe Sie nicht gesehen ... Oh", sagte sie noch einmal, und aus ihrer Stimme klang überraschtes Wiedererkennen. „Ag..." Sie unterbrach sich, sah sich um und senkte ihre Stimme zu einem kaum hörbaren Flüstern. „Agent Lowell."

Die Vorstellung war grandios, aber an Agent Lowell völlig verschwendet, der damit beschäftigt war, sich heftig sein Knie zu reiben. Er richtete sich mit einem schmerzvollen Blick auf. „Hallo, Miss ... Ich fürchte, ich habe gestern Ihren Namen nicht ganz verstanden."

„Jones", antwortete Rachel und hielt ihm die Hand hin. „Rachel Jones."

Er hatte eine kräftige Hand, aber die Handfläche war ein bisschen feucht. Agent Lowell war nicht ganz so entspannt, wie er erschien.

„Sie sind schon früh auf den Beinen", meinte er.

„Bei der Hitze ist es das Beste, früh einkaufen zu gehen, oder bis nach Sonnenuntergang zu warten. Sie sollten wirklich eine Schirmmütze aufsetzen, wenn Sie wieder so wie gestern in der Gegend herumlaufen wollen." Da er bereits einen Sonnenbrand im Gesicht hatte, kam dieser gute Rat zu spät.

Lowells ausdrucksloser Blick senkte sich auf den Inhalt ihres Einkaufswagens, ehe er sich wieder abrupt auf Rachel richtete. Sie verspürte einen Augenblick lang grimmige Zufriedenheit über ihre Auswahl. Die Gegenwart Lowells konnte reiner Zufall oder auch absichtlich sein, aber er war in jedem Fall neugierig. Das gehörte zu seinem Beruf. Sie spürte heraus, dass er von ihrer aufgesetzten Nonchalance und der Unschuldsmiene weniger beeindruckt war als der andere Agent.

„Sie werden, hm, wohl einen Kredit aufnehmen müssen, um all das zu bezahlen", meinte er nach einer kleinen Pause, in der er den Wageninhalt genauer gemustert hatte.

Rachel warf einen sorgenvollen Blick auf ihre Einkäufe. „Da könnten Sie recht haben. Jedesmal, wenn ich verreisen will, sieht es so aus, als würden mir selbst die wichtigsten Sachen fehlen."

Seine Augen verrieten Wachsamkeit. „Sie wollen demnächst verreisen?"

„In etwa zwei Wochen. Ich habe auf den Key Islands Nachforschungen anzustellen, und es ist immer besser, sich vor Ort umzusehen."

„Nachforschungen?"

Rachel zuckte die Schultern. „Ich tanze auf mehreren Hochzeiten. Ich habe meine Souvenierläden, schreibe ein bisschen und halte einige Abendkurse. Das hält mich davon ab, vor Langeweile zu sterben." Sie sah zu den Kassen hin, an denen die Schlangen immer länger wurden, und sagte unbekümmert: „Ich glaube, ich stelle mich lieber an, ehe ich jeden hier im Laden vor mir habe. Oh ... waren Sie gestern erfolgreich?"

Sein Gesicht war eine ausdruckslose Maske, obwohl er schon prüfend wieder in ihren Einkaufswagen blickte. „Nein. Wahrscheinlich war es eine falsche Spur."

„Nun, dann viel Glück. Denken Sie daran, kaufen Sie sich eine Schirmmütze, solange sie hier sind."

„Gewiss. Vielen Dank für den Rat."

Rachel stellte sich an das Ende einer Käuferschlange vor einer der Kassen und blätterte während des Wartens in einer Illustrierten. Langsam schob sie ihren Wagen voran. Lowell war zur Seite getreten und sah sich interessiert die Taschentücher an. Verdammt, wollte er denn nie verschwinden?

„Einhundertsechsundvierzig Dollar und achtzehn Cents", sagte die junge Frau und griff nach einer großen Tragetasche.

Rachel bezahlte mit ihrer Kreditkarte. Lowell war an einer Kasse vorbeigegangen und kam vor den Kassen wieder auf sie zu. Rachel riss die bereitgelegte Tüte an sich und begann, hastig ihre Einkäufe hineinzuwerfen. Dann stellte sie die Tragetasche in ihren Einkaufswagen und schob ihn eilig aus dem Geschäft.

„Kann ich Ihnen behilflich sein?", fragte Agent Lowell und passte sich ihrem Schritt an.

„Nein, es ist leichter, den Wagen mit den Sachen vor sich herzuschieben, als sie zu tragen. Trotzdem, vielen Dank."

Sie öffnete den Kofferraum ihres Wagens, stellte die Tüte hinein und knallte ihn wieder zu, während sie Lowells neugieriger Blick aufdringlich verfolgte.

„Auf Wiedersehen", sagte sie leichthin.

Er stand immer noch wie angewurzelt da und starrte ihr nach, als sie den Parkplatz verließ. Rachel wischte sich die Schweißperlen von der Stirn.

## 5. KAPITEL

Eine riesige, schwarze Gewitterwolke hing am Himmel, als Rachel wieder vor ihrem Haus vorfuhr. Sie blickte hinauf und überlegte, ob die Wolke wohl schon über dem Meer abregnen oder ihre Wasserfluten über Land ergießen würde. Der Regen würde in Bächen herunterrauschen und die Temperatur abrupt fallen, doch kaum wäre die Wolke vorübergezogen, käme die Hitze zurück und die Feuchtigkeit würde in einer atembeklemmenden Dampfwolke verpuffen.

Ebenezer Duck und seine Mannschaft stoben mit empörtem Geschnatter auseinander, als sie ihren Wagen im Schatten der Eiche abstellte, wo das Federvieh träge am Gras gezupft hatte. Rex hob den Kopf und sah kurz zu ihr hinüber, ehe er sein Nickerchen fortsetzte. Alles war friedlich, ganz wie sie es bei ihrer Abfahrt zurückgelassen hatte. Erst in diesem Augenblick verließ sie ihre innere Nervosität.

Rachel nahm die Tragetasche aus dem Kofferraum und stieg, mit der Tüte in der einen und ihren Schlüsseln in der anderen Hand, die Verandastufen hoch. Vor der Tür blieb sie stehen, schob ihre Sonnenbrille auf den Kopf, hielt die Fliegentür mit der Hüfte auf und schloss die Eingangstür auf. Die Kühle, durch die Klimaanlage erzeugt, war ein krasser Kontrast zu der gleißenden Hitze von draußen, sodass sie eine Gänsehaut bekam und ihr fröstelte. Sie atmete tief durch, ließ die Tüte und ihre Handtasche auf einen der Sessel fallen und wollte nach ihrem Patienten sehen.

Gerade, als sie die Hand auf den Türknauf legte, legte sich ein harter Arm über ihre Kehle, und Rachel wurde nach hinten gerissen. Ein glänzendes Messer wurde vor ihr Gesicht gehalten. Rachel war viel zu erschreckt, um zu reagieren, aber jetzt überkam sie grenzenlose Angst, als ihr Blick auf das Messer fiel. Wie waren sie hier hereingekommen? Hatten sie ihn bereits umgebracht?

„Wenn Sie sich nicht wehren, werde ich Ihnen nichts tun", murmelte ihr eine tiefe Stimme ins Ohr. „Ich will ein paar Antworten, aber ich gehe kein Risiko ein. Falls Sie nur eine falsche Bewegung machen sollten …" Er beendete den Satz nicht, aber das war auch nicht nötig. Wie ruhig die Stimme klang, so kalt und gefühllos wie Stein. Es ließ ihr das Blut gefrieren.

Der Arm unter ihrem Kinn nahm ihr die Luft, und sie hob automatisch beide Hände, um den Arm zu umkrampfen. Das Messer bewegte sich drohend näher. „Nein, lassen Sie das", flüsterte er, sein Mund direkt an ihrem Ohr.

Rachel zuckte vor dem Messer zurück, drückte entsetzt den Kopf gegen seine Schulter, drängte sich mit dem ganzen Körper gegen seinen, in dem verzweifelten Versuch, von dieser blitzenden Klinge wegzukommen. Jedes Detail seines Körpers nahm sie wahr, und plötzlich registrierte ihr benommener Verstand, was sie spürte. Er war nackt! Und wenn er nackt war, dann konnte es nur …

Vor übergroßer Erleichterung, die fast so schmerzhaft wie die eben ausgestandene Angst war, fing Rachel an zu zittern. Und ihre Hände lockerten den Griff um seinen Arm.

„So ist es besser", murmelte die dunkle Stimme. „Wer sind Sie?"

„Rachel Jones", antwortete sie atemlos, weil der Druck auf ihrer Kehle noch nicht nachgelassen hatte.

„Wo bin ich hier?"

„In meinem Haus. Ich habe Sie aus der Brandung gezogen und hierher gebracht.“ Rachel spürte, wie er zögerte. Vielleicht ließen aber auch seine Kräfte nur nach. Unter den Umständen zeigte er eine erstaunliche Kraft, doch er war sehr krank gewesen, und seine Ausdauer musste schwinden. „Bitte“, hauchte sie. „Sie hätten nicht aufstehen dürfen.“

Das war die Wahrheit, dachte Sabin grimmig. Langsam zog er den Arm von ihrem Hals zurück und ließ die Hand, die das Messer hielt, sinken.

Statt entsetzt vor ihm zurückzuweichen, drehte Rachel sich vorsichtig um, als fürchtete sie, so könnte sie ihn zu einem neuen Angriff reizen, legte seinen rechten Arm über ihre Schulter und umfasste ihn dann mit beiden Armen, um ihn zu stützen. „Halten Sie sich an mir fest, ehe Sie hinfallen“, sagte sie, noch immer etwas außer Atem. „Es wäre schlimm, wenn die Nähte wieder aufgingen.“

Langsam half sie ihm in das Schlafzimmer und stützte ihn ab, als er auf der Bettkante förmlich zusammenklappte. Sie half ihm auch dabei, sich bequem auf den Rücken zu legen, schob das Kissen unter seinen Kopf und deckte ihn bis zur Hüfte zu. „So ist es gut“, sagte sie weich und strich mit der Hand – wie sie es so oft in der letzten Zeit getan hatte – beruhigend über seine Brust.

Er fühlte sich viel kühler an. Das Fieber schien endlich zurückgegangen zu sein. Das Messer hielt er in seiner linken Hand. Als Rachel es ihm wegnehmen wollte, krallte er seine Finger fester darum, riss die Augen auf und sah sie böse an.

Ohne das Messer loszulassen, begegnete sie seinem Blick. „Wozu brauchen Sie das?“, fragte sie. „Falls ich Ihnen hätte schaden wollen, dann wären dafür schon früher genügend Gelegenheiten gewesen.

Kevin Sabin sah in graue, klare Augen. Diese Frau mit diesen Augen hatte seine Träume mit einer zarten Sinnlichkeit ausgefüllt, die ihn erregt hatte. Aber – waren es wirklich nur Träume gewesen? Die Frau war kein Traum. Sie war Wirklichkeit, warm und lebensnah, und sie hatte die Hände mit einer gewissen Vertrautheit über seine Brust gleiten lassen. Sie benahm sich nicht wie eine Wächterin, aber er musste ganz sichergehen. Wenn er ihr das Messer überließ, würde er es womöglich nie zurückbekommen. „Ich werde es behalten", sagte er.

Rachel zögerte und fragte sich, ob sie beharrlich bleiben sollte, aber etwas an seinem ruhigen, entschiedenen Ton brachte sie zu dem Entschluss, ihm nachzugeben.

„Nun gut. Haben Sie Hunger?"

„Nein. Ich habe eine Banane und einen Apfel gegessen."

„Wie lange sind Sie schon wach?"

Er hatte nicht auf die Uhr gesehen, aber er besaß ein gutes Zeitgefühl. „Fast eine Stunde." Er ließ Rachel nicht aus den Augen, und sie hatte das Gefühl, er versuche, ihre Gedanken zu lesen.

„Sie sind schon früher ein paarmal aufgewacht, aber stets im Fieber, und Sie haben Unsinn geredet."

„Welchen Unsinn?", fragte er scharf.

Rachel sah ihn ruhig an. „Keine Staatsgeheimnisse oder etwas Ähnliches. Sie glaubten, Sie gingen zu einer Party."

Sollte das eine doppeldeutige Äußerung sein über Staatsgeheimnisse? Wusste sie etwas, oder war es reiner Zufall? Am liebsten hätte Kevin Sabin sie ausgehorcht, aber dazu war er viel zu erschöpft und müde. Als wüsste sie darum, berührte sie behutsam sein Gesicht, ihre Finger waren kühl und zart. „Schlafen Sie jetzt", sagte sie. „Ich werde hier sein, wenn Sie wieder aufwachen."

Es war lächerlich, aber diese Bestätigung brauchte er, um friedlich einzuschlafen.

Leise verließ Rachel den Raum und ging in die Küche, wo sie sich schwach und mit zitternden Knien gegen die Anrichte lehnte. Es war noch nicht einmal Mittag, und so viel war bereits passiert. Und trotzdem wusste sie noch immer nicht, wer ihr Patient war. Er hatte die Fragen gestellt und ihr ganz unvorbereitet ein Messer an die Kehle gesetzt. Sie war ganz hilflos gewesen, unfähig, etwas gegen seine Stärke zu unternehmen, die er trotz seiner Verletzungen immer noch besaß. Und sie war nicht auf den Blick dieser dunklen Augen vorbereitet gewesen, dem sie nicht lange standhalten konnte …

Sie beschloss, sich zu beschäftigen und holte aus dem Garten frisches Gemüse, um eine Suppe zu machen. Die Hitze, der wenige Schlaf und ihre hastigen Bewegungen verursachten ihr Übelkeit, und sie kehrte ins Haus zurück.

Sie stellte die Suppe auf und versuchte, in der Zwischenzeit etwas an ihren bald anstehenden Abendkursvorträgen zu arbeiten. Obwohl sie sich ganz in ihre Unterlagen und Notizen vertiefte, war sie doch so auf ihren Patienten eingestellt, dass sie das leichte Rascheln der Laken sofort wahrnahm, als er sich bewegte. Rachel wusste, er war aufgewacht. Sie warf einen Blick auf ihre Uhr und stellte fest, dass er etwas länger als drei Stunden geschlafen hatte. Auch die Suppe war längst fertig, falls er jetzt essen wollte.

Der Mann hatte sich aufgesetzt, gähnte und rieb sich die Bartstoppeln, als Rachel das Schlafzimmer betrat. Sofort richtete er seine ganze Aufmerksamkeit auf sie.

„Sind Sie jetzt hungrig? Sie haben mehr als drei Stunden lang geschlafen."

Er überlegte einen Moment und nickte dann kurz. „Ja. Aber vorher würde ich gern duschen und mich rasieren."

„Duschen können Sie noch nicht, solange noch die Fäden drin sind", sagte Rachel und eilte an seine Seite, als er die Decke zurückschlug und die Füße aus dem Bett schwang.

Er fuhr vor Schmerz zusammen und fasste nach seiner linken Hüfte.

Rachel legte ihm hilfreich den Arm um die Schulter und wartete, bis Sabin fest auf den Beinen stand. Dann ließ sie den Arm sinken, weil sie spürte, dass ihr Patient lieber aus eigener Kraft ins Bad gehen wollte. Besorgt beobachtete sie ihn, wie er einen Schritt vor den anderen setzte. Dieser Mann war ein Einzelgänger. Er war keine Hilfe gewohnt und schätzte sie auch nicht. Trotzdem musste er begreifen lernen, dass er im Augenblick in vieler Hinsicht auf sie angewiesen war.

„Ich werde eine neue Klinge holen. Soll ich Sie rasieren?", fragte sie deshalb.

„Ich kann es allein, und ich werde die Klingen schon finden", antwortete er ruhig. Rachel fand sich mit der Abfuhr ab und verließ das Zimmer.

Nach all den Tagen, in denen ihr Patient so hilflos und von ihr abhängig gewesen war, schmerzte sie seine Zurückweisung ganz besonders. Während sie den Tisch deckte, bemühte sie sich, diesen Schmerz zu überwinden, mit ihm fertig zu werden. Schließlich war sie ihm fremder als er ihr, und es war nur natürlich, dass er seine Körperbeherrschung zurückgewinnen wollte, so schnell wie möglich.

Doch als sie schließlich hörte, wie das Wasser im Bad abgestellt wurde, zögerte sie nur eine Sekunde, ehe sie ihrem Impuls nachgab, nach ihm zu sehen.

Kevin Sabin stand mitten im Badezimmer und sah sich um, als überlegte er sich seine Möglichkeiten. Er hatte ein Handtuch um seine schmalen Hüften geschlungen, und unlogischerweise wirkte er damit noch nackter als vorher, wo er überhaupt nichts angehabt hatte. Rachels Herz tat einen Sprung. Sogar mit den weißen Verbänden an Bein und Schulter wirkte er so unglaublich kraftvoll und so männlich, dass ihr Puls sich beschleunigte.

Er hatte sich rasiert, und die Linie seines markant geschnittenen Kinns ließ in ihr den Wunsch aufkommen, sacht darüber zu streichen – eine weitere Geste, die ihm wohl nicht gefallen hätte.

„Gibt es hier irgendetwas, das ich anziehen könnte, oder muss ich nackt in der Gegend herumrennen?“, fragte er schließlich, als Rachel keine Anstalten machte, sich ihm zu nähern oder etwas zu sagen.

Mit der flachen Hand schlug Rachel sich gegen die Stirn, als sie sich plötzlich erinnerte. „Ich habe heute Morgen, als ich fort war, etwas für Sie zum Anziehen eingekauft.“ Die Tragetasche lag noch da, wo sie sie im Wohnzimmer hatte fallen lassen. Rachel holte sie, brachte sie ins Schlafzimmer und stellte sie auf dem Bett ab.

Er öffnete die Tüte, und ein seltsamer Ausdruck erschien auf seinem Gesicht. Dann zog er ein Paar Spitzenhöschen heraus und hielt sie zur Begutachtung hoch, ehe Rachel zu einer

Erklärung kam. „Größe sechsunddreißig“, meinte er und warf Rachel einen abschätzenden Blick zu. Dabei wirbelte er das winzige Ding aus Spitze und Nylon an einem Finger herum. „Hübsch. Nur ich glaube kaum, dass es mir passen wird.“

„Das soll es auch nicht“, sagte Rachel ruhig, obwohl ihr ein kleiner erotischer Schauer den Rücken hinunterlief. „Das war nur Tarnung, sonst nichts. Alles, was Sie sonst noch in dieser Tüte finden und nicht gebrauchen können, legen Sie einfach wieder zurück.“ Sie lehnte es ab, deswegen verlegen zu sein, weil sie nur getan hatte, was sich nicht hatte vermeiden lassen.

Sie überließ ihm die Auswahl seiner Kleidung und ging in die Küche zurück. Erst schob sie frisch gebuttertes Brot in den Ofen und stellte dann die Suppe auf den Tisch. Anschließend goss sie Tee in hohe Gläser, in die sie viele Eisstücke getan hatte.

„Sie müssen mir mit dem Ding helfen.“

Rachel hatte nicht gehört, wie er sich ihr näherte, und fuhr erschreckt von seiner Gegenwart und seinen Worten herum. Er stand direkt hinter ihr, trug die schwarzen Bermudashorts aus Jeansstoff und hielt den Pullover aus Frottee in der Hand. Sie hatte seine breite, muskulöse Brust, bedeckt mit schwarzgelocktem Haar, und dem Verband um seine linke Schulter voll vor Augen.

„Setzen Sie sich, damit ich an Sie heranreichen kann“, sagte sie und nahm ihm den Pullover aus der Hand. Behutsam half sie ihm, erst den einen, und dann den anderen bandagierten Arm in die Ärmel zu stechen und zog dann das Kleidungsstück ganz über seinen Kopf.

Das getan, wandte Rachel sich rasch von ihm ab, ging zum Ofen, um das Brot herauszunehmen, legte es in den mit einer

Serviette ausgeschlagenen Brotkorb, stellte ihn auf den Tisch und setzte sich selbst. „Möchten Sie Brot zur Suppe?"

„Ja, bitte."

Er hat großes Talent, einsilbige Sätze von sich zu geben, dachte Rachel, während sie das Brot schnitt und es ihm auf den Teller legte. Eine Weile lang aßen sie schweigend, und der Mann zeigte bei der dicken Fleisch- und Gemüsesuppe einen überraschend großen Appetit.

Die Terrine war fast leer, als er seinen Löffel hinlegte und Rachel eindringlich aus seinen ebenholzfarbenen Augen ansah. „Also, erzählen Sie mir, was hier los ist."

Das war eine Aufforderung, der nachzukommen Rachel nicht viel Neigung hatte. Sorgfältig legte sie ihren Löffel hin. „Ich glaube, die Reihe ist eher an mir, Fragen zu stellen. Wer sind Sie? Wie heißen Sie?"

Ihre Gegenfrage schien ihm zu missfallen. Sie spürte es, obwohl sich kein Muskel in seinem Gesicht regte. Er zögerte kaum eine Sekunde, aber es entging Rachel nicht, und sie hatte sofort den Eindruck, dass er ihr nicht antworten würde. Sie stand auf und räumte den Tisch ab.

Er beobachtete sie eine Weile und sagte dann ruhig: „Setzen Sie sich."

Er hatte die Stimme nicht erhoben und seinen ruhigen, endgültigen Ton nicht geändert, aber es klang wie ein Befehl. Rachel starrte ihn einen Moment lang an, reckte dann das Kinn vor und ging zu ihrem Stuhl zurück. Als sie dort wartend stehen blieb und ihn nur schweigend ansah, seufzte er leicht auf.

„Ich weiß Ihre Hilfe zu schätzen, aber je weniger Sie wissen, desto besser ist es für Sie."

Rachel hatte es schon immer gehasst, wenn jemand zu wissen meinte, was für sie gut sei und was nicht. „Ich verstehe. Hätte ich nicht bemerken sollen, dass Sie zwei Löcher von Einschüssen hatten, als ich Sie aus der Brandung zog? Hätte ich wegsehen sollen, als zwei Männer, die vorgaben, FBI-Agenten zu sein, hierher kamen, um Sie zu suchen, und Sie einfach an sie ausliefern? Hätte ich nicht zur Kenntnis nehmen sollen, dass Sie mir heute Morgen ein Messer an die Kehle gesetzt haben? Ich gebe zu, ich bin etwas neugierig. Ich pflege Sie seit vier Tagen, und ich würde wirklich gern Ihren Namen kennen. Oder verlange ich zu viel von Ihnen?"

Bei ihrem Sarkasmus hob der Mann seine schwarzen Augenbrauen. „Das könnte sein."

„Na schön, dann vergessen Sie es. Spielen Sie Ihr kleines Spiel. Sie antworten nicht auf meine Fragen, und ich werde nicht auf Ihre antworten. Einverstanden?"

Er musterte sie noch eine Weile lang aufmerksam, und Rachel hielt seinem Blick unbeirrt stand. „Ich heiße Sabin", sagte er schließlich. Die Worte kamen so langsam heraus, als bedauere er jede Silbe.

„Und wie weiter?", fragte Rachel.

„Ist das so wichtig?"

„Nein, aber ich wüsste es trotzdem gern."

Für den winzigen Bruchteil einer Sekunde zögerte er. „Kevin Sabin."

Sie streckte ihm die Hand hin. „Nett, Sie kennenzulernen, Kevin Sabin."

Langsam ergriff er ihre Hand, und seine kräftigen, warmen Finger schlossen sich um sie. „Vielen Dank, dass Sie sich um mich gekümmert haben. Ich bin jetzt seit vier Tagen hier?"

„Das ist der vierte Tag."

„Informieren Sie mich über das, was passiert ist."

Dieser Kevin Sabin hatte eine befehlsgewohnte Art an sich. Statt zu bitten, kommandierte er, und es war klar, dass er mit der Ausführung seiner Befehle rechnete. Rachel entzog ihm die Hand. Die Wirkung dieser unschuldigen Berührung auf sie beunruhigte sie.

„Ich habe Sie aus dem Wasser gezogen und hergebracht. Wahrscheinlich haben Sie sich den Kopf an einem der Felsen gestoßen, die die Mündung der Bucht eingrenzen. Sie hatten eine Gehirnerschütterung und einen Schock. Die Kugel steckte noch in Ihrer Schulter."

Kevin runzelte die Stirn. „Ich weiß. Haben Sie sie entfernt?"

„Ich nicht. Ich habe den Tierarzt angerufen."

Immerhin gab es etwas, was ihn aus der Fassung bringen konnte, obgleich seine Verblüffung schnell wieder verschwunden war. „Einen Tierarzt?"

„Ich musste etwas unternehmen, und ein Arzt muss alle Schussverletzungen melden."

Kevin sah sie nachdenklich an. „Und Sie wollten es nicht gemeldet haben?"

„Ich dachte mir, Ihnen könnte das nicht recht sein!"

„Da haben Sie richtig gedacht. Was ist danach geschehen?"

„Ich habe Sie gepflegt. Sie waren zwei Tage lang bewusstlos. Dann wurden Sie langsam wach, aber sie wurden vom Fieber geschüttelt. Sie wussten nicht, was um Sie herum vorging."

„Und die FBI-Agenten?"

„Sie waren nicht vom FBI. Ich habe es überprüft."

„Wie haben Sie ausgesehen?"

Rachel kam sich vor, als würde sie verhört. „Der eine, der sich Lowell nennt, ist dünn, schwarzhaarig, ungefähr ein Meter sechsundsiebzig groß, Anfang Vierzig. Der andere, Ellis, ist hochgewachsen, hat hellbraunes Haar, blaue Augen und sieht mit seinem Reklamelächeln recht gut aus."

„Ellis", sagte er wie zu sich selbst.

„Ich habe mich dumm gestellt. Das schien mir das Vernünftigste zu sein, bis Sie wieder bei sich waren. Sind das Freunde von Ihnen?"

„Nein."

Schweigen trat ein. Rachel betrachtete sich angelegentlich ihre Hände und wartete auf neue Fragen. Als keine kamen, versuchte sie es selbst mit einer. „Hätte ich besser die Polizei anrufen sollen?"

„Für Sie wäre es auf jeden Fall sicherer gewesen, wenn Sie es getan hätten."

„Ich bin ein überlegtes Risiko eingegangen. Mir schien, dass ich gegenüber Ihnen im Vorteil war." Rachel atmete tief durch. „Ich bin Zivilist, aber früher einmal war ich Kriminalreporterin und habe meine Erfahrungen gesammelt. Sie hätten Rauschgifthändler oder ein entflohener Strafgefangener sein können. Aber da gab es keinen Hinweis darauf in den Medien. Sie hätten ebenso gut ein Agent sein können. Sie sind zweimal angeschossen worden, waren bewusstlos und konnten sich nicht selbst schützen oder mir irgendetwas mitteilen. Falls … man … hinter Ihnen her war, dann hätten Sie im Krankenhaus nicht die geringste Chance gehabt."

Kevin hatte die Lider gesenkt und verbarg so den Ausdruck seiner Augen. „Sie haben eine blühende Fantasie."

„Nicht wahr?", stimmte sie ihm milde zu.

Er lehnte sich zurück und verzog das Gesicht bei dem Versuch, seine Schulter in eine bequeme Lage zu bekommen. „Wer weiß sonst noch, dass ich hier bin, außer dem Tierarzt?"

„Niemand."

„Wie haben Sie mich dann hier herauf bekommen? Oder half Ihnen der Tierarzt? Sie sind keine Superfrau."

„Ich habe Sie auf eine Decke gelegt und mit Hilfe des Hundes heraufgezerrt. Vielleicht hat er es für ein Spiel gehalten." Ihre grauen Augen verdunkelten sich bei der Erinnerung an die übermenschliche Anstrengung, ihn ins Haus zu bekommen. „Nachdem Honey hergekommen war, haben wir Sie auf das Bett gehoben."

„Honey?"

„Die Tierärztin. Honey Mayfield."

Kevin Sabin musterte ihr Gesicht und fragte sich, was sie ihm nicht gesagt hatte. Vielleicht log sie, wenn sie behauptete, niemand sonst habe ihr geholfen. Aber eigentlich hatte sie dazu keinen Grund. Er konnte nur versuchen, zwischen ihren Worten zu lesen. Immerhin hätte jeder, der einen bewusstlosen Menschen am Strand vorfand, sofort die Polizei verständigt, doch sie hatte es nicht getan.

Welches Leben hatte diese Frau geführt, um sie so vorsichtig und doch klar reagieren zu lassen.

Die umsichtige Art, mit der sie der Situation begegnete, ließ doch auf einige Erfahrung schließen.

Sie hörten beide zur selben Zeit das sich nähernde Auto. Sofort sprang Rachel auf und legte Kevin die Hand auf die Schulter. „Gehen Sie ins Schlafzimmer und schließen Sie die Tür", sagte sie ruhig und bemerkte nicht, wie er bei ihrem Befehl die Augenbrauen hochzog. Sie ging ans Fenster und sah hinaus. Sichtlich erleichtert drehte sie sich wieder um.

„Es ist Honey. Alles in Ordnung. Ich glaube, die Neugierde

hat sie hergetrieben."

„Was machen die Kopfschmerzen?", fragte die Tierärztin und sah in Kevins Augen. Sie war eine stattliche, kräftige Frau mit einem freundlichen, sommersprossigen Gesicht und einfühlsamen Händen. Kevin merkte, dass er sie mochte, sie konnte gut mit Kranken umgehen.

„Immer noch vorhanden", brummte er.

„Hilf mir, ihm den Pullover auszuziehen", sagte sie zu Rachel, und die beiden Frauen zogen ihm behutsam und geschickt den Pullover aus. Kevin war froh, dass er die Shorts gewählt hatte, sonst hätten sie ihm womöglich auch noch die Hosen ausgezogen.

Die Verbände wurden erneuert, und dann hatte er auch bald wieder den Pullover an. „In einigen Tagen komme ich noch mal vorbei, um die Fäden zu ziehen", sagte Honey, während sie ihre Arzttasche schloss.

Kevin fiel auf, dass sie nicht ein einziges Mal nach seinem Namen gefragt oder eine Bemerkung gemacht hatte, die nichts mit seinem Gesundheitszustand zu tun hatte. Entweder war sie bemerkenswert wenig neugierig, oder sie fand, dass je weniger sie wisse, es desto besser für sie sei. Er wünschte, Rachel würde diese Ansicht teilen. Kevin hatte es sich stets zur Regel gemacht, keine unschuldigen Bürger in seine viel zu gefährliche Arbeit hineinzuziehen.

Rachel verließ mit Honey das Zimmer, und Kevin humpelte zur Tür. Von dort aus sah er sie zusammen an Honeys Wagen stehen und leise miteinander sprechen. Der Hund stellte sich an den Fuß der Treppe und knurrte, während er sich zuerst dem in der Tür stehenden Kevin zuwandte, dann zu Rachel, so als ob er sich nicht entscheiden könnte, auf wen er seine Aufmerksamkeit richten solle. Instinktiv wollte er Rachel beschützen, aber dieser gleiche Instinkt erlaubte ihm nicht, die Gegenwart des Mannes an der Tür zu ignorieren.

Honey stieg in den Wagen und fuhr davon. Rachel winkte ihr ein letztes Mal zu und kam zur Veranda zurück. „Beruhige dich", ermahnte sie leise den Hund und wagte es, ihm über den Nacken zu streichen. Sein Knurren wurde lauter, und als Rachel aufsah, bemerkte sie Kevin, der auf die Veranda trat.

„Kommen Sie Rex nicht zu nahe", warnte sie ihn. „Er kann Männer nicht leiden."

Kevin betrachtete den Hund mit leichter Neugier. „Woher haben Sie ihn? Das ist ein geschulter Wachhund."

Erstaunt blickte Rachel auf Rex, der dicht neben ihrem Bein stand. „Er ist mir einfach eines Tages zugelaufen, ausgehungert und misshandelt. Wir sind zu einem Übereinkommen gelangt. Ich füttere ihn, und er passt auf. Das ist kein trainierter Wachhund."

„Rex", befahl Kevin scharf, „Platz!"

Rachel fühlte, wie das Tier zitterte, als habe man ihn geschlagen, und er fletschte die Zähne und knurrte wütend, während er den Mann anstarrte, jeder Muskel seines Körpers zitterte, als ob er sich danach sehnte, auf den Feind zu stürzen, aber sich verpflichtet fühlte, an Rachels Seite zu bleiben. Ohne an die Gefahr zu denken, kniete sie sich hin und legte ihm den Arm um den Hals. „Es ist ja gut", besänftigte sie ihn. „Er tut dir nichts, das verspreche ich dir. Es ist alles in Ordnung."

Als Rex wieder ruhiger geworden war, ging Rachel auf die Veranda und streichelte absichtlich Kevins Arm, damit das Tier es sehen sollte. Furchtlos beobachtete Kevin den Hund, aber er bedrängte ihn auch nicht. Es war wichtig, dass Rex ihn akzeptierte, wenigstens soweit, dass Kevin das Haus verlassen konnte, ohne sofort von ihm angefallen zu werden.

„Wahrscheinlich wurde er von seinem Besitzer gepeinigt", sagte er. „Sie hatten Glück, dass er Sie nicht zum Frühstück verspeist hat, als Sie zum ersten Mal Ihr Haus verließen."

„Ich glaube, Sie irren sich. Es ist möglich, dass er zum Wachhund erzogen wurde, aber nicht, um Menschen anzugreifen. Sie sind ihm viel schuldig. Wäre er nicht gewesen, dann hätte ich Sie nicht vom Strand heraufbringen können." Plötzlich fiel ihr auf, dass sie noch immer über Kevins Arm strich, und sie zog die Hand zurück. „Wollen Sie wieder hineingehen? Sie müssen mittlerweile müde geworden sein."

„Gleich." Mit aufmerksamem Blick musterte er das Kieferndickicht zur Rechten und über die sich linker Hand in einer Kurve hinziehende Straße. Er prägte sich die Einzelheiten und die Entfernung für zukünftige Zwecke ein. „Wie weit sind wir von der Hauptstraße entfernt?"

„Ich schätze, fünf oder sechs Meilen. Dies ist ein Privatweg. Er mündet auf die von Raffertys Ranch kommende Straße ein, die zur U.S. 19 führt."

„In welcher Richtung liegt der Strand?"

Rachel wies auf die Kiefern. „Dort durch die Bäume."

„Haben Sie ein Boot?"

Rachel sah ihn an, offen und mit klarem Blick. „Nein. Die einzige Fluchtmöglichkeit wäre zu Fuß oder mit dem Auto."

Ein angedeutetes Lächeln spielte um seine Mundwinkel. „Ich hatte nicht die Absicht, Ihren Wagen zu stehlen."

„Wirklich nicht? Ich weiß immer noch nicht, was überhaupt los ist, warum Sie eigentlich angeschossen wurden und ob Sie kein Verbrecher sind."

„Warum haben Sie bei all den Zweifeln nicht die Polizei benachrichtigt?“, erwiderte er kühl. „Sie konnten mir doch nicht ansehen, wer ich war, als Sie mich fanden. Aber jetzt werde ich wieder ins Bett gehen. Können Sie mir mit dem Pullover behilflich sein?“

„Natürlich“, sagte Rachel und ging vor ihm in das Schlafzimmer.

„Lassen Sie mich zuerst die Bettwäsche wechseln.“

Vor Erschöpfung lehnte Kevin Sabin sich an den Ankleidetisch, um das Gewicht auf das gesunde Bein zu verlagern. Mit nachdenklichem Blick verfolgte er Rachels Bewegungen, die das Bett frisch bezog, und ging alle ihm gebotenen Möglichkeiten durch.

Er hatte kein Geld, keinen Ausweis, und er wagte nicht, sich von jemandem hier abholen zu lassen, weil er nicht wusste, in welchem Ausmaß seine Dienststelle kompromittiert worden war oder wem er noch trauen durfte. Ohnehin war er noch nicht in der Verfassung, etwas zu unternehmen. Er musste sich erst erholen, und das konnte er genauso gut hier tun. Das kleine Haus hatte seine Vorteile: Der Hund draußen war ein verdammt guter Schutz, die Schlösser waren solide, er hatte zu essen und medizinische Versorgung.

Und dann gab es noch Rachel.

Es machte Freude, sie anzusehen. Das konnte leicht eine dauerhafte Gewohnheit werden. Sie war schlank und sah gesund aus. Ihr honigfarbener Teint verlieh ihrer Haut einen sinnlichen Glanz. Das Haar war voll, mittellang und schimmerte seidig. Es passte gut zu ihren großen, klaren, hellgrauen Augen. Rachel war nicht besonders groß, eher mittelgroß, doch sie hielt sich so aufrecht, dass sie hochgewachsen wirkte. Und sie war weich und hatte runde Brüste, die gut in seine Handfläche passten.

Er durchlebte noch einmal das Gefühl ihrer Hände auf seiner Brust, die ihn zart, mit der selbstverständlichen Intimität von zwei Liebenden, streichelten, und er hatte entweder seine Hände auf ihr gehabt, oder seine Einbildungskraft hatte ihm einen Streich gespielt.

Rachel klopfte die Kissen auf und drehte sich zu Kevin um. „Wollen Sie in Ihren Shorts schlafen?"

Als Antwort zog er den Reißverschluss auf und ließ die Hose fallen. Dann setzte er sich auf das Bett, damit Rachel ihm den Pullover über die verbundene Schulter streifen konnte. Ihr warmer, blumiger Duft hüllte ihn ein, als sie sich vorbeugte, und instinktiv drehte er den Kopf zu ihr hin und presste seinen Mund und die Nase gegen ihre Schulter. Rachel zögerte, half ihm dann rasch aus der Kleidung und rückte von Kevin ab. Sie faltete den Pullover ordentlich zusammen und legte ihn auf einen Stuhl. Dann nahm sie die Shorts an sich und legte sie ebenfalls darauf.

Als sie Kevin wieder ansah, lag er auf dem Rücken, hatte das rechte Bein angewinkelt und den rechten Arm über den Bauch gelegt. Sein weißer Slip kontrastierte stark mit seiner bronzefarbenen Haut und ließ sie daran denken, dass er nahtlos gebräunt war. Innerlich stöhnte sie auf. Warum musste sie ausgerechnet jetzt daran denken?

„Soll ich Sie zudecken?"

„Nein, der Ventilator ist sehr angenehm." Er hob die rechte Hand und hielt sie Rachel hin. „Setzen Sie sich doch bitte für eine Minute zu mir."

Rachel, hielt sie sich vor, das ist kein guter Einfall. Und dann setzte sie sich neben ihn, wie schon so oft, seit Kevin in ihrem Bett gelegen hatte.

Er legte den Arm über ihre Schenkel und die Hand auf ihre Hüfte, als wollte er sie eng an sich ziehen. Langsam glitten seine Finger zärtlich über ihren Po, und Rachels Herz fing heftig an zu schlagen. Sie blickte in seine Augen und konnte, gefangen von dem faszinierenden, schwarzen Feuer, nicht mehr fortsehen.

„Ich kann Ihnen nicht alle gewünschten Antworten geben", murmelte Kevin. „Ich weiß sie selbst nicht. Selbst wenn ich Ihnen erklärte, ein ordentlicher Mitbürger zu sein, hätten Sie dafür nur mein Wort. Warum also sollte ich mir selbst ein Bein stellen und Ihnen etwas anderes sagen?"

„Spielen Sie nicht des Teufels Advokaten", sagte Rachel scharf und wünschte, sie könnte sich von der verführerischen Macht seiner Augen und seiner Berührung befreien. „Lassen Sie uns bei den Tatsachen bleiben, Sie wurden angeschossen. Von wem?"

„Ich wurde in die Falle gelockt, die von einem meiner eigenen Männer geplant war – Tod Ellis."

„Dem angeblichen FBI-Agenten Ellis?"

„Von eben diesem, der Beschreibung nach, die Sie mir von ihm gegeben haben."

„Dann gehen Sie doch ans Telefon und lassen Sie ihn auf der Stelle auffliegen."

„So einfach ist das nicht. Ich bin für einen Monat in Urlaub gegangen. Nur zwei Männer meiner Dienststelle kennen meinen Aufenthalt, und beides sind meine Vorgesetzten."

Rachel saß ganz still. „Einer davon hat Sie verraten, aber Sie wissen nicht, welcher von beiden."

„Vielleicht beide."

„Können Sie nicht mit jemandem in einer höheren Position Kontakt aufnehmen?"

Ein kalter und zorniger Glanz trat in seine Augen. „Meine Liebe, sehr viel höher geht es nicht mehr. Ich bin nicht einmal sicher, ob man mich durchstellen würde. Jeder von beiden könnte mich zu einem Verbrecher stempeln, und wenn ich von hier aus anriefe, brächte ich Sie in Gefahr."

„Was wollen Sie tun?"

Er ließ seine Finger langsam von ihren Hüften auf ihren Schenkel gleiten, strich den Saum ihrer Shorts entlang und fuhr dann sacht darunter. „Mich erholen. Im Moment bin ich leider noch zu gar nichts fähig, nicht einmal, mich selbst anzuziehen. Das Problem ist, dass ich Sie gefährde durch meine bloße Anwesenheit."

Rachel war nicht in der Lage, den Atem oder den Pulsschlag zu kontrollieren. Hitze stieg in ihr auf und zerstörte ihre Fähigkeit, klar zu denken, und ließ sie nur noch instinktiv reagieren. Sie wusste, sie hätte Kevins Hand fortschieben sollen, aber seine rauen Fingerspitzen verursachten ihr einen solchen Genuss, dass sie nichts anderes tun konnte, als still dazusitzen und wie ein Blatt im leichten Frühlingswind zu zittern. Schließlich riss sie sich zusammen und legte ihre Hand auf seine, um ihn davon abzuhalten, sie noch intimer zu berühren.

„Sie haben mich nicht in Gefahr gebracht", sagte sie etwas heiser. „Ich habe meine Entscheidungen ohne Sie getroffen."

Trotz ihrer wachsamen Hand glitten seine Finger noch höher, bis an den Rand ihres Höschens. „Ich habe eine Frage, die mich ganz verrückt macht“, gestand er leise. Er bewegte seine Hand wieder, diesmal ließen seine forschenden Fingerspitzen die kleine Barriere ihres Höschens außer Acht.

Rachel wimmerte leicht auf, ehe sie sich auf die Unterlippe biss und den kleinen, wilden Laut zu unterbinden suchte. „Hören Sie auf“, flüsterte sie. „Sie müssen aufhören.“

„Haben wir zusammen geschlafen?“

Ihre Brüste fühlten sich auf einmal voll und schmerzhaft straff an, als sehnten sie sich nach seiner Berührung. Rachel wünschte sich, er möge sie für sich in Anspruch nehmen, wie er es bereits getan hatte. Seine Frage zerstörte das letzte bisschen Konzentration, das ihr noch geblieben war. „Dies ... es gibt nur dieses eine Bett. Ich habe keine Couch, sondern nur die kleinen Zweisitzer ...“

„Wir haben also vier Tage lang dasselbe Bett miteinander geteilt“, unterbrach Kevin sie. Seine Augen hatten wieder diesen Glanz, doch jetzt leuchtete ein anderes Feuer darin, und sie konnte ihren Blick nicht davon wenden. „Sie haben mich gepflegt.“

Rachel holte tief Luft. „Ja.“

„Ganz allein?“

„Ja.“

„Sie haben mich ernährt?“

„Ja.“

„Und mich gewaschen?“

„Ja. Ihr Fieber ... Ich musste Sie mit kaltem Wasser abreiben, um es herunterzubekommen.“

„Sie haben alles Notwendige für mich getan und mich wie ein Baby gepflegt.“

Rachel wusste nicht, was sie sagen oder tun sollte. Sie fühlte seine Hand auf ihrer weichen Haut.

„Sie haben mich berührt“, sagte Kevin. „Überall.“

Rachel schluckte. „Das war notwendig.“

„Ich kann mich an Ihre Hände auf meinem Körper erinnern. Es gefiel mir, aber als ich heute Morgen erwachte, hielt ich es für einen Traum.“

„Sie haben geträumt“, sagte sie.

„Habe ich Sie nackt gesehen?“

„Nein!“

„Woher weiß ich dann, wie ihre Brüste aussehen? Wie sie sich unter meinen Händen anfühlen? Das war nur ein Traum, Rachel. Oder nicht?“

Das Blut schoss ihr heiß in die Wangen und gab ihm die Antwort, noch ehe sie ein Wort gesagt hatte. Ohne Kevin anzusehen, weil ihre Verlegenheit sie endlich aus dem Bann löste, den der Blick aus seinen schwarzen Augen auf sie ausübte, sagte Rachel: „Zweimal, als Sie aufwachten, haben Sie ... hm ... nach mir gegriffen.“

„Und ich habe sie gesehen?“

Rachel zeigte mit einer hilflosen Bewegung auf ihren Nacken. „Mein Nachthemd rutschte, als ich mich über Sie beugte. Der Ausschnitt war sehr tief ...“

„War ich grob?“

„Nein“, flüsterte sie.

„Hat es Ihnen gefallen?“

Dieses Gespräch musste ein Ende finden, auf der Stelle, obwohl es Rachel vorkam, als wäre es dafür schon viel zu spät. Sie hätte sich nie auf die Bettkante setzen dürfen. „Nehmen Sie die Hand weg“, sagte sie, bemüht, ihrer Stimme einen festen Klang zu geben. „Lassen Sie mich aufstehen.“

Kevin gehorchte ohne Zögern. Triumph zeichnete sich auf seinem markanten, dunklen Gesicht aus. Rachel sprang mit glühenden Wangen vom Bett auf. Wie hatte sie sich nur so zur Närrin machen können! Wahrscheinlich würde er nicht einschlafen können, weil er so über sie lachen musste. Sie war an der Schlafzimmertür, als er sprach. Der Klang seiner Stimme ließ sie stehen bleiben.

„Rachel."

Eigentlich wollte sie sich nicht umdrehen und ihn ansehen, aber die Art, wie er ihren Namen ausgesprochen hatte, war ein Befehl, der sie zu gehorchen zwang.

„Wenn ich könnte, würde ich hinter Ihnen herkommen. Sie kämen mir nicht davon."

Ihre Stimme klang so ruhig wie seine und übertönte nur wenig das Geräusch des im dämmrigen, kühlen Zimmer surrenden Ventilators. „Vielleicht doch", sagte Rachel, verließ den Raum und schloss leise die Tür hinter sich.

## 6. KAPITEL

Um sich zu beschäftigen und abzulenken, beschloss Rachel, Unkraut im Garten zu jäten. Sie arbeitete bis zum Spätnachmittag und war mit ihrer Arbeit fast zu Ende, als sie plötzlich das Quietschen der Hintertür vernahm. Sofort sprang Rex, der am Ende des Beetes neben ihr gelegen hatte, auf und schoss zur Treppe. Rachel schrie hinter ihm her. Rex zögerte eine Sekunde, rannte dann aber weiter und blieb mit gesträubtem Nackenfell etwa vier Schritte vor den Stufen stehen.

Kevin hatte sich nicht beirren lassen, sondern sich auf die Treppe gesetzt und wirkte damit für den Hund weniger bedrohlich. Rachel war aufgestanden und näherte sich den beiden.

„Bleiben Sie stehen", sagte Kevin ruhig zu ihr, und sie blieb, wo sie war. „Platz, Rex", befahl er dann dem Hund.

Das Tier reagierte nicht, reckte nur den Hals vor, stellte die Ohren auf und knurrte.

Kevin probierte es noch mehrere Male, ohne Erfolg.

„Warum gehen Sie nicht einfach wieder ins Haus, und ich versuche, Rex festzuhalten?", fragte Rachel nervös.

„Weil ich sonst so lange, wie er mich nicht akzeptiert, als Gefangener hier lebe. Es könnte sein, dass ich in aller Eile verschwinden muss, und dann will ich nicht auch noch auf den Hund achtgeben müssen."

„Rex, Platz", sagte Kevin erneut.

Rachel hielt den Atem an, weil das Tier die Ohren zurücklegte und zu zittern begann. Kevin wiederholte den Befehl. Der Hund setzte zum Angriff an, dann, unvermittelt, ging er zu Kevin und setzte sich neben ihn auf die Hinterpfoten.

„Braver Kerl, so ein braver Junge!“ Unbeholfen strich Kevin ihn mit der linken Hand über den Schädel. Einen Moment lang legte Rex wieder die Ohren an und knurrte leise, aber er machte keine Anstalten, zu beißen. Rachel atmete erleichtert auf. Ihre Knie zitterten.

Kevin warf ihr einen Blick zu.“ Setzen Sie sich neben mich“, rief Kevin ihr zu.

„Genau wie der Hund?“, spottete sie, ließ sich aber dankbar neben ihm auf der Stufe nieder. Sofort sprang Rex auf und stellte sich vor den beiden auf. Seine Ohren zuckten hin und her.

Kevin legte Rachel seinen rechten Arm um die Schulter und zog sie an seine nackte Brust. Dabei behielt er sorgfältig den Hund im Auge, dem die Bewegung zu missfallen schien, denn er begann wieder zu knurren.

„Er ist eifersüchtig“, bemerkte Kevin.

„Oder er denkt, Sie könnten mir wehtun.“ Es irritierte sie, wie vertraut Kevin und sie nebeneinandersaßen. Um sich abzulenken, hielt sie Rex die Hand hin. „Ganz brav, Rex. Komm her. Sei lieb und komm zu mir.“

Zögernd kam Rex näher, schnüffelte an ihrer ausgestreckten Hand und dann an Kevins Knie. Nach einem Augenblick ließ er sich vor den beiden fallen und legte seinen Kopf auf die Vorderpfoten.

„Es ist eine Schande, dass man ihn misshandelt hat. Er ist ein intelligentes und teures Tier, und er ist nicht alt. Ungefähr fünf Jahre.“

„Das nimmt Honey auch an.“

„Hatten Sie schon immer einen Hang dazu, Streunende bei sich aufzunehmen?“, fragte Kevin, und Rachel wusste, dass er sich nicht nur auf Rex bezog.

„Nur die interessanten." Ihre Stimme klang gepresst, und Rachel fragte sich, ob Kevin das hören konnte und auch den Grund dafür erahnte. Mit der rechten Hand strich er leicht über ihren bloßen Arm. Es wäre eine harmlose Berührung gewesen, hätte sie Rachel nicht ein solches Wohlbefinden verursacht. Ein Aufblitzen am dunkel gewordenen Himmel ließ sie aufblicken. Sie war froh über die Unterbrechung.

„Es sieht nach einem Gewitter aus." Wie auf ein Stichwort donnerte es, und ein paar dicke Regentropfen fielen auf sie herab. „Ich glaube, wir gehen besser ins Haus."

Kevin ließ sich von ihr auf die Füße helfen, ging aber aus eigener Kraft die Treppe hoch. Rex sprang auf und suchte unter dem Auto Schutz. Gerade als Rachel die Fliegentür verriegelte, krachte ein ohrenbetäubender Donnerschlag direkt über ihnen, und der Himmel öffnete seine Schleusen. Die Temperatur sank mit dem herabrauschenden Regen, während Rachel und Kevin in der offenen Tür standen und die frische, kühle Luft genossen. Als leichter Sprühregen bis zu ihnen drang, schloss Rachel lachend die Holztür und verriegelte sie. Als sie sich umdrehte, fand sie sich in Kevins Armen wieder.

Er sagte kein Wort, griff nur in ihr Haar und bog ihr den Kopf zurück. Dann schloss sein Mund sich über Rachels Lippen. Ihre Welt schien ins Wanken und außer Kontrolle zu geraten. Sie hatte ihre Hände auf Kevins Brust gelegt, und stand still da und gab sich seinem Kuss hin. Sie war unfähig, an etwas anderes zu denken als an das Vergnügen, das sie ihm schenken konnte. Seine festen Lippen suchten hungrig ihren Mund, und er küsste sie langsam und betont erregend, spielte mit ihrer Zunge und biss sie sanft in die Unterlippe.

Der ungeahnte Reiz überraschte Rachel. Sie riss sich von Kevin los und starrte ihn aus weit geöffneten Augen an.

Er legte die Hand fester um ihren Kopf. „Hast du Angst vor mir?“, fragte er rau.

„Nein“, flüsterte sie.

„Warum bist du dann zurückgewichen?“

Rachel konnte nicht anders, sie musste ihm die Wahrheit sagen. Während über ihnen das Unwetter tobte, sah sie ihm in der wachsenden Dunkelheit fest in die Augen. „Weil es zu viel war.“

Seine schwarzen Augen funkelten und leuchteten leidenschaftlich auf. „Nein“, entgegnete Kevin. „Das war noch nicht genug.“

Rachel wurde sehr langsam munter. Sie fühlte sich so ausgesprochen wohl, dass es ihr schwerfiel, die Lider zu öffnen und dem neuen Tag ins Auge zu sehen. Nie hatte sie in den letzten Jahren besser geschlafen als in der vergangenen Nacht.

Doch wo war Kevin? Ihr fiel sofort auf, dass er nicht neben ihr lag. Sie schlüpfte rasch aus dem Bett. Da die Badezimmertür offen stand, konnte er drinnen nicht sein. „Kevin?“, rief sie und eilte aus dem Schlafzimmer.

„Hier draußen.“

Die Antwort kam von der Hinterseite des Hauses, und Rachel rannte fast zur Tür, die offen war. Kevin saß, nur mit seinen Shorts bekleidet, auf den Stufen, und Rex lag zu seinen Füßen im Gras. Ebenezer Duck und seine treue Gefolgschaft watschelten im Hof herum und jagten friedliche Insekten. Der Regen der vergangenen Nacht hatte alles sauber gewaschen, und das Grün leuchtete in neuen, frischen Farben. Ungehindert strahlte die Sonne vom wolkenlosen, tiefblauen Himmel herab. Es war ein bemerkenswert friedlicher, warmer und schöner Morgen.

„Wie bist du denn aus dem Bett gekommen, ohne mich dabei zu wecken?“

Kevin stemmte die Hände auf eine Stufe, drückte sich nach oben und stand auf. Er schien sich leichter zu bewegen, als noch am Tag zuvor. Er sah sie durch die Fliegentür an. „Nachdem du mich vier Tage gepflegt hast, warst du sehr müde.“

„Du erholst dich aber gut.“

„Ich fühle mich kräftiger, und meine Kopfschmerzen haben aufgehört.“ Kevin machte die Fliegentür auf und zögerte einen Augenblick, während sein Blick über ihren Körper glitt.

„Ich bin es nur zu sehr gewohnt, mich wie eine Glucke aufzuführen“, sagte sie mit einem kleinen Lachen. „Als ich dich nicht mehr im Bett vorfand, geriet ich sofort in Panik. Aber da es dir gut geht, werde ich mich jetzt anziehen und das Frühstück machen.“

„Meinetwegen musst du dich nicht anziehen“, meinte Kevin gedehnt. Rachel ignorierte die Bemerkung und ließ ihn wortlos stehen.

Kevin sah ihr nach, bis sie seinem Blick entschwunden war, und ging dann langsam über die Stufen ins Innere des Hauses. Er verschloss hinter sich die Fliegentür. Rachel machte ihm nichts vor, indem sie verführerische Nachthemden trug und dann so tat, als wäre sie über das, was darunter zu sehen war, in Verlegenheit geraten. Das hatte sie nicht nötig. Sie sah in ihrem rosa Blümchennachthemd und mit den zerzausten Haaren so warm, so schläfrig und so reizvoll aus, dass er sich am liebsten in sie versenkt hätte.

Genau diesen Wunsch hatte er verspürt, nachdem er aufgewacht war und feststellen musste, dass ihr Nachthemd hochgerutscht war und er sich gegen ihren bloßen Schenkel presste. Nur ihr zartes Höschen war ihm noch im Wege. Kevin hatte sich so erregt, dass er einfach aus dem Bett flüchten und sich den Verlockungen ihres Körpers entziehen musste. Er war selbst über seine Schwäche unzufrieden, weil sie ihn davon abhielt, Rachel so zu nehmen, wie er es sich wünschte – hart, schnell und tief.

Rachel kam nach wenigen Minuten in die Küche zurück. Sie war barfuß, trug verblichene Shorts und eine übergroße Hemdbluse, die sie um die Taille geknotet hatte. Ihr sonnengebräuntes Gesicht war ungeschminkt, und sie wirkte sehr selbstsicher, was Kevin gefiel. Er selbst hatte eine so beherrschende Persönlichkeit, dass man schon eine sehr willensstarke Frau sein musste, um nicht restlos von ihm unterdrückt zu werden – sowohl im als auch außerhalb des Bettes.

Rachel bereitete das Frühstück und fing an, eine Wassermelone zu teilen. Ihre grauen Augen richteten sich auf Kevin. „Das ginge sehr viel leichter, wenn ich mein bestes Messer wiederhätte", sagte sie strafend.

Kevin war selten belustigt oder lachte gar, aber der trockene, anklagende Tonfall ihrer Stimme brachte ihn zum Lächeln. Er lehnte sich gegen die Anrichte, um das Gewicht von seinem verletzten Bein auf das gesunde zu verlagern, ging aber auf ihre Bemerkung nicht ein. Immerhin brauchte er etwas zu seiner Verteidigung, auch wenn es nur ein Küchenmesser war. „Hast du eine Schusswaffe hier im Hause?"

Rachel wendete schwungvoll den Schinken in der Pfanne. „Ich habe ein 22er-Gewehr unter dem Bett liegen und im Handschuhfach einen 357er-Revolver."

Er war etwas irritiert. Warum hatte sie die Waffen gestern nicht erwähnt?

Dann sah Rachel ihn wieder mit einem dieser direkten, langen Blicke an, und er wusste, sie wartete auf eine Entgegnung. Warum hätte sie auch einem Mann, der sie mit einem Messer bedroht hatte, ihre Waffe aushändigen sollen? „Und wenn ich sie während der Nacht benötigt hätte?"

„Ich habe nur Gaspatronen für den 357er, keine andere Munition und habe ihn deshalb unberücksichtigt gelassen", antwortete sie ruhig. „Das Gewehr lag in Reichweite, und ich weiß nicht nur, wie man damit umgeht, sondern habe auch zwei gute Waffen gegen deine eine." Rachel fühlte sich in der Diamantenbucht sicher, aber der gesunde Menschenverstand hatte ihr geraten, doch etwas zu ihrer Verteidigung bei sich zu haben, da sie allein und ohne direkte Nachbarn hier lebte.

Kevin zog die Augenbrauen zusammen und schwieg einen Moment. „Und warum erzählst du es mir jetzt?", fragte er dann.

„Erstens, weil du mir gesagt hast, wer du bist. Zweitens, weil du danach fragtest. Drittens, weil du selbst ohne das Messer nicht unbewaffnet wärst. Benachteiligt, aber nicht hilflos."

„Wie meinst du das?"

Rachel sah auf seine kräftigen, bloßen Füße hinunter. „Du hast Schwielen an Füßen und Händen, und das haben nicht viele Leute. Du arbeitest barfuß, nicht wahr?"

Als er antwortete, war sein Ton geschmeidig und sachlich, und Rachel lief ein Schauer über den Rücken. „Dir fällt wirklich sehr viel auf, meine Liebe."

Sie nickte zustimmend. „Ja."

„Die meisten würden sich über Schwielen keine Gedanken machen."

Einen winzigen Augenblick zauderte Rachel und überlegte, ehe sie damit fortfuhr, den Tisch zu decken und das Essen aufzustellen. „Auch mein Mann hatte Schwielen an den Händen. Das lag an seiner besonderen Ausbildung."

Kevin spürte, wie sich etwas in ihm zusammenkrampfte, und er ballte die Hände zu Fäusten. Nach einem schnellen Blick auf ihre schlanken, sonnengebräunten Hände, an denen Rachel keinen Ring trug, fragte er: „Du bist geschieden?"

„Nein, ich bin Witwe."

„Das tut mir leid."

Rachel nickte noch einmal und setzte Eier und Schinken auf den Tisch und sah anschließend nach den Brötchen im Ofen. Sie waren gerade richtig, an der Oberfläche goldgelb, und Rachel nahm sie heraus und legte sie in den Brotkorb. „Es ist schon lange her", sagte sie schließlich. „Fünf Jahre." Dann fügte sie mit veränderter Stimme hinzu: „Fang an zu essen, ehe die Brötchen kalt werden."

Kevin aß mit großem Appetit. Als nichts mehr übrig war, stand Rachel auf und schenkte ihm neuen Kaffee ein. „Wie lange willst du eigentlich hierbleiben?", fragte sie leichthin.

Er wartete, bis sie die Kanne wieder auf die Wärmeplatte zurückgestellt und sich hingesetzt hatte, ehe er ihr antwortete. „Bis ich mich restlos erholt habe, wieder gehen und meine Schulter benutzen kann. Außer, du möchtest, dass ich gehe. Es liegt ganz bei dir, wann du mich hinauswirfst."

Nun, das war deutlich genug, dachte Rachel. Er wollte nur so lange bei ihr bleiben, bis er wieder ganz genesen war, und länger nicht. „Hast du eine Ahnung, was du dann machen wirst?“

Kevin stützte die Unterarme auf den Tisch. „Wieder gesund werden, das ist das Vordringlichste. Dann muss ich herausfinden, wie weit unser Vorhaben gefährdet ist. Es gibt immer noch einen Mann, den ich anrufen kann, wenn ich ihn brauche, aber damit werde ich warten, bis ich wieder ganz auf dem Posten bin. Ein Mann allein hat keine große Chance. Mir bleiben noch drei Wochen von meinem Urlaub. Drei Wochen, in denen sie den Mund halten müssen, es sei denn, mein Körper wird ganz ‚zufällig‘ irgendwo angespült. Ohne meine Leiche sind ihnen die Hände gebunden. Man kann nichts unternehmen, um mich zu ersetzen, bis ich offiziell für tot oder vermisst erklärt wurde.“

„Was geschieht, wenn du nach drei Wochen nicht zum Dienst erscheinst?“

„Meine Personalakten werden vernichtet, der Code geändert und den Agenten neue Order erteilt, und ich höre offiziell zu existieren auf.“

„Als verschollen registriert?“

„Als tot, gefangen oder für einen Überläufer gehalten.“

Drei Wochen. Ihr blieben noch maximal drei Wochen mit ihm. Das war ein erbärmlich kurzer Zeitraum, aber wenn diese drei Wochen alles sein sollten, was sie noch von Kevin hatte, dann würde sie lächeln und ihn pflegen, sich selbst mit ihm streiten, falls ihr danach zumute war, und ihm auf alle erdenkliche Art behilflich sein … ihn zärtlich lieben … dann diesem dunklen Krieger zum Abschied winken und still in sich hineinweinen, nachdem er gegangen war. Es war Rachel kein großer Trost, dass Frauen seit Jahrhunderten genau das getan hatten.

Mit gesenkten Augen starrte Kevin in seine Kaffeetasse und dachte nach. „Ich möchte, dass du noch einmal einkaufen fährst."

„Sicher", antwortete Rachel ungezwungen. „Ich wollte dich sowieso fragen, ob die Hosen die richtige Größe haben."

„Es passt alles. Du hast ein gutes Augenmaß. Nein, ich möchte, dass du Hollowpoint-Munition für den 357er besorgst, und zwar reichlich. Ebenso für das Gewehr. Die Auslagen werden dir zurückerstattet."

Das war Rachels kleinste Sorge, und sie ärgerte sich ein bisschen, dass Kevin diesen Punkt überhaupt erwähnt hatte. „Bist du sicher, dass ich nicht noch ein paar Hirschgewehre mitbringen soll, wenn ich schon einmal dabei bin. Oder vielleicht eine 44er-Magnum?"

Zu ihrer Überraschung nahm Kevin ihren Sarkasmus ernst. „Nein. Ich will vermeiden, dass dein Name durch einen Waffenkauf seit dem Datum meines Verschwindens registriert wird."

Die Bemerkung verunsicherte Rachel, und sie lehnte sich zurück. „Du meinst, solche Eintragungen könnten überprüft werden?"

„Bei jedem in dieser Gegend."

Rachels Blick blieb eine lange Zeit an seinem markanten Gesicht und dem abweisenden Ausdruck seiner Augen hängen. Schließlich flüsterte sie: „Wer bist du, dass man sich solche Mühe macht, dich zu töten?"

„Lieber hätten sie mich lebend", erwiderte Kevin trocken. „Es liegt an mir, dafür zu sorgen, dass es nie der Fall sein wird."

„Warum gerade du?"

Ein Mundwinkel zuckte leicht nach oben, als wolle Kevin

lächeln, aber er wirkte völlig ernst. „Weil ich der Beste auf meinem Gebiet bin."

Das war nicht gerade eine umfassende Antwort, aber dann war er ja besonders gut darin, Fragen zu beantworten, ohne jegliche Information zu geben. Die Details, die er ihr mitgeteilt hatte, waren von ihm gründlich überlegt und darauf angelegt worden, die gewünschte Reaktion aus ihr herauszuholen.

Sie trank ihren Kaffee aus und stand auf. „Ich habe noch eine Menge zu erledigen, ehe die Hitze zu groß wird. Willst du mit mir nach draußen kommen oder dich ausruhen?"

„Ich muss mir Bewegung verschaffen", sagte Kevin, stand ebenfalls auf und folgte ihr. Er humpelte langsam im Hof herum und prägte sich jedes Detail ein, während Rachel Rex und die Gänse fütterte und sich dann wieder an die Gartenarbeit machte. Als Kevin ermüdete, setzte er sich auf die Hintertreppe und sah Rachel durch halbgeschlossene Lider bei ihrer Beschäftigung zu.

Rachel Jones hatte eine ausgeglichene Art an sich, bei der Kevin sich sehr wohlfühlte. Ihr Leben verlief friedlich, ihr kleines Haus war gemütlich, und die heiße Sonne des Südens brannte ihm auf die Haut ... Hier war alles irgendwie verführerisch, auf die eine oder andere Weise. Die Mahlzeiten, die sie bisher gekocht und mit ihm geteilt hatte, brachten ihn dazu, darüber nachzusinnen, wie schön es wäre, jeden Tag mit ihr zu frühstücken. Aber solche Gedanken waren für ihn noch gefährlicher als jede Waffe. Er hatte schon einmal versucht, ein normales Privatleben zu führen, es war ihm nicht gelungen. Kevin hatte nicht das von ihm erwartete Zugehörigkeitsgefühl in der Ehe gefunden. In sexueller Hinsicht war alles bestens gewesen, aber nach dem Akt war er sich immer noch einsam und wie ein Außenseiter vorgekommen. Er hatte seine Frau gern gehabt, aber das war auch alles. Sie war nicht fähig gewesen, die Wand zwischen ihm und ihr einzureißen, um in sein tiefstes Innerstes einzudringen.

Vielleicht war ihr seine Anwesenheit nie recht bewusst geworden. Ganz sicher hatte sie entweder das, worum es in seiner Tätigkeit ging, nie begriffen oder nicht begreifen wollen. Marilyn Sabin hatte in ihrem Ehemann nichts anderes als einen der tausend Männer gesehen, die in Washington im Dienst des Staates einen Schreibtischjob verrichteten. Kevin fuhr morgens ins Büro und kam – für gewöhnlich – nachts zurück. Seine Frau war mit ihrer wachsenden Anwaltspraxis vollauf beschäftigt und arbeitete selbst noch bis in die späte Nacht. Daher hatte sie Verständnis für ihn. Da sie recht anspruchsvoll war, gefiel ihr Kevins kühles, distanziertes Wesen, und sie unternahm nie einen Versuch, den komplizierten Mann zu ergründen.

Kevin hielt das Gesicht in die Sonne und spürte, wie er sich entspannte, Marilyn … Es war Jahre her, seit er an sie gedacht hatte, ein Beweis dafür, wie wenig sie ihm bedeutet hatte. Die Scheidung hatte nur ein Schulterzucken bei ihm hervorgerufen. Nach all dem, was passiert war, wäre sie dumm gewesen, sich nicht von ihm zu trennen.

Einmal waren sie in einem dieser erstklassigen Restaurants zum Essen gewesen. Beim Verlassen dieses Restaurants hatte er den Heckenschützen sofort erblickt, seine Frau instinktiv zu Boden gestoßen, selbst hinter einem Auto Schutz gesucht und sofort geschossen. Dadurch hatte er Marilyn das Leben gerettet, denn der vom Attentäter abgegebene Schuss traf sie so nur in den Arm.

Von dem Augenblick an sah Marilyn ihren Mann in einem ganz neuen Licht, und das, was sie sah, mochte sie überhaupt nicht. Sie war gewohnt, sich in aller Öffentlichkeit, auch mit ihrem Mann, zu zeigen. Und die Aussicht, mit einem Mann verheiratet zu sein, an dessen Seite sie ihr Leben riskierte, missfiel ihr.

Am folgenden Tag, als Kevin sie aus dem Krankenhaus abholte, bestand ihre Ehe nur noch auf dem Papier. Das erste, was Marilyn zu ihm gesagt hatte, war, dass sie die Scheidung wolle.

Kevin hatte seine Lehre aus dem Vorfall gezogen. Er hatte es nie wieder zugelassen, dass jemand mit ihm vertraut wurde, um auszuschließen, dass er erpresst werden konnte. So hatte er auch nie mehr den Wunsch verspürt, wieder zu heiraten oder sich auch nur eine Geliebte zu halten. Sex war eine flüchtige Angelegenheit geworden, bei der er sich nie lange nur mit einer Frau aufhielt. Das hatte funktioniert.

Bis Rachel in sein Leben getreten war. Sie brachte ihn in Versuchung. Und wie er sich zu ihr hingezogen fühlte! Rachel war Marilyn überhaupt nicht ähnlich. Sie war umgänglich und zwanglos, wo Marilyn anspruchsvoll und elegant gewesen war. Rachel wusste – irgendwie wusste sie es – auf welche Weise sein Leben verlief, wohingegen Marilyn in all den Jahren ihrer Ehe nicht das Geringste über ihn begriffen hatte.

Doch es würde trotzdem nicht gut gehen. Er durfte es nicht zulassen. Er beobachtete Rachel, die zufrieden ihrer Gartenarbeit nachging. Der Sex mit ihr wäre wild und anhaltend, und sie würde nicht dagegen protestieren, wenn er ihr Haar zerwühlte oder das Make-up verschmierte. Um Rachel zu schützen, musste er sicherstellen, dass Sex das einzige Bindeglied zwischen ihnen blieb. Sobald er sie verlassen musste, würde es für immer sein – und zu ihrem Besten. Er war ihr zu viel schuldig, um sie auch nur dem geringsten Risiko auszusetzen.

Rachel richtete sich aus ihrer gebückten Haltung auf und reckte sich mit hochgehobenen Armen. Durch die Bewegung zeichneten sich ihre Brüste unter dem dünnen Stoff ihrer Bluse ab. Dann nahm sie den Korb auf und kam zwischen den Beeten auf Kevin zu.

Rex, der sich in ihrer Nähe niedergelegt hatte, sprang auf, folgte ihr und suchte unter der Hintertreppe Schatten. Rachel hatte ein Lächeln auf den Lippen, als sie sich Kevin näherte, ihre grauen Augen sahen ihn hell und freundlich an.

Kevin blickte ihr entgegen, und ihm entging keine Bewegung ihres graziösen Körpers. Nein, er durfte sie keineswegs dadurch einer Gefahr aussetzen, dass er länger als nötig bei ihr blieb. Aber die wirkliche Gefahr bestand darin, dass er so hungrig nach Rachel war, um dem Versuch eines Wiedersehens zu erliegen, und das durfte nie geschehen.

Die nächsten Tage verstrichen friedlich und gemächlich. Jetzt, wo Kevin auf dem Weg der Besserung war und ihre ständige Aufsicht nicht mehr benötigte, nahm Rachel ihre gewohnten Beschäftigungen wieder auf.

Sie besorgte für Kevin Hollowpoint, die gewünschten extra starken Patronen, und danach legte er den 357er nie außer Reichweite.

Honey kam vorbei und gestand, wie überrascht sie sei, dass die Wunden so gut verheilt waren. Sie hatte nicht mit der Wimper gezuckt, als Kevin die Pistole aus dem Gürtel gezogen und sie auf dem Tisch abgelegt hatte, während sie die Fäden zog und Rachel ihr dabei zusah. Dann hatte Kevin sich wieder angezogen und die schwere Waffe erneut an die gewohnte Stelle hinter dem Gürtel am Rücken gesteckt.

Während Honey ihre Tasche packte, sah Rachel Kevin forschend an und meinte: „Du bist kein Südstaatler, nicht wahr? Du hast zwar einen gedehnten Akzent, aber er ist nicht typisch südlich."

„Ich habe lange Zeit mit jemandem aus Georgia verbracht. Wir waren zusammen in Vietnam. Ich wurde aber in Nevada geboren.

Das war wohl das Höchstmaß an Information, die er über sich zu geben bereit war. Deshalb stellte Rachel auch keine weiteren Fragen.

Beim Gehen lächelte Honey ihm zu und reichte ihm die Hand. „Falls wir uns nicht mehr sehen sollten, alles Gute."

Kevin nahm ihre Hand. „Danke, Doc. Sie haben prachtvolle Arbeit geleistet. Viel Glück." Rachel fiel auf, dass er sich nicht über ein längeres Verweilen äußerte.

Honey sah ihn prüfend an. „Ich platze förmlich vor Fragen, aber ich glaube, ich werde meinen eigenen Grundsatz befolgen und sie nicht stellen. Ich will gar nichts wissen. Aber passen Sie auf sich auf, hören Sie?"

Kevin verzog den Mund zu einem schiefen, angedeuteten Lächeln. „Ganz sicher."

Honey blinzelte ihm zu. „Falls jemand mich fragt, habe ich von nichts eine Ahnung."

„Sie sind eine kluge Frau, Doc. Sobald ich weg bin, kann Rachel Ihnen die Einzelheiten erzählen."

„Vielleicht. Aber vielleicht reime ich mir auch meine eigenen Antworten zusammen. Auf diese Weise kann ich so wild und romantisch werden, wie es mir passt, und gehe trotzdem auf Nummer Sicher."

Wahrscheinlich ist Honeys Einstellung zu diesem Thema die beste, dachte Rachel, nachdem sie mit Kevin wieder allein war. Sie bemerkte, dass er sie auf seine beharrliche, irritierende Art ansah und reckte ihr Kinn. „Was ist denn?"

Statt einer Antwort näherte er sich ihr, fasste sie unter das Kinn, beugte sich vor und küsste sie. Einen Moment lang stand Rachel wie gebannt da. Kevin hatte sie seit dem ersten Mal nicht wieder geküsst, obwohl ein gewisses Besitzergreifen in der Art zu spüren war, wie er sie nachts hielt.

Rachel verriet nicht, welche Lust es ihr bereitete, in seinen Armen einzuschlafen. Aber nun konnte sie das heftige Verlangen nicht mehr verheimlichen, das der Kuss in ihr hervorrief, ihre Lippen öffneten sich unter seinem Mund. Mit den Händen strich sie ihm über die harte, muskulöse Brust. Kevins Zunge spielte mit der ihren. Sie stöhnte sanft, als ihre Brüste sich anspannten, als hätte Kevin sie berührt.

Langsam schob Kevin Rachel vor sich her, bis sie mit dem Rücken zum Schrank stand. Sie unterbrach den Kuss und fragte atemlos: „Was hat dich dazu bewegt?"

Er küsste ihr Kinn und liebkoste zärtlich die empfindliche Haut unter ihrem Ohr. „Hör auf, den Kopf wegzudrehen", murmelte er. „Küss mich. Öffne deine Lippen." Sie tat es, und er küsste sie so tief, so lange und so schwindelerregend, dass sie ihn vorn am Hemd packte, sich auf die Zehenspitzen stellte und sich verlangend an ihn drängte. Ihr war, als würde dieser Kuss nie ein Ende finden. Kevins Hände glitten über ihren Po, und mit einem sanften Ruck hob er Rachel an zu einem noch intimeren Kontakt.

Mit diesem Kuss waren alle Vorwände überflüssig geworden. Sie klammerten sich in offener Leidenschaft aneinander, voller Begierde, sich näher und näher zu kommen. Die Leidenschaft hatte sich seit Tagen in der Erinnerung an die zärtlichen Berührungen aufgestaut, die normalerweise nur nach den ersten, tastenden Küssen gekommen wären. Doch sie hatten unter Umständen zueinander gefunden, die jede Regel aufhob.

Rachel hatte seinen harten, schönen Körper gesehen und berührt, während sie ihn pflegte und seinen Schmerz milderte. Kevin hatte sie unter seinen Händen gespürt und sich schon an ihren ganz eigenen, süßen Duft gewöhnt, noch ehe er Rachels Namen kannte. Vier Nächte lang hatte er sie im Schlaf in seinen Armen gehalten, und ihre Körper waren sich nicht mehr fremd. Aus dieser Situation heraus wurden zwischen ihnen all die natürlichen Hindernisse beseitigt, mit denen Menschen sich umgeben, um ihre Intimsphäre zu wahren. Zur gleichen Zeit entwickelte sich um sie eine Art Treibhausatmosphäre, die sie berauschte.

Die Kraft ihrer Empfindungen erschreckte Rachel ein wenig, und wieder löste sie ihre Lippen von Kevins Mund und barg ihr Gesicht in seiner Halsbeuge. Es durfte nicht alles so schnell gehen, sonst verlor sie ihre Beherrschung. „Du bist ein rasanter Mann“, flüsterte sie und bemühte sich um Fassung.

Kevins Hände glitten ihren Rücken hinauf, und er zog sie fest an sich heran. Dann knabberte er an ihrem Ohrläppchen und sagte heiser und verheißungsvoll: „Nicht so rasant, wie ich am liebsten vorgehen würde.“

Unkontrollierbare Schauer rannen Rachel über den ganzen Körper, und ihre Brüste waren so fest geworden, dass sie schmerzten. Kevin riss sie an sich und drückte ihre Brüste gegen seinen harten muskulösen Körper. Er rieb seine Wange an Rachels Kopf, aber in der Gier nach mehr dauerte diese Zärtlichkeit nicht lange.

Er vergrub seine Finger in ihrem Haar und bog ihren Kopf nach hinten. Sein Mund ergriff von neuem Besitz von ihren Lippen, und seine Zunge schob sich wie im Liebesspiel dazwischen. Rachel fuhr zusammen, als Kevin seine andere Hand über ihre Brust legte, dann in ihre Bluse griff, ihre Brust umfasste und mit seinem rauen Daumen über die erregte Spitze strich. Rachel hatte das Gefühl, ihr Schmerz würde gleichzeitig gelindert und vergrößert.

„Ich will dich nehmen“, murmelte er heiser und hob den Kopf, um dem Spiel seines Daumens zuzusehen. „Ich bin vor Sehnsucht nach dir fast verrückt geworden. Willst du mit mir zusammen sein, solange mir die Zeit bleibt?“

Gütiger Himmel, war er ehrlich, sie musste sich zusammenreißen, um ihre Qual nicht herauszuschreien. Selbst in diesem Augenblick, wo ihre Körper sich in fiebrigem Begehren aneinanderpressten, unterließ Kevin die tröstenden Versprechungen, die er doch nicht hätte einhalten wollen. Er würde gehen, und alles, was ihnen blieb, konnte nur von kurzer Dauer sein. Um wie viel leichter wäre alles, wenn sie die Zukunft außer Acht ließe und mit ihm in ihr Schlafzimmer gehen könnte! Doch seine Ehrlichkeit erinnerte sie daran, dass sie an die Zukunft und an den Tag, an dem Kevin sie verlassen würde, denken müsste.

Langsam legte sie die Hände auf seine Brust und drückte sich weg von ihm, und Kevin wich zurück, um ihr den Abstand, den sie brauchte, zu geben. Mit zitternder Hand strich sie sich die Haare aus der Stirn. „So leicht ist die Sache für mich nicht", versuchte sie zu erklären, aber ihre Stimme bebte ebenso wie ihre Hand. „Ich hatte nie einen Liebhaber … nur meinen Mann."

Kevin sah sie mit aufmerksamen Augen an, und er wartete.

Rachel machte eine hilflose Geste. Seine Ehrlichkeit erforderte, dass auch sie ihm gegenüber offen war. „Ich … habe dich gern."

„Nein", sagte er absichtlich scharf, „lass das sein."

„Erwartest du von mir, dass ich mein Gefühl wie einen Wasserhahn abstelle?" Rachel blickte ihm voll ins Gesicht.

„Ja. Das ist Sex, nichts weiter. Rede dir nicht ein, es könnte zu mehr führen, denn selbst wenn dem so wäre, hätten wir keine Zukunft."

„Oh, das weiß ich." Sie lachte kurz auf, wandte sich von ihm ab und sah aus dem Fenster. „Wenn du von hier fortgehst, ist es das Ende unserer Beziehung."

Sie wünschte, er würde ihr widersprechen, aber wieder zerstörte seine brutale Offenheit jede ihrer Hoffnungen. „Ganz recht. Und so muss es auch sein."

Es wäre sinnlos, mit ihm über diesen Punkt zu streiten. Rachel wusste seit Langem, dass Kevin ein einsamer, verschlossener Wolf war. „Nun, siehst du es, aber ich habe nicht diese Art von Kontrolle über meine Gefühle. Ich glaube, ich liebe dich … Oh, verdammt, warum soll ich auf Nummer Sicher gehen?" Ihre Stimme war erfüllt von hilfloser Enttäuschung. „Ich fing an, dich zu lieben, in dem Augenblick, wo ich dich aus dem Ozean zog! Das klingt albern, nicht wahr? Aber meine Liebe würde nicht einfach aufhören, nur weil du mich verlässt."

Kevin beobachtete sie. Sie war verkrampft, das konnte er an ihrer Haltung, ihren zu Fäusten geballten Händen sehen. Was mochte es Rachel wohl gekostet haben, ihm dieses Geständnis zu machen?

Sie hatte das direkteste Wesen, das er je an einer Frau kennengelernt hatte, gebrauchte keine Spielchen, machte keine Ausflüchte. In all den Jahren würde sie die einzige Frau sein, die zu verlassen ihm leid täte. Allein der Gedanke ging ihm gegen den Strich, aber damit konnte er viel leichter fertig werden, als mit dem Wissen, durch eine gemeinsame Existenz ihr Leben in Gefahr zu bringen. Rachel bedeutete ihm zu viel, um sie leichtfertig und nur zu seinem Vergnügen zu gefährden.

Kevin legte ihr die Hände auf die Schultern und massierte sanft die angespannten Muskeln. „Ich werde dich nicht drängen", murmelte er. „Du musst tun, was du für richtig hältst. Aber wenn du dich für mich entscheidest … ich bin hier."

Rachel musste nicht erst darüber nachdenken, ob sie Kevin wollte. Sie brannte vor Sehnsucht nach ihm. Wenigstens ließ er ihr Zeit, das Ganze zu durchdenken, statt sie einfach zu verführen, wie er es auch leicht hätte tun können. Sie machte sich keine Illusionen über ihre Selbstbeherrschung … Sie legte ihre Hand auf seine und verschränkte ihre Finger mit ihm.

## *7. KAPITEL*

Es gab einen dumpfen Laut, als Rex aus den Schatten unter der Treppe sprang und um die Seite des Hauses schoss. Kevin sah sich hastig um. Rachel blieb wie gebannt stehen, dann gab sie sich einen Ruck und eilte zur Vordertür. Es war unnötig, Kevin zu bitten, im Hintergrund zu bleiben. Sie wusste, wenn sie sich umdrehen würde, wäre er nicht mehr zu sehen, sondern würde leise durch das Haus schleichen.

Rachel öffnete die Tür und trat auf die vordere Veranda. Erst in diesem Augenblick erinnerte sie sich daran, dass Kevin ihr die Bluse bis zur Hälfte aufgeknöpft hatte. Rasch knöpfte sie sie wieder zu und sah sich nach dem um, was den Hund aufgebracht hatte. Da hörte sie das den Privatweg herunterkommende Auto. Honey konnte es nicht sein, da sie gerade hier gewesen war, und Rafferty kam bei seinen seltenen Besuchen zu Pferd und nicht per Fahrzeug.

Der vor dem Haus haltende Wagen war ein blassblauer Ford, ein Dienstwagen. Rex lag sprungbereit und mit zurückgelegten Ohren am Boden und knurrte ihn an.

„Ruhig, ruhig“, murmelte Rachel ihm zu und bemühte sich, auszumalen, wer in dem Wagen saß. Aber die Sonne spiegelte sich auf der Fensterscheibe und nahm Rachel die Sicht. Dann wurde die Wagentür aufgestoßen, und ein hochgewachsener Mann stieg aus. Er blieb jedoch vor der geöffneten Tür stehen und sah Rachel über das Wagendach hinweg an. Es war Agent Ellis, ohne Jackett und mit Sonnenbrille, hinter der seine Augen verborgen blieben.

„Oh, hallo“, rief Rachel, „nett, Sie wiederzusehen.“ Warum

war er wohl wieder hier? War Kevin gesehen worden, als er auf dem Hof gewesen war?

Ellis strahlte sie mit seinem Reklamelächeln an. „Wie nett, Sie wiederzusehen, Miss Jones. Ich dachte, ich fahre einmal bei Ihnen vorbei und sehe nach dem Rechten."

Das war eine recht dürftige Entschuldigung für einen meilenweiten Umweg. Rachel ging um Rex herum und auf den Wagen zu, um Ellis davon abzuhalten, dem Haus zu nahe zu kommen. Es war unwahrscheinlich, dass Kevin sich blicken lassen würde, aber sie wollte kein Risiko eingehen. „Ja, alles ist in bester Ordnung", sagte sie fröhlich, ging um den Wagen herum und stellte sich so, dass Ellis dem Haus den Rücken zukehren musste, um Rachel anzusehen. „Es ist heiß, aber sonst alles okay. Haben Sie je den Mann ausfindig gemacht, den Sie suchen?"

„Nein, nicht die Spur. Sie haben auch nichts bemerkt?"

„Nicht einmal aus der Ferne. Rex schlägt sofort an, wenn jemand in der Nähe ist."

Die Erwähnung des Hundes ließ Ellis herumfahren und sehen, wo er sich befand. Das Tier stand noch mitten auf dem Hof, ließ den Eindringling nicht aus den Augen und knurrte leise vor sich hin. Ellis räusperte sich und wandte sich wieder an Rachel. „Wie gut, dass Sie ihn haben, so weit draußen, wie Sie hier leben. Man kann nicht vorsichtig genug sein."

Rachel lachte. „Nun, eigentlich kann man das doch. Ich fühle mich mit Rex als Wachhund hier ganz sicher."

Rachel war sich nicht ganz sicher, weil die dunkle Sonnenbrille seine Augen überschattete, aber es kam ihr so vor, als würde Ellis ihre Beine und ihre Brust begutachten. Entsetzt überlegte sie, ob sie auch alle Blusenknöpfe geschlossen habe.

Wenn nicht, war es jetzt dazu zu spät, und Ellis hatte keinen Grund zur Annahme, sie habe im Haus den Mann geküsst, hinter dem er her war.

Plötzlich lachte er auf, nahm die Sonnenbrille ab und ließ sie von den Fingern baumeln. „Ich bin nicht hergekommen, um Sie zu überprüfen." Er stützte den Unterarm auf das Dach des offenen Wagens, seine Haltung war entspannt und selbstbewusst. Bei seinem guten Aussehen war er es gewohnt, von Frauen anerkannt zu werden. „Ich bin hier, um Sie zum Dinner einzuladen. Ich weiß. Sie kennen mich nicht, aber mein Leumund ist respektvoll. Was meinen Sie dazu?"

Rachel musste ihre Verwirrung nicht einmal spielen, sie war echt. Sie wusste nicht, was sie ihm antworten sollte. Falls sie mit Ellis ausginge, hätte sie die Gelegenheit, ihn davon zu überzeugen, nichts über Kevin zu wissen. Andererseits konnte Agent Ellis aber dadurch ermutigt werden, sie wieder aufzusuchen, und das wollte sie nicht. Warum waren diese Leute überhaupt noch hier? Warum waren sie auf der Suche nach Kevin nicht weiter südlich die Küste hinuntergefahren?

„Ja nun, ich weiß nicht recht", erwiderte sie leicht stotternd. „Wann?"

„Heute Abend, falls Sie nichts anderes vorhaben."

Himmel, das brachte sie noch um den Verstand! Falls man Kevin entdeckt hatte, dann könnte dies ein Trick sein, um sie aus dem Haus zu bringen, damit es keine Zeugen gab. Wenn nicht, dann könnte sie Ellis argwöhnisch machen, wenn sie sich verdächtig benahm. Schließlich gab Rachel ihrem Instinkt nach. Agent Ellis hatte beim ersten Treffen keinen Hehl aus seiner männlichen Bewunderung für sie gemacht. So würde sie seine Einladung in dem Glauben annehmen, dass er tatsächlich sie aus diesem Grunde ausführen möchte. Vielleicht könnte sie die eine oder andere Information aus ihm dabei herausholen.

„Ich glaube, ich sage zu", antwortete sie schließlich. „Was schwebt Ihnen denn vor? Ich gehe nicht sehr häufig aus."

Er schenkte ihr sein jungenhaftes Lächeln. „Sie können beruhigt sein. Ich gehöre nicht der Punk-Szene an. Ich bin viel zu empfindlich, um mir Sicherheitsnadeln durch die Wangen zu stechen. Nein, was ich im Sinn habe, ist eher ein ruhiges Restaurant und ein gutes, dickes Steak."

Und danach eine Nummer im Bett? Rachel würde ihn enttäuschen müssen. „Einverstanden", sagte sie. „Um wie viel Uhr?"

„Sagen wir, so gegen acht? Dann ist die Sonne untergegangen und kühler, hoffe ich."

Rachel lachte. „Ich würde sagen, sie gewöhnen sich an die Hitze, aber alles, was Sie tun werden ist, sich darauf einzustellen. Die Luftfeuchtigkeit macht einen fertig. Also gut, um acht Uhr. Ich werde bereit sein."

Er nickte ihr freundlich zu und setzte sich wieder hinter sein Steuerrad. Rachel trat ein paar Schritte zurück, um nicht vom Staub eingehüllt zu werden, als er abfuhr, und sah dem blauen Ford hinterher, bis er ihrem Blick entschwunden war.

Kevin hatte Rachel vom Haus aus zugesehen, sein Blick war misstrauisch und kalt. „Was wollte er?"

„Er hat mich zum Dinner eingeladen", antwortete Rachel langsam. „Ich wusste nicht, was ich sagen sollte. Wenn ich mit ihm ausgehe, schöpft er vielleicht keinen Verdacht. Es kann natürlich auch sein, dass er mich nur gebeten hat, damit ich außer Haus bin. Möglich, dass man dich gesehen hat. Möglich ist auch, dass die nur das Haus durchsuchen wollen."

„Die haben mich bestimmt nicht gesehen“, antwortete Kevin. „Sonst wäre ich nicht mehr am Leben. Welche Entschuldigung hast du benutzt?“

„Ich habe angenommen.“

Rachel hatte gewusst, dass Kevin nicht begeistert sein würde, aber auf die Reaktion war sie nicht gefasst. In seinen Augen brannte ein Feuer, das ihr beinahe Angst einjagte. Mit seiner üblichen, kühlen Distanziertheit war es vorbei. „Zum Teufel, nein, du wirst nicht gehen. Schlag dir diesen Gedanken aus dem Kopf, Lady!“

„Dazu ist es jetzt zu spät. Er könnte sonst wirklich argwöhnisch werden, wenn ich ihm mit einer faden Ausrede komme.“

Kevin schob die Hände in die Taschen, und fasziniert beobachtete Rachel, wie er sie zu Fäusten ballte. „Er ist ein Mörder und Verräter. Seit ich ihn erkannt habe, bevor man mein Boot in die Luft jagte, habe ich eine Menge nachgedacht. Mir sind einige Details eingefallen – Situationen, bei denen etwas schiefgelaufen war, ohne dass ein Grund dafür bestand –, und ich habe versucht, sie auf einen Nenner zu bringen. Bei jedem dieser Pläne steckt Ellis irgendwie mit drin. Du wirst nicht mit ihm ausgehen.“

Rachel ließ sich nicht einschüchtern. „Doch“, entgegnete sie, „ich werde. Womöglich bekomme ich einige Informationen, die dir nützen …“

Mitten im Satz brach sie ab. Ruckartig hatte Kevin die Hände aus den Taschen genommen und so schnell nach Rachel gegriffen, dass es ihr nicht möglich war, zurückzuweichen. Er schloss die Finger so fest um ihre Schultern, dass es wehtat, und schüttelte sie leicht. Sein Gesicht war weiß vor Zorn und der Ausdruck grimmig.

„Verdammt“, stieß er leise durch die Zähne hervor, „wann begreifst du endlich, dass diese Sache nichts für Amateure ist? Du bist bis über beide Ohren drin und hast nicht den Verstand, es zu begreifen! Du bist nicht mehr in der Schule und spielst Räuber und Gendarm, Süße. Merk dir das endlich! Verdammt noch mal!“ Er ließ Rachel los und fuhr sich mit der Hand durchs Haar. „Bis jetzt hast du Glück gehabt, dass du noch nichts verpfuscht und vermasselt hast, aber wie lange, glaubst du wohl, wird dieses Glück anhalten? Du hast es hier mit einem kaltblütigen Berufskiller zu tun.“

Rachel trat einen Schritt zurück und rieb sich die schmerzende Schulter. Bei seinem Anpfiff war sie innerlich ganz kalt geworden, und diese Kühle spiegelte sich in ihrem Gesicht wider. „Von wem sprichst du?“, fragte sie schließlich ruhig. „Von Ellis … oder dir?“

Damit drehte sie sich um, ließ Kevin stehen und ging in das Badezimmer und zog die Tür heftig hinter sich zu. Das war der einzige Raum, wohin er ihr nicht folgen würde.

Rachel atmete tief durch und versuchte, sich wieder zu beruhigen. Wo sie schon einmal im Badezimmer war, könnte sie genauso gut duschen. Möglich, dass sie zu ihrer Verabredung mit Ellis wie zu einer Exekution gehen würde, jedenfalls würde sie ihm nicht das Gefühl geben, sich nicht darauf gefreut zu haben, was bedeutete, dass sie so reizvoll wie nur möglich aussehen musste.

Nur auf einen Gedanken durfte er nicht kommen: sie wieder zum Essen einzuladen. Falls es doch der Fall sein sollte, müsste sie sich eine Entschuldigung ausdenken. Sie hatte Agent Lowell gegenüber bereits erwähnt, dass sie auf die Key Islands fahren wolle. Zwar war das reine Erfindung gewesen, aber vielleicht könnte sie diese Lüge als Ausrede für Vorbereitungen und Packen benutzen.

Sie stellte die Dusche ab, zog ein Handtuch von der Tür der Duschkabine und wickelte es sich um den Kopf. Sie war gerade dabei, die Tür zu öffnen, um aus der Dusche zu treten, als sie durch die Milchglasscheiben Kevins verwischte Gestalt erblickte, und sie zuckte zurück, als hätte sie sich verbrannt.

„Mach, dass du hier herauskommst", sagte sie scharf, riss das Handtuch vom Kopf und wickelte es sich um die Körpermitte. Das Milchglas schützte sie zwar vor Kevins Blick, aber wenn sie ihn sehen konnte, würde er das auch. Das Gefühl, er habe ihr beim Duschen zugesehen, machte sie schrecklich verletzbar. Wie lange hatte er schon dagestanden?

Rachel sah, wie er die Hand auf den Türknauf legte, und wich zurück, während er sie aufschob. „Du hast nicht geantwortet, als ich nach dir rief", sagte er kurz angebunden. „Ich wollte nur sicher sein, dass du in Ordnung bist."

Rachel hob den Kopf. „Das ist eine wirklich dünne Entschuldigung. Sobald du gesehen hast, dass ich dusche, hättest du gehen sollen."

Er wandte keinen Blick von ihr, nahm alles an ihr wahr, von den nassen, zerzausten Haaren über die feucht schimmernden Schultern bis hin zu ihren schlanken, nackten Beinen, an denen kleine Wassertröpfchen hingen.

Plötzlich bewegte sich Kevin, legte ihr den rechten Arm um die Taille und hob sie aus der Dusche. Instinktiv klammerte sie sich an ihn, um Halt zu finden. „Pass auf! Deine Schulter …"

Er stellte Rachel auf die Bademattе und sah sie mit ernster, verschlossener Miene an. Mit dem rechten Arm hielt er noch immer ihre Taille umschlungen. „Ich will nicht, dass du mit ihm ausgehst“, sagte er schließlich mit belegter Stimme. „Verdammt, Rachel, ich will nicht, dass du meinetwegen ein Risiko eingehst!“

Das Handtuch fing zu rutschen an, und Rachel griff nach den Enden, um es festzuhalten. „Warum kannst du mir nicht zugestehen, dass ich erwachsen bin und für meine eigenen Entscheidungen geradestehen kann?“, rief sie. „Du hast mir gesagt, Ellis sei ein Verräter, und ich glaube dir. Meinst du nicht, ich hätte eine moralische Verpflichtung, alles in meinen Kräften Stehende zu tun, um ihn aufzuhalten und dir zu helfen? Ich glaube, die Situation ist kritisch genug, um das Risiko wert zu sein! Es ist meine Entscheidung, nicht deine!“

„Du hättest da nie hineingezogen werden dürfen!“

„Warum nicht? Du hast selbst gesagt, du brauchst Hilfe. Du hast ja auch andere Leute in gefährliche Situationen gebracht, nicht wahr?“

„Das waren geschulte Agenten“, entgegnete er unwirsch. „Und, weiß der Teufel, ich habe nie nachts vor Sehnsucht wach gelegen, um mit einem von ihnen zu schlafen!“

Rachel wurde still. Sie sah Kevin aus weit geöffneten Augen an. Sein Gesichtsausdruck verriet nichts anderes als Zorn und leichte Überraschung, als hätte er das gar nicht sagen wollen. Er zog sie näher an sich heran, obwohl es ihr gelungen war, einen ihrer Arme zwischen ihre Körper zu schieben, um das Handtuch festhalten zu können. Nur ihre Zehenspitzen berührten die Badematte. Mit ihren Schenkeln stand sie zwischen seinen leicht gespreizten Beinen, und ihr blieb seine Erregung nicht verborgen.

Keiner von ihnen sagte ein Wort, weil sie sich beide bewusst waren, was zwischen ihnen vorging. Jeder atmete tief und schnell, und Rachel wurden die Knie weich, je deutlicher sie Kevins Absichten spürte.

Kein Muskel zuckte in seinem Gesicht, als er in rauem Ton weitersprach. „Ich habe dich in der Küche davonkommen lassen. Aber, weiß der Himmel, noch einmal schaffe ich es nicht. Nicht jetzt!"

Mit einem Ruck riss er ihr von hinten das Handtuch fort und ließ es auf die Badematte fallen. Nackt stand Rachel vor ihm, eingeschlossen in seinem Griff, zitternd und nach Atem ringend.

Mit einem wilden, besitzergreifenden Laut bückte sich Kevin und warf sich Rachel über die rechte Schulter. Das Blut dröhnte ihm so laut in den Ohren, dass er ihren überraschten Schrei gar nicht hörte.

Mit wenigen Schritten war er beim Bett und ließ Rachel darauf fallen, war sofort über ihr, drückte ihre Schenkel auseinander und kniete sich dazwischen, ehe sie recht begriffen hatte, wie ihr geschah. Rachel streckte ihm die Arme entgegen, sie schluchzte fast vor Verlangen. Mit einem Ruck zog er das Hemd aus und warf es zu Boden. Dann zerrte er an dem Reißverschluss seiner Shorts, bis er ihn aufhatte, und senkte sich auf Rachel.

Als er in sie eindrang, bäumte sie sich heftig unter ihm auf. Der stechende, zugleich ungeahnte Wonnen verursachende Schmerz ließ sie aufschreien. Sie schloss ihre Schenkel und wand sich unter seinen tiefen, gleitenden Stößen.

So war es für sie noch nie gewesen, so schmerzhaft intensiv, dass es fast unerträglich war. Sie hatte noch nie so geliebt. Rachel wusste, dass ihr Herz aufhören würde zu schlagen, wenn

Kevin je etwas zustoßen sollte. Wenn das alles war, was er von ihr haben wollte, diese Momente reiner Lust, dann würde sie sich ihm frei und schrankenlos hingeben, ihn mit ihrer eigenen Begierde verzehren.

Kevin drang mit wilder Leidenschaft immer wieder in sie ein, und plötzlich war es zu viel für Rachel. Jeder ihrer Nerven war zum Zerreißen gespannt, und die Sinne schienen ihr schwinden zu wollen. Sie stöhnte und schrie auf, bewegte sich mit einer Lust unter ihm, die Kevin mitriss. Rachel konnte nichts mehr sehen, nicht mehr atmen, nur noch fühlen und empfinden. Seine kraftvollen Stöße schienen sie zu zerreißen, seine heiseren, ungezügelten Schreie drangen halb erstickt an ihr Ohr. Dann gingen sie in ein raues Stöhnen über. Langsam beruhigte Kevin sich und wurde still. Sein Körper entspannte sich, und er lag schwer auf ihr. Aber sie hielt ihn glücklich in den Armen und strich ihm zärtlich über den Rücken.

Besorgnis überfiel sie, als die Vernunft zurückkehrte. Sie erinnerte sich an die Art, wie Kevin sie über die Schulter geworfen und sie anschließend so zügellos geliebt hatte. Sein Kopf ruhte an ihrer Schulter, und sie fuhr ihm mit den Fingern durch sein seidenweiches Haar. Mit kaum wahrnehmbarer Stimme hauchte sie: „Kevin? Deine Schulter … ist alles in Ordnung?“

Er stützte sich auf den rechten Ellbogen und sah auf sie herab. In ihren hellen, grauen Augen stand nur Besorgnis – um ihn, nachdem er sie so wild und ungebärdig geliebt hatte.

Er hatte nicht einmal ihre weichen, zitternden Lippen geküsst, nicht ihre hübschen Brüste gestreichelt und seinen Mund darauf gesenkt, wie er es sich in seinen Träumen ausgemalt hatte. Aus diesen Augen sprach die Liebe, eine reine und vertrauensvolle Liebe. Sein Herz krampfte sich zusammen, und tief in seinem Inneren und in seiner Seele brach etwas entzwei und machte ihn so verletzlich, wie er es noch nie vorher gewesen war.

„Wer ist eigentlich diese Frau, nach der Ellis so verrückt ist?“, fragte Charles ruhig und hielt den Blick aus seinen blassgrauen Augen stetig auf Lowell gerichtet. Charles wirkte wie immer gleichgültig, aber Lowell wusste, dass ihm nichts entging.

„Sie lebt in einem kleinen Haus in Strandnähe. Eine verlassene Gegend, meilenweit gibt es nichts. Als wir anfingen, nach Sabin zu suchen, haben wir sie befragt.“

„Und?“, fragte Charles beinahe sanft.

Lowell zuckte die Schultern. „Und nichts. Sie hatte nichts gesehen.“

„Sie muss etwas Außergewöhnliches an sich haben, um Ellis’ Aufmerksamkeit zu erregen.“

Lowell dachte eine Minute über die Bemerkung nach und schüttelte dann den Kopf. „Sie ist hübsch, das ist aber auch alles. Kein Make-up, ein ländlicher Typ. Aber Ellis hört nicht auf, über sie zu reden.“

„Mir scheint, Freund Ellis hat seine Gedanken nicht bei dem auszuführenden Auftrag.“ Die Anmerkung klang täuschend nebensächlich.

Wieder zuckte Lowell die Schultern. „Er meint, Sabin sei umgekommen, als das Boot in die Luft flog, und zeigt deshalb bei der Suche nach ihm keinen großen Ehrgeiz.“

„Und was denkst du?“

„Es wäre möglich. Wir haben keine Spur von ihm gefunden. Er war verletzt. Selbst wenn er wie durch ein Wunder zur Küste gelangt sein sollte, hätte er doch Hilfe gebraucht.“

Charles nickte. Sein Blick wurde nachdenklich, nachdem er Lowell fortgeschickt hatte. Er arbeitete seit vielen Jahren mit Lowell und kannte ihn als zuverlässigen und tüchtigen, aber fantasielosen Agenten. Er musste auch tüchtig sein, um überleben zu können.

Lowell war ebenso wenig davon überzeugt, dass Sabin überlebt hatte, wie es Ellis war, und Charles fragte sich, ob er zugelassen habe, dass Sabins Ruf seinen eigenen gesunden Menschenverstand ausgeschaltet hätte. Niemand sollte das überlebt haben, aber Sabin … Sabin war eine Ausnahme, abgesehen von dem blonden Teufel mit den goldbraunen Augen, der verschwunden war und von dem es hieß, er sei tot, trotz der im vorigen Jahr in Costa Rica aufgetauchten Gerüchte. Sabin war wie ein nicht fassbarer Schatten, instinktiv gerissen und vom Glück gesegnet. Nein, nicht vom Glück, korrigierte Charles sich selbst. Er war geschickt. Sabin nur als „vom Glück begünstigt" zu bezeichnen, hieße, ihn zu unterschätzen. Diesen fatalen Fehler hatten viel zu viele seiner Kollegen gemacht.

„Noelle, komm her", rief er, ohne kaum die Stimme zu erheben. Das war auch nicht nötig, denn Noelle war nie weit von ihm entfernt. Er sah sie mit Vergnügen an, nicht etwa, weil sie außergewöhnlich schön war, sondern weil er den Widerspruch zwischen ihrem zerstörerischen Wesen und dem reizvollen weiblichen Äußeren so genoss. Ihre Aufgabe war zweifach: Charles zu beschützen und Sabin zu töten.

Noelle betrat mit der Grazie eines Mannequins und mit weichem, schläfrigem Blick den Raum. „Ja?"

Er wies mit seiner dünnen, gepflegten Hand auf einen Stuhl. „Setz dich, bitte. Ich habe mit Lowell über Sabin gesprochen."

Noelle ließ sich nieder und schlug die Beine wirkungsvoll

übereinander. Sie beherrschte das Verhalten, mit dem sie einen arglosen Mann zu fesseln vermochte, wie eine natürliche Begabung, weil sie es lange und intensiv geübt hatte. „Ah, Agent Lowell“, sagte sie lächelnd. „Mutig, verlässlich, aber ein bisschen kurzsichtig.“

„Wie Ellis glaubt auch er, dass wir mit unserer Suche nach Sabin nur unsere Zeit verschwenden.“

Noelle zündete sich eine Zigarette an und inhalierte tief, ehe sie den Rauch durch ihre geschwungenen Lippen blies. „Es spielt doch keine Rolle, was sie glauben, oder? Es kommt doch nur darauf an, was du denkst.“

„Ich frage mich, ob ich Sabin keine übernatürlichen Kräfte zuschreibe, wenn ich so widerstrebend an seinen Tod glaube“, sagte Charles nachdenklich.

In Noelles Augen trat ein funkelnder Glanz. „Wir können es uns nicht leisten, etwas anderes anzunehmen, bis uns nicht ein Beweis für seinen Tod vorliegt. Der Vorfall ist jetzt acht Tage her. Falls er doch irgendwie überlebt haben sollte, wird er sich jetzt hinreichend erholt haben, um wieder auftauchen zu können, und damit wachsen unsere Chancen, seiner habhaft zu werden. Die logischste Sache wäre, unsere Suche zu verstärken, statt sie schleifen zu lassen.“

Ja, das war wirklich logisch. Andererseits schien es auch denkbar, dass Sabin die Explosion überlebt und irgendwie zur Küste gelangt war. Nur – warum hatte er sich dann nicht mit seinem Hauptquartier um Hilfe in Verbindung gesetzt? Ellis’ Kontaktmann in Washington war absolut sicher, dass Sabin keinen Versuch unternommen hatte, mit jemandem in Verbindung zu treten. Diese schlichte Tatsache hatte jeden von seinem Tod überzeugt … Nur Charles konnte sich nicht davon überzeugen.

Es war reine Intuition, die ihn dazu brachte, seine Männer weitersuchen, warten und zum Schlag ausharren zu lassen. Er mochte nicht glauben, dass es so einfach gewesen sein sollte, Sabin zu töten, nicht nach all den Jahren, in denen Versuch auf Versuch fehlgeschlagen war.

Abrupt schlug er einen knappen Ton an. „Du hast natürlich recht“, sagte er zu Noelle. „Wir werden unsere Suche verstärken und jeden Quadratmeter abgrasen. Wir haben ihn irgendwie und irgendwo übersehen.“

Kevin schlich durch das Haus, und seine Miene spiegelte seine grimmige Stimmung wider. Er hatte einige schwierige Dinge im Leben hinter sich gebracht, aber nichts davon war so unangenehm gewesen, wie Rachels Vorbereitungen für das Treffen mit Tod Ellis mit anzusehen. Es ging ihm gründlich gegen den Strich, aber nichts, was er eingewendet hatte, konnte Rachels Sinn ändern, und er war hilflos und konnte nichts gegen die Umstände unternehmen. Außerdem durfte er absolut nichts tun, was die Aufmerksamkeit auf Rachel gelenkt hätte, denn dadurch wäre die Gefahr, in der sie sich befand, nur noch größer geworden.

Er musste mit allem einverstanden sein, um ihre Sicherheit zu gewährleisten, selbst wenn es bedeutete, seinen Stolz und seinen Besitzerinstinkt herunterzuschlucken. Sie war so lange bei Ellis sicher, wie der Agent keinen Grund fand, Rachel wegen irgendetwas zu verdächtigen. Sie aus dem Haus zu zerren und noch vor Ellis' Ankunft fortzubringen, wie Kevin es am liebsten getan hätte, hätte dessen Argwohn bestimmt erregt.

Kevin kannte den Mann und wusste, wie gut er seinen Job machte … viel zu gut, denn sonst hätte er seine anderen Umtriebe nicht so lange verheimlichen können. Außerdem war Ellis ziemlich eingebildet. Wenn Rachel ihn versetzte, würde es ihn wütend machen, und er würde es nicht so einfach hinnehmen. Er würde wiederkommen.

Kevin machte nirgendwo im Haus Licht an. Es schien ihm zwar unwahrscheinlich, dass man das Anwesen beobachtete, aber er konnte es nicht darauf ankommen lassen. Rachel und Ellis konnten frühzeitig zurückkommen, und ein erleuchtetes Haus könnte bei Ellis einen Verdacht auslösen. So schlich Kevin nur leise durch die Dunkelheit, unfähig, trotz der Schmerzen in seiner Schulter und im Bein irgendwo still sitzen zu bleiben. Seit dem Nachmittag hatte ihn die Schulter stark geschmerzt, und er massierte sie geistesabwesend.

Ein sprödes Lächeln lag um seinen Mund. Er hatte nichts gespürt, als er mit Rachel im Bett gewesen war; alle seine Sinne waren nur auf Rachel eingestellt gewesen und hatten nur die überwältigende Leidenschaft ihrer sich vereinenden Körper wahrgenommen. Doch seitdem erinnerte ihn seine Schulter schmerzhaft daran, dass er noch weit von einer endgültigen Heilung entfernt war. Welch ein Glück, dass die Naht nicht wieder aufgeplatzt war.

Er fluchte unvermittelt vor sich hin und humpelte durch die Küche zur Hintertür. Er war so nervös, dass er es nicht mehr länger im Schutz des Hauses aushielt. Kaum war er auf die Veranda getreten, als Rex seinen Wachplatz unter dem Oleanderbusch verließ und still durch die Schatten schlich. Kevin rief dem Tier beruhigende Worte zu. Er fürchtete sich nicht mehr vor einem Angriff. Rex hatte sich mit seiner Anwesenheit abgefunden. Trotzdem hatte Kevin nicht so viel Vertrauen in den Hund, um sich nicht doch vorher bemerkbar zu machen, ehe er die Hintertreppe hinunterging.

Kevin hielt sich automatisch selbst im Schatten, als er um das Haus herumging und das Kieferndickicht einer Kontrolle unterzog, um sicherzugehen, dass man das Gelände nicht beobachtete. Rex trottete ungefähr zehn Schritte hinter ihm her und blieb stehen, wenn Kevin anhielt, oder wanderte weiter, wenn Kevin es tat.

Der Neumond ging als dünne Sichel am Horizont auf. Kevin sah zum klaren Himmel auf, der so hell wie Rachels Augen war. Die unendliche Weite schien ihm so fast greifbar zu sein.

Sein Herz zog sich wieder zusammen und er ballte die Hand zur Faust. Leise fluchte er in die Nacht hinaus. Es bestand immer noch die Möglichkeit, dass er nicht lebend aus dieser Sache herauskommen würde, aber er mochte nicht darüber grübeln. In den vergangenen Tagen hatte er viel nachgedacht und seine Chancen überlegt und abgewogen. Sein Plan stand fest: Jetzt hieß es warten, dass seine Wunden noch besser verheilten, bis er körperlich wieder bei Kräften war, warten auf Ellis und seine Kumpane, dass sie einen Fehler machten, bis der richtige Zeitpunkt gekommen war … Warten. Wenn es soweit war, würde er Sullivan anrufen, und der Plan würde in die Tat umgesetzt werden. Er hatte lieber Sullivan bei sich als zehn andere Leute. Niemand würde damit rechnen, dass sie beide je wieder zusammenarbeiteten.

Nein, seine einzige Ungewissheit war Rachel. Er wusste, was er zu ihrem Schutz zu tun hatte, aber zum ersten Mal in seinem Leben fürchtete er sich davor. Es war eine Sache, sie zu verlassen, mit ihr zu leben etwas ganz anderes.

Er war stets im tiefsten Innern ein Einzelgänger gewesen und hatte es nie anders gewollt. Vielleicht hatte er schon seit seiner Kinderzeit gespürt, wie weh es tat, jemanden zu lieben.

Das war es, was er fürchtete. Die Worte hatten sich wie von selbst in seiner Vorstellung geformt, und auch das war bereits so schmerzvoll, dass er zusammenzuckte. Er besaß ein viel zu intensives Empfinden, als dass ihm eine oberflächliche Liebelei, ein flüchtiger Flirt genug gegeben hätte. Er hatte sich hinter den Schutzschild aus gefühlsmäßiger Distanz zurückgezogen, doch Rachel hatte ihn zum Einsturz gebracht. Und das tat weh.

## 8. KAPITEL

Rachel saß lächelnd und plaudernd Ellis gegenüber und zwang sich, den Hummersalat zu essen. Doch jedesmal, wenn Ellis sie mit seinem Reklamelächeln ansah, verschlug es ihr den Appetit. Sie wusste, was sich hinter diesem Lächeln verbarg. Er war ein Lügner, Mörder und Verräter, der versucht hatte, Kevin umzubringen. Sie musste sich sehr zusammenreißen, um so zu tun, als amüsiere sie sich köstlich, denn ihre Gedanken glitten immer wieder zu Kevin zurück.

Nichts hätte sie lieber getan, als diesen Nachmittag weiterhin in seinen Armen zu liegen und ihren erschöpften, pochenden Körper von Kevins rauer, schneller und überwältigender Besitznahme zu erholen. Sie hatte längst vergessen, wie das sein konnte ... aber vielleicht war es früher auch nie so gewesen. Ihre Ehe mit Bobby Bill war fröhlich, liebevoll und herzlich gewesen. Doch sobald Kevin sie berührte, schien eine brennende Hitze sie zu verzehren, und sie wurde schon unter einem Blick, einer Berührung weich und heiß. Kevin war ein harter, leidenschaftlicher Mann, dessen kraftvolle Persönlichkeit sie in Bann schlug.

Nein, Kevin war kein sehr bequemer Mann oder gar einfach zu lieben, aber sie vergeudete nicht die Zeit damit, sich gegen ihr Schicksal aufzulehnen. Sie liebte ihn und akzeptierte ihn so, wie er war. Sie sah zu Ellis hinüber und kniff die Augen etwas zusammen. Kevin war wie ein von Schakalen umzingelter Löwe, und dieser Mann vor ihr war einer der Schakale.

Rachel legte ihre Gabel hin und lächelte ihn breit an. „Wie lange, glauben Sie, werden Sie sich noch hier in der Gegend aufhalten? Oder hat man Sie auf Dauer diesem Gebiet zugeteilt?"

„Nein, ich bin viel unterwegs", sagte er und unterstrich seine Worte durch ein neues, aufgesetztes Lächeln. „Ich weiß nie vorher, wann ich versetzt werde."

„Ist das hier ein besonderer Auftrag?"

„Es ist eher die Jagd nach einem Phantom. Wir haben nur unsere Zeit verschwendet. Und dennoch, hätten wir nicht den Strand abgesucht, wäre ich Ihnen nie begegnet."

Seit Ellis sie abgeholt hatte, fielen Andeutungen dieser Art, und Rachel hatte sie absichtlich überhört. Er hielt sich offensichtlich für einen modernen Don Juan. Wahrscheinlich fanden ihn auch eine Menge Frauen attraktiv und charmant, aber die wussten ja auch nicht, was Rachel von ihm wusste.

„Oh, ich bin überzeugt, dass Sie nicht auf der Jagd nach flüchtigen Verabredungen sind", sagte sie leichthin.

Er griff über den Tisch und legte seine Hand auf ihre. „Vielleicht betrachte ich dies nicht als eine flüchtige Verabredung."

Lächelnd entzog Rachel ihm die Hand und griff nach ihrem Weinglas. „Ich wüsste zwar nicht, als was Sie es sonst betrachten könnten, wenn man davon ausgeht, dass Sie jederzeit versetzt werden können. Selbst wenn es nicht der Fall sein sollte, ich fahre bald in die Ferien und werde wohl für den Rest des Sommers fortbleiben."

Das gefiel Ellis gar nicht. Es versetzte seinem Selbstgefühl einen kleinen Rückstoß, dass Rachel nicht willens war, so lange zu bleiben, wie er sich hier aufhielt. „Wohin fahren Sie?"

„Auf die Key Islands. Ich werde bei jemandem wohnen und Nachforschungen in der Gegend anstellen. Ich habe vor, so lange dortzubleiben, bis ich für meine Abendkurse in Gainesville zu Beginn des Herbstsemesters zurücksein muss."

Jeder hätte sie nun nach diesen Abendkursen gefragt, aber Ellis machte eine finstere Miene und fragte: „Ist dieser Jemand männlichen oder weiblichen Geschlechts?“

Einen Moment lang spielte Rachel mit dem reizvollen Gedanken, ihm zu empfehlen, sich zum Teufel zu scheren, doch sie wollte sich ihn nicht zum Feind machen … noch nicht. Wenn es ging, wollte sie erst noch ein paar Informationen aus ihm herausholen. So warf sie ihm einen kühlen Blick zu, der ihm klarmachte, dass er zu weit gegangen war, und sagte ruhig: „Es ist eine Frau, eine alte College-Freundin.“

Ellis war nicht dumm. Arrogant und eingebildet, ja, aber nicht dumm. Er grinste auf eine Weise, die wohl charmant sein sollte, Rachel aber kalt ließ.

„Oh, Entschuldigung, ich habe wohl meine Grenzen überschritten. Es ist nur, dass … nun, von dem Augenblick an, wo ich Sie gesehen habe, fühlte ich mich wirklich zu Ihnen hingezogen, und ich möchte Sie einfach besser kennenlernen.“

„Das scheint wenig sinnvoll“, erklärte Rachel ihm. „Sie werden ohnehin bald abreisen, selbst wenn ich nicht in die Ferien fahren wollte.“

Er sah aus, als wolle er ihr widersprechen, aber er hatte ihr ja gesagt, dass er viel unterwegs sei. „Es kann sein, dass wir noch ein paar Wochen hierbleiben“, sagte er hoffnungsvoll.

„Um die Sache zum Abschluss zu bringen?“

„Ja. Sie wissen selbst, wie das so ist. Papierkram.“

„Nur Sie und Agent Lowell?“

Ellis zögerte. Die Gewohnheit saß zu tief in ihm verwurzelt, als dass er unüberlegt über seine Arbeit gesprochen hätte. Rachel hielt den Atem an und fragte sich, ob seine gekränkte Eitelkeit ihn dazu bringen würde, den Boden, den er durch seine ungezogene Bemerkung verloren hatte, wieder wettzumachen. Schließlich war es doch unglaublich schmeichelhaft, wenn man über seine Tätigkeit ausgefragt wurde. Auf diese Weise lernte man sich besser kennen, und die harmlosen Fragen zeugten von persönlichem Interesse. Sie war interessiert, gewiss, aber nicht an Agent Ellis.

„Wir sind neun Mann, die hier im Moment Nachforschungen anstellen", antwortete er schließlich. „Jeder von uns wurde besonders für diesen Job ausgesucht."

Weil sie skrupellos waren? Rachel strahlte ihn aus großen Augen schmeichelhaft an. „Das muss aber eine große Sache sein, wenn so viele Leute daran beteiligt sind."

„Wie ich sagte, wir sind die aktiven Untersuchungsbeamten. Falls nötig, können wir noch ungefähr zwanzig andere Männer zu unserer Unterstützung heranziehen."

Rachel wirkte gebührend beeindruckt. „Aber Sie glauben, dass nichts bei dieser Geschichte herauskommt?"

„Wir haben nichts gefunden, aber unser oberster Boss ist noch nicht zufrieden. Sie wissen ja, wie das ist. Die Schreibtischhengste glauben immer, weit mehr als die Leute vor Ort zu wissen."

Rachel zeigte viel Verständnis und erfand ein paar Geschichten, um ihn bei Laune zu halten und das Gespräch von seiner Arbeit abzulenken. Falls sie zu direkt und beharrlich nachfragte, könnte das seinen Argwohn erregen. Sich mit ihm zu unterhalten, gab ihr ein klebriges Empfinden, und sie wollte ihn so schnell wie möglich verlassen. Die Vorstellung, er könne versuchen, sie zu küssen oder womöglich zum Sex zu überreden, erfüllte sie mit Entsetzen.

Doch als nach einer Stunde endlich die Teller abgeräumt waren und der Kaffee serviert wurde, streckte sie ihre Fühler noch einmal aus. „Wo wohnen Sie eigentlich? Das hier ist keine Gegend für Touristen, und es ist höchst schwierig, ein Zimmer zu bekommen."

„Wir sind alle über die Küste verstreut", erklärte Ellis. „Lowell und ich teilen uns ein Zimmer in diesem mickrigen, kleinen Motel, Harran's."

„Ich weiß, wo das ist", sagte Rachel und nickte.

„Seit wir hier sind, haben wir nur im Schnellimbiss gegessen. Es ist eine Wohltat, zur Abwechselung einmal etwas Vernünftiges zu speisen."

„Das lässt sich denken." Rachel schob ihre Kaffeetasse zurück und sah sich im Restaurant um. Hoffentlich verstand Ellis den Wink, dass sie gehen wollte.

Die dürren Einzelheiten, die sie erfahren hatte, mussten reichen. Sie konnte einfach nicht mehr länger hier mit ihm herumsitzen und so tun, als gefiele er ihr. Sie wollte nach Haus und die Tür hinter sich zumachen und damit Ellis und seine Bande aus ihrem Leben verbannen.

Kevin wartete auf sie. Rachel sehnte sich nach ihm, obwohl sie sich seiner Laune wegen Gedanken machte. Er war kühl und still geblieben, als sie das Haus verließ. Seinen Zorn hatte er kaum zurückhalten können. Er war es nicht gewohnt, dass man seine Befehle ignorierte, und mochte das ganz und gar nicht.

Selbst Ellis hatte nichts dagegen, etwas eher zu gehen. Rachel nahm an, er hoffte, den Rest des Abends auf eine eher intimere Art zu verbringen. Nun, er würde eine Enttäuschung erleben.

Auf der Fahrt nach Haus sprach Rachel wenig, weil es ihr

widerstrebte, sich mehr als nötig mit Ellis zu unterhalten, und weil ihre Gedanken sich wieder ganz auf Kevin konzentrierten, obwohl er ihr den ganzen Abend über nicht aus dem Kopf gegangen war.

Ellis bog auf die Privatstraße ein, die zu ihrem Haus führte, und hielt wenige Minuten später an. Das Haus lag im Finstern, aber Rachel hatte es auch nicht anders erwartet. Kevin würde seine Anwesenheit nicht dadurch verraten, dass er Lichter anmachte.

Sie stiegen aus dem Wagen. Als Ellis zu ihrer Seite herumkam, hörten sie das leise Knurren. Dem guten Rex entging auch nichts.

Ellis fuhr sichtlich zusammen. Im fahlen Licht der offenen Wagentür konnte sie den großen Schrecken sehen, der sich auf seinem Gesicht abzeichnete. Er blieb auf der Stelle stehen. „Wo ist er?“, murmelte er.

Rachel sah sich um, konnte den Hund aber nicht entdecken. Da er braunschwarz war und das typische Aussehen eines Schäferhundes hatte, war er schwierig in der Dunkelheit auszumachen. Das Knurren kam von links, wo Ellis stand, aber sie hatte ihn immer noch nicht bemerkt.

Rachel nutzte die Gelegenheit aus. „Hören Sie, bleiben Sie stehen, ohne sich zu rühren, während ich ein paar Schritte auf den Hof zumache. Der Hund ist hinter Ihnen. Gehen Sie also nicht weiter auf ihn zu. Sobald ich aus dem Weg bin, steigen Sie auf dieser Seite in den Wagen. Dann wird Rex wohl nicht mehr auf Sie losgehen.“

„Dieser Hund ist bösartig. Sie sollten ihn an die Leine legen“, sagte Ellis ärgerlich, widersprach Rachels Anweisungen aber nicht. Er blieb stocksteif stehen, während sie sich wenige

Schritte von der offenen Beifahrertür fortbewegte.

„Es tut mir leid", entschuldigte sich Rachel und hoffte, er möge die Heuchelei nicht aus ihrer Stimme heraushören. „Ich hatte nicht an ihn gedacht. Aber er ist ein guter Schutz. Noch nie hat er einen Fremden auf den Hof gelassen."

In diesem Augenblick bewegte Rex sich und verriet seine Position. Böse knurrend, stellte er sich zwischen Rachel und Ellis.

Am liebsten hätte sie losgelacht. Jetzt war es mit jeder Gelegenheit für einen Gutenachtkuss vorbei, und an seinem Gesichtsausdruck konnte sie erkennen, dass er sich nichts sehnlicher wünschte, als ins Wageninnere zu kommen und den festen Stahl zwischen sich und das Tier zu bringen. Hastig rutschte er auf den Sitz und knallte die Tür zu. Dann kurbelte er das Fenster halb herunter. „Ich rufe Sie wieder an, ja?"

Rachel tat, als würde sie überlegen, statt ihm gleich „Nein!" zu sagen, das ihr auf der Zunge lag. „Ich werde mit den Vorbereitungen für meinen Urlaub beschäftigt sein. Außerdem muss ich noch vor meiner Abreise ein paar Sachen erledigen. Ich werde wohl kaum einen freien Moment übrig haben."

Jetzt, wo Ellis den Hund nicht mehr fürchten musste, kam seine Großspurigkeit zurück. „Aber essen müssen Sie doch, oder? Ich rufe wieder an, und wir gehen essen oder so etwas."

Am Telefon könnte sie Ellis leicht abwimmeln. Nur wollte sie nicht, dass er unangemeldet hier auftauchte. Doch so lange Rex hier war, wäre damit wohl auch kaum zu rechnen.

Sie blieb so lange auf dem Hof stehen, bis die Rücklichter nicht mehr zu sehen waren. „Braver Junge", lobte sie Rex. Sie drehte sich zum Haus um, und wunderte sich, dass Kevin kein Licht für sie anmachte, nachdem Ellis verschwunden war. Sie wollte auf die Veranda zugehen, hatte aber noch nicht den ersten Schritt gemacht, als sich ihr ein kräftiger Arm um die Taille legte und sie nach hinten riss.

„Hast du dich gut amüsiert?“, flüsterte eine tiefe, verärgerte Stimme in ihr Ohr.

„Kevin!“ Erleichtert lehnte Rachel sich an ihn, und trotz seines Ärgers war sie froh, ihn nahe bei sich zu spüren.

„Hat er dich angefasst? Hat er dich geküsst?“

Rachel hatte damit gerechnet, ausgefragt zu werden, aber doch nicht gleich darüber. Kevin klang rau, fast böse.

„Du weißt genau, dass es nicht der Fall war“, antwortete sie gelassen. „Immerhin hast du uns ja zugesehen.“

„Und vorher?“

„Nein, auch da nicht. Ich hätte den Gedanken nicht ertragen können.“

Kevin durchlief ein starkes Zittern. Für einen normalerweise so beherrschten Mann war das eine höchst ungewöhnliche Reaktion. Als er weitersprach, hatte er seine Stimme wieder in der Gewalt. „Lass uns hineingehen.“

Während Rachel sich im Schlafzimmer die Schuhe auszog und ihre Handtasche weglegte, schloss Kevin hinter ihnen ab und kam dann zu ihr hinein. Seine schwarzen Augen sahen ihr ausdruckslos zu, als sie ihre Ohrringe abnahm und den Schmuck in eine Samtschatulle legte. Wie recht er doch hatte – Rachel verwandelte sich in eine elegante, raffinierte Frau, ebenso leicht wie sie barfuß im Garten herumlaufen konnte, und in jedem Fall war sie unglaublich sexy.

Kevins Schweigen und sein beobachtender Blick machten Rachel unsicher. „Ich habe ein paar Informationen herausbekommen“, sagte sie schließlich, während sie ein Nachthemd aus der Kommode nahm und dann zu Kevin hinübersah. Irgendwie wirkte er … wütend, obwohl er ein gleichgültiges Gesicht machte und ausdruckslos vor sich hinsah. Er hatte die Arme vor der nackten Brust gekreuzt. Er trug nur Jeans und Tennisschuhe – und sah so einfach hinreißend aus.

Er stellte keine Fragen, aber Rachel berichtete ihm trotzdem. „Im Augenblick sind neun Mann hinter dir her. Ellis ließ die Bemerkung fallen, dass, falls notwendig, noch ungefähr zwanzig weitere zur Verfügung stünden. Sie sind auf ihrer Suche über die ganze Küste verstreut. Ellis und Lowell wohnen im Harran's Motel. Er glaubt, du seist tot und dass sie nur ihre Zeit verschwendeten, aber der Boss des Unternehmens will nicht aufgeben.“

Das musste der geheimnisvolle „Charles“ sein. Von dem Moment an, wo Kevin diese Rothaarige, Noelle, auf dem Boot gesehen hatte, wusste er, wer hinter der Sache steckte. Er wusste auch, dass es nur eine Frage der Zeit war, bis sie wieder aneinandergerieten.

Charles war das Oberhaupt einer internationalen Terrororganisation, deren Aktivitäten ständig dreister und bedrohlicher geworden waren, während sich Charles gleichzeitig diskret im Hintergrund hielt, wo er durch ein Netz aus Sicherheitsanlagen und politischen Manövern geschützt war. Nun war er aus seinem Versteck hervorgekommen, um Kevin Sabin zu fassen. Aber ihm war ein fataler Fehler unterlaufen: Sein erster Anschlag war fehlgeschlagen, und so wusste Kevin jetzt, dass in den Reihen seiner eigenen Mannschaft ein Verräter saß. Charles konnte es sich gar nicht leisten, die Suche abzubrechen, ehe man Kevin nicht gefunden hatte – tot oder lebendig.

Da Kevin ihr keine weiteren Fragen mehr stellte, zuckte Rachel mit den Schultern und ging ins Bad, um ihr Make-up zu entfernen und sich das Nachthemd anzuziehen. Kevins Schweigen ging ihr auf die Nerven. Er setzte es wahrscheinlich als Mittel ein, um die Leute aus der Ruhe und in eine Abwehrstellung zu bringen. Nun, sie war nicht einer seiner Lakaien – sie war eine Frau, die ihn liebte.

Fünf Minuten später kam Rachel mit ihren Sachen über dem Arm wieder aus dem Badezimmer. Kevin saß auf der Bettkante und zog sich die Schuhe aus. Er ließ sie nicht aus den Augen, als Rachel ihre Kleider im Schrank aufhängte, nicht einmal, als er aufstand und den Reißverschluss seiner Jeans aufzog.

„Das Nachthemd ist wirklich reine Zeitverschwendung", sagte er gedehnt. „Du kannst es gleich wieder in die Schublade zurücklegen."

Verwirrt drehte Rachel sich nach ihm um. Kevin stand mit offenen Jeans neben dem Bett und sah sie herausfordernd an.

Augenblicklich fühlte Rachel sich zu ihm hingezogen. Ihr Herz schlug schneller, und ihr Atem ging heftiger. So war es ihr von Anfang an ergangen, und sie konnte jetzt ebenso wenig dagegen tun wie vormals. Kevin wollte sie – das war unübersehbar. Aber gleichzeitig wehrte er sich innerlich dagegen, und dieses Wissen schmerzte.

Sie schluckte, schloss die Schranktür und lehnte sich dagegen. „Es ist dumm", sagte sie und bemühte sich vergeblich um einen belanglosen Ton. Ihre Stimme klang belegt und zittrig. „Nach heute Nachmittag sollte man meinen, dass es mir leichter fallen müsse, mit dir ins Bett zu gehen. Aber das ist nicht der Fall. Ich weiß nicht, was … was zwischen uns ist, wenn überhaupt etwas zwischen dir und mir ist. Ich hatte geglaubt, wir hätten die Verhältnisse geklärt, aber das stimmt nicht. Was willst du eigentlich von mir?" Sie machte eine kurze, abwertende Geste. „Außer Sex?"

Kevin sah ihr in die Augen. „Alles. Ich will alles von dir. Aber ich kann es nicht haben."

Rachel zitterte, und Tränen traten ihr in die Augen. „Du weißt, du kannst alles haben, was du dir wünschst. Du musst nur die Hand ausstrecken und es dir nehmen."

Langsam ging er auf sie zu und legte ihr die Hand auf die Schulter. Er ließ seine Finger unter den Träger ihres Nachthemdes gleiten und strich ihr mit seinen rauen Fingerspitzen über die warme samtweiche Haut.

„Und dein Leben riskieren?", fragte er leise. „Nein, damit könnte ich nicht leben."

„Du klingst, als sei es eine unumstößliche Tatsache, dass in deiner Nähe jeder zur Zielscheibe wird. Andere Agenten …"

„Andere Agenten sind nicht ich", unterbrach er sie ruhig, ohne den Blick von Rachel zu lösen. „Es gibt etliche korrupte Regierungen und Terroristengruppen, die ein Kopfgeld auf mich ausgesetzt haben. Glaubst du wirklich, ich könnte eine Frau bitten, diese Art Leben mit mir zu teilen?"

Rachel lächelte ihn durch ihre Tränen an. „Versuch nicht, mir einreden zu wollen, du würdest wie ein Mönch leben. Ich weiß, es hat auch andere Frauen …"

„Aber keine so nah. Keine, die mir etwas bedeutet hätte. Keine, die man entführen oder bedrohen könnte in dem Versuch, an mich heranzukommen. Ich habe es probiert, Liebes. Ich war verheiratet, Jahre bevor die Lage so gefährlich wurde. Meine Frau wurde verletzt bei einem Mordanschlag, der mir galt. Und da sie eine gescheite Frau war, hat sie so schnell wie möglich das Weite gesucht."

So gescheit kann sie nicht gewesen sein, dachte Rachel. Sie wusste, dass sie sich niemals von Kevin hätte vertreiben lassen. Sie konnte die Tränen nicht länger zurückhalten und ließ sie ungehindert über die Wangen rollen, als sie Kevin ansah und mit erstickter Stimme sagte: „Mir wäre es das wert, um bei dir zu sein. Ich würde das Risiko eingehen."

„Nein", antwortete Kevin und schüttelte den Kopf. „Das lasse ich nicht zu. Ich will dieses Risiko nicht auf mich nehmen, nicht, wenn es um dein Leben geht." Er wischte ihr mit dem Daumen die Tränen aus dem Gesicht.

„Muss nicht ich diese Entscheidung treffen?"

Kevin legte beide Hände an Rachels Kopf und zog ihr Gesicht näher zu sich heran. „Nicht, wenn du keine echte Vorstellung von den damit verbundenen Gefahren hast. Als Kriminalreporterin hast du zwar ein paar Erfahrungen gesammelt, und dir fällt auch mehr auf, als für dich gut ist, aber wenn es darum geht, zu beurteilen, wie meine Tätigkeit wirklich aussieht, dann bist du so unerfahren wie ein neugeborenes Kind. Natürlich gibt es Agenten, die ein verhältnismäßig normales Leben führen, aber ich gehöre nicht dazu. Ich bin ein Teil einer sehr kleinen Gruppe. Für die Öffentlichkeit existiere ich nicht einmal."

Rachel war sehr bleich und ernst geworden. „Ich weiß mehr über die möglichen Risiken, als du denkst."

„Nein. Du kennst es nur vom Kino, den beschönigten, romantischen und verherrlichenden Unsinn."

Plötzlich entzog sich Rachel wütend seinem Griff und ballte die Hände zu Fäusten.

„Meinst du?“, fragte sie mit rauer Stimme, aus der Schmerz klang. „Mein Mann wurde von einer Autobombe getötet, die mir galt. Und daran war nichts Schönes, Romantisches oder Herrliches. Er starb statt meiner! Ich möchte wissen, wer sonst noch den Preis für ein Risiko zahlen möchte, das ich einzugehen bereit bin!“ Wieder liefen ihr die Tränen über die Wangen. Wütend wischte Rachel sie sich fort und sah Kevin erbost an. „Oh, verdammt Kevin Sabin! Glaubst du, dass ich dich lieben will? Aber wenigstens bin ich entschlossen, das Risiko auf mich zu nehmen, statt einfach davor wegzurennen, so wie du es tust!“

Sie weinte, und sie so aufgelöst zu sehen, war, als hätte er einen Schlag in die Magengrube erhalten. Rachel war kein Mensch, der leicht in Tränen ausbrach, und sie bemühte sich heftig, nicht zu weinen. Während sie Kevin in die Augen schaute, wischte sie die Tränen ärgerlich weg.

Langsam streckte Kevin die Hand aus und strich ihr das Haar aus dem feuchten Gesicht. Dann zog er sie in die Arme und legte ihren Kopf gegen seine unverletzte Schulter. „Was auch geschehen mag, ich darf dich nicht gefährden“, sagte er leise mit gequälter Stimme.

Seine Worte klangen endgültig, und Rachel wusste, sie würde ihn nicht vom Gegenteil überzeugen können. Kevin würde sie verlassen. Und wenn er ging, war es für immer.

„Lass uns in die Stadt fahren“, sagte Kevin am nächsten Morgen nach dem Frühstück.

Rachel atmete tief durch und hielt einen Moment lang inne, ehe sie sich wieder dem Abwasch zuwandte. Sie reichte Kevin den letzten, abgetrockneten Teller und spürte, wie die aufsteigende Angst ihr die Kehle zuzuschnüren schien. „Weshalb?“

„Ich muss dringend telefonieren. Das kann ich nicht von hier aus machen.“

Rachel brachte die nächsten Worte nur mit größter Mühe heraus. „Willst du den Mann anrufen, zu dem du Vertrauen zu haben meinst?“

„Ich weiß, dass ich ihm vertrauen kann“, antwortete Kevin brüsk. „Darauf verwette ich mein Leben!“ Mehr noch – er verwettete auch Rachels Leben dabei. Ja, er hatte volles Vertrauen zu Grant Sullivan.

„Ich dachte, du wolltest damit warten, bis du restlos genesen bist.“ Als Rachel ihn ansah, waren ihre Augen voll Trauer und Schmerz. Ihr Anblick machte Kevin zutiefst betroffen.

„Das wollte ich auch, bis Ellis wieder vorbeikommen würde. „Grant wird ein paar Tage brauchen, um einiges für mich zu klären und die Sache zu organisieren. Das möchte ich nicht länger hinauszögern.“

„Grant? Ist das der Mann?“

„Ja.“

„Aber dir wurden doch erst gestern die Fäden gezogen“, wandte Rachel heftig ein. „Du bist noch immer schwach, und du kannst nicht ...“ Sie biss sich auf die Unterlippe und brachte sich selbst zum Schweigen.

Ein Streit würde Kevins Sinn auch nicht ändern. Und sie konnte ihm auch nicht gut vorhalten, noch zu schwach zu sein, nachdem er sie in der letzten Nacht schließlich zweimal geliebt und sie am Morgen wieder genommen hatte. Sie fühlte sich steif und wund, und jeder ihrer Schritte erinnerte sie an seine Kraft und Ausdauer. Zwar war er noch nicht wieder im Vollbesitz seiner eigenen Kräfte, aber trotzdem war er wahrscheinlich stärker als die meisten Männer.

Rachel schloss die Augen. Sie schämte sich ihrer eigenen Schwäche, die sie dazu brachte, sich an ihn klammern zu wollen, wo sie doch von Anfang an gewusst hatte, dass sie es nicht durfte. „Es tut mir leid", sagte sie ruhig. „Natürlich kannst du. Wir können gleich fahren, wenn du möchtest."

Kevin beobachtete sie schweigend. Wenn es einen Augenblick gegeben hatte, der die Stärke dieser Frau erkennen ließ, dann war es jetzt, und es erschwerte ihm den Abschied nur noch mehr. Eigentlich wollte er Grant gar nicht anrufen. Er wollte nicht durch den Tag hetzen, an dem alles zu Ende sein würde. Am liebsten hätte er diesen Zeitpunkt endlos hinausgezögert, um mit Rachel träge in der Hitze am Strand zu liegen und jede Nuance ihres Wesens kennenzulernen – und sie zu lieben, wann ihnen der Sinn danach stand. Und mit ihr die Nächte – diese langen, schwülen, dufterfüllten Nächte – im Liebesspiel auf den klammen, zerwühlten Laken zu verbringen. Das war es, was er sich wünschte. Nur das sichere Wissen, dass Rachel in erhöhter Gefahr war, zwang ihn zu diesem Anruf bei Grant Sullivan. Er fühlte instinktiv, dass die Zeit knapp wurde.

Rachel schlug die Augen auf, weil Kevin so lange nichts gesagt hatte, und merkte, dass er sie auf seine eindringliche Art ansah. „Was ich möchte", sagte er nachdenklich, „ist, wieder mit dir zu schlafen."

Mehr brauchte es nicht, nur diesen Blick von ihm und seine Worte, und Rachel fühlte, wie ihr williger Körper wieder warm wurde. Aber sie wusste auch, dass sie nicht mehr fähig sein würde, sich ihm ganz hinzugeben. Sie sah Kevin mit deutlichem Bedauern an. „Ich glaube, ich kann nicht."

Er berührte ihre Wange, und seine kräftigen, rauen Finger strichen unglaublich zärtlich über ihr Gesicht. „Es tut mir leid. Ich hätte es selbst merken sollen."

Rachel lächelte ihn unsicherer an, als ihr lieb war. „Ich will mich nur schnell umziehen und mein Haar bürsten. Dann können wir fahren."

Weil Rachel zu den wenig eitlen Frauen gehörte, waren sie schon fünf Minuten später unterwegs. Kevin nahm wachsam jedes Detail seiner Umgebung wahr und achtete auf jedes Fahrzeug, das sie trafen. Rachel ertappte sich dabei, wie sie in den Rückspiegel schaute, falls sie verfolgt wurden.

„Ich brauche eine abseits der Hauptstraße liegende Telefonzelle, weil ich nicht von sechshundert Leuten auf dem Wege zum Einkauf beobachtet werden möchte." Seine Worte klangen kurz angebunden, seine Aufmerksamkeit galt dem fließenden Verkehr.

Gehorsam hielt Rachel Ausschau nach einer Telefonzelle in der Nähe einer Tankstelle am Straßenrand und parkte den Wagen davor. Kevin öffnete die Tür und schloss sie gleich wieder, ohne auszusteigen. Mit einem wirklich amüsierten Lächeln auf den Lippen wandte er sich an Rachel. „Ich habe kein Geld."

Sein Lächeln nahm ihr die Spannung, und kichernd griff sie nach ihrer Handtasche. „Du könntest meine Kreditkartennummer angeben."

„Nein. Falls jemand den Anruf überprüfen sollte, könnte man auf Grants Spur stoßen."

Er nahm das Wechselgeld entgegen und ging in die Telefonzelle. Rachel sah zu, wie er das Geld in den Schlitz warf, und schaute sich dann um, ob jemand sie beobachtete. Doch der einzige Mann in Sicht war der Tankstellenwärter, der vor seinem Büro auf einen zurückgekippten Stuhl saß und die Zeitung las.

Kevin war nach nur wenigen Minuten zurück. Während er neben ihr Platz nahm und die Tür zuzog, ließ Rachel bereits den Motor des Wagens an. „Das war aber nicht lange", sagte sie.

„Grant verschwendet keine Worte."

„Kommt er?"

„Ja." Plötzlich lächelte Kevin wieder, dieses seltene, echte Lächeln. „Er muss erst seine Frau mit den Kindern zu ihren Eltern schicken, weil sie ihn nicht allein gehen lassen will. Aber sie wird nachkommen."

Sein Humor bei ausgerechnet diesem Thema kam für Rachel unerwartet. „Hat sie keine Ahnung, was sein Job ist?"

Kevin schnaubte durch die Nase. „Es ist nicht sein Job – er ist Farmer. Und es wird Jane ganz wild machen, wenn er sie nicht mitnimmt."

„Farmer!"

„Er ist vor einigen Jahren aus dem Dienst ausgeschieden."

„War seine Frau auch Agentin?"

„Nein, glücklicherweise nicht", antwortete Kevin mit echter Überzeugung.

„Magst du sie nicht?"

„Es ist unmöglich, Jane nicht gern zu haben. Ich bin nur froh, dass Grant sie auf seiner Farm so gut im Auge behalten kann."

Rachel sah ihn zweifelnd an. „Taugt er etwas? Wie alt ist er überhaupt?"

„Er ist in meinem Alter. Er hat freiwillig den Dienst quittiert. Die Regierung hätte ihn noch gern weitere zwanzig Jahre behalten, aber er wollte nicht mehr."

„Versteht er sein Handwerk?"

Kevin hob die Augenbrauen. „Er ist der beste Agent, den ich je hatte. Wir wurden gemeinsam in Vietnam ausgebildet."

Das beruhigte Rachel. Mehr als ihre Angst vor Kevins Fortgehen fürchtete sie die Gefahr, der er sich aussetzen würde. Keine Zeitung würde je eine Zeile darüber bringen, aber in Washington würde eine Art Krieg ausbrechen. Kevin würde nicht eher ruhen, bis seine Dienststelle von jedem Verräter gesäubert war, und koste es sein eigenes Leben. Dieses Wissen zehrte an Rachel, wenn sie könnte – und sie könnte, wenn Kevin sie ließe –, würde sie mit ihm gehen und alles Erdenkliche tun, um ihn zu schützen.

„Halt bei dem Drugstore", wies er sie an und drehte den Kopf nach hinten, um zu sehen, ob sie verfolgt wurden.

„Was willst du denn im Drugstore?" Rachel sah zu ihm hin und stellte fest, dass Kevin sie leicht belustigt anschaute.

„Geburtenkontrolle. Oder ist dir nicht aufgefallen, welches Risiko wir eingegangen sind?"

„Doch, das war mir klar", räumte Rachel leise ein.

„Du wolltest nichts darüber sagen oder etwas dagegen unternehmen?"

Mit den Händen umspannte sie das Lenkrad so fest, dass die Knöchel sich weiß abzeichneten. „Nein!"

Dieses eine, ruhig dahergesagte Wort brachte ihn dazu, den Kopf zu heben. Rachel spürte seinen brennenden Blick. „Ich will nicht, dass du schwanger wirst. Ich kann nun mal nicht bei dir bleiben, Rachel. Du wärst ganz allein und hättest ein Kind aufzuziehen."

Rachel bremste vor einer roten Ampel und wandte den Kopf, um Kevin in die Augen zu sehen. „Mir wäre es das wert, ein Kind von dir zu haben."

Kevin biss die Zähne zusammen und fluchte leise vor sich hin. Er sehnte sich danach, ein Kind zu haben. Er wünschte sich, Rachel mitnehmen und jeden Abend zu ihr nach Haus zurückzukehren zu können. Aber er konnte seinen Aufgaben und seinem Land nicht einfach den Rücken zudrehen. Rachel in Gefahr zu bringen, brachte er auch nicht über sich.

Ihre grauen Augen waren dunkel vor Schmerz und Liebe. „Ich werde es dir nicht leicht machen, mich zu verlassen", flüsterte sie. „Ich werde meine Gefühle nicht verstecken und dich mit einem Lächeln auf den Lippen verabschieden."

## 9. *KAPITEL*

Kevin bezahlte und wollte gerade den Drugstore verlassen, als Rachel durch die Tür kam. Sie wirkte verstört und sah Kevin beschwörend an. Er drehte sich ohne Zögern um und ging etliche Gänge weiter und interessierte sich angelegentlich für die Auslage der Dampfbügeleisen und Haartrockner. Rachel schlenderte betont lässig an ihm vorbei in die Kosmetikabteilung.

Kevin wartete, und einen Moment später ging die Tür erneut auf. Er erhaschte einen Blick auf hellbraune Haare und duckte sich. Automatisch langte er hinter seinen Rücken nach der unter dem Hosenbund steckenden Pistole. Aber er griff ins Leere. Die Pistole lag im Auto. Er zog die Augen zusammen und sein Gesicht nahm den Ausdruck tödlicher Entschlossenheit an. Geräuschlos fing er an, Ellis nachzugehen.

Rachel hatte den blauen Ford die Straße herunterkommen sehen und sofort gewusst, dass es sich um Ellis handeln musste. Ihr einziger Gedanke war, Kevin zu warnen, ehe er aus dem Drugstore trat und Ellis in die Arme lief. Wenn der Agent ihnen gefolgt war, war es ohnehin zu spät. Sie zweifelte aber nicht daran, dass er nicht hinter ihnen her war. Es war nur ein unglücklicher Zufall. Es durfte gar nicht anders sein.

Sie hatte vorgegeben, ihn nicht zu sehen, war aus dem Auto gestiegen und in den Drugstore gegangen, als wäre sie soeben erst vorgefahren. Beim Hineingehen hörte sie hinter sich, wie eine Tür zugeschlagen wurde, und sie wusste, Ellis würde in wenigen Sekunden hier sein. Kevin hatte nur einen Blick in ihr Gesicht geworfen und sich sofort umgedreht. Jetzt musste sie nur noch Ellis abhängen, selbst wenn sie dadurch gezwungen war, wieder in ihren Wagen zu steigen und ohne Kevin abzufahren. Dann würde sie den Block umrunden und ihn abholen kommen.

„Ich dachte mir doch gleich, dass Sie es wären. Haben Sie mich nicht rufen gehört?", fragte Ellis hinter Rachel, während sie sich die angebotenen Lippenstifte begutachtete.

Sie fuhr herum und gab vor, überrascht zu sein. „Ellis! Haben Sie mich erschreckt!" Sie schloss für einen Moment die Augen und hielt sich die Hand vor die Brust.

„Entschuldigung. Ich dachte, Sie wüssten, dass ich hinter Ihnen stand."

Ellis schien an diesem Morgen reichlich viel zu denken. Rachel hoffte, er würde sich dabei nicht überanstrengen. Sie lächelte ihn zerstreut an. „Ich habe so viel im Kopf, dass ich wie benommen in der Gegend herumlaufe. Ich will alles für meinen Urlaub einkaufen, und das Gefühl, ich könnte etwas vergessen, macht mich ganz nervös."

Er warf einen Blick auf die reiche Auswahl von Lippenstiften und grinste sie breit an. „Ich nehme an, Lippenstift ist dabei unerlässlich."

„Nein, aber ein Fettstift, und ich dachte, ich könnte ihn hier finden." Dieses eingebildete Monster! Rachel fragte sich, welches Gesicht er wohl machen würde, wenn sie ihn aufforderte, sich zum Teufel zu scheren. Das Problem bei Egozentrikern war, dass die kleinste Abfuhr sie stocksauer machte und ihren grenzenlosen Widerspruchsgeist herausforderte. Es war ihr nicht ganz gelungen, die Schärfe aus ihrem Ton herauszuhalten, und Ellis sah sie überrascht an.

„Stimmt etwas nicht?"

„Ich habe furchtbare Kopfschmerzen", murmelte Rachel.

Ihr Blick fiel auf Kevin, der direkt hinter Ellis vorbeiging.

Was sollte das? Eigentlich sollte er sich aus dem Blickfeld halten, bis sie Ellis losgeworden war, und ihn nicht angreifen! Alle Farbe wich aus ihrem Gesicht, als Ellis sie verwundert anstarrte.

„Sie sehen krank aus", räumte er schließlich ein.

„Ich glaube, ich habe gestern Abend zu viel Wein getrunken." Rachel drehte sich auf dem Absatz um und ging die Reihe hinunter, weg von Kevin. Sie hielt erst wieder bei den Insektenvernichtungsmitteln an, griff sich eine Flasche und studierte die Gebrauchsanweisung auf der Rückseite.

Ellis war noch immer hinter ihr. „Würden Sie sich gut genug fühlen, um mit mir heute Abend auszugehen?"

Verzweifelt biss Rachel die Zähne zusammen. Sie konnte kaum fassen, wie dickschädelig dieser Mensch war. Es kostete sie Mühe, tief Luft zu holen und ruhig zu bleiben. „Ich glaube nicht, Ellis. Trotzdem vielen Dank für die Einladung. Ich fühle mich wirklich elend."

„Sicher, dafür habe ich Verständnis. Ich rufe Sie in ein oder zwei Tagen wieder an."

Irgendwie gelang es Rachel, matt zu lächeln. „Ja, tun Sie das. Vielleicht geht es mir dann besser, es sei denn, ich habe mir irgend so einen Virus aufgeschnappt."

Wie die meisten Leute machte Ellis bei der Erwähnung von etwas Ansteckendem unwillkürlich einen Schritt zurück. „Ich überlasse Sie jetzt Ihren Einkäufen. Aber Sie sollten wirklich nach Hause fahren und sich ausruhen."

„Das ist ein guter Rat. Wahrscheinlich werde ich ihn befolgen." Wollte er denn nie verschwinden?

Aber er hielt sich weiterhin in ihrer Nähe, plauderte und

kehrte all seinen Charme heraus, dass Rachel fast übel wurde. Dann sah sie Kevin wieder, der sich leise an Ellis heranschlich und ihn dabei nicht eine Sekunde aus den Augen ließ. Verzweifelt presste sie die Hand auf den Magen und sagte deutlich: „Ich glaube, mir wird schlecht."

Es war wirklich erstaunlich, wie schnell Ellis den Rückzug antrat, und sie argwöhnisch anblickte. „Sie sollten wirklich nach Haus", sagte er hastig. „Ich rufe Sie später an." Die letzten Worte sagte er bereits an der Tür. Rachel wartete, bis er in seinem Wagen saß und abgefahren war, ehe sie sich umdrehte und Kevin entgegensah, der auf sie zukam.

„Bleib hier" sagte sie knapp. „Ich werde um den Block fahren, um sicher zu sein, dass er verschwunden ist."

Sie verließ den Drugstore, noch ehe er etwas sagen konnte. Sie kochte innerlich vor Zorn, und um den Block herumzufahren, gab ihr Zeit, sich wieder abzukühlen. Sie war wütend, dass er jetzt ein solches Risiko eingehen wollte, wo er gesundheitlich noch nicht über den Berg war. Im Auto legte sie den Kopf einen Moment auf das Lenkrad. Sie zitterte. Was wäre, wenn Ellis nicht zufällig in den Drugstore gekommen war, sondern Kevin gesehen hätte und es jetzt seinem Boss berichtete. Sie glaubte nicht an diese Möglichkeit, aber der bloße Gedanke erschreckte sie zutiefst.

Nervös umrundete sie den Häuserblock und kehrte wieder zum Eingang des Drugstores zurück. Kevin kam aus der Tür und stieg schnell in den Wagen. „Hast du jemanden gesehen?"

„Nein, aber ich weiß nicht, welche Autos die anderen fahren könnten." Rachel nahm die entgegengesetzte Richtung von der, die Ellis gefahren war. Das hatte sie zwar nicht vorgehabt, aber sie konnte ja jederzeit wenden.

„Er hat mich nicht bemerkt“, sagte Kevin ruhig und hoffte inständig, ihr damit etwas von ihrer offensichtlichen Anspannung zu nehmen.

„Woher willst du das wissen? Ebenso gut hätte er sich entschließen können, deine Anwesenheit zu melden und auf Unterstützung zu warten, statt zu versuchen, dich mitten in einem Drugstore zu packen, in dem es von Kunden wimmelt.“

„Entspann dich, Liebes. So gerissen ist er nicht. Er würde versuchen, mich selbst zu fassen.“

„Wenn er so dumm ist, warum hast du ihn dann eingestellt?“, fuhr Rachel Kevin an.

Er machte ein nachdenkliches Gesicht. „Das war ich nicht. Jemand anderer hat ihn angeworben.“

Rachel warf ihm einen Blick zu. „Einer der beiden Männer, die wussten, wo du warst?“

„Ganz recht“, sagte Kevin grimmig.

„Damit richtet sich der Verdacht nur auf eine Person, nicht wahr?“

„Ich wünschte, es wäre so, aber ich kann es mir nicht erlauben, das als gegeben hinzunehmen. Bis ich nicht absolut sicher bin, halte ich beide für verdächtig.“

„Weshalb bist du so um ihn herumgeschlichen? Warum bist du nicht einfach außer Sicht geblieben, bis ich ihn loswurde?“, fragte sie gereizt, und ihre Fingerknöchel auf dem Lenkrad waren wieder weiß.

„Gesetzt den Fall, er hätte mich entdeckt, dann hätte er planen können, dich zu packen und als Köder zu benutzen, um mich herauszulocken. Das hätte ich nie erlaubt.“ Die ruhige, kühle Art, mit der Kevin das sagte, jagte Rachel einen heftigen Schauer über den Rücken, als sei plötzlich ein kalter Windstoß durch den Wagen gefahren.

„Du hättest dich auf keine Schlägerei einlassen können, weil du noch nicht wieder fit für so etwas bist. Ist dir der Gedanke nicht gekommen, dass etwas schieflaufen könnte?"

„Sicher, aber wenn er dich gepackt hätte, wäre mir keine andere Wahl geblieben, und deshalb wollte ich vorbereitet sein. Sei beruhigt, ich lasse mich auf nichts ein, wenn ich nicht sicher bin, dass ich Sieger bleibe."

Rachel schwieg, bis sie zu Haus ankamen und sie den Wagen unter dem Baum abstellte. „Ich glaube, ich werde schwimmen gehen", sagte sie verdrossen. „Willst du mitkommen?"

„Ja."

Rex kam wie immer an die Wagentür gelaufen und beobachtete sie aufmerksam. Mittlerweile war er zutraulicher geworden und trottete neben ihr her, als sie die Stufen zur Veranda hochstieg. Er hatte sich auch erstaunlich schnell an Kevins Gegenwart gewöhnt und blieb gelegentlich sogar bei ihm im Haus. Wie würde er sich verhalten, wenn Kevin nicht mehr da wäre?

Entschlossen verdrängte Rachel den Anfang von Selbstmitleid. Das Leben würde weitergehen, auch ohne Kevin. Es tat weh, daran zu denken, und sie versuchte, es zu vermeiden. Aber gleichzeitig wusste Rachel, dass sie irgendwie weiterleben würde, obwohl ihr Dasein durch die Zeit, die sie mit Kevin verbracht hatte, unweigerlich verändert worden war.

Sie schlüpfte in einen eng anliegenden, schwarzen Badeanzug, während Kevin sich die Jeans-Shorts überzog, nahm einige Handtücher und ging mit ihm durch das Kieferndickicht zum Strand hinunter. Rex folgte ihnen nach und ließ sich im spärlichen Schatten des Strandhafers nieder. Rachel breitete die Tücher auf dem Sand aus und wies dann auf die Stelle der Bucht, wo sich die Wellen über den unter Wasser liegenden Felsen brachen.

„Siehst du die Linie, wo die Gischt aufspritzt? Da sind die Felsen. Ich bin davon überzeugt, du hast dir damals an einem davon den Kopf gestoßen. Die Flut kam gerade erst herein, deshalb war der Wasserstand niedrig." Sie wies auf eine andere Stelle. „Da habe ich dich herausgezogen."

Kevin sah über den Strand, drehte sich dann um und starrte auf den Hügel mit seinen hohen und schlanken Kiefern. Irgendwie hatte Rachel ihn dort hinaufbekommen und ins Haus gebracht. Wenn er auf ihre schlanke Gestalt schaute, konnte er sich diese Leistung kaum vorstellen. „Du musst dich beinahe selbst umgebracht haben, mich da hinaufzubekommen", bemerkte er leise.

Rachel wollte nicht an jene Nacht erinnert werden, und auch nicht daran, welche körperlichen Anstrengungen sie ihr abverlangt hatte. Zum Teil hatte sie die Ereignisse bereits verdrängt. Sie wusste zwar, dass sie Schmerz empfunden hatte, aber an die eigentliche Ursache erinnerte sie sich nicht mehr. Sie warf Kevin einen langen Blick zu, wandte sich dann ab und ging ins Wasser.

Er sah ihr nach, bis das Meer ihr bis zu den Knien reichte, zog dann die Pistole aus dem Gürtel, legte sie sorgsam auf ein Handtuch und ein zweites darüber, um den herumfliegenden Sand abzuhalten. Schließlich ließ er seine Hosen fallen und stieg nackt hinter Rachel ins Wasser.

Sie war eine gute Schwimmerin, die die meiste Zeit ihres Lebens am Golf verbracht hatte, doch Kevin zog trotz seiner steifen Schulter mit ihr gleich. Als Rachel mitbekommen hatte, dass Kevin ihr gefolgt war, wollte sie einwenden, dass seine Wunden nass würden, aber sie schluckte den Protest. Schließlich war er mit offenen Verletzungen im Meer gewesen, und Schwimmen wäre eine gute Therapie.

Sie schwammen eine ganze Weile, bis Kevin fand, dass er genug hatte, und mit Rachel an den Strand zurückkehrte. Erst, als das Wasser ihm nur noch bis zur Hüfte stand, stellte Rachel fest, dass Kevin nackt war, und das gewohnte Zittern überlief sie, während sie ihn dabei beobachtete, wie er aus dem Meer watete. Er hatte einen so sehnigen, festen und perfekten Körper, war sonnengebräunt und sehr muskulös. Sie sah ihm zu, wie er die Pistole beiseite schob, sich auf das Handtuch legte und seinen nassen Körper der Sonne darbot.

Sie kam ebenfalls aus dem Wasser und bückte sich, um die Nässe aus ihren Haaren zu wringen. „Zieh den Badeanzug aus“, sagte Kevin weich.

Rachel warf einen Blick über das Meer, aber es waren keine Boote in Sicht. Dann sah sie wieder zu Kevin hinunter, der wie eine nackte Bronzestatue dalag, nur dass Rachel nie eine Statue im Erregungszustand gesehen hatte. Langsam griff sie zu ihren Trägern und zog sie von den Schultern. Augenblicklich spürte sie die heißen Sonnenstrahlen auf ihren feuchten Brüsten. Plötzlich wehte eine leichte Brise und umspielte die empfindlichen Brustspitzen. Kevin hielt den Atem an. Er streckte Rachel die Hand hin. „Komm her.“

Sie ließ den Badeanzug fallen und ging dann auf die Handtücher zu. Kevin richtete sich auf und griff nach Rachel, zog sie zu sich hinunter und ließ sie sich ausstrecken. Seine schwarzen Augen funkelten amüsiert, als er auf sie heruntersah. „Rate mal, was ich mitzubringen vergessen habe."

Er beugte sich über sie und verdunkelte mit seinen breiten Schultern die Sonne, als er Rachel auf den Mund und dann am ganzen Körper küsste.

Sie musste lachen. Es klang hell und voll in dieser Welt, wo nur sie zwei sich befanden.

Rachel dachte nicht an die ihr verbleibene Zeit. Vielleicht waren es noch ein paar Tage, bis dieser Grant Sullivan seine Vorkehrungen getroffen und sich auf den Weg zu Kevin gemacht hatte. Sie lebte nur für die Gegenwart und genoss alles, was sie gemeinsam mit Kevin tat. Er half ihr bei der Gartenarbeit und beschäftigte sich viel mit Rex, der ihm mehr und mehr vertraute und oft nicht von seiner Seite wich.

Nach dem ersten Schwimmausflug gingen sie noch häufiger zum Strand hinunter und schwammen frühmorgens oder nachmittags, wenn die schlimmste Hitze vorbei war. Das war eine wunderbare Therapie. Kevin wurde mit jedem Tag kräftiger, seine Schulter beweglicher und er humpelte nicht mehr.

Zehn Tage, nachdem Rachel Kevin am Strand gefunden hatte, joggte er bereits behutsam und mit fest bandagiertem Oberschenkel um das Haus. Nach der ersten Verärgerung schloss Rachel sich ihm an und lief neben ihm her. Es hätte ohnehin wenig Sinn gehabt, ihn anzuschreien, denn es war wichtig für ihn, sich all den Forderungen zu stellen, die ihm abverlangt würden, nachdem er von hier fort war.

Und sie redeten über alles, was sie taten. Kevin war zurückhaltend, wenn es um ihn ging – wohl von Natur aus und als Resultat seines Trainings. Aber er kannte viele faszinierende Einzelheiten über die politischen und wirtschaftlichen Ansichten aller möglichen Regierungen in der ganzen Welt. Wahrscheinlich wusste er auch mehr über deren militärische Stärke und Rüstungspotenzial, aber darüber ließ er sich nicht aus. Rachel lernte ebensoviel aus dem, worüber er nichts sagte, wie aus den Themen, die er mit ihr besprach.

Was sie auch taten, ob sie Unkraut jäteten, kochten oder um das Haus joggten, stets waren sie in ihrem gegenseitigen Begehren wie mit einem unsichtbaren Band verbunden. Rachels Sinne waren auf Kevin gerichtet. Sie kannte seinen Geschmack, seinen Geruch, seine Haut und jede Nuance seiner tiefen Stimme. Da er normalerweise wenig von sich preisgab, achtete sie auf die kleinste seiner Regungen, ein Heben der Augenbrauen oder ein Zucken seiner Mundwinkel. Obwohl er sich in ihrer Gegenwart entspannt gab und viel öfter lächelte, ja sie manchmal aufzog, lachte er doch wenig, und wenn er es tat, liebte Rachel es umso mehr. In der Liebe waren sie beide unersättlich, weil der Antrieb mehr als nur körperliches Verlangen war. Da Rachel wusste, dass ihr nur das Heute blieb, gab sie sich Kevin voll und vorbehaltlos hin.

Am dritten Tag nach Kevins Anruf bei Grant Sullivan liebte er Rachel mit einer solchen Wildheit, dass sie wusste, dies würde ihr letzter gemeinsamer Tag sein. Sie klammerte sich an Kevin und schlang ihre Arme um seinen Hals, als er schwer und erschöpft auf ihr lag. Die Kehle war ihr wie zugeschnürt, und sie presste die Augen zu, als wollte sie den Lauf der Zeit nicht wahrnehmen. Der Gedanke, Kevin zu verlieren, war ihr unerträglich.

„Nimm mich mit dir“, sagte sie halberstickt, unfähig, den Dingen einfach ihren Lauf und Kevin davonziehen zu lassen. Rachel war eine zu große Kämpfernatur, als dass sie ihn hätte gehen lassen können, ohne zu versuchen, seine Meinung zu ändern.

Kevin versteifte sich, löste sich von ihr und legte sich neben Rachel auf den Rücken.

Mit dem Unterarm bedeckte er seine Augen. Der surrende Ventilator wehte kühle Luft über ihre erhitzten Körper und ließ Rachel leicht zusammenschauern. Sie schlug die Augen auf und sah Kevin verzweifelt an.

„Nein“, antwortete er nach einer Weile, und ließ es dabei bewenden. Die eine Silbe klang so endgültig, dass es Rachel fast das Herz brach.

„Wir könnten uns etwas einfallen lassen“, drängte sie ihn. „Schlimmstenfalls würden wir uns nur gelegentlich sehen. Ich bin nicht an einen Ort gebunden. Ich kann überall arbeiten ...“

„Rachel“, unterbrach er sie müde. „Nein. Hör auf damit.“ Er nahm den Arm von seinen Augen und sah sie an. Obwohl der Ausdruck seines Gesichtes sich kaum verändert hatte, merkte Rachel doch, dass Kevin sich über ihre Hartnäckigkeit ärgerte.

Sie war zu verzweifelt, um einfach aufzugeben. „Wie kann ich aufhören? Ich liebe dich! Ich spiele kein Spiel mit dir und kann nicht einfach meine Figuren einsammeln und nach Haus gehen, wenn ich dessen überdrüssig bin!“

„Verdammt, ich spiele auch kein Spiel!“, fuhr er auf. Er setzte sich und schüttelte sie am Arm, weil er sich nicht länger beherrschen konnte. Seine Augen funkelten Rachel böse an, und er biss die Zähne zusammen. „Du könntest meinetwegen getötet werden! Hast du denn nichts aus dem Tod deines Mannes gelernt?“

Rachel wurde blass und starrte ihn an. „Ich könnte auf der

Fahrt in die Stadt bei einem Unfall umkommen“, sagte sie dann zitternd. „Wäre ich dann weniger tot? Würdest du weniger um mich trauern?“ Plötzlich entriss sie den Arm aus seinem Griff und rieb sich die Stelle, die seine Finger umspannt hatten. Rachel war so weiß im Gesicht geworden, dass ihre Augen groß und schwarz darin zu brennen schienen. „Würdest du überhaupt trauern?“, fragte sie nach einer kleinen Pause in leichterem Ton. „Ich bin reichlich eingebildet, nicht wahr? Vielleicht bin ich die Einzige hier, die betroffen ist. Wenn das stimmen sollte, dann vergiss alles, was ich gesagt habe.“

Schweigend sahen sie sich gegenseitig an. Kevin blickte grimmig drein, und Rachel gequält. Offenbar wollte er sich nicht dazu äußern. Nun, sie hatte es versucht, seinen Sinn zu ändern, eine bindende Antwort von ihm zu erhalten. Jetzt hatte sie alles … verloren.

Rachel hatte geglaubt, Kevin habe sie gern, liebe sie, auch wenn er nie von Liebe gesprochen hatte. Sie hatte das seiner natürlichen Zurückhaltung zugeschrieben. Aber nun musste sie der unangenehmen Wahrheit ins Auge sehen, dass es seine brutale Ehrlichkeit war, die ihn davon abhielt, über Liebe zu reden. Er war nicht der Mensch, der hübsche Nichtigkeiten von sich gab, nur um ihre Gefühle nicht zu kränken. Kevin mochte sie. Sie war eine recht attraktive Frau, und obendrein verfügbar für seine starken sexuellen Bedürfnisse. Das Interesse, welches er an ihr nahm, lag also auf der Hand, und sie hatte sich restlos zum Narren gemacht.

Das Schlimme war nur, dass nicht einmal die ungeschminkte Wahrheit sie nicht davon abbringen konnte, ihn zu lieben. Das war nun mal die Wirklichkeit, und Rachel konnte sie nicht einfach so wegwischen.

„Entschuldige“, murmelte sie, stieg aus dem Bett und griff, plötzlich verlegen durch ihre Nacktheit, nach ihren Sachen. Die Situation war nun eine ganz andere.

Kevin beobachtete sie. Er litt unter ihrem Verhalten, dieser abrupten Verlegenheit, dem plötzlichen Erlöschen des Lichtes in ihren Augen. Gefühle machten ihn stets unsicher. Er war nicht daran gewöhnt. Aber den Ausdruck in Rachels Gesicht konnte er nicht ertragen. Vielleicht konnte er ihr nicht viel geben, aber er konnte sie nicht in dem Glauben zurücklassen, sie sei für ihn nichts anderes als das Objekt seiner sexuellen Wünsche gewesen.

Rachel war schon aus dem Zimmer, ehe er ihr nachrennen konnte; und Kevin hörte die Fliegentür zuschlagen. Als er an der Tür ankam, sah er sie eben noch unter den Kiefern verschwinden. Rex trottete neben ihr her. Kevin fluchte laut, zog sich rasch seine Shorts über und folgte ihr. Sie würde ihm jetzt nicht zuhören wollen, doch sie würde es müssen, selbst wenn er sie festhalten musste.

Am Strand angekommen, ging Rachel einfach weiter und dachte darüber nach, woher sie die Kraft nehmen sollte, wieder zum Haus zurückzukehren und so zu tun, als wäre nichts gewesen. Wahrscheinlich musste sie nur noch einen weiteren Tag so durchstehen, und das sollte ihr wohl gelingen. Zum Teil war sie sogar froh darüber, dass der nur mit Stunden gemessen wurde. Dann brauchte sie die äußere Fassade nicht mehr aufrechtzuerhalten, sondern konnte sich von Herzen ausweinen. Doch ein anderer Teil von ihr – der größere – schrie vor Schmerz auf bei dem Gedanken, Kevin nie wiederzusehen, gleichgültig was er für Rachel empfand – oder nicht fühlte.

Eine rosafarbene Muschel lag halb verborgen unter einem Haufen Seegras. Rachel blieb stehen und schob es mit dem Fuß fort. Vielleicht würde die schöne Muschel sie durch ihren Anblick erfreuen. Aber sie war zerbrochen und nur ein kleiner Teil davon vorhanden. Enttäuscht schlenderte Rachel weiter. Rex lief von ihr fort und erkundete die Gegend allein. Seit Kevins Ankunft hatte er sich sehr verändert. Zum ersten Mal akzeptierte er noch jemand anderen als Rachel. Sie sah dem Hund hinterher und fragte sich, ob auch er Kevin vermissen würde.

Sie spürte eine warme Hand auf der Schulter. Auch ohne sich umzudrehen, wusste Rachel, dass es Kevin war. Sie kannte die Art seiner Berührung, seine rauen Fingerspitzen. Sobald er in ihrer Nähe war, spürte sie einen Schauer der Erregung über den Rücken rieseln. Sie musste sich ihm zuwenden, um den Kopf an seine Schulter zu lehnen, sich in seine Arme zu flüchten und ihm ganz nahe zu sein. Aber Kevin wollte ja nicht, dass sie bei ihm war. Aus Angst, in Tränen auszubrechen, drehte sie sich um, blieb mit dem Rücken zu ihm stehen.

„Auch mir fällt es nicht leicht …“, sagte Kevin rau.

„Entschuldige“, unterbrach Rachel ihn, um das Gespräch von vornherein zu unterbinden. „Ich wollte dir keine Szene machen und dich auch zu nichts zwingen. Vergiss das Ganze, falls du kannst.“

Mit festem Griff drehte Kevin Rachel zu sich herum, legte ihr die Hand um den Kopf und neigte ihn leicht nach hinten, um ihr in die Augen schauen zu können. „Siehst du nicht selbst, dass es zwischen uns beiden nicht gut gehen kann? Ich kann meinen Job nicht aufgeben. Was ich mache … ist ein schweres und schmutziges Geschäft, aber es ist notwendig.“

„Ich habe dich nicht gebeten, deinen Job aufzugeben“, sagte sie beherrscht.

„Ich sorge mich nicht um den verdammten Job!“, schrie Kevin wütend. „Ich sorge mich um dich! Himmel, es würde mir das Herz brechen, wenn dir etwas zustieße. Ich liebe dich!“ Er schwieg, atmete tief durch und fuhr dann ruhiger fort. „Das habe ich noch nie zu jemandem gesagt, und auch jetzt sollte ich es nicht eingestehen, weil es sinnlos ist.“

Der Wind blies Rachel die Haare ins Gesicht, als sie Kevin mit unergründlichem Blick ansah. Langsam lockerte er den Griff um ihren Kopf und ließ die Hand an ihrem Nacken entlanggleiten. Sanft strich er über den Puls an ihrer Kehle. Rachel schluckte. „Wir könnten es wenigstens für eine kurze Zeit probieren“, flüsterte sie. Doch Kevin schüttelte den Kopf.

„Ich will wissen, dass du in Sicherheit bist. Ich muss es einfach wissen, oder ich kann nicht mehr so leben, wie ich sollte. Ich kann mir keinen Fehler erlauben, denn wenn ich das täte, müssten vielleicht andere Menschen, gute Männer und Frauen, deswegen ihr Leben lassen. Und wenn man dich entführt …“ Er unterbrach sich und sah sie aufgewühlt an. „Ich würde alles darum geben, dich in Sicherheit zu wissen.“

Rachel fühlte, wie etwas in ihr zerbrach. „Nein, so kann es nicht sein. Keine Argumente …“

„Ich liebe dich“, sagte Kevin heiser. „Ich habe noch nie jemanden so wie dich geliebt, nicht einmal meine frühere Frau. Ich bin immer anders als die anderen gewesen, ein Einzelgänger. Mein einziger Freund, den ich je besaß, ist Grant, und er ist ein Außenseiter wie ich. Glaubst du wirklich, ich könnte dich aufopfern? Wirklich, süße Rachel, du bist die Chance meines Lebens …“ Er brach ab und biss die Zähne zusammen, als er ihr in die Augen sah. „Und ich wage es nicht, sie zu ergreifen", beendete er ruhig seinen Satz.

Rachel verstand, aber es wäre ihr lieber gewesen, sie würde es nicht tun. Weil er sie liebte, fürchtete er, sein Land zu verraten, wenn Rachel gekidnappt werden sollte, um sie als Waffe gegen ihn zu gebrauchen. Er gehörte nicht zu den Menschen, die schon einmal geliebt hatten und wieder lieben würden. Er lebte zu sehr in sich selbst. Aber jetzt war der Eispanzer um ihn aufgebrochen, und es würde das einzige Mal in seinem Leben sein, wo er Liebe für eine Frau empfände. Denn für einen Mann wie ihn war die Liebe zugleich überwältigend und furchterregend.

Kevin nahm zärtlich ihre Hand, und stumm gingen sie ins Haus zurück.

Am späten Nachmittag ging Rachel in den Garten, um frische Tomaten für die Spaghettisoße zu holen. Kevin duschte, und Rex lag in der Küche unter dem Tisch im Schatten. Die Temperatur hatte vierzig Grad erreicht, und die Luftfeuchtigkeit war noch angestiegen. In dieser bedrohlichen Gewitterstimmung fühlte der Hund sich selbst auf seinem gewohnten Platz unter dem Oleanderbusch nicht mehr wohl. Rachel schloss die Fliegentür, um Insekten fernzuhalten, ging mit ihrem Körbchen an das Ende des Beetes und begann, einige der reifen Früchte zu pflücken.

Später konnte sie nicht mehr sagen, woher er eigentlich gekommen war. Sie hatte niemanden gesehen, und in ihrer Küche war auch kein geeignetes Versteck gewesen.

Doch als sie sich mit ihrem vollen Korb wieder auf den Weg zum Haus machen wollte, war er plötzlich hinter ihr, hielt ihr die Hand über den Mund und riss ihr den Kopf zurück. Den anderen Arm hielt er ihr auf fast die gleiche Art wie Kevin vor das Gesicht, nur dass kein Messer, sondern ein Revolver in seiner Faust glänzte.

„Geben Sie keinen Laut von sich, und es wird Ihnen nichts geschehen", flüsterte er ihr leise ins Ohr. „Ich suche einen Mann, der angeblich hier im Haus sein soll."

Rachel zerrte am Arm des Mannes und versuchte, Kevin durch einen Schrei zu warnen. Aber wenn er noch unter der Dusche stand, würde er sie nicht hören. Und wenn er doch aufmerksam würde, was wäre dann? Er konnte erschossen werden bei seinem Versuch, ihr zu helfen. Der Gedanke lähmte Rachel, und sie fiel gegen den Mann. Verzweifelt überlegte sie, was sie tun konnte.

„Pssst, so ist es gut", sagte der Kerl mit seiner leisen, weichen Stimme, die ihr ein Frösteln über den Rücken jagte. „Und jetzt gehen Sie über den Hof und öffnen brav die Tür."

Rachel blieb keine andere Wahl, als langsam auf die Fliegentür zuzugehen. Wenn der Mann sie töten wollte, hätte er es bereits getan. Aber er könnte sie noch immer bewusstlos schlagen, und dann wäre das Ergebnis das gleiche: Sie wäre nicht in der Lage, Kevin zu helfen, wenn die Gelegenheit sich dazu bot.

Der Mann presste sie eng an seinen kräftigen Körper, dass sie sich ihm nicht entwinden konnte. Sie starrte auf die Waffe in seiner Hand. Sollte er versuchen, auf Kevin zu schießen, könnte sie seinen Arm wegstoßen, damit er sein Ziel nicht traf. Wo war Kevin nur? Sie bemühte sich, das Geräusch des laufenden Wassers zu hören, aber ihr rasendes Herzklopfen dröhnte ihr so in den Ohren, dass sie nichts anderes vernehmen konnte. Hatte Kevin denn nicht gehört, dass sie die Fliegentür zugemacht hatte? Warum fiel Rex nichts auf?

Der Hund schlug plötzlich an, als sie die Treppe hinaufgingen und der Mann sie auf die Tür zuschob. Wütendes Gebell hallte durch das ganze Haus. Unversehens wurde die Zwischentür aufgerissen, und Kevin stand, nur mit seinen Jeans bekleidet und dem Hemd in der Hand, im Rahmen.

Er blieb wie angenagelt stehen, während Rex aufgebracht laut bellend aus der Küche schoss und an Kevin und Rachel vorbei auf den Hof rannte. Dann drehte er sich knurrend um und wartete angriffslustig und wachsam lauernd auf den richtigen Augenblick zum Sprung.

Kevin sah mit steinerner Miene erst auf den Mann, der Rachel festhielt, und dann auf die vor Schreck geweiteten Augen über der Hand, die Rachels Mund verschloss.

„Du erschrickst sie zu Tode", sagte er in seinem kühlen, gefassten Ton. „Schon gut, Rex", wandte er sich dann beruhigend an den in geduckter Haltung verharrenden Hund. „Es ist ja alles in Ordnung. Schön brav. Leg dich brav hin." Sichtlich widerstrebend folgte das Tier seinem Befehl.

Der Mann lockerte den Druck auf Rachels Lippen, nahm aber seinen Arm nicht fort. „Gehört sie zu dir?", fragte er erstaunt.

„Ja."

Erst da ließ der kräftige Mann Rachel los und schob sie sacht zur Seite. „Du hast mir von einer Frau erzählt, aber ich wollte kein Risiko eingehen", sagte er zu Kevin, und da begriff Rachel, wer er war.

Sie blieb still stehen, atmete langsam tief durch und versuchte, ihre Fassung wiederzugewinnen. Als sie glaubte, ohne Zittern in der Stimme sprechen zu können, sagte sie mit bewundernswerter Ruhe: „Sie müssen Grant Sullivan sein."

„Ja, Ma'am."

Sie hatte keine Vorstellung, wie Sullivan sein würde, aber das hatte sie nicht erwartet. Er und Kevin waren sich so ähnlich, dass es sie überraschte. Es lag nicht an Sullivans Aussehen, sondern mehr an derselben Gelassenheit, der gleichen Ausstrahlung, die er mit Kevin gemein hatte. Sein Haar war sonnengebleicht und struppig, und er hatte den stechenden, hellen Blick eines Raubtiers. Über seine linke Wange lief eine Narbe, Zeugnis eines vergangenen Kampfes.

Er war eine Kämpfernatur, drahtig, hart und gefährlich … ganz wie Kevin.

Während sie Grant betrachtete, tat er das Gleiche mit ihr, musterte sie aufmerksam, während sie um ihre Beherrschung rang. Er zog einen Mundwinkel leicht nach oben und deutete ein Lächeln an. „Es tut mir leid, dass ich Sie erschreckt habe, Ma'am. Ich bewundere Ihre Selbstbeherrschung. Jane hätte mich gegen das Schienbein getreten."

„Wahrscheinlich hat sie das auch gemacht", meinte Kevin, seine Stimme immer noch kühl, aber mit einem jetzt leicht belustigten Unterton.

Grant furchte seine dunklen Brauen. „Nein", sagte er trocken, „da hat sie mich nicht hingetreten."

Die Geschichte versprach, interessant zu werden, aber obwohl Kevin immer noch amüsiert dreinblickte, ging er nicht weiter darauf ein. „Das ist Rachel Jones", sagte er und hielt ihr mit einem stummen Befehl die Hand hin. „Sie hat mich aus dem Ozean gezogen."

„Nett, Sie kennenzulernen." Grants Akzent war weich und rauchig. Erstaunt bemerkte er, wie Rachel auf Kevin einging.

Sie ergriff seine ausgestreckte Hand.

„Ich freue mich auch, Sie zu treffen, Mr. Sullivan … Jedenfalls glaube ich es."

Kevin klopfte ihr kurz und beruhigend auf die Hand, dann zog er das Hemd über, womit er noch immer Schwierigkeiten hatte wegen seiner Schulter. Grant sah die blassrote, frische Narbe, wo die Kugel in Kevins Schulter eingedrungen war. „Welchen Schaden hat das angerichtet?"

„Ich bin nicht mehr ganz so beweglich. Aber sobald die Schwellung abgeklungen ist, werde ich wohl wieder ganz hergestellt sein.

„Bist du sonst noch verwundet worden?"

„Am linken Oberschenkel."

„Wird es heilen?"

„Das wird es müssen. Ich jogge schon ein bisschen."

Sullivan gab einen unmutigen Laut von sich. Rachel spürte sein Widerstreben, frei und offen in ihrer Gegenwart zu sprechen. Das war seine zwangsläufige Vorsicht, die auch Kevin kennzeichnete. „Sind Sie hungrig, Mr. Sullivan? Wir wollten Spaghetti essen."

„Ja, Ma'am. Vielen Dank." Sein weicher Akzent und sein höfliches Benehmen standen in starkem Kontrast zu seinem stechenden Blick. Rachel fühlte sich aus dem Gleichgewicht gebracht. Warum hatte Kevin sie nicht vorgewarnt? „Ich werde mich jetzt um das Essen kümmern, während ihr miteinander redet", sagte sie. „Lassen Sie uns ins Haus gehen." Dann drehte sie sich zu ihrem Hund um, der abwartend die Szene beobachtet hatte, und rief ihn zu sich. Beruhigend klopfte sie ihm auf den Rücken, und nach einem Augenblick trottete Rex wieder auf den Hof zurück.

Rachel betrat hinter Kevin und Grant das Haus, begab sich in die Küche und nahm ihre Arbeit wieder auf, während die Männer ins Wohnzimmer gingen. Leises Stimmengeräusch drang aus dem Wohnzimmer zu ihr herüber. Jetzt, da sie Grant Sullivan kennengelernt hatte, begriff sie das Vertrauen, welches Kevin in ihn setzte. Er hatte eine unglaubliche Ausstrahlung. Aber wenn sie die beiden Freunde zusammen sah, kam ihr erst recht zu Bewusstsein, was sie an Kevin ganz besonders liebte, und die Erkenntnis beunruhigte sie noch mehr.

Fast eine Stunde später rief sie die beiden zu Tisch. Die Sonne stand als glühender Feuerball tief am Horizont und erinnerte Rachel daran, dass ihre gemeinsame Zeit mit Kevin sich dem Ende näherte.

Um nicht dauernd daran denken zu müssen, hielt sie das Gespräch in ständigem Fluss. Das war bemerkenswert schwierig, so wenig redselig, wie die beiden Männer waren, bis sie schließlich das richtige Thema traf. „Kevin hat mir erzählt, sie seien verheiratet, Mr. Sullivan."

Grant nickte, und ein liebevoller Ausdruck trat in seine Augen. „Jane ist meine Frau." Er sagte das in einem Ton, als müsse jeder sie kennen.

„Haben Sie Kinder?"

Der unglaubliche Vaterstolz, der jetzt aus seinem markanten Gesicht strahlte, war nicht zu übersehen. „Zwillinge. Jungs. Sie sind jetzt sechs Monate alt."

Aus irgendeinem Grund wirkte Kevin wieder belustigt. „Ich wusste nicht, dass es in deiner Familie Zwillinge gibt, Grant."

„Gibt es auch nicht", meinte Sullivan finster. „Auch nicht in Janes. Selbst der verdammte Arzt wusste es nicht. Sie hat wirklich jeden damit überrascht."

„Das ist nicht ungewöhnlich", sagte Kevin, und die beiden grinsten sich an.

„Das Unglück war nur, dass Jane ihre Wehen zwei Wochen zu früh bekam, mitten in einem Schneesturm. Alle Straßen waren gesperrt, und ich konnte sie nicht ins Krankenhaus bringen, sondern musste sie entbinden." Eine Sekunde lang trat ein verzweifelter Ausdruck in seine Augen, und leichte Schweißperlen zeigten sich auf seiner Stirn. „Zwillinge!", sagte er schwach. „Auch das noch. Ich habe Jane erklärt, sie solle mir das ja nie wieder antun. Aber du kennst sie ja."

Kevin lachte laut auf, und Rachel hörte dieses seltene, männliche Lachen mit Vergnügen. „Beim nächsten Mal wird sie wahrscheinlich Drillinge bekommen."

Grant sah ihn drohend an. „Erwähne es bloß nicht!", murmelte er.

Rachel rollte geschickt ihre Spaghetti auf die Gabel. „Ich glaube nicht, dass es Janes Schuld war, Zwillinge zu bekommen, oder dass es gerade schneite."

„Logischerweise nicht", räumte Sullivan ein. „Aber mit der Logik ist es vorbei, sobald Jane den Raum betritt."

„Wie haben Sie sie kennengelernt?"

„Ich habe sie entführt", antwortete Grant gelassen. Rachel starrte ihn fassungslos an, weil er keine weitere Erklärung dazu abgab.

„Wo steckt sie jetzt?", fragte Kevin.

„Sie bringt die Jungen zu meiner Mutter." Er lehnte sich zurück und warf Kevin einen vorsichtigen Blick zu. „Ich hielt es für besser, dass sie mir nachkommt. Wir könnten Verstärkung brauchen. Es wird unverfänglich aussehen, wenn sie sich als

Freundin von Rachel ausgibt, falls jemand sie fragen sollte. So kann sie ganz offen hier ins Haus kommen und erregt keinen Verdacht."

Kevin sah äußerst betroffen aus und wollte etwas erwidern, aber Grant sprach schnell weiter. „Außerdem habe ich sie gebeten, noch Waffen und Munition mitzubringen, die ich nicht gut bei mir haben konnte, als ich herkam. Sie versteckt sie in ihrer Reisetasche."

Kevin machte eine abwehrende Geste. „Wie kannst du nur deine Frau in diese Sache hineinziehen …"

„Ich weiß, was du sagen willst", unterbrach Grant ihn. „Aber vergiss nicht, wir haben es nicht nur mit einem Gegner zu tun, sondern mit mehreren. Und möchtest du Rachel unbedacht einer Gefahr aussetzen?"

Das brachte Kevin zum Schweigen.

## 10. KAPITEL

Charles studierte den hastig zusammengestellten Bericht über Rachel Jones. Nachdenklich rieb er sich mit dem Zeigefinger über die gerunzelte Stirn. So wie Lowell und Ellis sich ausdrückten, war diese Rachel Jones eine gut aussehende, aber ansonsten unbedeutende Frau, obwohl Ellis sich in sie verliebt hatte. Aber Ellis verliebte sich in jede Frau, daran war nun wirklich nichts Besonderes. Das Problem war nur, dass dem Bericht zufolge diese Rachel Jones alles andere als durchschnittlich erschien. Sie war gebildet, hatte viele Reisen unternommen und besaß vielfältige Begabungen. Doch damit kam man der Sache auch nicht auf den Grund. Denn Rachel Jones hatte als außergewöhnlich talentierte Kriminalreporterin gearbeitet, verfügte über Mut und Ausdauer, und das hieß, sie war hinsichtlich der Dinge, die normalerweise an die Öffentlichkeit drangen, viel beschlagener als ein Durchschnittsbürger.

Ihr Mann war bei einem Bombenattentat ums Leben gekommen, das ihr gegolten hatte, als sie damit begann, Ermittlungen anzustellen über die Verbindung eines mächtigen Politikers zur Rauschgiftszene. Sie hatte nicht nur bewiesen, dass er verwickelt war in Rauschgiftschmuggel und -handel, sie hatte auch belegen können, dass er für den Tod ihres Mannes verantwortlich war.

Sie war nicht die eher harmlose Frau, wie Lowell und Ellis sie beschrieben. Was Charles ganz besonderes Unbehagen bereitete, war die Frage, warum sie dieses Bild abgab. Sie musste Gründe haben. Warum hatte diese Frau es darauf angelegt, die beiden hinter das Licht zu führen? Zu ihrem Spaßvergnügen, oder steckte eine gezielte Absicht dahinter?

Charles war nicht überrascht, dass Rachel Jones gelogen hatte. Seinen Erfahrungen nach logen die meisten Leute. Auch in seinem Beruf musste man lügen. Was ihm nicht gefiel, war, dass er nicht wusste, warum, denn das Warum war der Kern der Sache.

Sabin war verschwunden und vermutlich tot, obgleich Charles sich zu dieser Annahme nicht durchringen konnte. Man hatte keine Spur von ihm gefunden, weder Charles' eigene Leute noch ein Fischkutter oder ein Vergnügungsschiff oder gar die Polizei. Auch wenn Sabins Boot explodiert war, hätte man menschliche Überreste finden müssen – falls Sabin auf dem Boot gewesen war. Die einzige Erklärung lag darin, dass er über Bord gegangen und an Land geschwommen war. Es widersprach fast jeglicher Logik, dass er es in seinem verletzten Zustand geschafft haben sollte, aber hier drehte es sich um Sabin und nicht um irgendeinen Mann.

Er musste an Land gekommen sein, aber wo? Warum war er noch nicht wieder aufgetaucht? Niemand hatte einen verletzten Mann gefunden. Keiner hatte der Polizei Schusswunden gemeldet. Er war in kein Krankenhaus der Gegend eingeliefert worden. Sabin hatte sich schlicht in Luft aufgelöst.

„Noelle", sagte er leise. „Ich möchte mit Lowell und Ellis sprechen. Sofort. Bring sie her."

Eine Stunde später saßen die Männer vor ihm. Charles faltete die Hände und lächelte die beiden geistesabwesend an. „Gentlemen, ich möchte mich über diese Rachel Jones unterhalten. Ich will alles wissen, woran ihr euch erinnern könnt."

Ellis und Lowell tauschten einen Blick, ehe Ellis mit den Schultern zuckte. „Sie ist eine attraktive Frau …"

„Nein, ich bin nicht an ihrem Aussehen interessiert. Ich möchte wissen, was sie sagte und tat. Als ihr damals den Strand in ihrer Nähe abgesucht habt, seid ihr da auch in ihr Haus gegangen?"

„Nein", antwortete Lowell.

„Weshalb nicht?"

„Sie hat diesen verdammten großen Wachhund, der Männer hasst. Er lässt keinen Mann auf den Hof", erklärte Ellis.

„Selbst, als du mit ihr zum Essen gefahren bist?"

Ellis wirkte verlegen, weil er nur ungern zugab, dass der Hund ihn zu Tode erschreckt hatte. „Sie kam zum Wagen. Als ich sie wieder nach Hause brachte, lauerte mir der Hund auf, bereit, mich zu beißen, wenn ich auch nur einen Schritt in die falsche Richtung machte."

„Es war also niemand in ihrem Haus?"

„Nein", räumten beide ein.

„Sie leugnete auch, einen Mann, einen Fremden gesehen zu haben?"

„Es ist ganz ausgeschlossen, dass Sabin sich bei diesem bissigen Hund auch nur dem Haus hätte nähern können", sagte Ellis ungeduldig, und Lowell nickte zustimmend.

Charles tippte die Fingerspitzen aneinander. „Selbst wenn sie den Mann selbst ins Haus gebracht hätte? Vielleicht hat sie erst den Hund angebunden und dann Sabin hereingeholt. Das wäre doch möglich, oder?"

„Sicher, das wäre möglich", meinte Lowell und runzelte die Stirn. „Wir haben aber keinerlei Anzeichen dafür entdeckt, dass Sabin an Land gekommen ist, nicht einmal einen Fußabdruck. Das Einzige, was wir gefunden haben, waren die Spuren, wo sie die Muscheln auf einer Deck …" Er unterbrach sich und sah Charles unsicher in die Augen.

„Ihr Narren!“, zischte Charles. „Etwas wurde vom Strand heraufgeschleppt, und ihr habt nicht nachgeprüft, was es war?“

Den beiden Männern war nicht wohl in ihrer Haut. „Sie behauptete, es seien Muscheln gewesen“, murmelte Ellis. „Sie hatte auch tatsächlich Muscheln auf den Fensterbrettern.“

„Sie hat sich auch nicht so benommen, als hätte sie etwas zu verheimlichen“, warf Lowell entschuldigend ein. „Ich bin ihr am nächsten Tag zufällig beim Einkaufen über den Weg gelaufen. Sie hat sich mit mir unterhalten, über die Hitze und solche Sachen …“

„Was hat sie eingekauft? Hast du in ihren Einkaufswagen gesehen?“

„Ach, Unterwäsche, nun ja, Frauensachen. Als sie den Laden verließ, fielen mir ein Paar Joggingschuhe auf, weil sie …“ Plötzlich wich alle Farbe aus seinem Gesicht.

„Weil?“, forderte Charles ihn trocken auf.

„Weil sie zu groß für sie zu sein schienen.“

Charles starrte die beiden aus kalten Augen zornig an. „Soso. Sie zerrte etwas vom Strand herauf, was ihr nicht nachprüft. Keiner von euch beiden war im Haus. Sie kauft Schuhe, die ihr zu groß sind, wahrscheinlich Herrenschuhe. Falls Sabin die ganze Zeit vor unserer Nase verborgen war und jetzt wegen eurer Schlamperei entkommen sein sollte, verspreche ich euch höchstpersönlich eine wenig rosige Zukunft! Noelle!“, schrie er dann.

Sie erschien umgehend an der Tür. „Ja, Charles?“

„Ruf auf der Stelle alle Leute zurück. Wahrscheinlich haben wir Sabin gefunden.“

Lowell und Ellis machten einen niedergeschlagenen Eindruck und hofften beide, man möge Sabin diesmal wirklich nicht finden. „Und wenn Sie sich irren?“, fragte Ellis.

„Dann wird sich die Frau ängstigen und aufregen, aber sonst nichts. Wenn sie nichts weiß und auch Sabin nicht geholfen hat, haben wir keinen Grund, ihr etwas anzutun.“

Aber Charles lächelte, während er das sagte, und seine Augen hatten einen eiskalten Glanz bekommen. Ellis glaubte ihm kein Wort.

Rachel mochte Jane Sullivan gleich vom ersten Blick an. Sie war am selben Abend spät mit ihrer weißen Limousine vor den Hof gefahren, hatte Ebenezer Duck und seine Herde durch die Gegend gescheucht und Rex aufgeschreckt, der sofort mit wütendem Gebell auf ihren Wagen zugestürzt war. Noch ehe Rachel hineilen konnte, war Jane ausgestiegen und auf den Hof gekommen. „Braves Hündchen“, sagte sie fröhlich und klopfte Rex im Vorübergehen freundlich auf den Kopf.

Jeder, der so mit ihrem Hund umgehen konnte, musste ein bemerkenswerter Mensch sein. Die beiden Frauen machten sich bekannt und gingen auf das Haus zu, wo die zwei Männer bereits auf der Veranda warteten.

Jane begrüßte ihren Mann und fiel dann Kevin begeistert um den Hals. „Wie schön, dich wiederzusehen. Bist du in Schwierigkeiten?“

„Ein wenig“, antwortete er lächelnd.

„Dann bin ich ja gerade richtig hier“, meinte Jane leicht verschmitzt.

„Lasst uns ins Wohnzimmer gehen“, schlug Rachel vor. Kevin und sie gingen voran, doch die beiden folgten ihnen nicht.

Rachel drehte sich um. Grant hatte seine muskulösen Arme um Jane geschlungen und sein blonder Kopf war über ihren schwarzen gebeugt.

Seltsam, aber dieser Anblick trug nur noch zu Rachels Kummer bei.

Kevin legte ihr den Arm um die Taille und zog sie an sich. „Er ist nicht mehr im Dienst, denke daran“, sagte er leise. „Er hatte ihn bereits schon quittiert, ehe die beiden sich kennenlernten.“

Rachel wollte ihn fragen, warum nicht auch er den Dienst verlassen könne, aber sie unterließ die Frage. Was für Grant Sullivan richtig war, war es noch lange nicht für Kevin Sabin. Kevin war ein Mann für sich. Laut fragte sie nur: „Wann wirst du hier weggehen?“

Eigentlich hätte sie stolz sein können, dass ihre Stimme so sicher klang, aber unter diesen Umständen legte sie auf Stolz keinen Wert.

Sie hätte ihn auf Knien angefleht, wenn sie sich davon Erfolg versprochen hätte. Aber seine Hingabe an seinen Beruf war mehr als nur ein Lippenbekenntnis.

Er schwieg einen kurzen Augenblick, und Rachel wusste, seine Antwort würde ihr nicht gefallen. „Morgen früh“, sagte er schließlich.

Ihr blieb also noch eine weitere Nacht. Es sei denn, Kevin und Grant hatten vor, die Nacht mit dem Ausarbeiten von Details für ihr Vorhaben zu verbringen.

„Wir verlassen das Haus in aller Frühe“, sagte er und strich Rachel über das Haar. Sie wandte den Kopf, um in seine nachtschwarzen Augen sehen zu können. Kevin machte eine undurchdringliche Miene, aber er hatte Verlangen nach Rachel –

sie konnte es an seinem Blick erkennen.

Jane und Grant kamen dazu. Jane strahlte über das ganze Gesicht. Sie machte vor Überraschung große Augen, als sie Rachel in Kevins Armen sah, aber etwas in ihren Mienen hielt sie davon ab, eine Bemerkung fallenzulassen.

„Eigentlich weiß ich noch gar nicht, was hier gespielt wird“, sagte sie nach einem Moment laut und vernehmlich. „Grant hat mir noch keine Einzelheiten mitgeteilt.“

„Dann sollten wir uns alle setzen“, erwiderte Kevin, „und ich werde dir berichten, worum es geht. Zwar kann ich nicht in alle Nebenumstände gehen, aber in großen Zügen werde ich dich informieren.“

Sie setzten sich um den Tisch, und Kevin erklärte, was passiert war und warum er Grants Hilfe benötigte. Nachdem er geendet hatte, sah Jane die beiden Männer eine ganze Weile an und nickte schließlich langsam. „Ihr müsst es tun.“ Dann beugte sie sich vor, legte die flachen Hände auf den Tisch und maß Kevin mit einem unnachgiebigen Blick, dem er nicht auswich. „Aber eines will ich dir sagen, Kevin Sabin, falls Grant dabei etwas passiert, rücke ich dir auf den Pelz. Ich habe mir nicht so viel Mühe gemacht, um ihn mir zu angeln, nur um ihn jetzt durch so etwas zu verlieren.“

Kevin gab ihr keine Antwort, aber Rachel wusste, was er dachte. Sollte irgendetwas schiefgehen, würde auch er nicht überleben.

Grant stand auf und zog Jane zu sich hoch. „Es ist Zeit, dass wir ins Bett kommen, da wir morgen sehr früh los wollen.

Auch Rachel stand auf. Morgen früh war alles zu Ende. In der Zwischenzeit musste sie sich um die Unterbringung der Sullivans kümmern, und sie war dankbar, dass sie eine Beschäftigung hatte und nicht ständig an Kevins Abreise denken musste.

Sie entschuldigte sich bei Jane, kein weiteres Bett zur Verfügung zu haben. Aber das schien Jane überhaupt nicht zu stören. „Machen Sie sich um uns keine Gedanken“, sagte sie freundlich. „Ich habe mit Grant in Zelten, Höhlen und Schuppen genächtigt. Ein netter Fußboden im Wohnzimmer ist für uns also keine Katastrophe.“

Mit Janes Hilfe richtete Rachel aus Decken und Extra-Kissen, die sie aus ihrem Schlafzimmer holte, ein Bett her. Jane musterte sie neugierig von der Seite an.

„Sie sind in Kevin verliebt, nicht wahr?“

„Ja.“ Rachel sagte dieses eine Wort mit aller Entschiedenheit. Der Gedanke zu leugnen war ihr gar nicht erst gekommen. Für sie war es eine Tatsache, die so gut zu ihr gehörte wie ihre Augen oder ihre Hände.

„Er ist ein harter, ungewöhnlicher Mensch. Aber erstklassiger Stahl ist auch hart, wenn er von erster Qualität sein will. Ich weiß, es wird für Sie nicht leicht werden. Sehen Sie sich den Mann an, den ich mir ausgesucht habe.“

Sie blickten sich an und verstanden einander, wie nur zwei Frauen in der gleichen Lage sich verstehen können. Ob im Guten oder Schlechten, die Männer, die sie liebten, waren anders als die übrigen, und sie würden nie das sichere Leben führen können, das die meisten Frauen erwarteten.

„Wenn er morgen geht, ist alles vorbei“, sagte Rachel gepresst. „Er kommt nicht zurück.“

„Kevin will, dass es aus ist“, stellte Jane richtig. Ihre braunen Augen verdüsterten sich leicht. „Aber sagen Sie nicht, er würde nicht wiederkommen. Auch Grant wollte mich nicht heiraten. Er meinte, es werde nicht gut gehen, weil unsere Lebensart zu unterschiedlich sei und ich nie in seine Welt passen würde. Kommt Ihnen das bekannt vor?“

„Oh ja“, sagte Rachel tonlos.

„Ich musste ihn gehen lassen, aber am Ende war er hinter mir her.“

„Grant war ja nicht mehr im Dienst. Kevin jedoch will nicht ausscheiden, und sein Job ist das Problem.“

„Das ist ein großes Problem, aber kein unüberwindbares. Jemanden zu lieben, ist für Männer wie Grant und Kevin schwer zu akzeptieren. Sie waren immer Einzelgänger.“

Ja, Kevin war stets allein gewesen und auch entschlossen, es dabei zu belassen. Auch wenn Rachel seine Beweggründe verstand, war es doch nicht leichter, sie zu akzeptieren. Sie ließ Jane und Grant im Wohnzimmer zurück und ging mit Kevin in ihr Schlafzimmer. Nachdem sie die Tür hinter sich zugemacht hatte, blieb sie mit fest gefalteten Händen stehen und sah ihn mit traurigen Augen an.

„Wir hätten heute schon fortgehen sollen“, sagte er ruhig. „Aber ich wollte noch eine Nacht mit dir zusammen sein.“

Sie würde nicht weinen, nicht an diesem Abend. Gleichgültig, was auch geschehen mochte, sie würde damit bis zum nächsten Morgen warten, bis Kevin gegangen war.

Er machte das Licht aus und kam durch den dunklen Raum auf sie zu, legte seine kräftigen Hände auf ihre Schultern und zog Rachel an sich.

In dieser Nacht konnte Kevin nicht genug von ihr bekommen. Immer wieder kam er zu ihr, als könne er damit die Zeit aufhalten, wenn er mit Rachel in Liebe verbunden war.

Als Kevin morgens die Augen öffnete, lag der Raum im fahlen Licht des beginnenden Sonnenaufgangs. Er richtete sich auf und sah auf Rachel hinunter, die rosig wie die aufsteigende Morgenröte neben ihm lag. Vielleicht war ihr letztes Zusammensein ein Fehler gewesen, weil Kevin auf seine üblichen Vorsichtsmaßnahmen verzichtet hatte, aber er bereute es nicht. Jede Art der Trennung ihrer Körper beim Liebesakt wäre ihm zuwider gewesen.

Rachel lag erschöpft in den Kissen und hatte die Augen geöffnet. Grenzenlose Liebe sprach aus ihnen. Sie fühlte sich wunderbar erschöpft, und ihr Pulsschlag beruhigte sich nur langsam. „Du wirst vielleicht nie zurückkommen", wisperte sie. „Aber ich werde hier trotzdem auf dich warten."

Nur ein leichtes Zucken an seiner Wange verriet Kevins Reaktion. Er schüttelte den Kopf. „Nein, verschwende nicht dein Leben. Such dir jemanden anderen, heirate und hab ein Haus voller Kinder."

Irgendwie brachte Rachel ein Lächeln zustande. „Sei kein Narr", erklärte sie ihm mit herzzerreißender Zärtlichkeit. „Als ob ich nach dir jemand anderen haben könnte."

Kevin und die Sullivans waren zur Abfahrt bereit. Rachel fühlte sich innerlich so mitgenommen, dass sie glaubte, zusammenbrechen zu müssen, falls jemand sie berühren sollte. Sie wusste, es würde keinen Abschiedskuss geben, keinen letzten Gruß, den sie in ihrer Erinnerung bewahren könnte. Kevin würde einfach fortfahren, und alles wäre zu Ende.

Kevin nahm nicht einmal die Pistole mit, um so eine Entschuldigung zu haben, sich wieder mit Rachel in Verbindung zu setzen. Die Waffe war auf Rachel eingetragen, und Kevin wollte nichts bei sich haben, durch das man die Spur zu ihr zurückverfolgen könnte, falls die Sache nicht wie geplant verlief.

Grant hatte seinen Mietwagen irgendwo an der Straße verborgen, Jane sollte die beiden Männer zu ihm bringen und dann möglichst allein zu ihrer Farm zurückfahren.

Rachel würde in dem leeren Haus allein sein, und sie dachte bereits darüber nach, wie sie ihre Zeit ausfüllen sollte. Nach der Gartenarbeit würde sie in der Stadt sich einen Film ansehen und einen Schaufensterbummel machen, um ihre Rückkehr so lange wie möglich hinauszuzögern. Vielleicht wäre sie dann so müde, dass sie sofort einschlafen würde, obgleich ihr das unwahrscheinlich schien. Sie musste über die Trennung hinwegkommen, ihr blieb gar keine andere Wahl.

„Ich werde Sie informieren“, flüsterte Jane Rachel ins Ohr, als sie sich zum Abschied umarmten. Rachel brannten die Augen vor ungeweinten Tränen. „Vielen Dank.“

Grant öffnete die Tür und trat auf die Veranda. Sofort sprang Rex auf und knurrte ihn an. Ruhig beobachtete Grant das Tier. „Aber, aber“, sagte er leicht vorwurfsvoll.

Jane schnaubte verächtlich durch die Nase. „Hast du etwa Angst vor diesem Hund? Dabei ist er doch so lieb.“

Kevin folgte ihnen auf die Veranda. „Platz, Rex“, befahl er dem Hund.

Es gab einen eigenartig singenden Knall! Von einem abgefeuerten Gewehr, und knapp hinter Kevins Kopf zersplitterte das Holz der Verandasäule. Kevin warf sich herum. Gleichzeitig war Rachel auf ihn zugesprungen, und er riss sie mit seinem Sprung zur offenen Tür hin zu Boden. Ein weiterer Schuss ertönte, und im selben Augenblick hatte Grant Jane förmlich durch die Tür gestoßen und sich über sie geworfen.

„Alles in Ordnung?", stieß Kevin zwischen den Zähnen hervor und sah Rachel besorgt an, während er mit einem Fuß nach hinten trat und die Tür zuknallte.

Rachel hatte sich den Kopf am Boden gestoßen, aber keine ernsthafte Verletzung davongetragen. Ihr Gesicht war weiß, sie klammerte sich an Kevin. „Ja, a-a-alles in Ordnung", stotterte sie.

Kevin rollte sich auf die Füße und kroch unter den Fenstern entlang. „Du legst dich mit Jane in den Korridor", ordnete er mit heiserer Stimme an und holte die Pistole aus dem Schlafzimmer, wo er sie gelassen hatte.

Grant hatte Jane aufgerichtet. Jetzt strich er ihr das Haar aus dem Gesicht, drückte ihr einen flüchtigen Kuss auf die Lippen und schob sie zu Rachel hinüber. „Schnell, hol die Reisetasche mit dem Gewehr. Mach schon, beeile dich", sagte er scharf und zog seine eigene Pistole aus dem Gürtel.

Es knallte wieder, und das neben Grant liegende Fenster zerbarst. Die Glassplitter flogen ihm um die Ohren. Er stieß einen grässlichen Fluch aus.

Rachel starrte die beiden Männer an und versuchte, ihre Gedanken zu ordnen. Jane war auf Händen und Knien zur Wand neben der Tür gekrochen und hatte die Reisetasche herangezerrt. Sie holte eine Pistole heraus und legte sie neben sich auf den Boden. Dann zog sie ein in Handtücher eingewickeltes Paket hervor und schubste es über den Boden auf Grant zu. „Hier! Ich weiß nicht, wie man das Ding zusammensetzt."

Rachel fiel ihr 22er-Gewehr ein, das auch im Schlafzimmer lag. Geduckt rannte sie hinein und holte es mit der verfügbaren Munition, die zu besorgen Kevin sie gebeten hatte. Das Gewehr hatte zwar nicht die Feuerkraft einer Pistole, aber es hatte bei einer größeren Reichweite mehr Zielgenauigkeit. So viel verstand Rachel von Waffen, um das zu wissen.

„Da, nimm“, rief sie und schob Kevin das Gewehr über den Fußboden zu. Er drehte sich um und schnappte sich sofort die Waffe.

„Danke“, sagte er knapp. „Geh besser wieder in den Korridor, Liebes.“

Mittlerweile hatte Grant mit einem Handgriff sein Gewehr schussbereit gemacht. Rachel robbte an Janes Seite. „Nehmen Sie die Pistole“, forderte Jane sie auf und reichte ihr die Waffe herüber.

Kevin warf einen Blick über die Schulter. „Hast du zufällig eine C4 oder Handgranaten mitgebracht?“

„Nein“, antwortete Jane bedauernd, „ich habe in der Eile nicht alles das bekommen, was ich wollte.“

Rachel kroch zum Seitenfenster und hob vorsichtig den Kopf, um hinauszusehen. Kevin fluchte. „Runter!“, fuhr er sie an. „Halte dich hier raus. Verschwinde wieder in den Korridor, wo es sicherer ist!“

Rachel war bleich, aber ruhig. „Ihr seid nur zu zweit, aber das Haus hat vier Seiten. Ihr braucht uns.“

Jane ergriff Grants liegengelassene Pistole. „Sie hat recht. Ihr braucht unsere Hilfe.“

Kevin machte ein steinernes Gesicht. Genau das hatte er vermeiden wollen, und nun wurden seine schlimmsten Befürchtungen wahr. Seinetwegen geriet Rachels Leben in Gefahr. Verdammt! Warum war er nicht am vergangenen Abend weggegangen, wie er es hätte tun sollen? Er hatte seinen gesunden Menschenverstand von seinen sexuellen Wünschen beiseiteschieben lassen, und jetzt war Rachel in Gefahr!

„Sabin!“ Die Stimme kam aus dem Kieferndickicht.

Kevin antwortete nicht, sondern suchte mit zusammengekniffenen Augen die Bäume ab, um den Sprecher ausfindig zu machen. Er selbst würde nicht antworten und seine Position verraten. Das sollten die Angreifer selbst herausfinden.

„Hören Sie, Sabin, ziehen Sie die Sache nicht hinaus!“, fuhr die Stimme fort. „Wenn Sie sich ergeben, haben Sie mein Wort, dass den anderen nichts geschehen wird.“

„Wer ist dieser Spaßmacher?“, brummte Grant.

„Charles Dubois, alias Charles Lloyd, alias Kurt Schmidt, alias diverse andere Namen“, murmelte Kevin.

Die Namen sagten Rachel nichts, aber Grant hob die Augenbrauen. „Endlich hat er also beschlossen, selbst hinter dir herzusein.“ Er sah sich um. „Wir sind in keiner sehr guten Lage. Er hat seine Männer um das ganze Haus verteilt. Es sind zwar nicht sehr viele, aber wir sitzen in der Falle. Ich habe auch das Telefon überprüft – es ist tot.“

Man musste Kevin nicht erst sagen, wie kritisch ihre Lage war. Sollte Charles Dubois Raketen einsetzen, wie er es beim Boot getan hatte, waren sie alle schon so gut wie tot. Aber dann wiederum würde er zuerst einmal versuchen, Kevin lebend zu bekommen. Lebend war er eine Menge Geld wert für eine Menge Leute, die jede Summe zahlen würden, um sich seiner zu bemächtigen.

Er versuchte, einen Plan zu finden, aber unleugbare Tatsache war, dass es für sie keine Möglichkeit gab, das Haus zu verlassen. Auch wenn sie bis zum Einbruch der Nacht warten und dann einen Ausfall versuchen würden, hatten sie außer durch das Gebüsch nur wenig Deckung, und das wuchs direkt am Haus. Um das Haus lag in jeder Richtung eine freie Fläche, die es jedem erschwerte, ungesehen zum Gebüsch vorzudringen, aber das traf auch in umgekehrter Hinsicht zu. Und Dubois würde niemals einen Zeugen des Vorfalls am Leben lassen. Das wusste Kevin, und Grant wusste es ebenso. Es blieb nur die Hoffnung, Rachel und Jane würden nicht erkennen, wie aussichtslos ihre Lage in Wirklichkeit war.

Ein Blick auf Rachel zerstörte diese Hoffnung. Sie wusste um ihre Situation sehr gut Bescheid. Das war von Anfang an das Problem mit Rachel gewesen: Sie war viel zu aufmerksam. Am liebsten hätte er sie jetzt in die Arme genommen und ihren Kopf an seine Schulter geschmiegt und ihr versichert, alles werde gut gehen. Aber so wie sie ihn mit diesen grauen Augen ruhig ansah, konnte er sie nicht belügen, auch nicht, um sie zu trösten. Kevin wollte nicht, dass je eine Lüge zwischen ihnen beiden stand.

Ein Schuss klang aus dem Schlafzimmer, und Grant wurde leichenblass. Aber ehe er eine Bewegung machen konnte, rief Jane ihm zu: „Grant! Ist es nicht die Kniescheibe dieser Leute, auf die ich zielen soll?“

Wenn es möglich gewesen wäre, hätte Grant noch mehr die Farbe verloren. Er fluchte leise und anhaltend.

„Nun, es spielt ohnehin keine Rolle“, fügte sie gleichmütig hinzu. „Ich habe sowieso daneben geschossen. Aber ich habe seine Waffe erwischt, falls das etwas nützt.“

„Sabin!“, schrie der Mann wieder. „Strapazieren Sie meine Geduld nicht! So kann es nicht weitergehen! Es wäre doch schade, wenn der Frau etwas passiert!“

„Der Frau“, hatte er gesagt, nicht „die Frauen“. Dann fiel Kevin plötzlich ein, dass Rachel ja gar nicht auf die Veranda herausgekommen war. Man hatte Jane gesehen und sie für Rachel gehalten. Sie waren beide schlank und hatten dunkles Haar, nur war Jane größer und hatte längere Haare. Aber auf die Entfernung würde das niemand aufgefallen sein. Dieser Umstand war zwar kein großer Vorteil, aber es konnte nützlich sein, wenn Dubois die Anzahl der Bewaffneten im Haus unterschätzte.

„Sabin!"

„Ich überlege!", schrie Kevin, ohne sich dabei am Fenster zu zeigen.

„Diesen Luxus können Sie sich nicht leisten, mein Freund. Sie wissen, Sie können nicht gewinnen. Warum machen Sie es sich nicht leichter? Die Frau hat freies Geleit, das verspreche ich Ihnen."

Dubois' Versprechungen waren den Atem nicht wert, und Kevin wusste es. Er musste einfach Zeit gewinnen. Er hatte keine Vorstellung, wie es weitergehen sollte, aber jede Sekunde vergrößerte die Möglichkeit, dass der Zufall ihnen zu Hilfe kam.

„Und mein Freund?", schrie er zurück.

„Er auch." Die Lüge ging Dubois glatt über die Lippen. „Mit ihm habe ich keinen Streit."

Grants schmale Lippen verzogen sich zu einem höhnischen Grinsen. „Natürlich nicht. Er hat mich ja auch überhaupt nicht erkannt!"

Welchen Coup Dubois doch damit landen könnte, sowohl Sabin als auch den Tiger zu fangen, diesen kräftigen, blonden Kämpfer mit den goldbraunen Augen, der mit Sabin den Dschungel durchstreift hatte und später dessen Hauptagent geworden war. Jeder für sich war schon eine Legende, aber gemeinsam waren sie unbesiegbar gewesen, so aufeinander abgestimmt, dass sie wie eine einzige Person gehandelt hatten. Sullivan hatte vor einigen Jahren Dubois' Männer eine Schlacht geliefert. Nein, Dubois würde das nicht vergessen haben, wenn man bedenkt, wie Grant Sullivan aus ihm einen Narren gemacht hatte. Eine Bewegung unter den Bäumen erregte plötzlich Kevins Aufmerksamkeit, und er kniff die Augen zu engen Schlitzen zusammen. „Sieh zu, ob du ihn dazu bringen kannst, weiterzusprechen", forderte er Grant auf und schob den Lauf seines 22er-Gewehrs minimal durch die zerborstene Fensterscheibe, ohne dabei die Stelle unter den Kiefern aus den Augen zu lassen.

„Hören Sie, Dubois", rief Grant laut, „lassen Sie die Mätzchen. Ich weiß, dass Sie mich erkannt haben."

In der folgenden Stille spannte Kevin vorsichtig den Abzug. War Dubois tatsächlich überrascht, dass sie wussten, wer er war? Zwar stimmte es, dass er seine Machenschaften stets aus dem Hintergrund geführt hatte, statt seine Sicherheit aufs Spiel zu setzen, doch Kevin war jetzt seit so vielen Jahren hinter ihm her, seit Dubois seine Dienste den Terroristen zur Verfügung gestellt hatte.

„Sie sind das also, Tiger."

Da war sie wieder, diese leichte Bewegung. Kevin zielte genau und zog sacht am Abzug. Der Knall des Schusses hallte im ganzen Hause wider und überdeckte jeden Schmerzensschrei. Aber Kevin wusste, er hatte getroffen. Doch wusste er nicht, ob es Dubois war oder sonst jemand.

Ein Kugelhagel ging über das Haus nieder. Sämtliche Fensterscheiben zerbrachen, und große Splitter wurden aus den hölzernen Außenwänden und Fensterrahmen gerissen. Aber die stahlverstärkten Türen hielten stand. „Das hat ihm wohl nicht gefallen", murmelte Kevin.

Grant hatte sich zu Boden geduckt und hob nun wieder den Kopf. „Weißt du, dieser Spitzname ging mir immer gegen den Strich", meinte er belustigt und hob gleichzeitig sein automatisches Gewehr. Wie ein gut trainierter Soldat gab er drei Schüsse schnell hintereinander ab und nutzte so seine Feuerkraft aus, ohne zu viel Munition zu verschwenden. Aus dem Schlafzimmer und aus Rachels Büro fielen Pistolenschüsse. Dann brach die Hölle wieder los. Salve auf Salve schlug in das Haus ein, und Kevin ergriff die nackte Angst, weil Rachel diesem Sperrfeuer ausgesetzt war.

„Rachel?", schrie er. „Alles in Ordnung?"

„Ja", rief sie ruhig zurück.

„Jane!", brüllte Grant über den Krach hinweg, bekam aber keine Antwort. „Jane!", schrie er noch einmal und fing an, sich mit aschfahlem Gesicht zum Schlafzimmer hin zu bewegen.

„Ich bin beschäftigt!"

Grant sah aus, als würde er vor Wut gleich platzen, und trotz der Umstände konnte Kevin sich ein Grinsen nicht verkneifen.

In der folgenden kurzen Feuerpause riss Grant sein leeres Magazin heraus und schob ein neues ein.

„Sabin, meine Geduld ist zu Ende!", schrie Dubois, und Kevin schnitt eine Grimasse. Schade, er hatte wohl jemanden anderen getroffen.

„Sie haben mir noch nicht das richtige Angebot gemacht", rief er zurück, um wieder Zeit zu gewinnen.

Jane kam aus dem Schlafzimmer gekrochen. Das Haar stand ihr wirr um den Kopf, und sie hatte die Augen weit aufgerissen. „Ich glaube, die Kavallerie naht", sagte sie.

Die beiden Männer achteten nicht auf sie, aber Rachel rutschte an ihre Seite. „Was?“, fragte sie.

„Reiter“, sagte Jane und gestikulierte zum Schlafzimmer hin. „Ich habe sie gesehen, dort aus der Richtung.“

Rachel wusste nicht, ob sie lachen oder weinen sollte. „Das ist Rafferty“, sagte sie und zog damit die Aufmerksamkeit auf sich. „Mein Nachbar. Er muss die Schießerei gehört haben.“

Grant ließ sich auf die Knie fallen und robbte durch die Küche zur Hintertür, von wo aus er einen besseren Blick hatte. „Wie viele?“, fragte Kevin.

„Zwanzig oder mehr“, antwortete Grant. „Verdammt, sie reiten genau in die Schusslinie. Schießt los und zwingt Dubois, darauf zu antworten.“

Rachel kroch an ein Fenster, hielt die schwere Pistole hinaus und feuerte, bis das Magazin leer war. Schnell lud sie nach und schoss wieder wild darauf los. Kevin und Jane ballerten ebenfalls in die Gegend. Hatten sie Rafferty genügend Zeit gegeben, um hinter Dubois und dessen Leute zu kommen? Wenn sie wie jetzt weiterschossen, könnten sie ihre Retter treffen.

„Hört auf“, befahl Kevin. Sie warfen sich flach auf den Boden und hielten sich während des folgenden Kugelhagels die Arme schützend über den Kopf. Die Lampe krachte herunter und zerbarst auf dem Boden. Grant fluchte auf, und als sie zu ihm hinsahen, lief ihm aus einer Wunde das Blut über die Wange. Jane stieß einen dünnen, hohen Schrei aus und wollte trotz des anhaltenden Gewehrfeuers zu ihrem Mann hinrennen, aber Kevin hielt sie fest und zwang sie wieder zu Boden.

„Ich bin in Ordnung“, schrie Grant. „Nur eine kleine Schnittwunde.“

„Bleib liegen“, herrschte Kevin Jane an und ließ sie los.

Dann, plötzlich, war es still bis auf vereinzelte Schüsse, und auch sie hörten unvermittelt auf. Rachel lag auf dem Fußboden und wagte kaum zu atmen. Der beißende Geruch verbrannten Pulvers stieg ihr in Nase und Mund. Kevin legte ihr die Hand auf den Arm und betrachtete ihre blassen Gesichtszüge so genau, als wolle er sie sich für immer einprägen.

„Heh!“, dröhnte sodann eine tiefe Stimme. „Rachel, bist du da drinnen?“

Rachels Lippen fingen nun kräftig zu zittern an, und auf einmal standen ihr Tränen in den Augen. „Das ist Rafferty“, flüsterte sie, und dann hob sie den Kopf und rief: „John! Ist alles in Ordnung?“

„Das hängt davon ab“, war die Antwort. „Diese Mistkerle hier sind anderer Meinung.“

Langsam stand Kevin auf und zog Rachel auf die Beine. „Er klingt, als würde er mir gefallen.“

Rachel kam sich wie die Überlebende einer Schiffskatastrophe vor, als sie von Kevin gestützt auf die Veranda trat. Jane und Grant kamen hinterher. Jane betupfte die Wunde an der Wange ihres Mannes und weinte etwas, während sie sich um ihn sorgte.

Rachel schrie entsetzt auf, als sie drei ihrer Gänse mit Blut auf ihren weißen Federn auf dem Hof liegen sah. Aber sie brachte keinen Ton heraus, als sie Rex reglos an der Ecke der Veranda hingestreckt sah. Kevin zog sie in die Arme und drückte ihr Gesicht gegen seine Schulter.

John Rafferty, bewaffnet mit einem Jagdgewehr und umgeben von seinen Männern, die ebenfalls bewaffnet waren, trieb etwa fünfzehn Männer vor sich her. Die Augen unter seinen buschigen Brauen blickten finster auf einen schlanken, grauhaarigen, vor ihm stehenden Mann. „Wir haben die Schießerei gehört und wollten sehen, was hier los ist", erklärte er. „Ich hab es nicht so gern, wenn Gesindel auf meine Nachbarin schießt."

Charles Dubois war weiß vor Zorn und starrte Kevin an. Neben ihm stand Noelle, mit einem Ausdruck der Langeweile in ihrem schönen Gesicht. „Die Sache ist noch nicht ausgestanden, Sabin", zischte Charles Dubois. Sanft schob Kevin Rachel von sich fort und zu Grant hinüber. Jetzt musste er sich um die ordnungsgemäße Abwicklung dieses Vorfalls kümmern. Es vor dem Gesetz erklären und trotzdem Stillschweigen wahren, würde ihm einiges abverlangen.

„Für Sie ist sie zu Ende", sagte er kurz angebunden.

An Charles' Seite lächelte Noelle langsam und träge, dann riss sie sich plötzlich los, weil der hinter ihr stehende Cowboy sie nur für eine ungefährliche Frau gehalten und nicht fest genug gepackt hatte. Unversehens hielt sie eine Waffe in der Hand, einen kleinen, hässlichen Revolver.

Rachel nahm das Ganze wie in Zeitlupe wahr. Mit einem Schrei riss sie sich von Grants Arm los und warf sich auf Kevin. Ein Mann griff nach Noelles Arm, und der Schuss fiel in dem Moment, wo Rachel auf Kevin fiel und ihn zur Seite schubste. Wieder schrie sie auf, diesmal wegen des brennenden Schmerzes in der Seite. Dann wurde ihr schwarz vor den Augen.

## *11. KAPITEL*

Kevin lehnte sich gegen die Wand des Krankenhauses. Sein Gesicht wirkte ernst und abweisend, und nur an seinen Augen sah man die Qual, die er empfand. Jane und Grant standen wartend neben ihm. Jane sah mit ihrem ausdrucksvollen, jetzt bleichen und elenden Gesicht ganz eingefallen aus, und Grant ging von Zeit zu Zeit unruhig hin und her.

Wie er sich auch bemühte, Kevin bekam das Bild von Rachel, die blutend auf dem Boden lag, nicht aus dem Kopf. Sie hatte so klein und zerbrechlich ausgesehen. Ihre Augen waren geschlossen und ihr Gesicht kalkweiß. Zusammengekrümmt hatte sie dort gelegen, und eine ihrer Handflächen war nach oben gedreht. Kevin war mit einem leisen, heiseren Schrei neben Rachel auf die Knie gesunken, ungeachtet des Durcheinanders und der Schießerei hinter ihm. Im Stillen rief er ihren Namen, aber kein Laut kam über seine Lippen.

Dann, unglaublich, hatten ihre Augen sich geöffnet. Sie war benommen und hatte Schmerzen, aber diese hellen, klaren Augen hatten sich auf Kevin gerichtet, als wäre er ihr Rettungsanker, und ihre zitternden Lippen hatten Kevins Namen gehaucht. Erst in diesem Augenblick begriff er, dass sie noch lebte. Miterleben zu müssen, wie sie die für ihn bestimmte Kugel abfing, war für ihn ein Albtraum, der Wirklichkeit wurde. Er hatte sich von diesem Schock noch nicht erholt. Er erwartete auch nicht, dass er sich jemals davon erholen würde.

Und doch hatte er es fertiggebracht, die Kleidung über der scheußlichen Wunde in ihrer Seite zu reißen und sie mit Janes Hilfe notdürftig zu verbinden. Grant hatte die Aufgabe übernommen, nun das zu tun, was notwendig war: dafür zu sorgen, dass kein Wort über den Vorfall laut werden würde.

Dubois war tot, Noelle lebensgefährlich verwundet. Die Ironie des Schicksals war, dass die tödlichen Kugeln aus der Waffe von Ellis gekommen waren. Nachdem Noelle ihren Schuss abgegeben hatte, hatte Ellis sich in dem folgenden Durcheinander losgerissen und ein Gewehr geschnappt. Seine Motive waren unklar. Vielleicht wollte er sich Dubois' entledigen, damit niemand erfuhr, auf welche Weise Ellis ihm behilflich gewesen war, oder vielleicht hatte er am Ende seine eigene Handlungsweise nicht mehr ertragen können. Vielleicht war es auch Rachels wegen geschehen. Mit diesem letzten Beweggrund konnte Kevin sich identifizieren. Mit Freuden hätte er Dubois und diese verräterische Hexe mit seinen eigenen Händen erwürgen können für das, was sie Rachel angetan hatten.

Man hatte Honey gerufen, die sich um Rex kümmerte, und sie hatte die größte Hoffnung, dass er überleben würde. Rachel würde ja auch extra jemanden brauchen, an den sie sich klammern konnte, auch wenn es nur ein Hund war. Ihr Haus war so schlimm verwüstet worden, dass es Wochen dauern würde, um es wieder herzurichten. Ihre Tiere waren getötet oder angeschossen, ihr Leben auf den Kopf gestellt, sie selbst verwundet worden – und der Mann, den sie liebte, war der Anlass für all das.

Kevin litt höllische Qual. Fast hätte es Rachel seinetwegen ihr Leben gekostet. Lieber wäre er gestorben, als ihr solches Leid zuzufügen. Er hatte die Gefahr gekannt und war doch geblieben, unfähig, sich von Rachel wegzureißen. Dieses einzige Mal hatte er seinen Verstand vom Herzen leiten lassen, und das hatte Rachel beinahe getötet. Niemals wieder. Gütiger

Himmel, niemals wieder.

Er würde nur noch so lange bleiben, bis sie aus dem Operationssaal kam, und er wusste, dass sie genesen würde. Keineswegs könnte er weggehen, bevor er das wusste, bevor er sie wiedergesehen und sie berührt hatte. Aber dann würden Grant und er verschwinden. Die Lage war kritisch. Er musste wieder in Washington sein, bevor die Nachricht über den Vorfall durchsickerte und der – oder die –Verräter die Spuren verwischen konnten.

„Jane“, sagte er leise, ohne den Kopf zu wenden, „wirst du hierbleiben?“

„Natürlich“, antwortete sie, ohne zu zögern. „Die Frage hättest du dir sparen können.“

Kevin hatte alles in seinen Kräften Stehende getan, um die örtlichen Behörden zur Zusammenarbeit zu bewegen. Wäre da aber nicht der Sheriff namens Phelps gewesen, der Rachel kannte, dann hätte jeder davon erfahren. Doch Phelps hatte sich zu helfen gewusst und mit den amtlichen Stellen lange, intensive Gespräche geführt, um nichts an die Öffentlichkeit dringen zu lassen. Rafferty verbürgte sich für die Verschwiegenheit seiner Leute, und Kevin bezweifelte, dass jemand sich gegen Rafferty stellen würde.

Der Chirurg kam in den Aufenthaltsraum. Sein hageres Gesicht wirkte erschöpft. „Mr. Jones?“

Kevin hatte sich als Rachels Mann ausgegeben und an ihrer Stelle die Einlieferungspapiere unterschrieben, um die Behandlung zu beschleunigen. Die Ungesetzlichkeit seines Tuns kümmerte ihn nicht. Jede Minute Verzögerung hätte einen größeren Blutverlust bedeutet. Er drückte sich von der Wand ab und fragte gespannt: „Ja?“

„Ihrer Frau geht es gut. Sie wird sich wieder erholen. Die

Kugel hat die rechte Niere gestreift. Sie hat viel Blut verloren, aber wir haben eine Transfusion gemacht, und so stabilisiert sich ihr Zustand wieder. Ich war in Sorge, ob sich die Niere würde retten lassen, aber der Schaden war nicht so groß wie angenommen. Keine Komplikationen vorausgesetzt, sehe ich keinen Grund, warum ihre Frau nicht in ungefähr einer Woche wieder zu Haus sein sollte."

Die Erleichterung war so groß, dass Kevin nur krächzend die Frage herausbrachte: „Wann kann ich sie sehen?"

„Wahrscheinlich in einer Stunde. Ich werde sie heute Nacht auf der Intensivstation behalten, aber das ist eine reine Vorsichtsmaßnahme. Ich rechne nicht damit, dass die Niere wieder anfangen wird zu bluten. Sollte das aber der Fall sein, will ich sie dort haben. Sobald sie verlegt wird, schicke ich eine Schwester zu Ihnen her."

Kevin nickte und schüttelte dem Arzt die Hand. Dann blieb er wieder steif stehen, unfähig, sich sogar jetzt zu entspannen. Jane trat an seine Seite, legte ihre Hand auf seine und drückte sie beruhigend. „Mach dir keine Vorwürfe."

„Es war meine Schuld."

„Wirklich? Wann hat man dich zum Herren der Ereignisse gemacht? Ich muss die Schlagzeile verpasst haben!"

Er seufzte matt auf. „Lass das."

„Warum sollte ich? Wenn du dir diese Gedanken nicht aus dem Kopf schlägst, wirst du nicht in der Lage sein, die wirklich wichtigen Sachen zu erledigen."

Jane hatte natürlich recht. Sie schlug zwar nicht immer denselben Weg wie alle anderen ein, aber am Ende behielt sie doch stets recht.

Als man Kevin zu Rachel ließ, war er auf den Schock vorbereitet. Er hatte viel zu viele Verwundete gesehen, um nicht zu wissen, dass die Krankenhausumgebung oft alles viel schlimmer wirken ließ. Er wusste über die Apparate, an denen sie angeschlossen sein würde, um die Funktion ihrer Körperorgane zu überwachen, und er wusste, dass Schläuche zu ihrem Körper führen würden. Aber nichts kam dem Schock gleich, den er beim Betreten des Zimmers empfand – als Rachel ihre Augen öffnete und Kevin ansah.

Es war unglaublich, aber sie hatte ein Lächeln auf ihren blutleeren Lippen und versuchte, Kevin die Hand hinzustrecken. Aber in ihrem Arm steckte eine Kanüle, die mit dem Tropf verbunden war. Einen Moment lang war Kevin wie erstarrt, und er schloss die Augen, damit man die große Bewegung nicht sah, die ihn erfüllte. Dann ging er auf die andere Seite des Bettes und hob Rachels andere Hand an seine Wange. „Es … ist … gar nicht … so schlimm“, brachte sie fast unhörbar heraus. „Ich … habe … gehört, wie … der Doktor … das sagte.“

Himmel, sie versuchte, ihn zu trösten. Kevin musste schlucken und rieb Rachels Hand gegen seine Schläfe.

„Ich liebe dich“, murmelte er rau.

„Ich weiß“, wisperte sie und schlief ein. Kevin blieb etliche Minuten über ihr Bett gebeugt stehen und prägte sich Rachels Gesicht ein letztes Mal ein. Dann richtete er sich auf, und sein Gesicht wurde wieder zu der üblichen harten, ausdruckslosen Maske. Rasch verließ er das Zimmer und ging den Korridor auf Grant und Jane zu, die auf ihn warteten. „Lass uns gehen“, sagte er entschlossen.

Rachel schlenderte wie jeden Nachmittag am Strand entlang und hielt automatisch auf der Suche nach Muscheln den Blick auf den Sand gerichtet. Rex streifte vor ihr her, kam regelmäßig zurück, als ob er nachprüfen wolle, ob alles stimmt, ehe er sich wieder seiner eigenen Betätigung hingab. Noch Wochen, nachdem sie ihn bei Honey abgeholt hatte, war er nicht von ihrer Seite gewichen, aber diese Phase war längst vorbei. Für Rex war es so, als wären die Ereignisse des Sommers nie geschehen.

Jetzt war es Anfang Dezember, und Rachel trug ein leichtes Jackett, um sich vor dem kühlen Wind zu schützen. Die Herbstvorlesungen im Gainsville-College waren bis auf die Abschlussexamen vorüber, aber sie hatte genug Arbeit, um sich zu beschäftigen. Seit Juli war sie sehr fleißig gewesen, hatte ihr Manuskript noch vor dem Abgabetermin beendet und sofort mit einem neuen begonnen. Sie hatte Abendkurse zu halten, und die nach den Tagen der brütenden Hitze zunehmende Zahl der Touristen hatte ihren beiden Souvenirläden gutes Geschäft gebracht, was bedeutete, dass sie manchmal zwei bis drei Mal in der Woche dorthin fahren musste.

Nur die Narbe an ihrer rechten Seite erinnerte sie an die Vorfälle des Juli. Das und ihre Erinnerungen. Das Haus war repariert und neue Drahtgeflechte mit Verkleidungen eingezogen worden, weil der Schaden zu groß war, um ihn einfach zu übertünchen. Die Fensterrahmen waren erneuert, und sie hatte eine andere Lampe im Wohnzimmer. Auch neue Möbel und Teppiche, weil sie die Hoffnung aufgegeben hatte, aus den alten jemals die Glassplitter entfernen zu können. Das Haus machte wieder einen normalen Eindruck, so als wäre nie etwas geschehen, was eine wochenlange Renovierung notwendig gemacht hatte.

Ihre Genesung war gut und in verhältnismäßig kurzer Zeit abgelaufen. Innerhalb eines Monats konnte sie wieder ihren gewohnten Beschäftigungen nachgehen und auch versuchen, ihren vernachlässigten Garten wieder in Ordnung zu bringen. Trotzdem hatte ihre schmerzende Narbe ihr einen Eindruck davon vermittelt, was Kevin bei den Übungen mit seinem Bein und der Schulter durchgemacht haben musste, als er seine Beweglichkeit wiedererlangen wollte.

Rachel hatte nichts mehr von ihm gehört, kein einziges Wort. Jane war bis zu Rachels Entlassung aus dem Krankenhaus bei ihr geblieben und hatte ihr mitgeteilt, dass in Washington alles gut über die Bühne gegangen sei. Rachel wusste nicht, ob Jane weniger sagte, als ihr bekannt war, oder ob man ihr nicht mehr berichtet hatte. Dann war auch Jane abgereist, um ihre Kinder abzuholen und zu Grant auf die Farm zurückzukehren.

Eine Zeit lang hatte Rachel den Eindruck, von ihrem letzten Zusammensein mit Kevin schwanger zu sein, aber es hatte sich als falscher Alarm herausgestellt. Ihre körperliche Verfassung war ganz einfach durch den Schock in Mitleidenschaft gezogen worden.

Nicht einmal ein Kind war ihr geblieben, nichts als nur ihre Erinnerung, die sie nie verließen.

Sie hatte überlebt, aber mehr auch nicht, und ihre Tage freudlos verbracht, weil sie keine Freude finden konnte. Bestenfalls würde sie Frieden finden – vielleicht.

Rachel hatte das Empfinden, als hätte man einen Teil von ihr fortgerissen. Bobby Bill zu verlieren, war schrecklich gewesen, aber jetzt war es noch schlimmer. Damals war sie noch jung und vielleicht nicht fähig, so tiefe Liebe zu empfinden, wie sie es jetzt tat. Der Schmerz hatte sie reifen lassen und ihr eine ganz andere Gefühlswelt geschenkt, aus der heraus sie Kevin jetzt liebte. Es verstrich keine Minute des Tages, in der sie ihn nicht vermisste, in der ihr nicht schmerzhaft bewusst wurde, dass er nicht bei ihr war.

Sie konnte nicht einmal über Jane etwas in Erfahrung bringen. Um Kevin Sabin lag ein Ring des Schweigens. Er war in seine graue Schattenwelt zurückgekehrt und völlig darin verschwunden, als hätte es ihn nie gegeben. Sollte ihm etwas zustoßen, würde sie es nie erfahren.

Diese Ungewissheit war das Schlimmste. Kevin gab es, aber er war unerreichbar.

Manchmal überlegte sie, ob sie es geträumt habe, dass er zu ihr ins Krankenhaus gekommen sei und sich über sie gebeugt habe, mit einem Blick so voller Liebe, wie sie es nie an ihm gesehen hatte, und ihr zugeflüstert habe, dass er sie liebe. Als sie wieder erwacht war, hatte sie erwartet, ihn zu sehen. Denn wie konnte ein Mann eine Frau so anschauen und dann mir nichts, dir nichts verschwinden? Doch genau das hatte Kevin getan. Er war fortgegangen.

Manchmal hasste Rachel ihn beinahe. Sicher, sie kannte seine Beweggründe, aber wenn sie darüber nachdachte, schienen sie ihr einfach nicht stichhaltig genug. Mit welchem Recht traf er Entscheidungen für sie? Er war so ungeheuer arrogant, so sicher, alles besser zu wissen, dass sie ihn am liebsten geschüttelt hätte, bis ihm die Zähne klapperten.

Tatsache war, dass Rachel sich von ihrer Verletzung erholt hatte, aber sie hatte sich nicht davon erholt, Kevin zu verlieren. Dieses Wissen nagte Tag und Nacht an ihr, raubte ihre Lebensfreude und ließ ihren Blick matt werden.

Rachel verging nicht vor Gram – dazu war sie zu stolz –, aber sie lebte nur so vor sich hin, ohne irgendwelche konkreten Pläne oder Hoffnungen.

Während sie am Strand entlangschlenderte und auf die hereinkommende Flut starrte, wurde ihr klar, dass sie etwas unternehmen musste. Sie hatte zwei Möglichkeiten: Sie könnte versuchen, Kevin zu erreichen, oder sie könnte gar nichts tun. Aber einfach aufzugeben und nichts zu tun, ging gegen ihr Wesen. Kevin hatte Zeit genug gehabt, seine Meinung zu ändern und zu ihr zurückzukommen, wenn er gewollt hätte. Sie musste sich damit abfinden, dass er es aus eigenem Antrieb nicht tun würde ... es sei denn, sie griff ein. Kam er nicht zu ihr, musste sie zu ihm gehen.

Nachdem Rachel sich zu diesem Entschluss durchgerungen hatte, fühlte sie sich wohler als in all den Monaten vorher, lebendiger. Sie rief Rex, drehte sich um und ging energisch über den Strand zu ihrem Haus zurück.

Rachel hatte keine Ahnung, wie sie Kevin erreichen konnte. Aber irgendwo musste sie anfangen, und so rief sie die Telefonauskunft nach der Nummer der Dienststelle in Virginia an. Das war einfach genug, aber Rachel bezweifelte, ob man sie auch so leicht zu Kevin durchstellen würde. Sie rief an, doch die Telefonistin, die den Anruf entgegennahm, leugnete, dass jemand mit diesem Namen dort angestellt war. Trotzdem bestand Rachel darauf, eine Nachricht für ihn zu hinterlassen. Falls ihm bekannt wurde, dass sie sich gemeldet hatte, würde er vielleicht zurückrufen. Die Neugier würde ihn möglicherweise dazu verleiten.

Doch die Tage verstrichen, und kein Anruf kam. Rachel versuchte es aufs Neue und erhielt die gleiche Antwort. Sie nahm ihre Kontakte zu den Leuten, die sie aus ihrer Reporterzeit kannte, wieder auf und befragte sie nach den Möglichkeiten, zu jemandem vorzudringen, der vom Geheimdienst geschützt wurde. Sie ließ Kevin durch fünf verschiedene Leute Nachrichten zukommen, wusste aber nicht, ob sie ihn je erreicht hatten. Sie rief wiederholt im Amt an und hoffte, die Telefonistin würde schließlich so genervt sein, dass sie Rachels Mitteilung irgendwann jemandem übergab.

Rachel versuchte es einen Monat lang. Weihnachten kam und ging vorbei, ebenso die Neujahrsfeiern. Aber ihr Lebensziel bestand darin, mit Kevin Kontakt aufzunehmen. Sie brauchte einen Monat, bis sie sich eingestand, dass es keine Möglichkeit gab, ihm eine Nachricht zu übermitteln, oder dass er sie alle bekommen und nicht darauf reagiert hatte.

Nachdem sie sich so heftig bemüht hatte, war der Gedanke, wieder aufgeben zu müssen, mehr, als Rachel ertragen konnte. Eine Weile lang hatte sie Hoffnung gehabt. Nun hatte sie nichts.

Sie hatte es sich selbst nicht erlaubt, viel zu weinen, weil es ihr sinnlos erschienen war. Und sie hatte es wirklich versucht, ihr altes Leben wieder aufzunehmen und einfach weiterzumachen. Doch in dieser Nacht weinte sie, wie sie nie zuvor geweint hatte. Sie lag in ihrem Bett, das sie mit Kevin geteilt hatte, und fühlte sich unendlich einsam und verlassen. Sie hatte Kevin alles geschenkt, was sie hatte und empfand, und er war einfach auf und davon gegangen. Während die langen Stunden der Nacht langsam dahinkrochen, lag sie mit weit geöffneten, brennenden Augen da und starrte in die Dunkelheit.

Rachel hatte kein Auge zugetan, als am nächsten Morgen das Telefon klingelte und sie mit matter Stimme antwortete.

„Rachel?“, fragte Jane zögernd. „Bist du es?“

Rachel riss sich mühsam zusammen. „Ja. Hallo, Jane, wie geht es dir denn?“

„Gut“, sagte Jane zufrieden. „Fühlst du dich zu einem Besuch bei uns aufgelegt? Ich warne dich aber, ich habe einen Hintergedanken. Du kannst auf die Zwillinge aufpassen, während ich mich von ihnen erhole.“

Rachel wusste nicht, wie sie den Anblick von Jane und Grant mit ihren beiden Kindern ertragen sollte, aber es wäre kleinlich gewesen, einfach abzusagen. „Ja, natürlich“, war ihre gezwungene Antwort.

Jane schwieg, und viel zu spät erinnerte Rachel sich daran, dass Jane nichts entging. Und da Jane ein geradliniger Mensch war, kam sie gleich zum Kern der Sache. „Es liegt an Kevin, nicht wahr?“

Rachel hielt den Hörer fester in der Hand und schloss bei der bloßen Erwähnung seines Namens vor Schmerz die Augen. So viele Leute hatten seine Existenz geleugnet, dass sie sich wunderte, dass ausgerechnet Jane das Gespräch auf ihn brachte. Sie wollte sprechen, doch ihr versagte die Stimme, und plötzlich brach sie in Tränen aus. „Ich habe versucht, ihn anzurufen“, sagte sie gebrochen, „aber ich komme nicht zu ihm durch. Niemand will zugeben, ihn überhaupt zu kennen. Selbst wenn er meine Nachricht erhalten haben sollte, so hat er doch nicht zurückgerufen.“

„Ich glaubte, er hätte mittlerweile nachgegeben“, meinte Jane nachdenklich.

Rachel hatte sich wieder gefangen und entschuldigte sich bei Jane, ihr etwas vorgeweint zu haben. Sie biss sich auf die Lippen und schwor sich, es nie wieder vorkommen zu lassen. Sie musste sich mit Kevins Verlust abfinden und mit ihrem Selbstmitleid aufhören.

„Hör zu, vielleicht kann ich dir helfen“, sagte Jane. „Ich

werde Grant ins Vertrauen ziehen müssen. Ich rufe dich wieder an."

Rachel legte auf, aber sie lehnte es ab, darüber nachzugrübeln, was Jane gesagt hatte. Sie durfte es nicht. Wenn sie sich ihren Hoffnungen wieder überließ, um sie nur wieder aufgeben zu müssen, wäre es ihr Ende.

Jane machte sich auf die Suche nach Grant und fand ihn im Schuppen am Traktor beschäftigt. Trotz der Kälte arbeitete er nur im Hemd und hatte die Ärmel aufgerollt. Zwei kleine Jungen mit weizenblonden Haaren und hellbraunen Augen spielten, sorgsam gegen die Kälte eingepackt, zu seinen Füßen. Grant hatte damit begonnen, sie mit sich nach draußen zu nehmen, damit Jane auch gelegentlich Ruhe vor den beiden wilden lärmenden Kindern fand.

Als er sie sah, richtete er sich auf. In der Hand hielt er einen Schraubenschlüssel, den er beiseitelegte und sich dann die Hände an der Arbeitshose abwischte.

„Wie kann ich mich mit Kevin in Verbindung setzen?", fragte Jane ohne Umschweife.

Grant warf ihr einen vorsichtigen Blick zu. „Weshalb möchtest du das?"

„Rachels wegen."

Nachdenklich betrachtete Grant seine Frau. Kevin hatte gleich nach seiner Rückkehr seine Privatnummer ändern lassen, und Grant hatte aufgepasst, dass seine Frau sie nicht herausbekam. Es war zu gefährlich für sie, solche Dinge zu wissen, denn sie hatte ein echtes Talent, in Schwierigkeiten zu geraten.

„Und was ist mit Rachel los?"

„Ich habe soeben mit ihr gesprochen. Sie weinte, und du

weißt selbst, dass sie das nie tut."

Grant sah sie schweigend an und überlegte. Nicht viele Frauen hätten das getan, was Rachel getan hatte. Sie und Jane waren keine gewöhnlichen Frauen, und trotz aller Unterschiede im Wesen war es nicht zu leugnen, dass sie beide willensstark waren. Dann blickte Grant auf die vor ihm glücklich spielenden Kinder. Langsam zog ein Grinsen über sein hageres Gesicht. Kevin war ein guter Mensch, er sollte auf ein solches Glück nicht verzichten müssen.

„Nun gut", sagte er und nahm die Zwillinge auf die Arme. „Lass uns ins Haus gehen. Ich werde den Anruf vermitteln. Aber auf gar keinen Fall gebe ich dir Kevins Nummer."

Jane streckte ihm die Zunge heraus, folgte ihm aber mit einem zufriedenen Lächeln nach.

Grant ging kein Risiko ein. Er ließ Jane im angrenzenden Zimmer warten, während er anrief. Als er das Klingeln in der Leitung hörte, rief er sie zu sich herüber. Jane war im Nu im Nebenzimmer und riss ihm den Hörer aus der Hand. Es klingelte noch dreimal, ehe der Hörer am anderen Ende abgehoben wurde und sich eine tiefe Stimme meldete: „Sabin."

„Kevin", sagte sie fröhlich, „hier spricht Jane."

Einen Moment lang herrschte tödliche Stille, und sie nutzte die Pause für sich aus. „Es geht um Rachel."

„Rachel?", fragte er argwöhnisch.

„Rachel Jones", half Jane ihm nach. „Erinnerst du dich nicht mehr an sie? Sie ist die Frau aus Florida …"

„Verdammt, du weißt genau, dass ich mich an sie erinnere. Stimmt etwas nicht?"

„Du musst sie treffen."

Er seufzte. „Hör zu, Jane, ich weiß, du meinst es gut, aber

es hat keinen Sinn, darüber zu reden. Ich tat, was ich tun musste.“

„Du musst sie aufsuchen“, sagte Jane wieder.

Offenbar war Kevin etwas an ihrem Ton eigenartig vorgekommen, denn plötzlich bekam seine Stimme einen scharfen Klang. „Warum? Ist etwas nicht in Ordnung?“

„Sie versucht, sich mit dir in Verbindung zu setzen“, wich Jane ihm aus.

„Ich weiß. Ich habe die Nachrichten erhalten.“

„Warum hast du nicht zurückgerufen?“

„Dafür habe ich meine Gründe.“

Kevin war der dickköpfigste, unverbindlichste Mensch, der Jane je über den Weg gelaufen war, Grant Sullivan ausgenommen. Darin waren sie sich beide gleich. Aber steter Tropfen höhlt selbst den härtesten Stein, und deshalb gab Jane nicht nach. „Du hättest sie anrufen sollen.“

„Das würde zu nichts führen“, entgegnete er scharf.

„Wie du meinst“, erwiderte Jane ebenso scharf. „Aber wenigstens hat Grant mich geheiratet, als er erfuhr, dass ich schwanger war!“ Damit knallte sie den Hörer auf die Gabel, und ein fröhliches Lächeln breitete sich über ihr ganzes Gesicht aus.

## 12. KAPITEL

Kevin durchquerte rastlos sein Büro und fuhr sich nervös durch sein schwarzes Haar. Rachel war schwanger, sie trug sein Kind! Er rechnete die Monate nach. Sie musste im sechsten Monat sein. Warum hatte sie so lange gewartet, bis sie versuchte, ihn zu erreichen? War etwas schiefgegangen? War sie krank? Lief sie etwa Gefahr, das Kind zu verlieren? Stimmte etwas mit dem Kind nicht?

Die Sorge zermürbte ihn. Das war noch schlimmer, als was er seit dem Tag, da er sie im Krankenhaus verlassen musste, durchgemacht hatte. Seine Wünsche und sein Verlangen hatten nicht nachgelassen, im Gegenteil, sie waren noch stärker geworden. Aber jedes Mal, wenn die Versuchung anfing, seinen gesunden Menschenverstand zu untergraben, rief er sich das Bild wieder in Erinnerung, wie Rachel mit ihrer blutbefleckten Kleidung auf dem Hof gelegen hatte. Dann wusste er, dass er nicht so leben konnte, wenn seine bloße Anwesenheit sie wieder einer derartigen Gefahr aussetzen würde. Er liebte Rachel mehr, als er sich jemals hätte vorstellen können. Dass ein Mensch zu einer solchen Liebe fähig sein konnte, war für ihn die größte Entdeckung seines Lebens. Er war Rachel verfallen. Wenn er einschlief, verfolgte ihn die Erinnerung an sie in seinen Armen, aber meistens lag er wach, gequält von der Sehnsucht, dass Rachel ihn in ihre Weichheit aufnahm.

Er schlief schlecht, sein Appetit ließ nach, und seine Launen wurden fast unerträglich. Mit anderen Frauen ging er nicht mehr ins Bett, weil eine andere Frau ihn einfach nicht mehr zu erregen vermochte. Schloss er nachts die Augen, sah er Rachel vor sich, ihr mittelbraunes Haar und ihre grauen, klaren Augen.

Und nun würde Rachel ein Kind von ihm bekommen.

Ihre Nachrichten, die man ihm übermittelt hatte, waren stets dieselben gewesen: Ruf mich an, Rachel.

Wie schon so oft zuvor, nahm er den Hörer auf und wählte ihre Nummer. Aber noch vor dem ersten Klingelzeichen legte er wieder auf. Schweißperlen traten ihm auf die Stirn. Er wollte Rachel sehen und sicher sein, dass alles in Ordnung war. Er musste sie sehen, nur einmal, schwer und gerundet mit seinem Kind, und wenn es das letzte Mal in seinem Leben war.

Als Kevin am nächsten Tag über die schmale Privatstraße fuhr, die zum Strand und Rachels Haus führte, regnete es. Der Himmel war grau und verhangen, und der Regen schien nie aufhören zu wollen. Aber wenigstens hatte der Wetterbericht eine Besserung für den nächsten Tag vorausgesagt.

Kevin war bis Jacksonville geflogen, hatte dann eine kleinere Maschine nach Gainesville genommen und sich dort einen Wagen gemietet. Zum ersten Mal hatte er sein Büro so kurzfristig verlassen, aber nach den Ereignissen des vergangenen Sommers stellte ihm niemand Fragen. Das hätte auch wenig Sinn gehabt, denn wenn Kevin Sabin sich zu etwas entschloss, führte er es auch durch.

Er hielt vor dem Haus an, stieg aus und duckte sich vor dem Regen. Rex stand knurrend vor den Verandastufen, und alles schien so wie früher zu sein. Kevin konnte ein Lächeln nicht unterdrücken. „Rex, Platz“, sagte er. Beim Klang dieser Stimme stellte der Hund die Ohren nach vorn und sprang bellend und schwanzwedelnd auf Kevin zu.

„Welch eine Begrüßung“, murmelte Kevin und bückte sich, um den Kopf des Tieres zu streicheln. „Hoffentlich freut Rachel sich ebenso, mich zu sehen."

Nachdem er alle ihre Nachrichten ignoriert hatte, konnte es gut sein, dass sie ihm die Tür vor der Nase zuschlug. Trotz der Kühle fing er zu schwitzen an, und sein Herz klopfte heftig. Rachel war auf der anderen Seite dieser Tür, und er war voller Vorfreude – und er konnte es nicht verleugnen – voller Erregung.

Da er langsam nass wurde, rannte er über den Hof und sprang mit einem Satz auf die Veranda. Er klopfte an die Fliegentür und gleich danach noch einmal und lauter.

„Einen Augenblick, bitte."

Beim Klang ihrer Stimme und der sich nähernden Schritte schloss Kevin die Augen, öffnete sie aber gleich wieder, weil er keine Sekunde Rachel anzusehen verpassen wollte. Sie machte die Tür auf, und stumm sahen sie sich beide durch die Fliegentür an. Rachel bewegte die Lippen, aber kein Laut war zu hören. Da im Wohnzimmer kein Licht brannte, konnte Kevin nur das blasse Oval ihres Gesichtes erkennen.

„Darf ich hereinkommen?", fragte er schließlich ruhig.

Wortlos stieß Rachel die Zwischentür auf und trat zurück, um Kevin hereinzulassen. Er schloss die Tür und knipste das Licht an. Helligkeit flutete durch den Raum. Schmal, zierlich und sehr schlank stand Rachel vor ihm. Sie trug enge Jeans, einen fülligen, schwarzen Pullover, und hatte ihr länger gewordenes Haar zurückgekämmt und hinter den Ohren festgesteckt. Sie sah bleich und mitgenommen aus.

„Du bist nicht schwanger", stellte er mit belegter Stimme fest. Hatte sie das Baby verloren?

Rachel schluckte und schüttelte den Kopf. „Nein. Ich hoffte, dass es so wäre, aber es war nicht geschehen."

Beim Klang ihrer Stimme erzitterte er, aber ihre Worte ließ ihn innehalten. „Du bist nicht schwanger gewesen?"

Rachel wirkte jetzt verwirrt. „Nein."

Kevin ballte die Hände zu Fäusten. Er wusste nicht, was schlimmer für ihn war – die Erkenntnis, dass Jane ihn angelogen hatte, oder die Enttäuschung darüber, dass Rachel doch nicht schwanger war. „Jane hat mir erzählt, du seist schwanger", stieß er hervor. Doch plötzlich fielen ihm wieder die genauen Worte ein, und trotz seiner Verärgerung brach er in lautes Lachen aus. „Nein, eigentlich hat sie das nicht gesagt, sondern nur ‚Wenigstens hat Grant mich geheiratet, als erfuhr, dass ich schwanger war'!", sagte er und imitierte Jane. „Und dann hat sie aufgelegt. Sie ist so gerissen, dass ich erst jetzt begriffen habe."

Rachel sah ihn die ganze Zeit an. Er war dünner und sehniger geworden, und seine schwarzen Augen blickten noch intensiver drein. „Du bist hier, weil du dachtest, ich bekäme ein Kind?"

„Ja."

„Was kümmert dich das jetzt?"

Nun, er hatte eine solche Bemerkung herausgefordert. Wieder sah er Rachel an. Sie war schmaler geworden, und ihre Augen hatten den Glanz verloren. Sie sah nicht wie eine glückliche Frau aus. „Wie geht es dir?", fragte er besorgt.

Sie zuckte die Schultern. „Recht gut, denke ich."

„Was macht deine Wunde?"

„Sie ist gut verheilt." Rachel wandte sich ab und ging in die Küche. „Möchtest du eine Tasse heiße Schokolade? Ich wollte mir gerade eine machen."

Kevin zog den Mantel aus, warf ihn über einen Stuhl und folgte Rachel. Irgendwie fühlte er sich wie zu Hause, als er ihr bei der Küchenarbeit zusah. Abrupt hörte Rachel auf und lehnte ihren Kopf gegen die Tür des Kühlschrankes.

„Es bringt mich noch um, ohne dich zu sein", sagte sie mit erstickter Stimme. „Ich versuche es, aber langsam ist mir alles egal. Ein Tag mit dir ist mehr wert als ein ganzes Leben ohne dich."

Kevin starrte sie mit zusammengezogenen Augenbrauen an. Das Verlangen nach Rachel wurde immer mächtiger. Er sehnte sich nach ihr und hatte in den letzten Monaten feststellen müssen, wie wenig das Leben ihm ohne Rachel zu bieten hatte. Die ungeschminkte Wahrheit war, dass ein Leben ohne sie nicht lebenswert war. Im Stillen war er Jane dankbar, dass sie ihm eine Entschuldigung für sein Herkommen geliefert hatte. Sie wusste, sobald er Rachel wiedersehen würde, würde er sie niemals mehr verlassen können.

„Wirst du wirklich damit fertig werden, mit den Risiken, die ich eingehen muss, und den Zeiten, wenn ich fort bin und du nicht weißt, wo ich mich befinde und wann ich zurückkommen werde?"

„Das bin ich bereits", sagte Rachel und hob den Kopf. „Alles, was ich wissen muss, ist, dass du zu mir zurückkehren wirst, wenn du kannst."

Kevin sah sie noch immer mit seinen durchdringenden Augen aufmerksam an. „Dann können wir ebenso gut heiraten, denn der Himmel weiß, dass ich ohne dich ein Wrack war."

Rachel sah ihn verblüfft an. Dann zwinkerte sie. „Ist das ein Antrag?"

„Nein. Im Grunde war es ein Befehl."

Und dann hielt Kevin sich nicht länger zurück. Er ging auf Rachel zu, nahm sie in die Arme und küsste sie hungrig, während er mit den Händen die geschmeidigen Kurven ihres Körpers wiederentdeckte. Ohne ein weiteres Wort hob er sie hoch und trug sie in das Schlafzimmer. Er warf sie auf das Bett, genauso wie er es das erste Mal getan hatte, um sie zu lieben. Hastig streifte er ihr die Jeans herunter und schob den Pullover hoch, um ihre hübschen, runden Brüste zu entblößen. „Ich kann nicht warten!“, flüsterte er und zog den Reißverschluss seiner Hose auf.

Rachel wollte gar nicht, dass er wartete. Sie brauchte ihn und streckte Kevin die Arme entgegen. Er drückte ihr die Schenkel auseinander und nahm sie, gerade nur so rücksichtsvoll, dass Rachel keinen Schmerz dabei empfand. Mit einem leisen Schrei der Wollust gab Rachel sich ihm hin.

Sie blieben den Rest des Tages im Bett, liebten sich und sprachen miteinander. Aber meistens hielten sie sich in den Armen und genossen die Gegenwart des anderen. „Was ist geschehen, nachdem du wieder in Washington warst?“, fragte Rachel irgendwann am Nachmittag.

Kevin lag auf dem Rücken, einen Arm unter den Kopf geschoben, und noch ganz trunken vom Liebesspiel, aber bei ihrer Frage sah er sie an. „Ich kann dir nichts berichten“, warnte er. „Es wird mir nie möglich sein, dir viel über meine Arbeit zu erzählen.“

„Ich weiß.“

„Aber Ellis hat geredet, und das war eine große Hilfe. Grant und ich haben eine Falle gestellt, in die einer meiner Vorgesetzten hineingestolpert ist. Das ist alles, was du wissen darfst.“

„Waren denn noch andere Leute aus deiner Abteilung darin verwickelt?“

„Noch zwei andere.“

„Fast hätten sie dich gekriegt", sagte sie und erzitterte bei dem Gedanken.

„Sie hätten mich gekriegt, wenn du nicht gewesen wärst." Kevin wandte den Kopf und sah Rachel an. Der Glanz war wieder in ihre Augen zurückgekehrt, dieser Glanz, den nur er hervorrufen konnte. Nie wieder wollte er dieses Strahlen erlöschen sehen. Er streckte die Hand aus und streichelte ihre Wange. „Ich war enttäuscht, dass du nicht schwanger warst", sagte er leise.

Rachel lachte. „Vielleicht bin ich es jetzt."

„Nun, dann noch einmal zur Vorsicht", murmelte er und legte sich auf sie.

Rachel hielt den Atem an. „Ja, unbedingt, noch einmal als Vorsichtsmaßnahme!"

*– ENDE –*

*Linda Howard*

# Zweimal Himmel und zurück

Roman

Aus dem Amerikanischen von
Emma Luxx

MIRA®

## 1. KAPITEL

Sie fand das Papier, während sie die persönlichen Dinge im Schreibtisch ihres Vaters durchsah. Michelle Cabot faltete das Blatt auseinander und überflog es mit genauso beiläufiger Neugier wie zuvor schon ein Dutzend andere Blätter, aber bereits nach dem ersten Absatz drückte sich langsam ihr Kreuz durch und ihre Finger fingen an zu zittern. Wie vor den Kopf geschlagen begann sie noch einmal von vorn zu lesen.

Jeder andere, nur er nicht. Lieber Gott, bloß er nicht!

Sie schuldete John Rafferty hunderttausend Dollar.

Plus Zinsen, versteht sich. Zu welchem Zinssatz? Unfähig weiterzulesen, ließ sie das Blatt auf den mit Papieren übersäten Schreibtisch flattern und sank in den abgeschabten alten Ledersessel ihres Vaters, wobei sie die Augen schloss, um gegen die in ihr aufsteigende Übelkeit anzukämpfen. Dabei war sie schon am Boden, aber diese Schulden, mit denen sie nicht gerechnet hatte, machten sie endgültig fertig.

Warum nur musste es ausgerechnet John Rafferty sein? Warum nicht irgendeine Bank? Im Endergebnis wäre es natürlich auf das Gleiche hinausgelaufen, aber wenigstens ohne Demütigung. Allein bei der Vorstellung, ihm gegenübertreten zu müssen, fühlte sie sich klein und verletzlich. Wenn Rafferty diese Verletzlichkeit je entdeckte, war sie verloren. Dann hatte sie keine Chance mehr.

Sie streckte die immer noch zitternden Finger erneut nach dem Blatt aus, um es noch einmal gründlicher zu lesen. John Rafferty hatte ihrem Vater Langley Cabot hunderttausend Dollar geliehen, zuzüglich zwei Prozent Zinsen, was niedriger als der offizielle Zinssatz war … und der Fälligkeitstermin war seit vier Monaten überschritten. Sie fühlte sich immer elender. Sie wusste, dass dieses Geld noch nicht zurückgezahlt worden war, weil sie in dem Bemühen, Ordnung in das finanzielle Chaos zu bringen, das ihr Vater bei seinem Tod hinterlassen hatte, alle Bücher und Unterlagen sorgfältig durchgegangen war. Sie hatte fast ihre gesamte Habe verkauft, um die Schulden zu begleichen, alles bis auf diese Ranch, die der Traum ihres Vaters gewesen und für sie selbst in letzter Zeit zu einem Zufluchtsort geworden war. Als ihr Vater vor zehn Jahren das Haus in Connecticut, in dem sie gelebt hatten, aufgegeben und sich diese Viehranch im schwülen Zentralflorida gekauft hatte, hatte sie Florida nicht gemocht. Aber seitdem war vieles anders geworden. Die Zeiten hatten sich geändert … und die Leute mit ihnen. Im Gegensatz zu ihrem Vater hatte sie nie davon geträumt, eine Ranch zu besitzen, und sie liebte diese Ranch auch nicht, aber sie war schlicht alles, was ihr geblieben war. Früher war ihr das Leben so kompliziert erschienen, doch erstaunlich, wie klar die Dinge waren, wenn es ums nackte Überleben ging.

Es fiel ihr schwer, einfach aufzugeben und dem Unvermeidlichen seinen Lauf zu lassen. Sie hatte von Anfang an gewusst, dass es praktisch unmöglich war, die Ranch nicht nur zu halten, sondern auch noch Gewinn zu erwirtschaften, aber sie war wild entschlossen gewesen, es wenigstens zu versuchen. Weil sie es sich nie hätte verzeihen können, wenn sie den Weg des geringsten Widerstands gegangen wäre und die Ranch einfach verkauft hätte.

Aber jetzt würde ihr nichts anderes übrig bleiben, als zu verkaufen, zumindest das Vieh. Einen anderen Weg gab es nicht, um diese hunderttausend Dollar zurückzuzahlen. Obwohl es ein Wunder war, dass Rafferty sein Geld bis jetzt noch nicht verlangt hatte. Aber wenn sie das Vieh verkaufte, was wollte sie dann noch mit der Ranch? Sie lebte davon, dass sie von Zeit zu Zeit ein Stück Vieh verkaufte, und wenn dieses Einkommen wegfiel, musste sie die Ranch sowieso aufgeben.

Ein Gedanke, der wehtat, da sie mittlerweile schon zaghaft angefangen hatte zu hoffen, dass sie sie vielleicht doch behalten könnte. Aber jetzt begann dieser winzige Hoffnungsschimmer auch noch zu verschwinden. Was bedeutete, dass sie wieder einmal versagt hatte, so wie sie in ihrem Leben stets versagt hatte: als Tochter, als Ehefrau und jetzt als Rancherin. Selbst wenn Rafferty ihr noch einen kurzen Aufschub gewährte – wovon nicht auszugehen war – war es wenig realistisch zu hoffen, dass sie das Geld später leichter zurückzahlen könnte. Die harte Wahrheit war, dass sie das Geld weder jetzt noch später hatte.

Gut, aber dadurch, dass sie es aufschob, war nichts gewonnen. Sie musste mit Rafferty reden, und da sie keine andere Wahl hatte, konnte sie es genauso gut gleich machen. Es war jetzt kurz vor halb zehn; Rafferty würde bestimmt noch auf sein. Sie suchte seine Nummer heraus und wählte, dann setzte ihre übliche Reaktion ein. Noch bevor das erste Klingelzeichen ertönte, legten sich ihre Finger so fest um den Hörer, dass ihre Knöchel weiß wurden, und ihr Herz begann zu hämmern, als ob sie schnell gerannt wäre. Ihr Magen zog sich vor Anspannung zusammen. Verdammt! Sie würde keinen einzigen zusammenhängenden Satz herausbringen, wenn sie sich nicht in den Griff bekam.

Als nach dem sechsten Läuten die Haushälterin an den Apparat kam, war Michelles Stimme absolut ruhig und kühl, als sie nach Rafferty fragte.

„Tut mir leid, er ist im Moment nicht zu Hause. Kann ich irgendetwas ausrichten?"

Wenn sie nicht gewusst hätte, dass sie jetzt alles noch einmal durchmachen musste, hätte sie es als eine Art Begnadigung empfunden. „Richten Sie ihm bitte aus, dass er Michelle Cabot anrufen soll", sagte sie und nannte der Haushälterin ihre Telefonnummer. Dann fragte sie: „Kommt er bald zurück?"

Da war ein leichtes Zögern, bevor die Haushälterin sagte: „Nein, wahrscheinlich wird es spät, aber ich werde es ihm gleich morgen früh ausrichten."

„Danke", sagte Michelle und legte auf. Sie hätte sich natürlich gleich denken können, dass er unterwegs war. Rafferty war für seine zahllosen Frauenaffären berühmt oder besser gesagt berüchtigt. Dass er mit zunehmendem Alter ruhiger geworden war, konnte man nicht behaupten, zumindest nicht dem Klatsch nach zu urteilen, der über ihn im Umlauf war. Ein Blick aus diesen harten dunklen Augen ließ den Puls einer jeden Frau, die er ansah, schneller schlagen, und er sah eine Menge Frauen an, aber Michelle gehörte nicht dazu. Als sie und Rafferty sich vor zehn Jahren kennengelernt hatten, lag auf den ersten Blick Feindseligkeit zwischen ihnen, und ihre Beziehung ließ sich bestenfalls als Waffenstillstand bezeichnen. Ihr Vater war früher ein Puffer zwischen ihnen gewesen, aber nachdem er jetzt tot war, befürchtete sie das Schlimmste. Rafferty gab sich nicht mit halben Sachen zufrieden.

Da sie wegen der Schulden heute Abend nichts mehr unternehmen konnte und ihr die Lust, noch weiter in den Sachen ihres Vaters herumzukramen, gründlich vergangen war, beschloss sie, ins Bett zu gehen. Sie duschte nur kurz, obwohl sich ihre schmerzenden Muskeln nach einer längeren Dusche gesehnt hätten, aber sie musste an allen Ecken und Enden sparen, auch bei der Stromrechnung.

Als sie schließlich im Bett lag, bekam sie kein Auge zu, obwohl sie todmüde war. Sie musste ständig an das vor ihr liegende Gespräch mit Rafferty denken, und dabei fing ihr Herz sofort wieder an, schneller zu klopfen. Sie versuchte sich zu beruhigen, indem sie tief und langsam durchatmete. So war es schon immer gewesen, und jetzt, wo sie gezwungen war, ihm gegenüberzutreten, war es sogar noch schlimmer. Wenn er bloß nicht so groß wäre! Aber er war über eins neunzig und ungefähr hundert Kilo schiere männliche Muskelkraft, was zur Folge hatte, dass sich jeder andere neben ihm wie ein Zwerg vorkam. In seiner Nähe fühlte sich Michelle immer auf eine elementare Art und Weise bedroht, und jetzt bekam sie schon allein bei dem Gedanken, als Bittstellerin vor ihm zu stehen, Zustände. Bei keinem anderen Mann hatte sie jemals so reagiert; niemand sonst konnte sie so wütend machen, so wachsam – oder sie auf eine seltsam animalische Art und Weise derart erregen.

Und so war es von ihrer ersten Begegnung an gewesen. Sie war damals achtzehn gewesen, verwöhnt und so hochnäsig wie es ein Teenager, der auf seiner Würde beharrte, nur sein konnte. Damals hatte er seinen Ruf schon weggehabt, und Michelle war entschlossen gewesen, ihm im Unterschied zu all den anderen Frauen, die ihn anhimmelten, die kalte Schulter zu zeigen. Als ob er sich für einen Teenager interessiert hätte!, dachte sie trocken, während sie sich ruhelos im Bett herumwälzte. Was für ein Kind sie doch gewesen war. Ein dummes, verwöhntes, verunsichertes Kind.

John Rafferty hatte ihr Angst gemacht, auch wenn sie praktisch Luft für ihn gewesen war. Oder besser gesagt war es ihre Reaktion auf ihn gewesen, die ihr Angst gemacht hatte. Er war damals sechsundzwanzig gewesen – ein Mann im Unterschied zu den Jungs, mit denen sie geflirtet hatte, und zwar ein Mann, der es in seinem Alter bereits geschafft hatte, durch jahrelange harte Arbeit eine kleine Ranch in ein blühendes Unternehmen zu verwandeln. Selbst heute konnte sie sich noch ganz genau daran erinnern, wie ihr, als sie ihn das erste Mal gesehen hatte, die Luft weggeblieben war.

Bis dahin hatte sie ihn nur vom Hörensagen gekannt. Wenn die Rede auf ihn kam, nannten ihn die Männer bewundernd einen *Zuchthengst.* Wenn eine Frau zum ersten Mal mit ihm ausging, mochte man vielleicht noch zu ihren Gunsten entscheiden, aber beim zweiten Mal war ausgemacht, dass sie bereit war, mit ihm ins Bett zu gehen. Damals hatte Michelle keine Sekunde daran gezweifelt, dass das, was man sich über ihn erzählte, stimmte. Und daran hatte sich bis heute nichts geändert. Rafferty hatte etwas an sich, das jede Mär, die über ihn in Umlauf war, wahrscheinlich machte.

Und dennoch war sie nicht auf den wirklichen Mann vorbereitet gewesen, auf die ungeheure Kraft und Energie, die er ausstrahlte. In manchen Menschen brannte die Lebenskerze heißer und heller als in anderen, und John Rafferty war einer von ihnen. Er war wie ein Mensch, der seine Umgebung mit seiner schieren Größe ebenso wie mit seiner eindrucksvollen, aber auch rücksichtslosen Persönlichkeit einschüchterte.

Sie hatten sich bei ihrer ersten Begegnung auf dem falschen Fuß erwischt, und daran hatte sich seitdem nie mehr etwas geändert. Michelle war wahrscheinlich die einzige Frau auf der

Welt, die mit Rafferty im Streit lag, und selbst jetzt war sie sich nicht sicher, ob sie sich wünschte, dass es anders wäre. Irgendwie verschaffte ihr die Gewissheit, dass er sie nicht mochte, Sicherheit, weil es sie immerhin davor bewahrte, von ihm mit diesem umwerfenden Charme überschüttet zu werden.

Sie erschauerte, während sie im Bett lag und über das nachdachte, was sie bis jetzt nur sich selbst einzugestehen gewagt hatte: Sie war Rafferty gegenüber genauso wenig immun wie die Legionen von Frauen, die sich ihm bereits ergeben hatten. Sie war nur solange vor ihm sicher, wie er nicht mitbekam, wie verletzlich sie ihm gegenüber war. Falls es ihm klar würde, würde er seine Macht genüsslich ausspielen und sie für jede einzelne ihrer verletzenden Bemerkungen büßen lassen. Um sich selbst vor ihm zu schützen, musste sie ihn sich mit Feindseligkeiten vom Leib halten; ein Umstand, den man jetzt, wo sie auf sein Wohlwollen angewiesen war, wenn sie finanziell überleben wollte, nur als Ironie des Schicksals bezeichnen konnte.

Sie hatte im Lauf der Zeit fast vergessen, wie es sich anfühlte, wenn man ganz normal und unaffektiert lachte, aber jetzt spürte sie, wie sich in der Dunkelheit ihres Schlafzimmers ihre Lippen zu einem trockenen Grinsen verzogen. Wenn ihr Überleben allein von Raffertys Menschenfreundlichkeit abhing, sollte sie sich besser gleich selbst auf der Weide ein tiefes Loch graben und sich mit Dreck bedecken – das würde ihm eine Menge Zeit und Mühe ersparen.

Am nächsten Tag blieb sie so lange wie möglich im Haus und wartete auf seinen Anruf, aber da sie jede Menge Arbeit hatte, gab sie es irgendwann auf. Sie ging in die Scheune, in Gedanken bereits mit den Tausenden von Problemen beschäftigt, die die Ranch jeden Tag für sie bereithielt. Mehrere Wiesen mussten gemäht werden, und anschließend musste das Heu zu Ballen verpackt werden, doch da sie gezwungen gewesen war, den Traktor und die Heubündelmaschine zu verkaufen, blieb ihr jetzt nur noch die Möglichkeit, demjenigen, der ihr die Arbeit abnahm, für seine Dienste die Hälfte des Heus anzubieten. Sie fuhr mit dem Pick-up rückwärts in die Scheune und stieg dann auf den Heuboden, um ihre rapide dahinschwindenden Heuballen zu zählen. Sie würde bald irgendetwas unternehmen müssen.

Weil es ihr unmöglich war, die schweren Ballen hochzuheben, hatte sie ihr eigenes System entwickelt, um mit diesem Problem fertig zu werden. Sie hatte den Pick-up direkt unter der Luke zum Heuboden abgestellt, sodass sie die Ballen nur noch durch die Luke stoßen musste, damit sie auf der Laderampe des Pick-ups landeten. Das zu bewerkstelligen war jedoch nicht ganz einfach, immerhin war so ein Ballen an die hundert Pfund schwer und damit nur geringfügig leichter als sie selbst. Das Gewicht der Ballen variierte, aber manche davon waren so schwer, dass sie sie keinen Zentimeter von der Stelle bekam.

Sie fuhr mit dem Truck auf die Weide, wo die Rinder grasten. Köpfe hoben sich, dunkelbraune Augen schauten dem Truck entgegen, und gleich darauf setzte sich die ganze Herde in Bewegung und kam auf sie zu. Michelle hielt an und kletterte nach hinten auf die Ladefläche. Sie schnitt einen Ballen auf und verteilte das Heu mit einer Heugabel auf der Ladefläche, dann spießte sie es auf und warf es nach unten. Gleich darauf setzte sie sich wieder hinters Steuer, fuhr ein Stück weiter und wiederholte dort die Prozedur mit dem nächsten Ballen. Das machte sie so lange, bis die Ladefläche leer war, und als sie endlich fertig war, brannten ihre Nacken- und Schultermuskeln wie Feuer.

Glücklicherweise waren es inzwischen längst nicht mehr so viele Rinder wie früher, sonst hätte sie es gar nicht geschafft. Obwohl sie sich, wenn die Herde größer gewesen wäre, wenigstens eine Hilfskraft hätte leisten können. Als sie daran dachte, wie viele Hände früher dazu beigetragen hatten, die Ranch instand zu halten, stieg tiefe Niedergeschlagenheit in ihr auf. Ihr Verstand sagte ihr, dass sie das allein unmöglich alles schaffen konnte.

Und was nutzte ihr eine solche Überlegung? Sie musste es allein schaffen, weil sie sonst niemanden hatte. Manchmal dachte sie, dass das anscheinend die Lektion war, die das Leben entschlossen war, ihr zu erteilen: dass sie sich nur auf sich selbst verlassen konnte, dass es niemanden gab, dem sie vertrauen konnte, niemanden, an den sie sich anlehnen konnte, niemanden, der stark genug war, um sie festzuhalten, wenn sie sich ausruhen musste. Es hatte in ihrem Leben Zeiten gegeben, in denen sie sich schrecklich einsam gefühlt hatte, vor allem, seit ihr Vater gestorben war, obwohl sie gleichzeitig eine fast perverse Befriedigung verspürte, dass ihr jetzt gar nichts anderes mehr übrig blieb, als sich nur noch auf sich selbst zu verlassen. Da sie von anderen Menschen nichts erwartete, konnte sie auch nicht enttäuscht werden. Sie nahm die Dinge so wie sie kamen, ohne sie sich schönzureden, tat, was getan werden musste, und machte von da aus weiter. Immerhin war sie im Gegensatz zu früher jetzt frei.

Sie stapfte auf der Ranch herum und machte ihre Arbeit, wobei sie an rein gar nichts dachte und einfach nur die inzwischen schon gewohnten Bewegungen mechanisch ausführte.

Es fiel ihr leichter so, und wenn sie mit der Arbeit fertig war, konnte sie ihren diversen Wehwehchen immer noch genug Aufmerksamkeit zukommen lassen. Keiner ihrer alten Freunde hätte es je für möglich gehalten, dass Michelle Cabot sich jemals bei harter Rancharbeit ihre zarten Hände schmutzig machen könnte. Manchmal malte sie sich genüsslich aus, was sie wohl dazu sagen würden. Sie war immer für eine Party, einen ausgedehnten Einkaufsbummel, eine Reise nach St. Moritz oder eine Kreuzfahrt auf irgendjemandes Yacht zu haben gewesen. Sie hatte stets gelacht und vor geistreichen Bemerkungen nur so gesprüht. Mit einem Glas Champagner in der Hand und Brillanten im Ohr war sie das typische Partygirl gewesen.

Schön, und jetzt musste das Partygirl eben Vieh füttern, Gras mähen und Zäune reparieren, und das war nur die Spitze des Eisbergs. Sie musste die Rinder brandmarken, aber wie sie das allein schaffen sollte, war ihr schleierhaft. Und dann blieben noch das Kastrieren, das Impfen und die Aufzucht ... Wenn sie es sich erlaubte, über alles, was getan werden musste, nachzudenken, versank sie in Hoffnungslosigkeit, sodass sie jeden Gedanken daran normalerweise weit wegschob. Sie nahm die Tage, wie sie kamen, biss sich so gut wie möglich durch und tat, was sie tun konnte. Es war eine Überlebensstrategie, die sie mittlerweile ziemlich gut beherrschte.

Nachdem sich Rafferty um zehn Uhr abends immer noch nicht gemeldet hatte, gab sie sich einen Ruck und rief noch einmal bei ihm an. Als wieder die Haushälterin am Apparat war, unterdrückte Michelle ein verärgertes Aufseufzen und fragte sich, ob Rafferty überhaupt jemals auch nur eine einzige Nacht zu Hause verbrachte. „Hier ist Michelle Cabot. Ich würde gern mit Rafferty sprechen. Ist er da?“

„Er ist gerade im Stall. Moment, ich stelle Sie zu ihm durch."

Dann hatte er also im Stall Telefon. Während sie dem Rauschen in ihrem Ohr lauschte, dachte sie einen Moment lang voller Neid an seine gut funktionierende große Ranch, die bestimmt eine Menge Gewinn abwarf.

Als er mit seiner tiefen Stimme seinen Namen bellte, schrak sie zusammen und schloss, den Hörer fest umklammernd, die Augen.

„Hier ist Michelle Cabot", meldete sie sich so kühl und distanziert, wie sie konnte. „Wenn Sie einen Moment Zeit haben, würde ich gern etwas mit Ihnen besprechen."

„Im Augenblick passt es mir überhaupt nicht. Eine Stute fohlt gerade, also fassen Sie sich kurz."

„So kurz geht es auch wieder nicht. Könnte ich dann vielleicht einen Termin mit Ihnen vereinbaren? Wie wäre es, wenn ich morgen Vormittag bei Ihnen vorbeikomme?"

Er lachte trocken und humorlos auf. „Das hier ist eine Ranch, auf der hart gearbeitet wird, und kein Amüsierbetrieb, Herzchen. Morgen Vormittag geht es nicht."

„Wann dann?"

Er fluchte ungehalten in sich hinein. „Hören Sie, vor allem habe ich jetzt keine Zeit. Ich komme morgen Abend bei Ihnen vorbei. So gegen sechs." Ohne ihre Zustimmung abzuwarten, legte er auf, während sie sich niedergeschlagen sagte, dass er jetzt eben derjenige war, der den Ton angab, von daher spielte es wirklich keine Rolle, ob ihr die Zeit passte oder nicht. Jetzt hatte sie den Anruf wenigstens hinter sich, und ihr blieben noch fast zwanzig Stunden, um sich für das Zusammentreffen mit ihm zu wappnen. Sie würde morgen rechtzeitig mit der

Arbeit Schluss machen, damit sie sich noch duschen und die Haare waschen konnte, sie würde Make-up und Parfüm auflegen und die weiße Leinenhose mit der weißen Seidenbluse anziehen. Und wenn Rafferty sie dann anschaute, würde er genau das in ihr sehen, wofür er sie immer gehalten hatte: eine verwöhnte und nutzlose Person.

Es war später Nachmittag, die Sonne knallte schon den ganzen Tag vom Himmel, sodass das Thermometer auf achtunddreißig Grad im Schatten geklettert war, und das Vieh war nervös. Rafferty war verschwitzt, schmutzig und mies gelaunt, und seinen Männern ging es nicht anders. Sie hatten zu lange gebraucht, um die Rinder einzufangen, sodass sie es nicht mehr rechtzeitig geschafft hatten, sie alle zu kennzeichnen und zu impfen, und jetzt kündigte ein tiefes Donnergrollen das Heraufziehen eines Sommergewitters an. Die Männer beeilten sich mit ihrer Arbeit, weil sie fertig werden wollten, ehe das Unwetter losbrach.

Staub wirbelte durch die Luft, während die Nervosität stieg und sich der durchdringende Gestank versengten Fleischs verstärkte. Rafferty, der sich für keine Arbeit zu schade war, arbeitete mit seinen Männern Hand in Hand. Es war immerhin seine Ranch, sein Leben. Die Arbeit war schwer und schmutzig, aber er hatte seine Ranch profitabel gemacht, während andere Ranchs untergegangen waren, und das hatte er mit seiner eigenen Hände Arbeit und eiserner Entschlossenheit erreicht. Weil sein Vater es nicht geschafft hatte, seiner Mutter das Leben zu bieten, das sie sich erträumt hatte, hatte sie Mann und Sohn sitzen gelassen. Aber natürlich war die Ranch damals noch viel kleiner gewesen als heute, und manchmal zog Rafferty eine grimmige Genugtuung aus der Tatsache, dass seine Mutter ihr Fortgehen mittlerweile bitter bereute. Er hasste sie nicht; er wollte nur nicht allzu viel Zeit und Mühe mit ihr verschwenden. Er hatte einfach keine Verwendung für sie oder die anderen reichen, verwöhnten, gelangweilten, nichtsnutzigen Leute, die sie ihre Freunde nannte.

Nev Luther, der über ein Kalb gebeugt dastand, richtete sich auf, wischte sich mit dem Hemdsärmel den Schweiß von der Stirn und schaute blinzelnd in die Sonne, hinter der eine schwarze Wolkenbank heraufzog. „Okay, das hätten wir", brummte er. „Wir sollten besser aufladen, bevor es losgeht." Dann schaute er seinen Boss an. „Was ist, fahren Sie heute noch zu der kleinen Cabot raus?"

Nev war im Stall gewesen, während Rafferty mit Michelle geredet hatte, und hatte die Unterhaltung mitbekommen. Nach einem kurzen Blick auf seine Armbanduhr fluchte Rafferty laut. Er hatte sie völlig vergessen und war Nev nicht dankbar dafür, dass er ihn an sie erinnerte. Es gab nur wenige Menschen, die ihn mehr ärgerten als Michelle Cabot.

„Mist, ich muss los", brummte er widerstrebend. Er konnte sich schon denken, was sie von ihm wollte. Obwohl er überrascht gewesen war, dass sie von sich aus angerufen hatte. Wahrscheinlich wollte sie ihm nur die Ohren volljammern, dass sie kein Geld hatte. Allein bei dem Gedanken hätte er sie am liebsten gepackt und geschüttelt. Sie war genau das, was er am meisten verabscheute: ein Parasit, verwöhnt und egoistisch, hatte noch nie in ihrem Leben auch nur einen einzigen Tag richtig gearbeitet. Ihr Vater hatte sich in den selbst verschuldeten Ruin getrieben, indem er ihr jede Bitte von den Augen abgelesen hatte, aber Langley Cabot war schon immer ein absoluter

Schwachkopf gewesen, wenn es um seine einzige heiß geliebte Tochter ging. Für seine kleine Michelle war ihm absolut nichts zu teuer gewesen.

Zu schade nur, dass diese geliebte Michelle so ein verwöhntes Gör war. Verdammt, sie machte ihn wirklich rasend. Sie hatte ihn vom ersten Moment an rasend gemacht, als sie, so etepetete wirkend, auf ihn zugekommen war, die Nase hoch in der Luft, als ob sie irgendetwas Schlechtes röche. Nun, vielleicht hatte sie das ja. Schweißgeruch, hervorgebracht von harter körperlicher Arbeit, war ein unbekannter Geruch für sie. Sie hatte ihn wie einen Wurm angeschaut und ihm gleich darauf desinteressiert den Rücken gekehrt, während sie versucht hatte, ihrem Vater wieder einmal irgendetwas abzuschwatzen.

„Also, Boss, wenn Sie keine Lust haben, zu dieser flotten Puppe rauszufahren, kann ich es ja für Sie übernehmen", sagte Luther grinsend.

„Klingt gut", sagte Rafferty mürrisch und schaute wieder auf seine Uhr. Er konnte noch nach Hause fahren und duschen, aber dann würde er viel zu spät kommen. Er war im Moment nicht weit von der Cabot-Ranch entfernt, und er hatte keine Lust, jetzt erst den ganzen Weg nach Hause zu fahren, um kurz darauf dieselbe Strecke noch einmal zurückzulegen, nur damit ihre empfindsame Nase nicht beleidigt wurde. Sie musste sich schon damit abfinden wie er war; immerhin war sie es ja, die etwas von ihm wollte. Er war genau in der richtigen Stimmung, auf der sofortigen Rückzahlung der Schulden zu bestehen, auch wenn er ganz genau wusste, dass sie pleite war. Er fragte sich mit beißendem Spott, ob sie ihm vielleicht anbieten wollte, ihn auf andere Weise zu bezahlen. Und dann würde es ihr nur recht geschehen, wenn er mitspielte, weil sie sich schon allein bei der bloßen Vorstellung, ihm ihren gut gepflegten Körper zu überlassen, vor Abscheu winden würde. Immerhin war er ungehobelt und schmutzig und arbeitete für seinen Lebensunterhalt.

Während er zu seinem Truck hinüberschlenderte und seine langen Beine unter dem Lenkrad verstaute, konnte er es nicht verhindern, dass ihm ein Bild durch den Kopf schoss. Er sah Michelle Cabot unter sich liegend, der schlanke Körper nackt, das hellblonde Haar wie ein Fächer auf seinem Kissen ausgebreitet, während er sich in ihr bewegte. Er spürte, dass seine Hose bei dieser Vorstellung eng wurde, und fluchte leise in sich hinein. Er begehrte Michelle Cabot seit zehn Jahren, und gleichzeitig wollte er ihr auf jede nur erdenkliche Weise ihren verdammten Snobismus austreiben.

Andere sahen sie nicht so wie er. Wenn sie es darauf anlegte, konnte sie durchaus charmant sein und die Leute um den kleinen Finger wickeln, wahrscheinlich nur, um sich anschließend über sie lustig zu machen. Die Rancher und Farmer hier in der Gegend waren freundliche Leute, die sich selbst für die harte Arbeit belohnten, indem sie fast jedes Wochenende irgendwelche Grillpartys veranstalteten, und sie fraßen Michelle alle aus der Hand. Sie lachte und scherzte und tanzte mit allen … außer mit ihm. Sie würde mit jedem Mann tanzen, nur nicht mit ihm. Er hatte sie beobachtet, zugegeben, und weil er ein ganz normaler Mann mit einem gesunden Geschlechtstrieb war, war es nur natürlich gewesen, dass er auf diesen biegsamen, schlanken, kurvenreichen Körper und dieses strahlende Lächeln körperlich reagiert hatte, auch wenn es ihn ärgerte. Er wollte sie nicht begehren, aber jedes Mal, wenn er sie anschaute, stieg Verlangen in ihm auf.

Andere Männer hatten sie auch schon begehrt, Mike Webster zum Beispiel konnte ein Lied davon singen. Rafferty konnte sich nicht vorstellen, ihr je verzeihen zu können, was sie Mike angetan hatte, in dessen Ehe schon einiges schiefgelaufen war, bevor Michelle mit ihrem perlenden Lachen auf der Bildfläche erschienen war und allen Männern den Kopf verdreht hatte. Mike war ihr nicht ebenbürtig gewesen und war hart und tief gefallen, und seine Ehe war anschließend nicht mehr zu retten gewesen. Dann hatte Michelle nach einem neuen Opfer Ausschau gehalten, und Mike war mit einem ruinierten Leben auf der Strecke geblieben. Der junge Rancher hatte alles verloren, wofür er gearbeitet hatte, weil ihn seine Scheidung so teuer gekommen war, dass er seine Ranch hatte verkaufen müssen. Er war nur ein Mann mehr, den Michelle mit ihrem Egoismus ruiniert hatte, ebenso wie ihren Vater. Auch als Langley das Wasser schon bis zum Hals gestanden hatte, hatte er doch immer von irgendwoher das Geld für Michelles verschwenderischen Lebensstil aufgetrieben. Ihr Vater war untergegangen, aber sie beharrte immer noch auf Seide und teurem Schmuck und Skiurlauben. Das musste schon ein reicher Mann sein, der sich Michelle Cabot leisten konnte, und stark sein musste er obendrein.

Der Gedanke, dass er derjenige sein könnte, der sie mit diesen Dingen versorgte und der Einzige, der deshalb gewisse Rechte auf sie hatte, ging ihm nicht aus dem Kopf. Egal wie sehr sie ihn mit ihrem Gehabe auch anwiderte, schaffte er es doch nicht, seine körperliche Reaktion auf sie in den Griff zu bekommen. Sie hatte etwas, das in ihm den brennenden Wunsch erweckte, die Hand nach ihr auszustrecken und sie zu nehmen. Sie sah teuer aus, sie klang und duftete teuer, und er wollte unbedingt wissen, ob sie auch so teuer schmeckte, ob ihre Haut wirklich so samtig war. Er wollte seine Hände in ihr seidiges Haar wühlen und ihren großen, weichen Mund schmecken, ihr mit den Fingerspitzen über die gemeißelte Perfektion ihrer Wangenknochen fahren und den erregenden Duft ihrer Haut tief einatmen. Er hatte am ersten Tag, an dem er sie kennengelernt hatte, den Duft ihres Parfüms, vermischt mit dem Duft ihrer Haut und der Süße ihres Fleischs darunter gerochen. Gut, sie war teuer, zu teuer für Mike Webster und den armen Trottel, den sie geheiratet und dann sitzen gelassen hatte, und für ihren Vater war sie erst recht zu teuer gewesen. Und doch wollte sich Rafferty in all dieser Fülle verlieren. Vielleicht war Michelle eine Plage, aber sie sandte alle richtigen Signale aus, um die Männer anzulocken wie eine süß duftende Blume die Bienen.

Im Augenblick hatte Michelle keinen Förderer, aber er wusste, dass der nächste Mann nicht lange auf sich warten lassen würde. Und warum sollte nicht er dieser Mann sein? Er hatte es satt, sie zu begehren und mit ansehen zu müssen, wie sie hochnäsig durch ihn hindurchschaute. Ihn würde sie nicht um den kleinen Finger wickeln können, so wie sie es gewohnt war, aber das würde ihr recht geschehen. Rafferty starrte mit zusammengekniffenen Augen durch den Regen, der gegen die Windschutzscheibe pladderte, und malte sich genüsslich aus, wie es sein würde, wenn Michelle ganz und gar von ihm abhängig wäre. Bei diesem Gedanken stieg ein Gefühl tiefer Genugtuung in ihm auf. Er würde sie benutzen, seinen sexuellen Heißhunger an ihr stillen, aber er würde es zu verhindern wissen, dass sie ihm den Verstand benebelte.

Er hatte noch nie zuvor eine Frau bezahlt, aber wenn das

nötig war, um Michelle Cabot zu bekommen, war er bereit dazu. Und weil er noch nie eine Frau so sehr begehrt hatte wie sie, würde er dabei wahrscheinlich auch nicht draufzahlen.

Das Gewitter, das sich schon lange angekündigt hatte, brach plötzlich los, die Windschutzscheibe wurde von einer Sturzflut überschwemmt, sodass die Scheibenwischer nicht mehr nachkamen. Heftige Windstöße zerrten an dem Truck, und Rafferty hatte Mühe, die Spur zu halten. Die Sicht war so schlecht, dass er um ein Haar die Abzweigung zur Cabot-Ranch verpasst hätte, obwohl er den Weg so gut kannte wie sein eigenes Gesicht. Mit finster zusammengezogenen Augenbrauen fuhr er vor dem Cabot-Haus vor, und als er sich umschaute, wurde seine schlechte Laune noch schlechter. Selbst durch den dichten Regenvorhang konnte er sehen, dass die Ranch am Ende war. Im Hof wucherte das Unkraut, Scheune und Stall wirkten leer und verlassen, und die Weiden, auf denen früher spitzenmäßige Brahman-Rinder gegrast hatten, waren leer. Ihr kleines Königreich hatte sich aufgelöst.

Obwohl er ganz nah am Haus geparkt hatte, wurde er bei seinem kurzen Sprint zur Veranda bis auf die Haut durchnässt. Er schlug seinen Hut gegen den Oberschenkel, um das Wasser herauszuklopfen, setzte ihn jedoch nicht wieder auf. Er hob die Hand, aber die Tür ging auf, noch ehe er dazu kam, sich bemerkbar zu machen. Auf der Schwelle stand Michelle und schaute ihn mit der gewohnten Geringschätzung in den kühlen grünen Augen an. Sie zögerte einen Moment, als ob es ihr widerstrebe, ihn hereinzubitten, weil sie sich ihren Teppich nicht volltropfen lassen wollte, doch dann schob sie die Fliegengittertür auf und sagte: „Kommen Sie rein." Er konnte sich nur zu gut vorstellen, wie sehr es sie wurmte, dass sie freundlich zu ihm sein musste, nur weil sie ihm hunderttausend Dollar schuldete.

Als er an ihr vorbeiging, wich sie zurück, wahrscheinlich, damit er sie nicht aus Versehen streifte. Wart's nur ab, dachte er wütend. Bald würde er mehr machen, als sie nur streifen, und er würde schon dafür sorgen, dass es ihr Spaß machte. Ihr Hochmut würde ihr schon vergehen, wenn sie sich, die Beine um seine Hüften geschlungen, nackt unter ihm wand. Und er wollte nicht nur ihren Körper benutzen, sondern er würde auch dafür sorgen, dass sie genauso scharf auf ihn war wie er auf sie. Was nach all den Männern, die sie benutzt hatte, nur gerecht wäre. Er wünschte sich fast, sie würde irgendetwas Abfälliges sagen, was ihm einen Grund gäbe, sie irgendwie anzufassen, und wenn auch nur aus Wut. Er wollte sie berühren, ganz egal warum, er wollte ihre weiche Wärme spüren. Er wollte, dass sie auf ihn reagierte.

Aber heute sah sie ausnahmsweise von ihren üblichen spitzen Bemerkungen ab und sagte nur: „Gehen wir in Dads Büro", und ging dann, eingehüllt in eine schwache Parfümwolke, ihm voran den Flur hinunter. Sie wirkte unberührbar in der blütenweißen Leinenhose und der weißen Seidenbluse, unter der sich ihre Brüste abzeichneten, aber ihn juckte es dennoch in den Fingerspitzen, sie anzufassen. Ihr hellblondes Haar war straff nach hinten gekämmt und wurde im Nacken von einer großen goldenen Haarspange zusammengehalten.

Ihre makellose Perfektion stand in schroffem Gegensatz zu seiner eigenen Erscheinung, und er fragte sich, was sie wohl tun würde, wenn er sie an sich zöge und ihre Seidenbluse nass und schmutzig machte. Er war dreckig und verschwitzt und roch nach Rindern und Pferden und war zu allem Überfluss auch noch klatschnass.

„Bitte“, sagte sie und deutete mit der Hand auf einen der Ledersessel in dem Büro. „Vermutlich können Sie sich denken, warum ich Sie angerufen habe.“

Er verzog spöttisch den Mund. „Ich kann es mir sehr wohl vorstellen.“

„Ich habe vorgestern Abend beim Durchsehen von Daddys Sachen den Schuldschein gefunden. Ich will nicht, dass Sie denken, ich würde versuchen, mich um die Rückzahlung zu drücken, aber im Augenblick habe ich das Geld einfach nicht.“

„Verschwenden Sie nicht meine Zeit“, fiel er ihr ins Wort.

Sie starrte ihn an. Er hatte den Platz, den sie ihm angeboten hatte, gar nicht erst angenommen; er stand zu nah, er ragte über ihr auf, und der Ausdruck in seinen schwarzen Augen ließ sie erschauern.

„Was?“

„Hören Sie auf, um den heißen Brei herumzureden. Ich weiß genau, was Sie mir anbieten wollen, und ich bin sehr damit einverstanden. Ich bin schon lange scharf auf Sie, Honey, aber machen Sie nicht den Fehler zu denken, dass wir nach ein paar Quickies quitt sind. Ich will für mein Geld auch etwas bekommen.“

## 2. KAPITEL

Sie blieb wie zur Salzsäule erstarrt stehen, und der Schock sog alle Farbe aus ihrem Gesicht, bis es weiß wie Elfenbein war. Sie war wie vor den Kopf geschlagen, und einen Moment lang sperrten sich die Worte, die aus seinem Mund kamen, dagegen, einen Sinn zu ergeben, sie schwirrten wie die Einzelteile eines Puzzles durch ihren Kopf. Er ragte über ihr auf, und seine schiere Größe und Kraft bewirkten wie immer, dass sie sich in seiner Nähe vollkommen unbedeutend fühlte, während seine Hitze und der Geruch, den er ausströmte, ihre Sinne überwältigten. Er war zu nah! Dann ordneten sich die Worte von selbst, und als sie ihre Bedeutung erkannte, war es, als ob er ihr eine Ohrfeige gegeben hätte. Wut, vermischt mit Panik, stieg in ihr auf. Sie wich unbewusst einen Schritt zurück und fragte scharf: „Soll das ein Witz sein?"

Sie konnte spüren, wie sich ihr Magen ängstlich zusammenkrampfte, obwohl sie kämpferisch das Kinn hob. Es war nicht ungefährlich, Rafferty herauszufordern, und genau das tat sie jetzt.

Er musterte sie mit hartem, unbewegtem Gesicht, die Augen leicht zusammengekniffen und durchdringend. Michelle konnte seine eiserne Selbstkontrolle spüren. „Sehe ich aus, als ob ich Witze mache?", fragte er trügerisch sanft. „Sie hatten immer irgendeinen Dummen, der Sie unterstützt. Warum sollte zur Abwechslung nicht ich mal an der Reihe sein? Mich können Sie zwar nicht an der Nase herumführen wie alle anderen Männer, aber so wie es aussieht, können Sie es sich im Moment nicht leisten, wählerisch zu sein."

„Was verstehen Sie schon von wählerisch?“ Sie wich noch zwei Schritte zurück, weil sie fast glaubte, seinen Körper an ihrem zu spüren, obwohl er sich überhaupt nicht bewegt hatte. Er hatte so viele Frauen gehabt, dass sie es sich nicht einmal vorstellen wollte. Hatten sich diese anderen Frauen auch so hilflos, so überwältigt von seiner Männlichkeit gefühlt? In seiner Nähe verlor sie die Kontrolle über sich; sie hatte immer gespürt, dass sie in Bezug auf ihn schwach war, und das war es gewesen, was ihr Angst gemacht hatte.

„Nicht weglaufen“, sagte er mit noch tiefer Stimme, die ihre Sinne umschmeichelte wie schwarzer Samt. Das ist bestimmt die Stimme, die er sich normalerweise für die Nächte aufhebt, überlegte sie verwirrt, während sie es vor sich sah, wie er eine Frau mit seinem schlanken, kraftstrotzenden Körper bedeckte, wobei er ihr mit heiserer Stimme anzügliche Dinge ins Ohr raunte. John würde kein behutsamer Liebhaber sein, er würde die Sinne einer Frau mit der Wucht einer Naturgewalt überwältigen. Rigoros verdrängte sie den Gedanken und wandte den Kopf ab, damit er ihr Gesicht nicht sehen konnte.

Er wurde von einer Welle der Wut überschwemmt. Das war ja fast, als ob sie nicht einmal seinen Anblick ertragen könnte! Und dass sie die Vorstellung, mit ihm zu schlafen, regelrecht abstoßend fand. Mit drei langen Schritten ging er um den Schreibtisch herum, packte sie an den Oberarmen und zog sie an sich. Selbst in seiner Wut wurde ihm noch klar, dass er sie jetzt zum ersten Mal anfasste, er spürte ihren weichen, geschmeidigen Körper und ihren zarten Knochenbau. Er konnte ihre Oberarme ganz umspannen, und seine Finger wünschten sich zu verweilen, zu streicheln. Begierde stieg in ihm auf und verdrängte einen Teil seiner Wut. „Schau nicht so hochmütig wie eine Eisprinzessin auf mich herunter", befahl er heiser. „Dein kleines Königreich ist nämlich beim Teufel, falls du es noch nicht bemerkt haben solltest, Herzchen. Und deine feinen Spielgefährten können dich jetzt, wo du es dir nicht mehr leisten kannst zu spielen, nicht mehr von Adams Hauskatze unterscheiden. Bestimmt hat dir noch keiner von ihnen seine Hilfe angeboten, oder?"

Michelle versetzte ihm einen harten Stoß vor die Brust, aber es war, als ob sie versuche eine Wand zu bewegen. „Ich habe niemanden um Hilfe gebeten!", schrie sie. „Niemanden, und Sie schon gar nicht!"

„Warum nicht?" Er schüttelte sie leicht, seine zusammengekniffenen Augen versprühten wütende Blitze. „Ich kann dich mir leisten, Honey."

„Ich bin nicht käuflich!" Sie versuchte sich von ihm loszureißen, aber es war zwecklos, sie war ihm hilflos ausgeliefert.

„An einem Kauf bin ich auch nicht interessiert", murmelte er, während er den Kopf beugte. „Ich will dich nur für eine Weile mieten." Michelle stieß einen unartikulierten Laut des Protests aus und versuchte den Kopf abzuwenden, aber er packte sie an den Haaren und hielt sie fest. Nur für einen Moment sah sie seine schwarzen, vor Verlangen lodernden Augen, dann lag sein Mund auf ihrem, und sie erschauerte in seinen Armen wie ein verängstigtes Tier. Ihre Augen schlossen sich, und sie sank gegen ihn. Seit Jahren hatte sie sich gefragt, wie er wohl schmeckt, wie er sich anfühlen mochte, ob seine Lippen fest waren oder weich, ob seine Bartstoppeln kratzten. Lust explodierte in ihr wie ein Feuerball, überschwemmte sie mit Hitze. Jetzt wusste sie es. Jetzt wusste sie, wie sein heißer, weicher Mund schmeckte, wusste, wie sich seine Lippen anfühlten, wie es war, wenn seine Zunge in ihren Mund eindrang, als ob es sein gutes Recht wäre. Und dann lagen ihre Arme plötzlich auf seinen Schultern, ihre Nägel gruben sich in den nassen Stoff seines Hemds, in die harten Muskeln darunter. Unversehens wölbte sie sich ihm entgegen, seine Arme hielten sie fest umschlungen, während er seinen Kuss noch vertiefte. Sie merkte nicht, dass die Nässe aus seiner Kleidung in ihre eigene einsickerte; sie spürte nur seine Hitze und den harten Beweis seines Begehrens, der sich in ihren Bauch drückte, und ihr wurde verschwommen klar, dass er nicht so bald von ihr ablassen würde, wenn sie sich nicht mit aller Entschiedenheit wehrte.

Aber sie wollte gar nicht, dass er von ihr abließ. Sie war ja schon knapp davor dahinzuschmelzen, weil sie sich nichts sehnlicher wünschte, als einfach neben ihm zu liegen und seine Hände auf ihrem Körper zu spüren. Sie hatte gewusst, dass es so sein würde, sie hatte gewusst, dass sie es nicht zulassen durfte, dass sie ihn nicht an sich heranlassen durfte. Das Gefühl war so überwältigend, dass es ihr Angst machte. Er machte ihr Angst. Er würde zu viel von ihr verlangen, er würde sich so viel von ihr nehmen, dass nichts mehr von ihr übrig war, wenn er wieder seiner Wege ging. Sie hatte es immer instinktiv gewusst, dass sie ihm unterlegen war.

Michelle musste ihre ganze Willenskraft aufbieten, um das Gesicht abzuwenden, ihre Hände auf seine Schultern zu legen und ihn wegzustoßen. Sie wusste, dass sie nicht stark genug war, um gegen ihn anzukommen, und als er sie losließ und einen winzigen Schritt zurücktrat, war ihr schmerzlich bewusst, dass er es freiwillig getan hatte und nicht, weil sie ihn dazu gezwungen hatte.

Im Zimmer machte sich eine drückende Stille breit, während sie unter seinem unerschütterlichen Blick ihre Fassung wiederzufinden versuchte. Sie spürte, dass die Situation außer Kontrolle geraten war. Zehn Jahre lang hatte sie die Feindseligkeit zwischen ihnen sorgfältig geschürt, aus Angst, er könnte entdecken, dass er imstande war, ihr allein mit einem Blick den Boden unter den Füßen wegzuziehen. Sie hatte schon zu viele Frauen gesehen, die unter seinen Aufmerksamkeiten erblüht waren, aber nur zu bald war er wieder seiner Wege gegangen und hatte sie am Boden zerstört zurückgelassen. Und jetzt schaute er sie mit der gleichen eindringlichen Aufmerksamkeit an, etwas, das sie immer zu verhindern versucht hatte. Sie hatte nicht gewollt, dass er sie als Frau registrierte, sie hatte sich nicht unter all die Frauen einreihen wollen, die er wechselte wie seine Hemden. Sie hatte im Augenblick auch ohne ein gebrochenes Herz Probleme genug. Sie stand bereits mit dem Rücken an der Wand, mehr konnte sie nicht aushalten.

Aber sein Blick brannte sich in sie ein und tastete mit unerträglicher Langsamkeit ihren Körper ab, erst ihre Brüste, dann die Hüften, ihre Beine, bei denen er sich wahrscheinlich ausmalte, wie es sich anfühlte, wenn sie sich um ihn schlangen. So hatte er sie noch nie zuvor angeschaut, und die unverhüllte sexuelle Spekulation, die in seinen Augen lag, erschütterte sie bis in ihre Grundfesten. In Gedanken war er wahrscheinlich bereits in ihr, schmeckte sie, fühlte sie, verschaffte ihr höchste Lust. Es war ein Blick, dem nur wenige Frauen widerstehen konnten, ein schamlos sexueller Blick, in dem sich die arrogante Selbstgewissheit spiegelte, dass eine Frau in seinen Armen garantiert Erfüllung finden würde. Er wollte sie, und er war entschlossen, sie zu bekommen.

Und das durfte sie nicht zulassen. Sie hatte sich ihr ganzes Leben lang freiwillig in einen goldenen Käfig sperren lassen, wobei sie erst von der Vergötterung ihres Vaters und dann von Roger Beckmans krankhafter Eifersucht zur Bewegungslosigkeit verdammt gewesen war. Jetzt war sie zum ersten Mal in ihrem Leben allein, für sich selbst verantwortlich und dabei, nach irgendeinem Sinn zu suchen, der in dieser Verantwortung liegen könnte. Egal, ob sie Erfolg hatte oder versagte, auf jeden Fall musste sie es allein tun und durfte sich nicht wieder zu irgendeinem Mann flüchten. Sie schaute John mit ausdruckslosem Gesicht an. Er begehrte sie, aber er mochte, ja, er achtete sie nicht einmal, und sie würde sich selbst weder mögen noch achten, wenn sie auf sein Angebot einginge.

Langsam bewegte sie sich von ihm weg und setzte sich mit gesenktem Kopf an ihren Schreibtisch. Ihr Stolz und alte Gewohnheit halfen ihr, ihre Stimme kühl und ruhig zu halten, als sie sagte: „Wie schon gesagt, fehlt mir im Moment das Geld, die Schulden zurückzuzahlen, obwohl ich gesehen habe, dass der Termin bereits verstrichen ist. Jetzt liegt es bei Ihnen …"

„Ich habe meinen Vorschlag bereits gemacht", unterbrach er sie. Er ließ sich auf einer Ecke des Schreibtischs nieder, wobei sein muskulöser Schenkel ihren Arm streifte. Michelle schluckte schwer, weil ihr Mund plötzlich trocken geworden war, und versuchte nicht auf diese kräftigen, von Jeansstoff umspannten Schenkel zu schauen. Dann beugte er sich vor und stützte seinen braunen Unterarm auf sein Bein auf, und das war noch schlimmer, weil er ihr mit dem Oberkörper so nah kam, dass ihr nichts anderes übrig blieb, als sich zurückzulehnen. „Du brauchst ihn nur anzunehmen, statt deine Zeit damit zu verschwenden, mir etwas vorzumachen."

Michelle überhörte es tunlichst. „Wenn Sie das Geld sofort wollen, müsste ich meinen gesamten Viehbestand verkaufen, und das wäre schlimm für mich, weil ich es dann nicht mehr schaffen würde, die Ranch am Laufen zu halten. Deshalb habe ich daran gedacht, ein Stück Land zu verkaufen, aber das würde natürlich länger dauern. Ich könnte Ihnen nicht versprechen, dass Sie Ihr Geld innerhalb der nächsten sechs Monate haben, weil es davon abhängt, wie schnell ich einen Käufer finde." Sie wartete mit angehaltenem Atem auf seine Antwort. Einen Teil des Landes zu verkaufen war das Einzige, was ihr eingefallen war, um zu Geld zu kommen, aber dazu brauchte sie seine Kooperation.

Er richtete sich langsam auf und schaute mit zusammengezogenen dunklen Augenbrauen auf sie herunter. „He, Moment mal, Herzchen. Was meinst du denn mit *die Ranch am Laufen halten?* Die ist doch längst den Bach runter."

„Nein, ist sie nicht", widersprach sie trotzig. „Ein paar Rinder habe ich noch."

„Ach ja? Wo denn?", fragte er ungläubig.

„Auf der Südweide. An der Ostseite muss der Zaun repariert werden, und ich habe keine …" Sie hielt inne, als sie sein verärgertes Gesicht sah. Warum ärgerte er sich? Ihr Land grenzte hauptsächlich im Norden an seins, von daher bestand keine Gefahr, dass seine Rinder ausbrechen könnten.

„Noch einen Moment", sagte er schroff. „Und wer kümmert sich um die Herde?"

Das war es also. Er glaubte ihr nicht, weil er wusste, dass sie keine Cowboys mehr hatte. „Ich", sagte sie und hob trotzig das Kinn. Deutlicher hätte er ihr nicht sagen können, für wie unfähig er sie hielt.

Er musterte sie mit hochgezogenen Augenbrauen von oben bis unten. Sie wusste genau, was er sah, weil sie sich schließlich absichtlich so zurechtgemacht hatte. Er sah malvenrosa lackierte Zehennägel, weiße hochhackige Sandaletten, eine weiße Leinenhose und die weiße Seidenbluse, die jetzt von dem Kontakt mit seinem durchnässten Hemd feucht war. Erst in diesem Augenblick wurde Michelle klar, dass ihr die nasse Bluse am Körper klebte, und sie spürte, wie ihre Wangen heiß wurden, aber sie hob nur ihr Kinn noch ein bisschen höher. Dann sollte er doch schauen, verdammt.

„Hübsch", sagte er gedehnt. „Zeig mir deine Hände."

Instinktiv ballte sie ihre Hände zu Fäusten und starrte ihn wütend an. „Warum?"

Er kam blitzschnell wie eine Klapperschlange, die im Begriff ist zuzubeißen, auf sie zu und fing ihre Handgelenke ein. Sie versuchte, sich aus seinem Griff herauszuwinden, aber er packte sie nur noch fester und zwang sie, die Faust zu öffnen, dann hielt er ihre Handfläche ins Licht. Sein Gesicht war unbewegt und ausdruckslos, als er eine ganze Weile auf ihre Hand hinunterschaute. Gleich darauf griff er nach ihrer anderen Hand und untersuchte sie ebenfalls. Er lockerte seinen Griff ein bisschen, während er mit den Fingerspitzen der anderen Hand über die Hornhaut und die halb abgeheilten Blasen fuhr, die anfingen, Schwielen zu bilden.

Michelle saß mit wütend zusammengepressten Lippen und abweisendem Gesicht da. Nicht dass sie sich ihrer Hände geschämt hätte, harte körperliche Arbeit hinterließ eben ihre Spuren auf dem menschlichen Körper, und sie fand, dass es etwas Tröstliches hatte, hier auf der Ranch zu arbeiten. Aber egal wie ehrenhaft diese Spuren auch sein mochten, wenn John darauf schaute, war es, als ob er sie nackt auszöge, als ob er etwas Intimes enthüllte, was nur ihr allein gehörte. Sie wollte nicht, dass er so viel über sie wusste, sie wollte nicht, dass er seine Aufmerksamkeit auf sie richtete. Sie wollte kein Mitleid, aber vor allem wollte sie nicht wieder schwach werden.

Dann hob er den Blick und musterte sie eindringlich aus diesen mitternachtsschwarzen Augen, und umgehend leuchteten alle ihre inneren Warnsignale auf. Zu spät! Vielleicht war es schon in dem Moment, in dem er ihre Veranda betreten hatte, zu spät gewesen. Sie hatte von Anfang an die Spannung in ihm gespürt, die nur mühsam gezügelte Erwartung, die sie fälschlicherweise für seine übliche Feindseligkeit gehalten hatte. Rafferty war es nicht gewöhnt, auf irgendeine Frau, die er wollte, zu warten, und sie hielt ihn schon seit zehn Jahren auf Abstand. Wirklich sicher vor ihm war sie nur während der Zeit ihrer kurzen Ehe gewesen, als sie in Philadelphia gelebt hatte. Aber jetzt war sie wieder in seiner Reichweite, und diesmal war sie verletzlich. Sie war bankrott, sie war allein, und sie schuldete ihm hunderttausend Dollar. Er hatte in ihr wahrscheinlich eine leichte Beute gesehen.

„Du musst es nicht allein machen“, sagte er schließlich mit ruhiger tiefer Stimme. Er hielt immer noch ihre Hände, und seine rauen Daumen bewegten sich zärtlich über ihre Handflächen, während er sie auf die Füße zog. Ihr wurde klar, dass er ihr zu keinem Zeitpunkt wehgetan hatte, auch wenn er sie gegen ihren Willen festgehalten hatte. Seine Berührung war sanft, aber trotzdem wusste sie, dass sie es nicht schaffen würde, sich von ihm loszumachen, es sei denn, er ließe sie freiwillig gehen.

Ihre einzige Waffe war die milde Herablassung, mit der sie ihn von Anfang an behandelt hatte. Sie warf ihm ein gespielt unbeschwertes Lächeln zu. „Natürlich muss ich das. Sie haben es ja selbst schon bemerkt, dass sich meine Freunde vor Hilfsbereitschaft nicht gerade überschlagen.“

Er verzog verächtlich die Mundwinkel. „Dann komm doch einfach zu mir."

Wieder bedachte sie ihn mit diesem Lächeln, das er, wie sie wusste, nicht ausstehen konnte. „Aber es würde schrecklich lange dauern, hunderttausend Dollar auf diese Weise abzuarbeiten, finden Sie nicht? Sie wissen doch, wie ich es hasse, mich zu langweilen. Eine richtig gute Prostituierte bekommt – wie viel? – hundert Dollar für einmal Hinlegen. Selbst wenn Sie es auf dreimal pro Tag brächten, würde es immer noch ungefähr ein Jahr dauern ..."

In seinen dunklen Augen glomm Wut, und endlich ließ er ihre Hände los, allerdings nur, um sie bei den Schultern zu packen. Er hielt sie fest, während sein Blick an ihrem Körper nach unten glitt. „Dreimal pro Tag?", fragte er mit trügerischer Sanftheit, wobei er ihre Brüste und Hüften musterte. „Kein Problem. Aber du hast die Zinsen vergessen, Herzblatt. Ich verlange hohe Zinsen."

Sie erschauerte unter seinen Händen und wollte vor diesem Blick die Augen schließen. Sie hatte ihn herausgefordert, und jetzt zahlte er es ihr zurück. Natürlich war er in der Lage dazu. Sein Sexualtrieb war so stark, dass er regelrecht von innen heraus zu brennen schien und Frauen anzog wie Mücken das Licht. Verzweifelt versuchte sie ihr Lächeln beizubehalten und zuckte leicht die Schultern. „Trotzdem danke. Aber ich ziehe es vor, weiterhin Mist wegzuschaufeln."

Wenn er jetzt die Kontrolle verloren hätte, wäre ihr das Atmen wahrscheinlich ein bisschen leichter gefallen, weil sie dann gewusst hätte, dass sie gewonnen hatte, wie knapp auch immer. Aber obwohl sich der Griff seiner Hände auf ihren Schultern verstärkte, zügelte er seine Wut.

„Treib es nicht zu weit, Süße“, riet er ihr ruhig. „Es würde mir nicht schwerfallen, dir auf der Stelle zu zeigen, wer du bist. Aber sag mir lieber, wie zum Teufel du dir vorstellst, diese Ranch allein am Laufen zu halten.“

Für einen Moment waren ihre Augen klar und bodenlos, angefüllt mit einer Verzweiflung, von der er sich nicht ganz sicher war, ob er sie wirklich gesehen hatte. Die Haut über ihren ausgeprägten Wangenknochen war straff gespannt. Und dann plötzlich waren der vertraute spöttisch kühle Blick und der Trotz wieder da, die Augen feucht schimmernd und undurchsichtig, die Lippen so anmaßend verzogen, dass er sie am liebsten geschüttelt hätte. „Das ist mein Problem“, sagte sie abweisend. Sie kannte den Preis, den er für seine Hilfe verlangen würde. „Von Ihnen will ich nur wissen, wie ich meine Schulden zurückzahlen soll.“

Endlich ließ er ihre Schultern los und hockte sich wieder auf die Schreibtischkante, wobei er seine langen Beine streckte und sie dann an den Knöcheln übereinanderlegte. „Hunderttausend Dollar sind eine Menge Geld. Es ist mir nicht leicht gefallen, so viel zusammenzukratzen.“

Das brauchte er ihr nicht zu sagen. Auch wenn eine Ranch noch so profitabel arbeitete, wurde erwirtschafteter Gewinn sofort wieder in Land und neuen Viehbeständen angelegt. Sie presste die Lippen aufeinander. „Wann wollen Sie Ihr Geld?“, fragte sie schließlich. „Jetzt oder später?“

Seine dunklen Brauen hoben sich. „Wenn man die Umstände bedenkt, solltest du eigentlich versuchen, mich um den kleinen Finger zu wickeln, statt so kratzbürstig zu sein. Warum verkaufst du die Ranch nicht einfach? Du kannst sie ohnehin nicht bewirtschaften, und auf diese Weise hättest du wenigstens Geld, von dem du leben kannst, bis du eine neue Essensmarke findest."

„Natürlich kann ich sie bewirtschaften", widersprach sie vehement. Sie musste es können, weil die Ranch alles war, was sie hatte.

„Im Leben nicht, Honey."

„Hören Sie sofort auf, mich Honey zu nennen", verlangte sie wütend.

Er fing mit seiner großen rauen Hand ihr Kinn ein und drehte ihr Gesicht zu sich herum, während er ihr mit dem Daumen sanft über die Unterlippe fuhr. „Ich nenne dich so wie ich will ... Honey, und du hältst schön brav den Mund, weil du mir nämlich eine Menge Geld schuldest, das du nicht zurückzahlen kannst. Ich werde mir ein paar Gedanken machen, wie wir uns einig werden können. Und bis dahin kannst du ja über das hier nachdenken."

Zu spät versuchte sie den Kopf wegzudrehen, aber er hielt immer noch ihr Kinn fest, und sein warmer Mund legte sich auf ihren, bevor sie sich losreißen konnte. Seine Augen schlossen sich, während sie die Welle der Lust, von der sie überschwemmt wurde, zu ignorieren versuchte. Falls überhaupt möglich, war dieser Kuss noch schlimmer als der erste, weil er sie jetzt mit einer langsamen Selbstsicherheit küsste, die sie genauso betörte, wie er es beabsichtigte.

Er küsste sie, als ob er gar nicht genug von ihr bekommen könnte. Selbst der verschwommene Gedanke, dass er seine Technik an Hunderten von Frauen erprobt haben musste, tat der Wirkung des Kusses keinen Abbruch. Michelle presste sich an ihn, überwältigt von seiner Berührung und seinem Geruch und Geschmack, ihr Körper schmerzte vor Lust und Frustration, weil sie immer noch mehr von ihm wollte. Sie wollte ihn, und sie hatte ihn immer gewollt. Sie war vom ersten Augenblick an von ihm besessen gewesen, und sie hatte die letzten zehn Jahre damit verbracht, vor dieser Besessenheit davonzulaufen – nur um ihm jetzt auf Gedeih und Verderb ausgeliefert zu sein.

Er hob langsam den Kopf, die schweren Lider über den schwarzen Augen halb geschlossen, der Mund feucht vom Kuss. Auf seinem harten Gesicht spiegelte sich unverhohlene Genugtuung. Sie lag schlaff an ihm, die Augen verschleiert vor Begierde, die Lippen rot und geschwollen. Sehr sanft schob er sie von sich weg und hielt sie mit beiden Händen an der Taille fest, bis sie wieder fest auf den Beinen stand. Dann erhob er sich ebenfalls.

Wie immer wenn er über ihr aufragte, trat Michelle instinktiv einen Schritt zurück. Verzweifelt versuchte sie ihre Fassung wiederzufinden und zermarterte sich das Gehirn nach einer Bemerkung, mit der sie das, was eben passiert war, bestreiten könnte, aber wie hätte sie das anstellen sollen? Offensichtlicher hätte sie nicht sein können! Aber er auch nicht. Es war sinnlos zu versuchen, verlorenes Terrain wettzumachen, und sie würde keine Zeit damit verschwenden. Jetzt konnte sie nur noch versuchen, den fahrenden Zug aufzuhalten.

Ihr Gesicht war blass, als sie den Kopf hob und entschieden sagte: „Ich werde nicht mit dir schlafen, um meine Schulden bei dir zu bezahlen, ganz egal, wie du dich entscheidest. Bist du heute in der Erwartung hergekommen, dass ich gerade eben mal so mit dir ins Bett hüpfe?“

Er schaute sie scharf an. „Der Gedanke ist mir zumindest durch den Kopf gegangen. Ich war bereit.“

„Schön, aber ich nicht!“ Ihr Atem flog, während sie ihre Wut im Zaum zu halten versuchte.

„Das ist auch gut so, weil ich es mir nämlich anders überlegt habe“, sagte er träge.

„Na prima.“

„Du wirst trotzdem irgendwann mit mir ins Bett gehen, allerdings nicht, weil du mir Geld schuldest. Wenn die Zeit reif ist, wirst du für mich die Beine breitmachen, weil du es genauso willst wie ich.“

Der Blick, mit dem er sie ansah, ließ sie erschauern, und das Bild, das seine rüden Worte hervorriefen, schoss wie ein Blitz durch ihren Kopf. Er würde sie benutzen und anschließend wegwerfen, genau wie all die anderen Frauen vor ihr. „Nein, vielen Dank. Für Gruppensex hatte ich noch nie etwas übrig, und genau so ein Gefühl würde es mit dir sein.“

Sie wollte ihn wütend machen, aber er legte die Hand über ihre fest gefalteten Hände und fuhr ihr mit seinem Daumen leicht über die Knöchel. „Keine Sorge, ich garantiere dir, dass außer uns beiden niemand im Bett liegen wird. Also reg dich ab und gewöhn dich an die Vorstellung. Ich komme morgen wieder und sehe mir an, was auf der Ranch getan werden muss …“

„Nein“, unterbrach sie ihn wütend, sich von ihm losreißend. „Die Ranch gehört mir. Ich komme allein damit klar.“

„Honey, du hast doch von Tuten und Blasen keine Ahnung. Mach dir keine Sorgen, ich kümmere mich um alles.“

Seine milde Herablassung veranlasste sie, mit den Zähnen zu knirschen, vor allem, weil zu befürchten war, dass er recht haben könnte. „Ich will aber überhaupt nicht, dass du dich um alles kümmerst.“

„Du weißt doch gar nicht, was du willst“, gab er zurück und küsste sie flüchtig auf den Mund. „Bis morgen.“

## 3. KAPITEL

Das Telefon klingelte, während Michelle bei ihrer zweiten Tasse Kaffee saß, zusah, wie die Sonne aufging, und sich auf einen neuen Tag voller Arbeit vorbereitete, die mehr und mehr über ihre Kräfte zu gehen schien. Die dunklen Ringe unter ihren Augen kündeten von der hinter ihr liegenden Nacht, in der sie sich schlaflos im Bett herumgewälzt hatte, während ihr Gehirn darauf bestanden hatte, jede Empfindung, die Johns Mund und seine Hände ausgelöst hatten, unaufhörlich zu wiederholen. Seinen Ruf hat er sich redlich verdient, dachte sie in den frühen Morgenstunden erbittert. Ladykiller. Er konnte unendlich zärtlich sein, aber für Frauen war er trotzdem tödlich.

Sie wollte nicht ans Telefon gehen, aber sie kannte John gut genug, um zu wissen, dass er nie aufgab, wenn er sich erst einmal etwas in den Kopf gesetzt hatte. Wenn er es war, der da anrief, würde er einfach vorbeikommen, wenn sie nicht antwortete. Da sie sich ihm im Augenblick persönlich in keiner Weise gewachsen fühlte, stand sie auf, griff nach dem Hörer und murmelte ein Hallo.

„Michelle, Darling."

Sie spürte, wie ihr alles Blut aus dem Gesicht wich, ihre Finger umklammerten den Hörer. Ihr Exmann Roger. Seit sie wieder hier auf der Ranch war, versuchte sie so wenig wie möglich an ihn zu denken und die Vergangenheit zu verdrängen. Doch manchmal trieben albtraumhafte Erinnerungen an die Oberfläche, und sie empfand wieder die panische Angst, die sie verspürt hatte, weil sie so allein und hilflos gewesen war, ohne einen Menschen, auf dessen Hilfe sie bauen konnte, nicht einmal auf die ihres Vaters.

„Roger", sagte sie matt. Es konnte keinen Zweifel geben. Es gab niemanden, der ihren Namen so zärtlich aussprach wie ihr Exmann, es klang, als bete er sie an.

Seine Stimme klang tief und heiser. „Ich brauche dich, Darling. Komm zu mir zurück, bitte. Ich flehe dich an. Ich schwöre dir, dass ich nie wieder die Hand gegen dich erhebe. Ich werde dich wie eine Prinzessin behandeln …"

„Nein", keuchte sie, während sie sich einen Stuhl heranzog, weil ihre Beine zitterten. Ihr war ganz schlecht vor Angst. Wie konnte er auch nur vorschlagen, dass sie zurückkommen sollte?

„Sag das nicht, bitte", stöhnte er. „Michelle. Mutter und Dad sind tot. Ich brauche dich jetzt mehr denn je. Ich kann ohne dich nicht leben, Michelle. Ich schwöre dir, dass alles anders wird, Hauptsache, du kommst zurück."

„Wir sind geschieden", unterbrach sie ihn mit erstickter Stimme. Ihr brach der kalte Schweiß aus, als sie daran dachte, wie viel Kraft sie diese Scheidung gekostet hatte.

„Wir können wieder heiraten. Bitte, Darling …"

„Nein!" Die Vorstellung, ihn ein zweites Mal zu heiraten, war der reinste Horror. „Das mit deinen Eltern tut mir leid. Ich wusste es nicht. Was ist denn passiert?"

„Ihr Flugzeug ist abgestürzt." Sie hörte den Schmerz, der in seiner Stimme mitschwang. „Sie flogen zum See und kamen in ein Unwetter."

„Das tut mir leid", wiederholte sie.

Er schwieg einen Moment, und sie sah es direkt vor sich, wie er sich in dieser unbewussten nervösen Geste, die sie so gut kannte, den Nacken massierte. „Michelle, ich liebe dich immer noch. Ohne dich ist das Leben sinnlos für mich. Ich schwöre dir, dass ich mich ändere, und vor allem werde ich dich nie wieder schlagen. Das war doch bloß, weil ich so verdammt eifersüchtig war, und jetzt weiß ich, dass ich keinen Grund dafür hatte."

Aber er hatte einen gehabt! Michelle machte ganz schnell die Augen zu, als Schuldgefühle die nackte Angst durchlöcherten, die schon allein der Klang seiner Stimme in ihr hervorrief. Nicht dass sie ihm je körperlich untreu gewesen wäre, aber hatte es auch nur einen einzigen Tag während der letzten zehn Jahre gegeben, an dem sie nicht an John Rafferty gedacht hatte?

„Hör auf, Roger", flüsterte sie erstickt. „Es ist vorbei. Ich werde nie zurückkommen. Alles, was ich jetzt will, ist, auf dieser Ranch hier zu arbeiten und endlich auf eigenen Beinen zu stehen."

Er schnaubte verächtlich. „Das ist nichts für dich! Du bist doch wirklich etwas Besseres gewöhnt. Wenn du zu mir zurückkommst, werde ich dir jeden Wunsch von den Augen ablesen. Ich kann dir alles geben, was du brauchst."

„Nein", sagte sie sanft. „Das kannst du nicht. Ich lege jetzt auf, Roger. Mach's gut, und bitte ruf nicht wieder an." Sehr behutsam legte sie den Hörer auf, dann stand sie, das Gesicht in den Händen vergraben, neben dem Telefon. Sie konnte nicht aufhören zu zittern, während die Gedanken in ihrem Kopf wild durcheinanderwirbelten. Seine Eltern waren tot, und sie hatte sich darauf verlassen, dass sie ihn unter Kontrolle halten würden. Das war der Handel gewesen, den sie mit ihnen abgeschlossen hatte: Wenn sie Roger von ihr fernhielten, würde sie nicht mit den Fotos und dem ärztlichen Attest, das bewies, dass er sie geschlagen hatte, an die Presse gehen, die sich nach dem Skandal die Finger lecken würde. Ein männliches Mitglied der Familie Beckman, einer der reichsten und angesehensten Familien in Philadelphia, das seine Frau krankenhausreif schlug!

Am Anfang hatte sie ihre Schwiegereltern aufrichtig gemocht, aber ihre Zuneigung war unwiderruflich gestorben, als diese dafür gesorgt hatten, dass Roger keine Probleme bekam, nachdem er Michelle das erste Mal verprügelt hatte. Da hatte sie die Schwäche seiner Eltern gesehen und sich gezwungen abzuwarten. Einmal war sie verzweifelt genug gewesen, sich ihrem Vater anzuvertrauen, aber der hatte nicht lange gebraucht, um sich selbst davon zu überzeugen, dass sie einfach nur übertrieb. In einer Ehe mussten sich beide Partner immer erst aneinander gewöhnen, und dass Michelle übermäßig verwöhnt war, stand fest. Wahrscheinlich hatte sich das junge Paar nur über eine Kleinigkeit gestritten und musste sich erst zusammenraufen. So oder ähnlich musste er gedacht haben.

Damals hatte sie sich plötzlich schrecklich einsam gefühlt, aber sie hatte trotzdem nicht aufgehört, ihren Vater zu lieben. Und er liebte sie ebenfalls, das wusste sie, wenngleich sie für ihn eher wie eine Puppe war, kein Mensch aus Fleisch und Blut. Sein perfekter, heiß geliebter Liebling. Dass es solche schlimmen Sachen in ihrem Leben geben sollte, wollte er nicht wahrhaben. Sie musste einfach glücklich sein, weil alles andere bedeuten würde, dass er nach dem Tod ihrer Mutter als Vater, Beschützer und Versorger versagt hatte. Um seinetwillen musste er daran glauben, dass sie glücklich war. Das war seine Schwachstelle gewesen, deshalb hatte sie für sie beide stark sein müssen. Sie hatte ihn und sich selbst beschützen müssen.

Es war völlig undenkbar, dass sie je wieder zu Roger zurückgehen würde. Dieser Albtraum war ein für alle Mal vorbei, sie hatte die Scherben ihres Lebens aufgelesen und war weitergegangen. Aber die Erinnerungen und die Angst waren noch da, sie brauchte nur Rogers Stimme zu hören, und schon brach ihr der kalte Schweiß aus. Die alten Gefühle von Verletzlichkeit und Einsamkeit stiegen in ihr auf, sodass sie sich ganz elend fühlte.

Sie drehte sich um und versuchte die alten Erinnerungen abzuschütteln, indem sie den letzten Rest ihres Kaffees austrank. Am besten war es, aktiv zu sein und sich mit allen möglichen Dingen zu beschäftigen. So hatte sie es gemacht, nachdem sie es endlich geschafft hatte, sich von Roger zu trennen. Anschließend war sie zwei Jahre durch die Welt gereist, weil ihr Vater geglaubt hatte, das würde sie auf andere Gedanken bringen, womit er auch recht gehabt hatte. Dann war er gestorben, und jetzt musste sie richtig hart arbeiten, eine Arbeit, die sie erschöpfte, aber irgendwie auch etwas Heilendes hatte, weil es die erste sinnvolle Arbeit in ihrem Leben war.

Es fraß schon den ganzen Vormittag an ihm.

Bereits beim Aufstehen war er schlecht gelaunt gewesen, sein ganzer Körper schmerzte vor Frustration, als wäre er ein von seinen Hormonen getriebener Teenager. Dabei war er schon lange kein Teenager mehr, aber seine Hormone bereiteten ihm trotzdem die Hölle, und er wusste auch genau, warum. Er hatte in der Nacht kein Auge zugetan, weil er dauernd daran denken musste, wie weich Michelle sich an ihm angefühlt und wie süß sie geschmeckt hatte. Und sie wollte ihn auch. Seine Erfahrung war die Garantie dafür, dass er sich in diesem Punkt nicht irrte. Aber er hatte sie zu sehr gedrängt, angetrieben von der Ungeduld zehn langer Jahre, in denen er einen Stich gehabt hatte, den er sich nicht hatte kratzen können. Aber sie hatte sich gesträubt. Er hatte ihr vorgeschlagen, mit ihrem Körper zu bezahlen, und das hatte ihr nicht gefallen. Aber welcher Frau hätte das schon gefallen? Sogar diejenigen Frauen, die dazu bereit waren, erwarteten, dass man mit Stillschweigen darüber hinwegsah, und Michelle war anmaßender als die meisten anderen Frauen.

Obwohl sie gestern gar nicht anmaßend gewirkt hatte. Sein Gesicht verfinsterte sich noch mehr. Sie hatte es versucht, aber es hatte nicht geklappt. Ihre kalte Hochnäsigkeit hatte sich in Luft aufgelöst. Sie war völlig pleite und hatte niemanden, zu dem sie gehen konnte. Vielleicht hatte sie ja Angst und fragte sich, was sie ohne das finanzielle Polster, das sie immer gehabt hatte, machen sollte. Sie war praktisch hilflos, sie hatte keinerlei Berufserfahrung oder andere Fähigkeiten vorzuweisen, außer einer feinen Lebensart, die auf dem Arbeitsmarkt allerdings nicht viel wert war. Und sie war ganz allein dort auf dieser Ranch, ohne jede Hilfe.

Er schnaubte ungehalten und befahl seinem Pferd, kehrtzumachen. „Ich bin bald zurück", informierte er Nev, während er dem Pferd die Absätze in die Flanken drückte.

Nev schaute ihm nach. „Viel Spaß", brummte er. So missmutig hatte er den Boss überhaupt noch nie erlebt. Zum Glück war er jetzt weg, es würde eine Erleichterung sein, ohne ihn zu arbeiten.

Johns Stute legte die Strecke leichtfüßig zurück; sie war groß und kräftig und neigte etwas zur Sturheit, aber diesen Kampf hatten sie schon vor langer Zeit ausgefochten. Jetzt akzeptierte das Pferd die Überlegenheit der stählernen Beine und der starken ruhigen Hände seines Reiters.

Je länger John darüber nachdachte, desto weniger gefiel ihm die Sache. Michelle versuchte die ganze Arbeit auf der Ranch allein zu machen. Das passte nicht zu dem, was er von ihr wusste, aber ihre zarten Hände trugen unübersehbar die Spuren. Er verachtete jeden, der gute, ehrliche Arbeit verabscheute und erwartete, dass jemand anders sie für ihn erledigte, aber irgendetwas ganz tief in ihm Verwurzeltes empörte sich gegen die Vorstellung, dass Michelle auch nur versuchen könnte, die schwere Arbeit auf der Ranch ganz allein zu erledigen. Verdammt, warum hatte sie nicht um Hilfe gebeten? Zu arbeiten war das eine, aber kein Mensch erwartete von ihr, dass sie sich plötzlich in einen Cowboy verwandelte. Dafür war sie längst nicht robust genug, er hatte sie schließlich in seinen Armen gehalten und gespürt, wie zierlich sie gebaut war. Das, was sie da zu machen versuchte, war harte Männerarbeit, und zwar für mehr als nur einen Mann.

Schön, er würde sich um alles kümmern, egal, ob ihr das passte oder nicht. Er hatte das dumpfe Gefühl, dass es ihr ganz und gar nicht passen könnte, aber das würde er überleben. Sie war zu sehr daran gewöhnt, dass sich irgendwer um sie kümmerte, und jetzt war, wie er ihr schon gesagt hatte, er an der Reihe.

Der gestrige Tag hatte alles verändert. Er hatte ihre Reaktion gespürt, hatte gefühlt, wie ihr Mund weich geworden und mit seinem verschmolzen war. Sie wollte ihn also auch, und dieses Wissen machte ihn nur noch entschlossener, sie zu bekommen.

Als er zum Ranchhaus kam und klopfte, öffnete sie nicht, und der alte Truck stand auch nicht auf seinem üblichen Parkplatz in der Scheune. John stemmte die Hände in die Hüften und schaute sich mit gerunzelter Stirn um. Vielleicht war sie ja in die Stadt gefahren, obwohl es nur schwer vorstellbar war, dass Michelle Cabot sich mit dieser alten Klapperkiste, die sie da fuhr, in der Öffentlichkeit sehen ließ. Aber es war ihr einziger fahrbarer Untersatz, von daher hatte sie keine große Wahl.

Vielleicht war es ja besser, dass sie nicht da war. So konnte er sich wenigstens auf der Ranch umschauen, ohne dass sie fauchend wie eine wütende Katze hinter ihm hergerast kam. Unter anderem würde er sich die Herde auf der Südweide anschauen. Er wollte wissen, wie viele Rinder es noch waren und in was für einem Zustand sie sich befanden. Eine große Herde konnte es nicht mehr sein, damit wäre sie allein nicht zurechtgekommen, aber zu ihrem Besten konnte er nur hoffen, dass die Tiere in Schuss waren, sodass sie noch einen fairen Preis dafür erzielte. Am besten, er kümmerte sich selbst darum, damit man sie nicht übers Ohr haute. Das Viehgeschäft war nämlich nichts für Anfänger.

Er schwang sich wieder in den Sattel. Zuerst ritt er auf die Ostweide, wo ihrer Aussage nach der Zaun niedergetrampelt sein sollte. Was auch stimmte. Der Zaun musste in großen Teilen erneuert werden, und John überschlug schnell im Kopf, wie viel Meter Stacheldraht er brauchen würde. Die Ranch war insgesamt heruntergewirtschaftet, aber Zäune waren wichtig, sie hatten Vorrang.

Erst nach zwei Stunden erreichte er schließlich die Südweide. Auf einer Hügelkuppe, von der aus er einen guten Überblick hatte, zügelte er sein Pferd. Zwischen seinen Brauen bildete sich eine steile Falte, während er sich, den Hut mit dem Daumen ins Genick schiebend, umschaute. Es war keine große

Herde, die dort über die Weide verstreut graste, aber es waren doch weit mehr Rinder als erwartet. Die Weide war schon ziemlich abgegrast, aber überall verstreut herumliegende Heuhaufen zeugten von Michelles Anstrengungen, die Herde angemessen zu füttern. Gereiztheit stieg in ihm auf, als er sich vorstellte, wie sie mit den schweren Heuballen kämpfte, von denen manche wahrscheinlich mehr wogen als sie selbst.

Als er Michelle gleich darauf entdeckte, schlug seine Gereiztheit in Wut um. Der alte Truck stand unter einer Baumgruppe, weshalb er ihn wahrscheinlich nicht gleich entdeckt hatte, und sie war ebenfalls da unten und plagte sich ab, den Stacheldraht für einen neuen Zaun zu spannen. Einen Zaun hochzuziehen war ein Zweimannjob, einer allein konnte den Stacheldraht nicht halten, und es bestand immer die Gefahr, dass man sich verletzte. Dieses Dummchen! Wenn sie sich in dem Stacheldraht verhedderte, würde sie sich ohne Hilfe nicht daraus befreien können, und diese Drähte konnten einen wirklich auftrennen. Der Gedanke, wie sie blutend in einer Rolle Stacheldraht verheddert dalag, machte ihn ganz krank.

Er ritt den langen Abhang hinunter auf die Stelle zu, wo sie arbeitete, wobei er sich absichtlich Zeit ließ, um seine Wut in den Griff zu bekommen. Als sie zufällig aufschaute, entdeckte sie ihn, und selbst auf die Entfernung hin sah er, wie sie sich versteifte. Dann wandte sie sich wieder ihrer Aufgabe zu, die darin bestand, den Stacheldraht an den Pfosten zu hämmern, wobei ihre heftigen Bewegungen ihre Verärgerung über sein Auftauchen erkennen ließen.

Ohne sie aus den Augen zu lassen, schwang er sich vom Pferd und schlang die Zügel um einen tief hängenden Ast. Dann zog er wortlos den Anfang der Stacheldrahtrolle zu dem nächsten Pfosten und hielt ihn straff, während Michelle, ebenfalls ohne etwas zu sagen, die Krampen einschlug. Wie er trug auch sie kurze Arbeitshandschuhe aus Leder, aber ihre waren ein Paar von irgendwem zurückgelassene alte Männerhandschuhe, die ihr viel zu groß waren. Deshalb musste sie sich immer den rechten Handschuh ausziehen, wenn sie aus der Tüte eine neue Krampe holen wollte, weil sie sie sonst nicht zu fassen bekam. So kam sie zwar besser zurecht, aber er sah, dass sie sich schon die ganze Hand am Stacheldraht zerkratzt hatte. Manche Kratzer waren so tief, dass sie bluteten, und er hatte gute Lust, sie zu schütteln, bis ihre Zähne klapperten.

„Reicht dein Verstand nicht aus, um zu wissen, dass man so einen Zaun nicht allein aufstellen kann?“, fuhr er sie an, während er den Draht wieder straff zog.

Sie hämmerte mit abweisendem Gesicht weiter. „Es muss gemacht werden. Also mache ich es.“

„Jetzt nicht mehr.“

Seine schroffe Bemerkung veranlasste sie, sich aufzurichten, ihre Hand schloss sich fest um den Hammergriff. „Du willst das Geld sofort“, sagte sie tonlos, während sie mit einem Blick die Rinder streifte. Sie war blass.

„Wenn es sein muss.“ Er entwand ihr den Hammer, dann bückte er sich und griff nach dem Säckchen mit den Krampen. Er ging zu dem Truck hinüber und warf es in den Fußraum, dann hievte er die Rolle Stacheldraht auf die Ladefläche. „Das wird halten, bis ich mit meinen Männern hier rauskomme, um es richtig zu machen. Los, fahren wir.“

Nur gut, dass er ihr den Hammer weggenommen hatte. Ihre Hände ballten sich zu Fäusten. „Ich will aber nicht, dass deine Männer hier rauskommen und es richtig machen! Bis jetzt ist das hier immer noch mein Land, und ich bin nicht bereit, den Preis für deine Hilfe zu bezahlen."

„Ich lasse dir aber keine Wahl." Er packte sie am Arm, und obwohl sie es versuchte, schaffte sie es doch nicht, sich aus seinem Griff zu befreien, während er sie hinüber zu ihrem Truck zerrte, die Tür öffnete und sie auf den Sitz verfrachtete. Dann ließ er sie los, knallte die Tür zu und trat einen Schritt zurück.

„Fahr vorsichtig, Honey. Ich bin direkt hinter dir."

Sie fuhr vorsichtig, die Weide war zu holprig, um schnell zu fahren, auch wenn die Klapperkiste dazu in der Lage gewesen wäre. Sie wusste, dass er zu Pferd mit ihr Schritt halten konnte, auch wenn sie nicht ein einziges Mal in den Rückspiegel schaute. Sie wollte ihn nicht sehen, sie wollte nicht daran denken, dass sie ihre Rinder verkaufen musste, um ihre Schulden zu bezahlen. Das würde für die Ranch unweigerlich das Aus bedeuten.

Sie hatte gehofft, dass er sich heute nicht blicken lassen würde, obwohl diese Hoffnung nicht allzu groß gewesen war. Nachdem sie heute Morgen mit Roger gesprochen hatte, hatte sie sich nur noch gewünscht, in Ruhe gelassen zu werden. Sie brauchte Zeit, um ihre Fassung wiederzufinden und all die hässlichen Erinnerungen wegzuschieben, die wieder hochgekommen waren, aber John hatte ihr diese Zeit nicht gelassen. Er wollte sie und hatte wie ein Raubtier ihre Verletzlichkeit gewittert, und jetzt machte er sich daran, diese auszunutzen.

Sie stellte den Pick-up in der Scheune ab. Als sie ausstieg, kam John auf seinem Pferd herein, wobei er den Kopf ein bisschen einziehen musste, um sich nicht am Türrahmen zu stoßen. „Ich trockne nur schnell das Pferd ab und gebe ihm Wasser", sagte er schroff. „Du kannst schon mal ins Haus gehen. Ich komme gleich nach."

Sollte sie sich jetzt besser fühlen, weil das Unvermeidliche noch eine kleine Weile aufgeschoben wurde? Statt direkt ins Haus zu gehen, holte sie erst noch draußen die Post. Früher war ihr Briefkasten fast jeden Tag mit Zeitschriften, Katalogen, Tageszeitungen, Briefen von Freunden und Geschäftspost vollgestopft gewesen, aber heute bekam sie nur noch Werbezettel und Rechnungen. Es war schon seltsam, wie die Post, die ein Mensch bekam, seine finanziellen Verhältnisse widerspiegelte, es war fast, als ob niemand auf der Welt mit jemandem, der bankrott war, kommunizieren wollte. Bis auf die Mahnungen für die Rechnungen, natürlich. In diesen Fällen wurde die Kommunikation ernst. Als ihr Blick auf einen vertrauten Umschlag fiel, beschlich sie ein mulmiges Gefühl. Die Stromrechnung war überfällig, die erste Mahnung hatte sie bereits bekommen, und hier war die zweite. Sie musste das Geld schnell beschaffen, sonst würde man ihr den Strom abdrehen. Obwohl sie wusste, was es war, riss sie den Umschlag auf und überflog die Mahnung. Sie hatte zehn Tage Zeit, um ihre Schulden zu begleichen. Sie schaute auf das Datum und sah, dass der Brief drei Tage unterwegs gewesen war. Womit ihr nur noch sieben Tage blieben.

Aber warum sollte sie sich um die Stromrechnung Gedanken machen, wenn sie doch sowieso bald keine Ranch mehr besitzen würde? Sie spürte eine große Müdigkeit in sich aufsteigen, als sie das stille, kühle Haus betrat und für einen Moment stehen blieb, um nach der brütenden Hitze draußen die Kühle zu genießen. Sie stopfte die Mahnung und die Werbezettel in dieselbe Kommodenschublade, in die sie auch die Originalrechnung sowie die erste Mahnung gestopft hatte. Vergessen würde sie sie ohnehin nicht, aber so hatte sie sie wenigstens nicht dauernd im Blick.

Sie war gerade dabei, in der Küche ein Glas Wasser zu trinken, als sie hörte, wie die Fliegendrahttür ins Schloss fiel, dann klapperten Stiefelabsätze auf dem Eichenholzfußboden, als John den Flur hinunterging. Obwohl sie weitertrank, war ihr überdeutlich bewusst, dass er durchs Haus auf sie zukam. Sie wusste exakt, wann er die Küche betrat, obwohl sie mit dem Rücken zu ihm stand. Ihre Haut fing plötzlich an zu kribbeln, als ob sich die Luft elektrisch aufgeladen hätte, und das Haus schien nicht länger kühl zu sein.

„Zeig mir deine Hände." Er stand so dicht hinter ihr, dass sie sich nicht umdrehen konnte, ohne ihn zu berühren, deshalb blieb sie einfach stehen. Er nahm ihre linke Hand und hob sie hoch.

„Sind doch nur ein paar Kratzer", brummte sie.

Sie hatte recht, aber das änderte nichts daran, dass er wütend war. Sie hätte überhaupt keine Kratzer haben dürfen; sie sollte einfach nicht versuchen, einen Zaun zu reparieren. Ihre Hand lag wie ein kleiner zarter Vogel, der zu müde ist, um zu fliegen, in seiner viel größeren, schwieligeren Hand, und plötzlich wusste er, dass das Bild stimmte. Sie war müde.

Er langte um sie herum, um das Wasser anzudrehen, dann wusch er ihre Hand behutsam mit Seife und spülte sie unter dem Wasserstrahl ab. Michelle beeilte sich, ihr Glas abzustellen, bevor es ihr aus den zitternden Fingern gleiten konnte, dann stand sie bewegungslos mit gesenktem Kopf da. Er war so warm an ihrem Rücken, dass sie sich völlig von ihm eingehüllt fühlte, während er ihr so zärtlich wie eine Mutter ihrem Säugling die Hand wusch. Diese Zärtlichkeit betörte ihre Sinne, und sie ließ den Kopf noch ein bisschen weiter nach unten sinken, um zu verhindern, dass er gegen seine Schulter sank.

Die Seife war jetzt abgespült, aber er hielt ihre Hand trotzdem noch unter das laufende Wasser, während seine Finger sie leicht streichelten. Sie erschauerte und versuchte die Sinnlichkeit, die seiner Berührung innewohnte, zu übersehen. Er wusch ihr doch bloß die Hand ab! Das Wasser war warm, aber seine Hand war noch wärmer, und seine Schwielen fühlten sich rau an auf ihrer Haut. Sein Daumen beschrieb kleine Kreise auf der empfindsamen Innenseite ihrer Hand, und Michelle spürte, wie sie sich versteifte. Ihr Puls fing an zu rasen, ihr wurde heiß. „Hör auf damit", sagte sie mit belegter Stimme und versuchte, ihm ihre Hand zu entziehen, doch vergeblich.

Er drehte mit seiner Rechten das Wasser ab, dann legte er sie ihr auf den Bauch, spreizte die Finger und presste ihren Rücken an seinen Körper. Seine Hand war nass, sie spürte die Nässe durch den Stoff ihres Hemds sickern und seine versengende Hitze im Rücken. Aus dieser verführerischen Hitze stieg der Geruch nach Pferd und Mann auf. Alles an dem Mann war dazu angetan, die Frauen anzulocken.

„Dreh dich um und küss mich", befahl er mit leiser Stimme.

Sie blieb bewegungslos stehen.

Er drängte sie nicht, obwohl sie beide wussten, dass sie es nicht geschafft hätte, ihm zu widerstehen, wenn er es getan hätte. Stattdessen trocknete er ihre Hand ab, dann führte er sie ins Bad und forderte sie auf, sich auf den Toilettendeckel zu setzen, während er unendlich behutsam die Kratzer mit Desinfektionsmittel auswusch.

Nachdem er fertig war, fragte sie wie betäubt: „Wann willst du das Geld?"

Er presste die Lippen zusammen, während er sich aufrichtete und sie hochzog. „Ich will kein Geld."

Als sie ihn anschaute, blitzte in ihren Augen ein grünes Feuer auf. „Ich werde aber nicht zur Hure, auch nicht für dich! Glaubst du wirklich, ich würde die erstbeste Gelegenheit beim Schopf ergreifen, um mit dir zu schlafen? Du scheinst deinem Spitznamen gerecht werden zu wollen … Zuchthengst."

Er wusste, dass die Leute ihn so nannten, aber aus Michelles Mund triefte das Wort nur so vor Hohn. Er hatte diesen Ton bei ihr schon immer gehasst, so eisig und anmaßend, und jetzt bewirkte er, dass er rotsah. Er beugte den Kopf, bis sein Gesicht ganz dicht vor ihrem war und ihre Nasen sich fast berührten. Seine schwarzen Augen glitzerten vor Wut. „Wenn wir erst im Bett sind, kannst du dir ja selbst ein Urteil bilden."

„Ich gehe aber nicht mit dir ins Bett", stieß sie zwischen zusammengebissenen Zähnen hervor.

„Natürlich wirst du mit mir ins Bett gehen. Aber nicht wegen dieser verdammten Ranch." Er richtete sich wieder zu seiner vollen Größe auf und ergriff sie am Arm. „Bringen wir erst diese Sache hinter uns, damit sie ein für alle Mal aus der Welt ist und du mir nichts mehr vorwerfen musst."

„Du hast doch damit angefangen", konterte sie, während sie in die Küche zurückkehrten. Er ließ mehrere Eiswürfel in ein Glas fallen und füllte es mit Wasser, dann faltete er seine große Gestalt auf einem der Stühle zusammen. Als sie beobachtete, wie sich die Muskeln an seinem Hals bewegten, während er ihr Glas austrank, erschauerte sie. Sie schaute schnell weg und verwünschte sich selbst dafür, dass sie allein auf seinen Anblick dermaßen heftig reagierte.

„Das war ein Fehler“, sagte er schroff, während er das Glas mit einem Knall abstellte. „Geld hat nichts damit zu tun. Wir schleichen schon seit dem Tag, an dem wir uns kennengelernt haben, umeinander herum und gehen aufeinander los wie brunftige Katzen. Es wird höchste Zeit, dass wir etwas dagegen unternehmen. Was die Schulden anbelangt, muss ich mich entscheiden, was ich will. Wenn du mir das Land verkaufst, sind wir quitt.“

Sie wusste nicht, was sie sagen sollte. Einerseits hätte sie ihn am liebsten angeschrien, weil er sich so sicher war, dass sie mit ihm schlafen wollte, und andererseits fiel ihr ein Stein vom Herzen, dass sie ihre Schulden so einfach loswurde. Er hätte sie ruinieren können, aber das hatte er nicht getan. Obwohl er natürlich kein schlechtes Geschäft machte, er bekam gutes Weideland, und das wusste er auch.

Es war eine Atempause, mit der sie nicht gerechnet hatte, und sie wusste nicht, wie sie damit umgehen sollte, deshalb setzte sie sich einfach hin und starrte ihn wortlos an. Er wartete, doch als sie immer noch nichts sagte, lehnte er sich zurück, und sein hartes Gesicht wurde noch entschlossener, als er sagte: „Die Sache hat aber einen Haken.“

Ihre Hochstimmung verflog im Nu, und ein Gefühl der Leere machte sich in ihr breit. „Lass mich raten“, sagte sie bitter, während sie mit ihrem Stuhl zurückrutschte und aufstand. Dann waren sie jetzt also doch wieder da, wo sie angefangen hatten.

Er verzog süffisant den Mund. „Falsch geraten, Honey. Der Haken ist, dass du mich dir helfen lassen musst. Meine Männer übernehmen von jetzt an die Schwerarbeit, und wenn ich nur noch ein einziges Mal höre, dass du selbst versuchst, einen Zaun zu reparieren, wirst du einen Monat lang auf einem Kissen sitzen."

„Wenn deine Männer meine Arbeit machen, bleibe ich dir aber trotzdem noch etwas schuldig."

„So etwas nenne ich Nachbarschaftshilfe."

„Ich nenne es einen Trick, mich abhängig zu machen."

„Nenn es, wie du willst, aber das ist der Deal. Du bist eine Frau, nicht zehn Männer; du hast einfach nicht die Konstitution für diese Art Arbeit, und Hilfe kannst du dir nicht leisten. Du hast keine Wahl, also hör endlich auf, dich zu wehren. Außerdem bist du selbst schuld und jetzt musst du es ausbaden. Wärst du nicht immer so versessen darauf gewesen, nach St. Moritz zu fahren, wärst du jetzt nicht in dieser Lage."

Sie fuhr zurück, die grünen Augen fest auf ihn gerichtet. Ihr Gesicht war blass. „Was meinst du damit?"

John stand auf, wobei er sie mit diesem vertrauten Blick anschaute, der besagte, dass er nicht allzu viel von ihr hielt. „Ich meine, dass sich dein Daddy das Geld zumindest zum Teil deshalb von mir geborgt hat, damit er dir letztes Jahr deine Reise nach St. Moritz finanzieren konnte. Er hatte finanziell ziemlich zu kämpfen, aber das war dir offenbar egal, solange du nur deinen Lebensstil weiterhin beibehalten konntest, oder?"

Sie war schon vorher blass gewesen, aber jetzt war sie weiß wie die Wand. Sie starrte ihn an, als ob er sie geohrfeigt hätte, und erst zu spät sah er, dass er sie tief getroffen hatte. Er ging eilig um den Tisch herum und streckte die Hand nach ihr aus, aber sie wich aus und zog sich wie ein verwundetes Tier in sich selbst zurück. Was für eine Ironie des Schicksals, dass sie sich jetzt abrackern musste, um die Schulden für eine Reise zurückzuzahlen, die sie nie hatte machen wollen! Sie hatte nur irgendwo allein an einem ruhigen Ort sein wollen, um sich ihre Wunden zu lecken und sich von einer traumatischen Ehe zu erholen, aber ihr Vater hatte sie bestürmt, ihr Leben wie gewohnt weiterzuführen, und sie hatte nicht widersprochen, weil es ihn glücklich gemacht hatte.

„Ich wollte ja gar nicht fahren“, sagte sie wie vor den Kopf geschlagen, und zu ihrem Entsetzen schossen ihr die Tränen in die Augen. Sie wollte nicht weinen und schon gar nicht vor Rafferty. Aber sie war müde und aus dem Gleichgewicht, immer noch verstört von Rogers Anruf heute Morgen, und das war jetzt anscheinend der sprichwörtliche Tropfen, der das Fass zum Überlaufen brachte. Heiße Tränen strömten ihr über die Wangen.

„Gott, nicht“, brummte er erschrocken und schlang seine Arme um sie, wobei sich ihr Gesicht gegen seine Brust presste. Diese Tränen fuhren ihm wie eine Klinge durchs Herz, er hatte sie noch nie weinen sehen. Die Michelle Cabot, die er kannte, war dem Leben entweder mit einem Lachen oder mit einer scharfen Erwiderung begegnet, aber nie mit Tränen. Eine spitze Zunge zog er diesem tonlosen Weinen entschieden vor.

Für einen kurzen Moment lehnte sie sich an ihn und ließ es zu, dass er sie stützte. Es war zu verführerisch. Wenn er seine Arme um sie legte, wollte sie alles um sich herum vergessen. Dieser Gedanke erschreckte sie, und sie versteifte sich in seinen Armen, dann machte sie sich von ihm frei. Sie fuhr sich über die Augen und blinzelte trotzig ihre Tränen weg.

„Ich dachte, das hättest du gewusst.“ Seine Stimme war ganz ruhig.

Sie warf ihm einen ungläubigen Blick zu, bevor sie sich abwandte. Wofür hielt er sie eigentlich? Offenbar war sie in seinen Augen nicht nur eine gewöhnliche Hure, sondern darüber hinaus auch noch strohdumm.

„Nein, ich wusste es nicht. Obwohl das auch nichts ändert. Das Geld schulde ich dir trotzdem."

„Wir werden morgen zu meinem Anwalt gehen und den Kaufvertrag aufsetzen, und dann hat es sich mit diesen verdammten Schulden. Ich bin um neun bei dir, also sieh zu, dass du fertig bist. Außerdem schicke ich gleich morgen früh ein paar Männer vorbei, die sich um den Zaun kümmern und das Heu auf die Weide bringen."

Er war offenbar nicht bereit, in diesem Punkt nachzugeben, und er hatte ja recht: Es war zu viel für sie, zumindest im Moment. Sie konnte nicht alles machen, einfach deshalb, weil es für eine Person allein zu viel war. Wenn sie erst die Rinder noch ein bisschen gemästet und ein paar davon verkauft hatte, würde sie vielleicht etwas Geld haben, um wenigstens eine Halbtagskraft bezahlen zu können.

„Also gut. Aber schreib es auf, was ich dir schulde. Wenn die Ranch erst mal wieder richtig läuft, zahle ich dir jeden Cent zurück." Sie hob das Kinn, als sie ihn wieder anschaute, ihr Blick war distanziert und stolz. Das löste nicht alle ihre Probleme. Sie brauchte immer noch das Geld, um ihre Rechnungen zu bezahlen, aber sie würde sich schon etwas einfallen lassen.

„Wenn du meinst, Honey", sagte er schleppend und legte seine Hände um ihre Taille.

Sie hatte nur noch Zeit, kurz Atem zu holen, und dann lag auch schon sein Mund so warm und hart und betörend, wie sie es erinnerte, auf ihrem. Seine Hände legten sich fester um ihre Taille und zogen sie an sich, der Kuss vertiefte sich, und seine

Zunge drängte sich zwischen ihre Lippen. Begierde flammte auf. Sie hatte immer gewusst, dass sie, wenn sie ihn erst einmal berührt hatte, nicht genug von ihm bekommen würde.

Sie küssten sich lange und leidenschaftlich, und am Ende war er es, der den Kuss beendete und sie losließ.

„Ich muss wieder an die Arbeit“, brummte er, aber in seinen Augen lagen Leidenschaft und ein dunkles Versprechen. „Sei morgen bereit.“

„Ja“, flüsterte sie.

## 4. KAPITEL

Nicht lange nach Sonnenaufgang am nächsten Morgen fuhren zwei Pick-ups, beladen mit allerlei Werkzeug und fünf von Johns Männern, vor dem Ranchhaus vor. Michelle bot ihnen eine Tasse frisch aufgebrühten Kaffee an, was sie jedoch höflich ablehnten. Nachdem sie auf die Weide gefahren waren, hatte Michelle zum ersten Mal seit Wochen nichts zu tun.

Sie überlegte, was sie früher mit sich angefangen hatte, aber die vergangenen Jahre waren aus ihrer Erinnerung wie ausgelöscht. Was hatte sie früher mit ihrer Zeit getan? Sie wusste es nicht.

Als John um kurz nach neun kam, war sie schon seit über einer Stunde fertig und ging auf die Veranda, um ihn zu begrüßen. Er blieb an der Treppe stehen und schaute sie anerkennend an. „Hübsch", murmelte er gerade laut genug, dass sie es hörte. Sie sah so aus wie sie eigentlich immer aussehen sollte, kühl und elegant in ihrem blassgelben Seidenkleid, das in der Taille raffiniert von zwei großen weißen Knöpfen betont wurde. Die Schultern waren leicht gepolstert, wodurch ihr zierlicher Knochenbau betont wurde, und am Revers trug sie einen weißen Pfau aus Emaille. Das hellblonde Haar hatte sie sich straff aus dem Gesicht gekämmt und im Nacken zu einem eleganten Knoten zusammengesteckt, während eine überdimensionale Sonnenbrille ihre Augen abschirmte. Als ihm der quälende Duft eines teuren Parfüms in die Nase stieg, begann sich sein Körper zu erhitzen. Sie war vornehm und elegant vom Scheitel bis zu ihren zierlichen Füßen. Wahrscheinlich war sogar ihre Unterwäsche aus Seide, und er wollte sie ihr Stück für

Stück ausziehen, um sie dann nackt auf sein Bett zu legen. Ja, ganz genau so sollte sie immer aussehen.

Michelle schob sich ihre schmale weiße Tasche unter den Arm und ging dann mit ihm zum Auto, dankbar dafür, dass die Sonnenbrille ihre Augen verdeckte. John war ein schwer arbeitender Rancher, aber wenn die Gelegenheit es erforderte, konnte er sich anziehen wie ein Anwalt aus Philadelphia. Hochgewachsen wie er war, mit breiten Schultern und schmalen Hüften stand ihm natürlich alles, aber der strenge graue Anzug, den er trug, unterstrich seine Männlichkeit noch. Statt des üblichen Pick-up fuhr er heute einen dunkelgrauen zweisitzigen Mercedes, ein schnittiges Schmuckstück, das sie an ihren Porsche erinnerte, den sie nach dem Tod ihres Vaters hatte verkaufen müssen, weil sie dringend Geld brauchte.

„Du hast gesagt, dass deine Männer mir helfen", sagte sie, als sie ein paar Minuten später unterwegs waren, ausdruckslos. „Aber du hast nichts davon gesagt, dass sie das Kommando übernehmen und alles allein machen."

Er hatte ebenfalls eine Sonnenbrille aufgesetzt, und die dunklen Gläser verbargen den Blick, mit dem er ihr verschlossenes Profil streifte. „Sie werden die schwere Arbeit machen."

„Wenn die Zäune repariert und die Rinder auf der Ostweide sind, komme ich wieder allein zurecht."

„Und was ist mit Desinfizieren, Kastrieren, Brandmarken, lauter Sachen, die du schon im Frühjahr hättest machen sollen? Du kannst das nicht allein. Du hast keine Pferde, keine Männer, und mit deiner alten Klapperkiste kannst du garantiert keinen jungen Bullen mit dem Lasso einfangen."

Ihre schlanken Hände ballten sich zu Fäusten. Warum hatte er bloß dauernd recht? All das konnte sie wirklich nicht tun, aber genauso wenig konnte sie sich damit zufrieden geben, nur nutzloser Zierrat zu sein. „Ich weiß, dass ich das nicht allein kann, aber ich kann wenigstens helfen."

„Ich werde darüber nachdenken", versprach er, aber er wusste schon jetzt, dass er es nicht zulassen würde. Was konnte sie denn schon tun? Es war harte, dreckige, stinkende, blutige Arbeit.

„Es ist meine Ranch", erinnerte sie ihn in eisigem Ton. „Entweder ich helfe, oder der Deal platzt."

John sagte nichts darauf. Es hatte keinen Sinn, sich herumzustreiten. Er würde es schlicht nicht erlauben, Punkt. Aber das würde er ihr erst sagen, wenn es so weit war, und wenn er ihr dann auch noch genau erklärte, warum, würde sie schon klein beigeben.

Gegen Mittag verließen sie die Anwaltskanzlei, es war keine große Sache gewesen. Das Land würde vermessen werden, dann würde der Anwalt den Kaufvertrag aufsetzen. Und wenn sie unterschrieben hatte, würde Johns Ranch ein bisschen größer sein, während ihre geschrumpft war, aber Michelle war trotzdem froh, dass er ihr diese Lösung angeboten hatte. So hatte sie wenigstens noch eine Chance.

Anschließend gingen sie essen, wobei sie das Pech hatten, Bitsy Sumner, einer Bekannten von Michelle aus Palm Beach über den Weg zu laufen. Bitsy schwatzte wie üblich so viel dummes Zeug, dass Michelle am liebsten im Boden versunken wäre, als sie Johns verächtlich nach unten gezogene Mundwinkel sah.

Da John nachmittags noch einen Termin gehabt hatte, der länger gedauert hatte als erwartet, war die Dunkelheit bereits hereingebrochen, als sie Tampa verließen. Aber Michelle hatte sich nicht gelangweilt, weil John ihr erlaubt hatte mitzukommen, und was sie gehört hatte, war so interessant gewesen, dass die Zeit wie im Flug vergangen war. Als sie fertig waren, war es bereits nach sechs gewesen, aber sie hatten trotzdem beschlossen, noch in einem netten kleinen Restaurant zu Abend zu essen, sodass zwei weitere Stunden vergingen, bis sie sich schließlich auf den Heimweg machten. Schon kurz nach der Abfahrt schlief Michelle ein.

Seine tiefe samtweiche Stimme weckte sie. „Wir sind zu Hause, Honey. Leg deine Arme um meinen Hals."

Als sie die Augen öffnete, sah sie ihn in der offenen Autotür über sie gebeugt dastehen und blinzelte ihn schläfrig an. „Was? Schon? Habe ich die ganze Fahrt verschlafen?"

„Wie ein Baby." Er streifte kurz und zärtlich ihre Lippen mit seinen, und gleich darauf glitten seine Arme um ihren Nacken und unter ihre Knie. Sie schnappte überrascht nach Luft, als er sie hochhob, dann legte sie ihre Arme um seinen Hals. Es hatte kurz nach der Abfahrt angefangen zu regnen und regnete immer noch, aber er hatte schon vorhin beim Schlafen seine Anzugjacke über sie gebreitet, die jetzt den größten Teil des Regens abhielt, während er sie schnell durch die Dunkelheit trug.

„Ich bin wach, ich kann doch laufen", protestierte sie, während sich ihr Herzschlag als Reaktion auf seine Nähe beschleunigte. Er trug sie so mühelos die Verandatreppe hinauf, als wöge sie nicht mehr als ein Kind.

„Ich weiß", murmelte er und drückte sein Gesicht in ihre warme, weiche Halsbeuge. „Hm, du riechst so gut. Ist dein Kopf wieder klar?"

Die Liebkosung war so zärtlich, dass sie Michelle in keiner Weise alarmierte. Ganz im Gegenteil, Michelle fühlte sich verwöhnt, und das Gefühl der Geborgenheit, das sie schon im Auto verspürt hatte, verstärkte sich noch.

„Ich war nur müde, nicht beschwipst", stellte sie richtig, während er die Haustür hinter ihnen schloss. Die Dunkelheit und Stille des Hauses umfingen sie. Michelle konnte nichts sehen, aber John fühlte sich warm und stark an. Dann lag sein Mund wieder auf ihrem, diesmal jedoch so hungrig und fordernd, dass sie ihre Lippen öffnete, weil sich seine Zunge dazwischendrängte. Er küsste sie leidenschaftlich und gierig, und sie konnte nicht anders als seinen Kuss mit der gleichen Leidenschaft zu erwidern, weil seine unverhohlene Begierde alles Weibliche in ihr in Brand setzte.

Er machte mit dem Ellbogen das Licht an, das die Eingangshalle und die Treppe rechts erleuchtete. Nachdem er den Kuss beendet hatte, schaute sie ihm in dem gedämpften Licht in das harte, entschlossene Gesicht. „Ich bleibe heute Nacht hier", murmelte er heiser, während er sich anschickte, mit ihr die Treppe hinaufzugehen. „Jetzt haben wir es lange genug hinausgeschoben."

Sie würde ihn nicht aufhalten können, das sah sie ihm an. Aber sie wollte es auch gar nicht. Ihr Körper schrie mit jeder Faser nach ihm, und in diesem Lärm ging die leise Stimme der Vernunft unter, die sie davor warnte, sich mit einem Herzensbrecher wie John Rafferty einzulassen.

Während er die Treppe hinaufging, legte sich sein Mund wieder auf ihren, und seine muskulösen Arme trugen ihr Gewicht ohne Schwierigkeiten. Michelle erwiderte den Kuss und sank gegen Johns Brust. Ihr Herz pumpte ihr Blut schneller durch ihre Adern, ihre Knospen schwollen an, und sie sehnte sich nach seiner Berührung. Die Leere, die sie in sich verspürte, konnte nur er allein ausfüllen.

Er war im Lauf der Jahre schon öfter in dem Haus gewesen, von daher wusste er, wo ihr Schlafzimmer lag. Er trug sie hinein und ließ sie behutsam auf das Bett herab, um sich gleich darauf mit seinem ganzen Gewicht auf sie zu legen. Das Lustgefühl, das Michelle dabei verspürte, war so intensiv, dass sie fast aufgeschrien hätte. Er tastete über ihren Kopf hinweg nach dem Schalter der Nachttischlampe. Als es hell wurde, schaute er sie an, und beim Anblick ihrer vor Leidenschaft glänzenden Augen und der zitternden, vom Küssen geschwollenen Lippen füllten sich seine Augen mit männlicher Genugtuung.

Mit äußerster Behutsamkeit drückte er ihre Beine auseinander und legte sich in das Dreieck ihrer Schenkel. Sie zog scharf die Luft ein, als sie den harten Beweis seines Begehrens an ihrem Schoß spürte. Als sich ihre Blicke begegneten, wurde ihr klar, dass er bereits am Morgen gewusst hatte, wie dieser Tag enden würde. Er hatte geduldig auf dieses Ziel hingearbeitet, aber jetzt war seine Geduld zu Ende, und er wusste, dass sie ihm keinen Widerstand mehr entgegensetzen würde. Jetzt war sie nur noch voller Verlangen.

„Du gehörst mir", sagte er mit heiserer tiefer Stimme, wobei er sich auf einen Ellbogen aufstützte und mit seiner freien Hand ihr Kleid öffnete. Dann schlug er die Enden auseinander wie jemand, der ein Geschenk auspackt, das er sich schon lange gewünscht hat.

Als sein Blick auf ihre nackten Brüste fiel, hatte er das Gefühl, gleich zu explodieren. Ihm war den ganzen Tag über entgangen, dass sie keinen BH trug und dass das Einzige, was sie unter diesem dünnen Stoff anhatte, ein winziges Spitzenhöschen war. Wenn er das gewusst hätte! Ihre Brüste waren fest und voll, mit korallenroten kleinen Spitzen, die bereits hart waren, und umspannt von samtweicher Haut. Mit einem heiseren Aufstöhnen beugte er sich über sie, umschloss eine Knospe mit den Lippen und saugte daran, während er sein Gesicht in das feste, samtige, köstlich duftende Fleisch drückte und ihre andere Brust sanft mit der Hand massierte. Michelle wölbte sich ihm entgegen, wobei sich ihre Hände in sein Haar krallten, um seinen Kopf noch enger an sich zu ziehen.

Sie wand sich unter ihm und zerrte an seinem Hemd, um die trennende Stoffbarriere loszuwerden. Sie musste seine heiße Haut unter ihren Handflächen spüren, musste sie an ihrem Körper spüren, aber sein Mund auf ihrer Brust machte sie so verrückt, dass es ihr unmöglich war, ihre Bewegungen weit genug zu koordinieren, um ihm das Hemd auszuziehen. Seine Zunge, die ihre Knospe umspielte, entfachte in ihr einen Steppenbrand.

Irgendwann ließ er von ihr ab, um sich das Hemd vom Leib zu reißen und es auf den Boden zu werfen. Schuhe, Socken, Hose und Unterwäsche folgten, und gleich darauf kniete er sich nackt zwischen ihre gespreizten Schenkel. Er zog ihr den Slip aus, sodass sie offen und ungeschützt vor ihm lag.

Jetzt verspürte sie zum ersten Mal Angst. Es war so lange her für sie, und in ihrer Ehe hatte es mit dem Sex ohnehin nicht besonders gut geklappt. John beugte sich über sie und schob ihre Schenkel noch ein bisschen weiter auseinander. Während er sich bereit machte, in sie einzudringen, zuckte sie zusammen. Er war so groß, sein muskulöser Körper schickte sich an, sich ihrem kleineren, weicheren ganz und gar zu unterwerfen. Sie wusste aus eigener schlimmer Erfahrung, wie hilflos eine Frau einem so viel größeren Mann ausgeliefert war, und John war größer als die meisten, stärker als die meisten, sehr leidenschaftlich und durch und durch männlich. Als Panik in ihr aufstieg, hob sie abwehrend ihre kleine, schmale Hand und presste sie gegen seine harte, behaarte Brust.

Ihre Stimme war dünn, als sie bat: „John? Tu mir nicht weh, bitte."

Er verharrte mitten in der Bewegung. Glaubte sie womöglich, er würde ihr wehtun? „Nein, Baby", flüsterte er so sanft, dass die Angst aus ihren Augen verschwand. „Ich werde dir ganz bestimmt nicht wehtun."

Er schob einen Arm unter ihr Becken, stützte sich auf den Ellbogen auf und hob sie sich entgegen, bis sich ihre Knospen in seine weiche Brustbehaarung drückten. Wieder hörte er, wie sie scharf den Atem einzog. Ihre Blicke trafen sich und hielten einander fest, während er mit äußerster Behutsamkeit in sie einzudringen begann.

Michelle erschauerte vor Lust und schlang ihre Beine um seine Hüften. Ihrer Kehle entrang sich ein wilder ekstatischer Schrei, und sie hielt schnell die Hand vor den Mund, um den Laut zu ersticken. Der Blick aus seinen schwarzen Augen brannte sich immer noch in ihren ein. „Nein", flüsterte er. „Nimm die Hand weg. Ich will dich hören, Baby. Zeig mir, wie gut es sich für dich anfühlt."

Obwohl jede Faser seines Körpers danach schrie, mit einem einzigen Stoß ganz tief in sie einzudringen, unterwarf er sich eiserner Selbstkontrolle. Er durfte ihr unter keinen Umständen wehtun, erst recht nicht, nachdem er diese Furcht in den grünen Tiefen ihrer verschleierten Augen gesehen hatte. Sie war so weich und seidig und so eng, dass er das Pulsieren ihres Schoßes spüren konnte. Vor Lust erschauernd schloss er die Augen.

Um ihre Erregung noch zu steigern, küsste er sie leidenschaftlich, während er sie mit den Händen liebkoste. Dann begann er sich langsam in ihr zu bewegen, allerdings ohne allzu sehr in sie einzudringen, obwohl ihn jede Bewegung dem Höhepunkt gefährlich näher brachte.

Michelle spürte, dass ihr die Kontrolle immer mehr entglitt, aber es war ihr egal. Kontrolle war nicht wichtig, nichts war wichtig außer dem Feuer, das ihren Körper und ihren Geist verzehrte und immer höher loderte, bis sie sich ganz und gar vergaß. Eine schier unerträgliche Spannung hatte sie fest im Griff und steigerte sich, bis sie es kaum mehr aushalten konnte. Sie verbrannte bei lebendigem Leib und warf sich hilflos hin und her. Wilde Schluchzer entrangen sich ihrer Kehle, die John mit seinem Mund erstickte, dann schob er eine Hand zwischen seinen und ihren Körper und begann sie zu streicheln. Sie stand eine Sekunde zitternd auf dem Kamm einer haushohen Woge und schrie laut auf, als sie von einem wilden Strudel fortgerissen wurde. Er hielt ihren zuckenden Körper fest, während er tief in sie eindrang und ihr alle Lust gab, die er ihr geben konnte.

Als es vorbei war, war sie völlig erschöpft und schweißüberströmt. „Ich wusste … es nicht“, stammelte sie, während ihr die Tränen übers Gesicht liefen. Er murmelte ihr beruhigende Worte ins Ohr und hielt sie einen Moment lang ganz fest, aber nachdem er jetzt so tief in ihr war, konnte er sich nicht mehr länger zurückhalten. Er schob die Hände unter ihre Hüften und schickte sich an, sie vollends auszufüllen.

Jetzt war sie es, die ihn hielt, indem sie Arme und Beine

noch fester um ihn schlang, während sich seiner Kehle ein heiserer erstickter Schrei entrang. John war blind und taub gegenüber allem außer seiner eigenen Ekstase, die ihn wie eine Sturmflut mit sich hinwegriss.

Danach war es lange Zeit still. John lag auf ihr, so gesättigt und entspannt, dass er nicht einmal daran denken konnte, sich zu bewegen. Erst als sie unter ihm unruhig wurde, stützte er sich auf einen Ellbogen auf und schaute auf sie hinunter.

Als er sich über sie beugte, mischte sich in seinem Blick Zärtlichkeit mit männlicher Genugtuung. Er strich ihr das zerzauste Haar aus dem Gesicht und fuhr ihr sacht über die Wangen. Sie sah erschöpft aus, aber es war die selige Erschöpfung einer Frau, die von ihrem Liebhaber sorgfältig befriedigt worden war. Er bedeckte ihre schön geschwungenen Wangenknochen mit kleinen zärtlichen Küssen, wobei schon wieder neue Wellen der Erregung durch seinen Körper liefen.

Dann hob er den Kopf und fragte leise: „Es hat dir noch nie vorher wirklich Spaß gemacht, stimmt's?"

Als sie spürte, dass ihr die Röte in die Wangen schoss, wandte sie schnell das Gesicht ab. „Das gibt deinem Ego wahrscheinlich mächtig Futter."

Sie versuchte, sich ihm zu entziehen, und das war das Letzte, was er wollte. Deshalb beschloss er, das Thema fürs Erste fallen zu lassen, auch wenn ihm noch eine Menge Fragen dazu auf der Zunge brannten. Doch jetzt lag sie warm und weich in seinen Armen, satt und entspannt nach dem Liebesspiel mit ihm, und genauso sollte es auch bleiben, bis sie sich an den Gedanken gewöhnt hatte, dass sie ihm gehörte.

Jawohl, sie gehörte ihm.

Er würde für sie sorgen, sie sogar verwöhnen. Und warum

auch nicht? Sie war dafür gemacht, verhätschelt und bedient zu werden, zumindest bis zu einem bestimmten Punkt. Sie hatte sich mächtig ins Zeug gelegt, um die Ranch halten zu können, und das imponierte ihm, aber für so ein Leben war sie nicht gemacht. Wenn sie erst begriffen hatte, dass sie jetzt nicht mehr kämpfen musste, dass er die ehrliche Absicht hatte, für sie zu sorgen, würde sie es als die natürliche Ordnung der Dinge akzeptieren.

Er hatte zwar kein Geld, um es für irgendwelchen Firlefanz wie schicke Reisen oder teuren Schmuck zum Fenster hinauszuwerfen, aber er konnte ihr Sicherheit und Komfort bieten. Außerdem konnte er ihr garantieren, dass ihr Bett nie kalt wurde. Obwohl er sie gerade erst gehabt hatte, spürte er, dass schon wieder Verlangen in ihm aufstieg.

Wortlos begann er, sie von Neuem in einen dunklen Strudel aus Verlangen und Befriedigung zu ziehen. Michelles Augen schlossen sich, ihr Körper wölbte sich seinem verlangend entgegen. Schon vor Jahren hatte sie instinktiv gewusst, dass es so sein würde, dass die Wucht dieser Leidenschaft sogar ihre Identität hinwegschwemmen würde. In seinen Armen verlor sie sich und war nur noch seine Frau.

## 5. KAPITEL

Als Michelle erwachte, stahl sich gerade das erste fahle Licht der Morgendämmerung ins Zimmer. Sie hatte tief und traumlos geschlafen, doch dann war sie durch die ungewohnte Anwesenheit des Mannes neben ihr geweckt worden. Als ihr Blick über ihn hinwegwanderte, trat ein beunruhigter Ausdruck in ihre Augen.

Wie leicht sie es ihm gemacht hatte! Dieses Wissen nagte an ihr, als sie vorsichtig, um ihn nicht zu wecken, aus dem Bett schlüpfte. Er würde bestimmt noch ein paar Stunden schlafen, denn während der Nacht war er nicht viel dazu gekommen.

Als sie aufstand, zitterten ihr die Knie, und das leichte Brennen zwischen ihren Beinen war eine zusätzliche Erinnerung an die vergangene Nacht. Als ob sie die noch brauchte! Vier Mal. Er hatte sie vier Mal genommen, und mit jedem Mal hatte sich ihre Lust noch gesteigert. Sie konnte es immer noch nicht fassen, wie ihr Körper auf ihn reagiert hatte, sie hatte sich ganz und gar fallen lassen. Aber John hatte sie aufgefangen und gezwungen, den Rhythmus, den er vorgegeben hatte, einzuhalten. Nun wusste sie, dass alle Gerüchte, die über ihn in Umlauf waren, nicht übertrieben waren – im Gegenteil.

Irgendwie musste sie mit der unerfreulichen Tatsache zurechtkommen, dass sie ebenso wie zahllose andere Frauen vor ihr schwach geworden war. Das Schlimmste daran war nicht, dass sie sich so leicht von ihm hatte verführen lassen, sondern die schmerzliche Gewissheit, dass diese Ekstase nicht andauern würde. Oh, es konnte durchaus sein, dass sich das, was sie letzte Nacht erlebt hatte, noch ein paar Mal wiederholte, aber er würde nicht bleiben. Sobald er anfing, sich mit ihr zu langweilen, würde er seine gierigen Fühler nach einer anderen Frau ausstrecken, genauso wie er es immer gemacht hatte.

Nachdem sie, immer noch grübelnd, geduscht hatte, machte sie Kaffee, schenkte sich eine große Tasse voll und ging damit leise wieder nach oben, um nachzuschauen, ob er noch schlief.

Offensichtlich war er gerade aufgewacht. Er stützte sich auf einen Ellbogen auf und fuhr sich mit den Fingern durch das zerzauste Haar, wobei er ihren ruhigen Blick aus leicht zusammengekniffenen Augen erwiderte. Ihr Herzschlag beschleunigte sich. Er sah mit seinen zerzausten Haaren wie ein Raufbold aus, auf Wangen und Kinn lag ein dunkler Bartschatten, und sein entblößter braun gebrannter Brustkorb war von Muskelsträngen durchzogen, wie man sie bei einem Geschäftsmann niemals finden würde. Sie wusste nicht, was sie in seinem Gesicht zu finden gehofft hatte: Verlangen wahrscheinlich und auch Zuneigung. Aber beides war nicht da. Stattdessen war sein Gesicht so hart wie immer, und der Blick, mit dem er sie aus diesen verengten Augen fixierte, war so durchdringend, dass sie am liebsten im Boden versunken wäre. Offenbar wartete er darauf, dass sie irgendetwas sagte.

Obwohl ihr plötzlich die Beine zitterten, schaffte sie es, ihren Kaffee nicht zu verschütten. Ihre Stimme klang nur leicht angespannt, als sie schnippisch sagte: „Herzlichen Glückwunsch. An dir ist ja noch viel mehr dran, als man sich erzählt. Du hast wirklich was, wenn du dich entschließt zu punkten, es haut einen schlicht um. So, und jetzt kannst du nach Hause gehen und eine weitere Kerbe in deinen Bettpfosten schnitzen."

Seine Augen verengten sich noch mehr. Ohne sich um das herunterrutschende Laken zu kümmern, setzte er sich auf und streckte die Hand nach der Kaffeetasse aus, die Michelle ihm hinhielt. Nachdem er einen Schluck getrunken hatte, gab er ihr die Tasse wieder zurück.

„Setz dich“, befahl er rau.

Sie zuckte leicht zusammen. Er sah die kleine Bewegung und packte sie am Handgelenk, wobei der Kaffee alarmierend nah an den Rand der Tasse schwappte. Sanft, aber unerbittlich zog er Michelle zu sich heran, bis sie neben ihm auf der Bettkante saß.

Er hielt ihre Hand weiterhin fest und zeichnete mit seinem schwieligen Daumen den blassen Schatten ihrer Adern nach. „Nur dass das klar ist, ich schnitze keine Kerben in Bettpfosten. Ist das die Laus, die dir heute Morgen über die Leber gelaufen ist?“

Sie zuckte kaum wahrnehmbar die Schultern, während sie beharrlich seinem Blick auswich.

Jetzt hatte sie sich ihm also doch wieder entzogen! Er beobachtete sie grimmig und versuchte in ihrem Gesicht zu lesen. Frauen waren nach einer Liebesnacht verletzlich, und besonders Michelle würde zu schwach sein, um sich selbst zu schützen. Er musste sie dazu bringen, mit ihm zu reden, sonst bestand die Gefahr, dass sie sich noch ganz von ihm abkapselte. „Es ist lange her für dich, stimmt's?“

Wieder reagierte sie nur mit diesem angedeuteten Schulterzucken. Und wieder versuchte er in ihrem Gesicht zu lesen. „Dir hat Sex vorher nie besonders viel Spaß gemacht.“ Es war keine Frage, sondern eine Feststellung.

Endlich schaute sie ihn an, und er entdeckte in ihren Augen Argwohn und Ablehnung. „Was willst du von mir – eine Empfehlung? Du weißt ganz genau, dass es das erste Mal war, dass ich … dass es mir Spaß gemacht hat."

„Und warum war das vorher anders?"

„Vielleicht musste ich ja mit einem Zuchthengst ins Bett gehen", erwiderte sie schnoddrig.

„He, lass den Quatsch", fuhr er sie an. „Wer hat dir wehgetan? Wer ist schuld, dass du Angst vor Sex hast?"

„Ich habe keine Angst", wehrte sie ab, beunruhigt von der Vorstellung, dass Roger es womöglich geschafft haben könnte, ihr den Sex zu verleiden. „Es war nur … na ja, es ist eben schon so lange her, und du bist so groß …" Sie unterbrach sich, wurde rot und wandte den Blick ab.

Er musterte sie nachdenklich. Schließlich ließ er ihr Handgelenk los, und sie brachte sich sofort vor ihm in Sicherheit, indem sie aufstand. Sie trank einen Schluck Kaffee und schaute aus dem Fenster. „Deine Männer werden sich ihren Teil denken, wenn sie sehen, dass dein Auto heute früh immer noch da draußen steht. Ich habe gar nicht daran gedacht, dass sie ja heute wiederkommen."

Ohne sich darum zu kümmern, dass er nackt war, schlug er das Laken zurück und stieg aus dem Bett. „Und wenn schon? Stört dich das?"

„Glaubst du vielleicht, es gefällt mir, wenn irgendwelche Leute beim Bier über mich herziehen? Du polierst dein Image noch ein bisschen mehr auf, während ich nur der letzte in einer endlosen Reihe von One-Night-Stands bin."

„Nun, wenn du erst bei mir einziehst, wird jeder wissen, dass es mit dir etwas anderes ist", erklärte er auf dem Weg ins Bad siegesgewiss. „Wie lange brauchst du zum Packen?"

Michelle, die glaubte, sich verhört zu haben, fuhr zu ihm herum, aber er war bereits im Bad verschwunden. Das Wasser fing an zu rauschen. Bei ihm einziehen? Sie setzte sich auf die Bettkante, schaute auf die Badezimmertür und wartete darauf, dass er wieder herauskam, während sie gegen das Gefühl ankämpfte, einen gefährlichen Abhang hinunterzuschliddern. Ihr entglitt die Kontrolle über ihr Leben, und sie wusste nicht, was sie dagegen tun sollte. Das Problem war nicht nur, dass John so dominant war, sondern vor allem, dass sie so schwach war. Sie wünschte sich, einfach ihren Kopf an seine Schulter lehnen und sich ausruhen zu können, während er sich um alles kümmerte. Sie war so erschöpft, körperlich und seelisch. Aber was würde passieren, wenn sie ihm die Führung überließ und er sie dann doch irgendwann satt hatte? Dann würde sie wieder genau dort sein, wo sie angefangen hatte, aber zusätzlich zu allen anderen Problemen auch noch mit einem gebrochenen Herzen.

Das Wasserrauschen hörte auf. Vor ihrem geistigen Auge sah sie ein Bild vor sich – einen Mann, muskulös, nackt, tropfnass. Der sich mit ihren Handtüchern abtrocknete. Der ihr Bad mit seinem männlichen Geruch und seiner Anwesenheit füllte. Dessen Männlichkeit unter ihrem rosa-weißen Bad ebenso wenig litt wie unter dem Umstand, dass er sich mit ihrer parfümierten Seife gewaschen hatte. Im Gegenteil, es würde sie nur noch unterstreichen.

Ihr Herz begann schneller zu klopfen, als sie daran dachte, was er während der Nacht alles mit ihr gemacht hatte, welche Gefühle er in ihr hervorgerufen hatte. Sie hatte nicht gewusst, dass sie sich so allein von ihrem Körper leiten lassen konnte, dass sie das Gefühl, genommen zu werden, in vollen Zügen genießen konnte, und obwohl heutzutage kein Mensch mehr davon sprach, dass ein Mann eine Frau *in Besitz nahm,* war es genau das, was letzte Nacht passiert war. Es war eine Erfahrung, die sie bis in ihre Grundfesten hinein erschüttert hatte.

Schließlich kam er, nur ein weißes Handtuch um die braunen Hüften geschlungen, aus dem Bad geschlendert, sein Haar glänzte nass, und auf seinen breiten Schultern und in den schwarzen gekräuselten Haaren auf seiner Brust glitzerten immer noch ein paar Wassertropfen. Er war herrlich gebaut, und sie lechzte danach, ihn zu berühren.

Er warf ihr einen ruhigen, entschlossenen Blick zu. „Hör auf herumzutrödeln und pack deine Sachen zusammen."

„Ich komme nicht mit." Sie versuchte krampfhaft, entschieden zu klingen.

„Ich könnte mir vorstellen, dass es dir peinlich ist, wenn ich dich in diesem Bademantel in mein Haus trage", warnte er sie.

„John …" Sie unterbrach sich, dann winkte sie frustriert ab. „Ich will mich einfach nicht mit dir einlassen."

„Dafür ist es jetzt ein bisschen spät", erinnerte er sie.

„Ich weiß" flüsterte sie. „Letzte Nacht hätte nicht passieren sollen."

„Verdammt noch mal, Frau, es hätte schon längst passieren sollen." Verärgert ließ er das Handtuch zu Boden fallen und griff nach seiner Boxershorts. „Es ist einfach das Vernünftigste, wenn du bei mir einziehst. Ich arbeite zwölf Stunden am Tag und mehr, manchmal sogar die ganze Nacht durch. Und abends muss ich mich um den Papierkram kümmern. Himmel, du weißt doch, was es bedeutet, eine Ranch zu führen. Wann soll ich dich sehen? Einmal in der Woche? Der Teufel soll mich holen, wenn ich mich mit einem gelegentlichen Quickie zufriedengebe."

„Und was wird aus meiner Ranch? Wer kümmert sich um

sie, während ich mich zu deiner ständigen Verfügung halte?"

Er lachte rau auf. „Baby, wenn du dich hinlegst, wann immer ich den Drang dazu verspüre, würdest du das ganze nächste Jahr auf dem Rücken verbringen. Ich werde hart, sobald ich dich nur ansehe."

Unwillkürlich glitt ihr Blick an seinem Körper nach unten, und als sie den Beweis sah, der sich gegen den Stoff der Shorts drückte, wurde ihr schlagartig heiß. Sie riss ihren Blick los und schluckte gegen die trockene Enge in ihrem Hals an. „Ich muss mich trotzdem um meine Ranch kümmern", wiederholte sie trotzig, als ob es magische Worte wären, angetan, ihn auf Abstand zu halten.

Er stieg in seine Hose und verzog ungeduldig den Mund. „Das mit deiner Ranch geht klar, ich kümmere mich darum. Sieh den Tatsachen ins Auge, Michelle. Du brauchst Hilfe. Du kannst nicht alles allein machen."

„Aber ich muss es wenigstens versuchen, verstehst du das denn nicht?" In ihrem Ton schwang Verzweiflung mit. „Ich bin noch nie in meinem Leben selbst für meinen Lebensunterhalt aufgekommen, aber ich bin gerade dabei, es zu lernen. Und jetzt trittst du in Dads Fußstapfen und willst alles übernehmen, doch was passiert mit mir, wenn du mich satthast und zur nächsten Frau weiterziehst? Dann werde ich immer noch nicht wissen, wovon ich leben soll!"

John, der gerade dabei war, seinen Reißverschluss hochzuziehen, hielt in der Bewegung inne und starrte sie an. Verdammt, glaubte sie wirklich, er würde ihr mit einem beiläufigen *War nett mit dir, aber jetzt reicht's mir* den Stuhl vor die Tür setzen? Falls der Tag je kommen sollte, an dem er sie anschaute und nicht mehr wollte, würde er schon dafür sorgen, dass ihre Ranch genug Gewinn abwarf, um sie zu ernähren. Obwohl er sich das nicht vorstellen konnte, weil er sie dafür viel zu sehr wollte. Er hatte sie schon mit achtzehn gewollt und wollte sie immer noch.

Er hielt seine Verärgerung im Zaum und sagte nur: „Ich werde für dich sorgen."

Sie warf ihm ein kurzes angespanntes Lächeln zu. „Ganz bestimmt." Ihrer Erfahrung nach kümmerten sich die Leute vor allem um sich selbst. Sogar ihr eigener Vater hatte, auch wenn er sie noch so geliebt hatte, ihre Hilferufe überhört, weil er nicht glauben wollte, dass seine Tochter unglücklich war, weil es für ihn bequemer war zu denken, dass sie übertrieb.

John schnappte sich sein Hemd vom Boden, sein Gesicht war dunkel vor Wut. „Willst du, dass ich es dir schriftlich gebe?"

Sie rieb sich müde die Stirn. Er war nicht daran gewöhnt, dass man sich seinen Anordnungen widersetzte. Aber wenn sie jetzt klein beigab, würde er das denken, was er von Anfang an gedacht hatte – dass sie käuflich war. Vielleicht wollte er sogar, dass sie Ja sagte, dann würde er sie fest unter Kontrolle haben, wie einen Gegenstand, den er gekauft und bezahlt hatte. Erschöpft sagte sie: „Nein, das möchte ich nicht."

„Und was willst du dann, verdammt?"

Nur seine Liebe. Um den Rest ihres Lebens mit ihm verbringen zu können. Nicht mehr und nicht weniger.

Genauso gut hätte sie sich den Mond wünschen können.

„Ich will allein zurechtkommen."

Sein Gesicht wurde ein bisschen weicher. „Das kannst du nicht." Es klang endgültig.

„Aber ich kann es wenigstens versuchen."

Das Schlimme daran war, dass er ihren Wunsch respektieren musste, auch wenn ihm sein gesunder Menschenverstand sagte, dass sie keinen Erfolg haben würde. Sie war körperlich nicht stark genug, um zu tun, was getan werden musste, und zudem fehlten ihr die finanziellen Mittel. Sie hatte versucht, sich aus einem Loch herauszubuddeln, das so tief war, dass alle ihre Anstrengungen von Anfang an zum Scheitern verurteilt waren. Sie würde sich halb tot schuften, womöglich sogar krank werden, und dann hatte sich der Kreis wieder geschlossen, weil sie jemanden brauchte, der sich um sie kümmerte. Alles, was er tun konnte, war abzuwarten, versuchen, auf sie aufzupassen und da zu sein, wenn alles über ihr zusammenbrach. Dann würde sie endlich froh sein, eine starke Schulter zu haben, an die sie sich anlehnen konnte, und den ihr angemessenen Platz im Leben einnehmen zu können.

Aber er würde es nicht zulassen, dass sie sich vormachte, in der letzten Nacht sei zwischen ihnen nichts passiert. Sie gehörte jetzt ihm, und das musste sie begreifen, bevor er sie allein ließ. Dieses Wissen musste sich genauso in ihr Fleisch einbrennen, wie es sich in seins eingebrannt hatte, und vielleicht musste er ihr ja noch eine Lektion im hellen Tageslicht erteilen, damit sie es nicht vergaß. Er ließ sein Hemd wieder fallen und machte, ohne sie aus den Augen zu lassen, seinen Reißverschluss auf. Wenn er sie verließ, würde er den Abdruck seiner Hände auf ihrem Körper und seinen Geschmack in ihrem Mund hinterlassen, damit sie ihn jedes Mal, wenn sie ohne ihn ins Bett stieg, fühlte und schmeckte.

Ihre grünen Augen weiteten sich, und in ihre Wangen kam zusehends Farbe. Ihr nervöser Blick huschte zum Bett, dann schnell wieder zu ihm.

Sein Herz begann zu hämmern. Er wollte ihre festen Brüste wieder in seinen Händen spüren, wollte spüren, wie ihre Knospen in seinem Mund hart wurden. Sie flüsterte seinen Namen, als er, nachdem er aus seiner Hose gestiegen war, auf sie zukam und ihr seine Hände um die Taille legte, die so schlank war, dass es sich anfühlte, als ob er sie auseinanderbrechen könnte, wenn er nicht vorsichtig war.

Als er sie aufs Bett legte und sie mit seinem nackten heißen Körper bedeckte, dachte sie mit keinem Gedanken daran, sich ihm zu verweigern.

*Nimmst du die Pille?*

*Nein.*

*Verdammt. Wann hast du das nächste Mal deine Tage?*

*Bald. Keine Sorge, es kann nichts passieren.*

*Hoffentlich. Du solltest dir lieber ein Rezept holen.*

*Ich vertrage die Pille nicht, mir wird schlecht davon.*

*Dann müssen wir uns eben etwas anderes überlegen. Willst du dich darum kümmern, oder soll ich es tun?*

Dieses Gespräch ging Michelle ständig im Kopf herum. Deutlicher hätte John seine Ansprüche nicht anmelden können. Obwohl ihr erst später, nachdem er sich mit vor Genugtuung glitzernden Augen von ihr verabschiedet hatte, klar geworden war, dass sie mit ihrem *Ich kümmere mich darum* ihre Einwilligung gegeben hatte.

Sie musste einigen Papierkram erledigen und zwang sich, sich darauf zu konzentrieren, aber dabei tauchten nur weitere Probleme auf. Der Stapel mit den unbezahlten Rechnungen wuchs stetig, und sie wusste nicht, wie lange sie ihre Gläubiger noch vertrösten konnte. Aber sie musste ihre Rinder erst mästen, bevor sie sie verkaufen konnte, doch dafür fehlte ihr das Geld. Ein Teufelskreis, von dem sie nicht wusste, wie sie ihn durchbrechen sollte.

Als das Telefon klingelte, meldete sie sich tief in Gedanken versunken.

„Michelle, Darling."

Sobald sie die Stimme hörte, wurde sie von einer Welle der Übelkeit überschwemmt und drückte augenblicklich auf den Knopf, um das Gespräch zu beenden. Ihre Finger zitterten, als sie den Hörer zurücklegte. Warum ließ er sie nicht in Ruhe? Es war jetzt immerhin zwei Jahre her. In dieser Zeit hätte er eigentlich über seine krankhafte Besessenheit hinwegkommen müssen.

Das Telefon klingelte erneut, der schrille Ton drang ihr wieder und wieder ins Ohr. Sie zählte vor Panik erstarrt mit und fragte sich, ob er wohl aufgab, bevor sie die Nerven verlor. Aber was war, wenn er es einfach weiterklingeln ließ? Sie würde gezwungen sein, das Haus zu verlassen, wenn nicht, würde sie verrückt werden. Nach dem achten Läuten hielt sie es nicht mehr aus und meldete sich.

„Darling, leg nicht wieder auf, bitte", flüsterte Roger. „Ich liebe dich so sehr. Ich muss mit dir reden, sonst werde ich noch wahnsinnig."

Das waren die Worte eines Liebhabers, aber sie erschauerte. Roger war bereits wahnsinnig. Wie oft hatte er ihr kurz nach einem schrecklichen Anfall von Jähzorn Liebesworte ins Ohr geflüstert, wenn sie noch vor Angst erstarrt gewesen war und ihr ganzer Körper von seinen Schlägen wehgetan hatte? Aber dann hatte es ihm leid getan, und er hatte immer wieder beteuert, wie sehr er sie liebe und dass er ohne sie nicht leben könne.

Nur mit Mühe bekam sie heraus: „Bitte, lass mich in Ruhe. Ich will nicht mit dir reden."

„Das meinst du nicht ernst. Du weißt, dass ich dich liebe. Niemand hat dich je so geliebt wie ich."

„Es tut mir leid", sagte sie mühsam. „Aber ich werde nicht mit dir reden, Roger. Ich lege jetzt auf."

„Warum willst du nicht reden? Ist irgendjemand bei dir?"

Ihre Hand war wie gelähmt, sie war unfähig, auf den Knopf zu drücken und den Hörer wegzulegen. Wie ein von dem Blick einer Schlange hypnotisiertes Kaninchen wartete sie mit angehaltenem Atem auf das, was, wie sie wusste, gleich kommen würde.

„Michelle, ist jemand bei dir?"

„Nein", flüsterte sie. „Ich bin allein."

„Du lügst! Darum willst du nicht mit mir reden. Dein Liebhaber ist bei dir und hört jedes Wort mit."

Hilflos hörte sie zu, wie sich die Wut in seiner Stimme aufbaute, und obwohl sie wusste, dass sie nichts dagegen tun konnte, war sie unfähig, sich davon abzuhalten, es zu versuchen. „Ich schwöre dir, dass ich allein bin."

Zu ihrer Überraschung widersprach er nicht, aber sie konnte seine beschleunigten Atemzüge hören, die so klar durch die Leitung kamen, als ob er direkt neben ihr stünde. „Also gut, ich glaube dir. Wenn du zu mir zurückkommst, glaube ich dir."

„Ich kann nicht …"

„Du hast einen anderen, stimmt's? Ich wusste immer, dass du einen anderen hast. Ich habe es zwar nie geschafft, dich zu ertappen, aber ich wusste es trotzdem immer."

„Nein. Da ist niemand. Ich bin allein, ich arbeite in Dads Büro." Sie sprach schnell und schloss bei der Lüge die Augen. Obwohl es den Tatsachen entsprach, dass sie im Augenblick allein war, war es doch eine Lüge. In ihrem Herzen war immer ein anderer gewesen, ganz weit hinten in ihrem Hinterkopf.

Plötzlich bebte seine Stimme. „Ich könnte es nicht ertragen, wenn du einen anderen liebst, Darling. Ich könnte es einfach nicht. Schwör mir, dass es nicht so ist. Schwör mir, dass du allein bist."

„Ich schwöre es." Verzweiflung schnitt ihr ins Herz. „Ich bin ganz allein, ich schwöre es!"

„Ich liebe dich", flüsterte Roger und legte auf.

Sie stürzte ins Bad, wo sie sich so lange übergab, bis ihre Magenmuskeln schmerzten. Noch einmal konnte sie das nicht aushalten, sie würde ihre Telefonnummer ändern und nicht mehr ins Telefonbuch aufnehmen lassen. Sie beugte sich übers Waschbecken, um sich den Mund auszuspülen, und als sie wieder aufschaute, sah sie ihr blutleeres Gesicht im Spiegel. Sie hatte kein Geld, um ihre Telefonnummer ändern zu lassen.

Ihren bebenden Lippen entschlüpfte ein zittriges Lachen. Wenn alles so weiterging, würde man ihr das Telefon sowieso bald sperren, weil sie ihre Rechnung nicht bezahlen konnte. Damit war das Problem gelöst. Wenn sie kein Telefon hatte, konnte Roger sie auch nicht anrufen. Vielleicht hatte es ja doch Vorteile, bankrott zu sein.

## 6. KAPITEL

Am nächsten Tag schaute John nur ganz kurz vorbei, um Michelle zu sagen, dass er für ein paar Tage nach Miami müsse und dass sie in der Zwischenzeit schon mal den Kaufvertrag in Tampa unterzeichnen könne. Trotz eines Gefühls von Verlorenheit, das sie nicht abschütteln konnte, erlaubte sich Michelle nicht, während der folgenden Tage viel zu grübeln. Es gab viel zu tun, und obwohl Johns Männer die schweren Arbeiten auf der Ranch übernommen hatten, fand Michelle immer noch etwas, das getan werden musste, und verbrachte so viel Zeit wie sie nur konnte damit, Johns Männern irgendwie zu helfen.

Die Ranch wirkte mit all ihrer Geschäftigkeit, dem Staub, den Gerüchen und Flüchen mittlerweile fast schon wieder so, wie eine Ranch normalerweise wirkte. Die Rinder wurden desinfiziert, die Kälber gekennzeichnet und die jungen Bullen kastriert. Früher hätte Michelle die Nase gerümpft, aber jetzt sah sie in dieser Betriebsamkeit neue Lebenszeichen, sowohl für die Ranch als auch für sich selbst.

Am zweiten Tag kam Nev mit dem Mercedes, den John Michelle für die Fahrt nach Tampa angeboten hatte, herüber.

Nachdem sie so lange den Pick-up gefahren war, fühlte sich der schnelle, wendige Mercedes ziemlich seltsam an. Michelle fuhr übertrieben vorsichtig nach Tampa. Es war schwer vorstellbar, dass sie je wieder so gleichgültig mit einem teuren Sportwagen umgehen würde wie mit denen, die sie im Lauf der Jahre gefahren hatte, und sie konnte sich noch gut erinnern, wie achtlos sie den weißen Porsche behandelt hatte, den ihr ihr Vater zu ihrem achtzehnten Geburtstag geschenkt hatte. Dass er so viel Geld gekostet hatte, hatte sie nicht im Mindesten beeindruckt.

Alles war relativ. Damals hatte sie sich keine Gedanken darüber gemacht. Wenn sie dieses Geld heute hätte, würde sie sich reich fühlen.

Sie unterzeichnete die Papiere, die der Notar vorbereitet hatte, dann fuhr sie sofort wieder zurück, weil sie den Mercedes nicht länger als nötig behalten wollte.

Der Rest der Woche verlief ruhig, obwohl sie sich wünschte, John würde sie anrufen und ihr sagen, wann er zurückkam. Je mehr Tage vergingen, umso langsamer schien die Zeit zu verstreichen, und sie war machtlos gegen die nagenden Zweifel, die in unbeobachteten Momenten in ihr aufzukeimen begannen. Was war, wenn er mit einer anderen Frau zusammen war? Auch wenn er geschäftlich in Miami war, wusste sie doch nur allzu gut, wie die Frauen auf ihn flogen, und er arbeitete schließlich keine vierundzwanzig Stunden am Tag. Er hatte ihr keinerlei Versprechungen gemacht, und es stand ihm frei, jederzeit mit einer anderen Frau etwas anzufangen, wenn ihm der Sinn danach stand. Diese Erkenntnis tat weh.

Aber wenn John schon nichts von sich hören ließ, so tat es Roger wenigstens auch nicht. Eine Weile hatte sie befürchtet, dass er jetzt womöglich regelmäßig anrufen könnte, aber die tröstliche Stille hielt an. Vielleicht war er ja auch so von seinen Geschäften in Anspruch genommen, dass er keine Zeit hatte, an sie zu denken. Was immer es auch sein mochte, Michelle war unendlich dankbar dafür.

Am Freitagmorgen kamen Johns Männer nicht. Die Herde graste auf der Ostweide, alle Zäune waren repariert, und im Augenblick gab es nichts weiter zu tun. Michelle belud eine

Waschmaschine, dann verbrachte sie den Vormittag damit, die Wiese vor dem Haus zu mähen. Als sie mittags ins Haus ging, um sich ein Sandwich zu machen, war sie in Schweiß gebadet.

Es war seltsam still im Haus, oder vielleicht kam es ihr im Vergleich zu dem Krach, den der Rasenmäher gemacht hatte, auch nur so still vor. Sie brauchte sofort ein Glas Wasser. Sie drehte den Wasserhahn auf, damit das Wasser kalt werden konnte, während sie sich aus dem Küchenschrank ein Glas holte, aber es tröpfelte nur schwach aus der Leitung, und gleich darauf kam überhaupt kein Wasser mehr. Michelle runzelte die Stirn, drehte den Wasserhahn zu und wieder auf. Nichts passierte. Sie probierte den Warmwasserhahn. Nichts.

Mit einem Aufstöhnen lehnte sie sich gegen die Spüle. Das war genau das, was sie brauchte. Jetzt war auch noch die Wasserpumpe kaputt.

Es dauerte nur ein paar Sekunden, bis sie zwischen der Stille im Haus und dem Wassermangel einen Zusammenhang hergestellt hatte, und sie straffte die Schultern. Widerstrebend streckte sie die Hand nach dem Lichtschalter aus und knipste ihn an. Nichts.

Sie hatten ihr den Strom abgestellt.

Darum also war es so still. Der Kühlschrank summte nicht, der Deckenventilator drehte sich nicht.

Verzweifelt tief Luft holend, sank sie auf den nächstbesten Stuhl. Sie hatte die letzte Stromrechnung vergessen. Sie hatte die zweite Mahnung in eine Schublade gestopft und dann nicht mehr daran gedacht, weil in der Zwischenzeit so viel passiert war. Obwohl sie das Geld für die Bezahlung der Rechnung sowieso nicht gehabt hätte.

Sie musste jetzt praktisch denken. Die Menschen hatten

schließlich Tausende von Jahren ohne Strom gelebt, warum sollte sie es dann jetzt nicht können? Kochen fiel aus; Herd und die Mikrowelle wurden elektrisch betrieben, aber da sie sowieso nicht die beste Köchin der Welt war, war das kein großer Verlust. Der Kühlschrank war bis auf Milch und ein paar Kleinigkeiten leer. Der Gedanke an die Milch erinnerte sie daran, wie durstig sie war, deshalb goss sie sich ein Glas kalte Milch ein und stellte den Karton dann schnell wieder in den Kühlschrank zurück.

In der Speisekammer waren eine Kerosinlampe und ein paar Kerzen, Licht würde sie also haben. Das größte Problem war das Wasser. Sie brauchte Wasser zum Trinken und um sich zu waschen. Das Vieh konnte aus dem kleinen Bach trinken, der sich an der Ostweide entlangschlängelte, darum brauchte sie sich also keine Sorgen zu machen.

Ungefähr hundert Meter hinter dem Haus war ein alter Brunnen, aber sie wusste nicht, ob er ausgetrocknet war oder ob man ihn einfach nur abgedeckt hatte, nachdem der neue Brunnen mit der Elektropumpe in Betrieb genommen worden war. Aber auch wenn er Wasser führte, wie sollte sie es heraufbekommen? Im Stall gab es ein Seil, und einen Eimer hatte sie auch. Das dürfte also kein Problem werden. Dann musste sie jetzt erst einmal nachschauen, ob in dem Brunnen überhaupt Wasser war.

Bei Einbruch der Dunkelheit war sie überzeugt davon, dass alle Pioniere Muskelprotze gewesen sein mussten. Jeder Muskel in ihrem Körper schmerzte. Sie hatte so viele Eimer mit Wasser hochgezogen und ins Haus geschleppt, dass sie lieber gar nicht nachzählen wollte, wie viele es gewesen waren. Da mitten im Waschgang der Strom ausgefallen war, hatte sie die Wäsche von

Hand waschen und spülen müssen und sie anschließend zum Trocknen aufgehängt. Sie brauchte Wasser zum Trinken. Sie brauchte Wasser zum Waschen. Sie brauchte Wasser, um in der Toilette nachzuspülen. Die Bequemlichkeiten des modernen Lebens waren ohne Strom verdammt unbequem.

Aber am Ende war sie zu müde, um lange aufzubleiben und so ihre Kerzen zu verschwenden. Sie stellte eine Kerze auf eine Untertasse auf ihren Nachttisch und legte Streichhölzer daneben, falls sie in der Nacht aufwachte. Und sobald sie sich zwischen ihren Laken ausgestreckt hatte, war sie auch schon eingeschlafen.

Am nächsten Morgen aß sie zum Frühstück ein Sandwich mit Erdnussbutter und Marmelade, dann räumte sie den Kühlschrank aus, damit das wenige Essen, das noch drin war, nicht vergammelte. Im Haus herrschte eine seltsam drückende Atmosphäre, als ob sich alles Leben daraus verabschiedet hätte, deshalb verbrachte sie den größten Teil des Tages im Freien, wo sie den Rindern beim Grasen zuschaute und nachdachte.

Sie würde die Tiere jetzt sofort verkaufen müssen, statt sie noch länger zu mästen. Auf diese Weise würde sie zwar nicht so viel dafür bekommen, aber sie würde das Geld immerhin jetzt gleich haben. Es war idiotisch gewesen, die Dinge so lange schleifen zu lassen. Ihr Stolz hatte sie davon abgehalten, John um Rat zu fragen und ihn zu bitten, ihr beim Verkauf behilflich zu sein; jetzt blieb ihr gar nichts anderes mehr übrig, als ihn zu fragen.

Und dennoch – wenn dies vor zehn Tagen passiert wäre, hätte sie nicht einmal im Traum daran gedacht, John um Rat zu bitten. Aber er hatte sie aus der Reserve gelockt und hatte ungeachtet ihrer Proteste angefangen, sich um bestimmte Dinge zu kümmern und sie sehr sanft und behutsam verführt. Sie hatte Vertrauen zu ihm gefasst, das langsam wuchs, obwohl es ihr Angst machte, sich auf jemanden zu verlassen.

Die Nacht war schwül, die Luft feucht. Die Hitze, die sich durch die Kerzen und die Kerosinlampe noch verstärkte, machte es innen unerträglich, und obwohl Michelle in dem kalten Wasser gebadet hatte, das sie aus dem Brunnen heraufgeholt hatte, fühlte sie sich schon wieder verschwitzt. Weil es noch zu früh und zu heiß war, um ins Bett zu gehen, ging sie auf der Suche nach etwas Kühle wieder nach draußen.

Sie machte es sich in einem gepolsterten Korbstuhl bequem und seufzte erleichtert auf, als ein schwacher Luftzug ihr Gesicht streifte. Das Nachtkonzert der Grillen und Frösche wirkte einschläfernd, und es dauerte nicht lange, bis ihr die Augen zufielen. Auch wenn sie nicht richtig schlief, döste sie doch ein. Ungefähr zweieinhalb Stunden später schrak sie von einem Motorengeräusch auf. Sie hörte Kies unter Autoreifen knirschen, und als sie die Augen öffnete, wurde sie von Scheinwerfern geblendet. Dann gingen die Lichter aus und das Motorengeräusch erstarb. Sie setzte sich aufrechter hin. Als aus dem Truck ein hochgewachsener breitschultriger Mann ausstieg und die Tür zuknallte, begann ihr Herz schneller zu schlagen. Das Licht der Sterne war nicht hell, aber sie brauchte kein Licht, um zu wissen, wer es war, weil ihr ganzer Körper vor Erwartung anfing zu kribbeln.

Obwohl er schwere Arbeitsstiefel trug, machte er kaum Lärm, als er die Treppe heraufkam. „John“, flüsterte sie kaum hörbar, aber er spürte die Vibration und drehte sich zu ihrem Stuhl um.

Sie war jetzt hellwach und spürte Gereiztheit in sich aufsteigen. „Warum hast du dich nicht gemeldet? Ich habe auf einen Anruf von dir gewartet …"

„Ich kann Telefone nicht leiden", brummte er, während er auf sie zuging. Das war aber nur zum Teil der Grund. Wenn er mit ihr telefoniert hätte, hätte er sich nur noch mehr nach ihr gesehnt, und seine Nächte waren auch so schon die Hölle gewesen.

„Das ist aber keine besonders gute Entschuldigung."

„Sie wird reichen müssen", gab er zurück. „Was machst du denn hier draußen? Ich dachte schon, du bist früh ins Bett gegangen, weil das ganze Haus dunkel ist."

Was dich nicht davon abgehalten hätte, mich zu wecken, dachte sie trocken. „Es ist noch zu heiß, um zu schlafen."

Er murmelte irgendetwas Zustimmendes, dann beugte er sich über sie und schob seine Arme unter ihre Beine und Achseln. Als er sie hochhob, schlang Michelle überrascht ihre Arme um seinen Hals, dann setzte er sich mit ihr auf dem Schoß in den Korbstuhl. In Michelle stieg eine fast schmerzliche Erleichterung auf, die eine Anspannung linderte, von deren Vorhandensein sie gar nichts gespürt hatte. Er umfing sie mit seinen starken Armen und hüllte sie in seine Wärme und seinen männlichen Duft ein. Es war fast wie nach Hause zu kommen. Sie schmiegte sich an ihn und hob ihm ihren Mund entgegen.

Der Kuss war lang und leidenschaftlich. Seine Hände schlüpften unter das leichte Nachthemd, das alles war, was sie anhatte, und fanden sie weich und nackt, was bewirkte, dass er von Kopf bis Fuß heftig erschauerte.

Er brummte einen leisen Fluch in sich hinein. „Verdammt, Frau, du sitzt hier draußen ja praktisch nackt herum."

„Es ist doch niemand da, der mich sehen könnte", flüsterte sie an seinem Hals, während ihre Lippen über das feste Fleisch wanderten und die Vertiefung fanden, wo sein Puls pochte.

Hitze und Verlangen hüllten sie ein, unendlich süß und schwerelos. Sobald er sie berührt hatte, hatte sie sich nur noch gewünscht, sich mit ihm hinzulegen und im Taumel der Sinne zu versinken. Sie wand sich in seinen Armen, wobei sie versuchte, ihre Brüste an ihn zu pressen, und wimmerte protestierend, als er sie festhielt.

„Das wird nicht funktionieren", prophezeite er, während er seine Arme wieder fest um sie legte und mit ihr aufstand. „Es ist wohl besser, wir suchen uns ein Bett, weil dieser Korbstuhl das nicht durchstehen wird."

Er trug sie ins Haus und knipste, wie sie am Tag zuvor, das Licht in der Eingangshalle an. Er wartete einen Moment, und als es nicht hell wurde, sagte er: „Du brauchst eine neue Birne."

Sie spannte sich wieder an. „Es gibt keinen Strom."

Er lachte leise auf. „Na, das ist ja ein Ding. Hast du irgendwo eine Taschenlampe? Nicht dass ich noch auf der Treppe stolpere und wir uns den Hals brechen."

„Da auf dem Tisch ist eine Kerosinlampe." Sie wand sich in seinen Armen, und er ließ sie langsam an sich nach unten gleiten, wobei er einen Moment zögerte sie loszulassen. Sie tastete nach den Streichhölzern und zündete die Lampe an.

John griff mit der linken Hand nach der Lampe und zog Michelle mit dem rechten Arm eng an sich, während sie nach oben gingen. „Hast du es denn der Stromgesellschaft schon gemeldet?"

Sie musste lachen. „Nicht nötig, sie wissen Bescheid."

„Wie lange dauert es, bis der Strom wieder da ist?“

Sie zögerte einen Moment, dann gestand sie mit einem leisen Aufseufzen: „Er ist abgestellt. Ich konnte die Rechnung nicht bezahlen.“

Er blieb abrupt stehen und zog in aufflackernder Verärgerung die Augenbrauen zusammen. „Verdammt! Und wie lange geht das schon so?“

„Seit gestern früh.“

Er stieß zischend den Atem aus. „Du bist hier schon seit anderthalb Tagen ohne Wasser und ohne Licht? Das kann ja wohl nicht wahr sein ... Warum zum Teufel hast du mir die Rechnung nicht gegeben?“, fuhr er sie an, wobei seine Augen im gelben Schein der Lampe wütend aufblitzten.

„Weil ich nicht will, dass du meine Rechnungen bezahlst!“, schoss sie zurück, während sie sich von ihm losmachte.

„So, das reicht jetzt!“ Fluchend packte er sie am Arm und zog sie die Treppe nach oben, in ihr Schlafzimmer. Er stellte die Lampe auf dem Nachttisch ab und marschierte schnurstracks zum Schrank, wo er die Türen aufriss und einen Koffer aus dem obersten Fach holte.

„Was machst du denn?“, schrie sie, während sie ihm den Koffer entwand.

Er zog einen zweiten Koffer herunter. „Deine Sachen packen“, gab er schroff zurück. „Wenn du mir nicht helfen willst, geh mir aus dem Weg und setz dich aufs Bett.“

„Lass das!“ Sie versuchte ihn daran zu hindern, einen Arm voll Kleider aus dem Schrank zu nehmen, aber er wich ihr aus und warf die Sachen aufs Bett, dann holte er die nächste Ladung aus dem Schrank.

„Du kommst mit zu mir“, sagte er in einem Ton, der keinen

Widerspruch duldete. „Heute ist Samstag, und vor Montag kann die Rechnung nicht bezahlt werden. Ich lasse dich unter keinen Umständen hier. Herrgott, du hast ja nicht mal Wasser!"

Michelle schob sich die Haare aus den Augen. „Doch. Ich habe es mir aus dem alten Brunnen raufgeholt."

Er stieß wieder einen Fluch aus und drehte sich zu der Ankleidekommode um. Bevor sie ihren Einspruch geltend machen konnte, lag ihre Unterwäsche ebenfalls auf dem Bett. „Ich kann nicht bei dir wohnen", sagte sie verzweifelt, obwohl sie wusste, dass die Situation längst außer Kontrolle geraten war. „Du weißt genau, wie das aussehen würde! Ich kann es hier gut noch zwei Tage aushalten …"

„Es ist mir völlig schnuppe, wie es aussieht!", brauste er auf. „Und damit du mich auch wirklich verstehst, wiederhole ich es jetzt noch einmal klar und deutlich: Du kommst jetzt mit mir und zwar nicht nur übers Wochenende. Ich habe es satt, mir ständig Sorgen um dich machen zu müssen. Jetzt ist das Maß voll. Wenn du zu stolz bist, um mich um Hilfe zu bitten, bleibt mir nichts anderes übrig, als mich selbst um alles zu kümmern, so wie ich es von Anfang an hätte tun sollen. Hast du das begriffen?"

Er konnte es gar nicht mehr erwarten, endlich nach Hause zu kommen und Michelles Kleider im Schrank neben seinen zu sehen, ihre Toilettenartikel in seinem Bad und jede Nacht sein Bett mit ihr zu teilen. Er hatte noch nie zuvor in seinem Leben den Wunsch verspürt, mit einer Frau zu leben, aber mit Michelle fühlte es sich absolut notwendig an. Es war unvorstellbar, dass er sich je mit weniger als mit allem, was sie zu geben hatte, zufriedengeben könnte.

## 7. KAPITEL

Als Michelle am nächsten Morgen gegen zehn erwachte, blieb sie noch einen Moment in dem großen Bett liegen und versuchte sich an die Veränderung zu gewöhnen. Sie war in Johns Haus, in seinem Bett. Er war schon vor Stunden aufgestanden und hatte sie mit einem Kuss auf die Stirn und dem Befehl, den versäumten Schlaf nachzuholen, allein gelassen. Als sie sich streckte, merkte sie, dass sie nackt war und Muskelkater hatte. Am liebsten hätte sie sich nicht von der Stelle gerührt, weil sie den tröstlichen Kokon aus Laken und Decken, der Johns Geruch ausströmte, nicht verlassen wollte. Die Erinnerung an die vergangene Nacht, die ihr die köstlichsten Sinnenfreuden beschert hatte, bewirkte, dass ihr Körper anfing zu prickeln, und sie bewegte sich rastlos. Er hatte nicht viel geschlafen und dafür gesorgt, dass sie genauso wenig schlief, bis er schließlich aufgestanden war, um sich an seine übliche Arbeit zu machen.

Wenn er sie bloß mitgenommen hätte! Es war ihr unangenehm, seiner Haushälterin zu begegnen. Was würde die Frau von ihr denken? Michelle hatte sie gestern Abend nur flüchtig gesehen, weil John sie mit unanständiger Hast die Treppe hinaufgescheucht hatte, aber Edie hatte selbst von weitem Würde und ruhige Zurückhaltung ausgestrahlt. Ihr würde kein missbilligendes Wort über die Lippen kommen, aber das war auch überflüssig, da Michelle ohnehin zu wissen glaubte, was sie dachte.

Endlich stand sie dann doch auf und duschte, wobei sie zufrieden in sich hineingrinste, als ihr klar wurde, dass sie hier mit heißem Wasser nicht zu geizen brauchte. Die Klimaanlage sorgte für eine angenehme Kühle im Haus, noch eine Bequemlichkeit, die sie im Zuge ihrer Sparanstrengungen aufgeben hatte. Rein körperlich würde sie sich hier mit Sicherheit wohlfühlen, auch wenn für ihren seelischen Zustand wohl niemand die Garantie übernehmen konnte. Johns Haus war in spanischem Stil erbaut und erst acht Jahre alt. Die lehmfarbenen Mauern und die hohen Decken hielten die Hitze ab, und die zahlreichen üppigen Grünpflanzen mit ihren prachtvollen bunten Blüten lockerten das Ambiente auf. Michelle war überrascht gewesen, als sie die Pflanzen gesehen hatte, aber dann war sie zu dem Schluss gekommen, dass sie wahrscheinlich Edies Werk waren. Das u-förmige Haus war um einen Swimmingpool herum angelegt, der eher an eine Lagune im Dschungel erinnerte als an ein Schwimmbecken, und von jedem Raum im Erdgeschoss aus hatte man einen Blick auf den Pool und den Patio.

Der Luxus hatte sie überrascht. Obwohl John alles andere als arm war, hatte ihn das Haus bestimmt eine schöne Stange Geld gekostet, Geld, von dem sie eher erwartet hätte, dass er es in die Ranch steckte. Sie hatte etwas Praktischeres erwartet, gleichzeitig aber war es unübersehbar sein Zuhause.

Endlich rang sie sich dazu durch, nach unten zu gehen, irgendwann musste es ja doch sein.

Die Aufteilung des Hauses war übersichtlich, sodass sie die Küche auf Anhieb fand. Sie brauchte nur dem Kaffeeduft zu folgen, der ihr in die Nase stieg. Als sie eintrat, schaute Edie sich mit ausdruckslosem Gesicht um, und Michelle rutschte das Herz in die Hose. Dann stemmte die Haushälterin die Hände in die Hüften und sagte ruhig: „Ich habe John gesagt, dass es auch wirklich Zeit wird, dass endlich eine Frau ins Haus kommt."

Michelle hörte es mit Erleichterung, während ihr eine leichte Röte in die Wangen kroch. „John hat uns letzte Nacht gar nicht vorgestellt. Ich bin Michelle Cabot."

„Edie Ward. Wollen Sie gerne frühstücken? Ich bin auch die Köchin."

„Ich werde bis zum Mittagessen warten, danke. Kommt John normalerweise zum Mittagessen zurück?" Es war ihr peinlich, fragen zu müssen.

„Wenn er irgendwo in der Nähe arbeitet. Was ist denn mit Kaffee?"

„Ich kann ihn mir selbst holen", sagte Michelle eilig. „Wo sind die Tassen?"

Edie öffnete einen Küchenschrank links von der Spüle und holte eine Tasse heraus, die sie Michelle hinhielt. „Es wird nett sein, tagsüber ein bisschen Gesellschaft zu haben", sagte sie. „Diese Cowboys sind verdammt maulfaul."

Was immer Michelle auch erwartet haben mochte, Edie stimmte mit diesen Erwartungen nicht überein. Sie musste um die fünfzig sein, und obwohl ihr Haar noch dunkel war, wirkte sie so alt wie sie war. Sie war groß und breitschultrig, mit der aufrechten Haltung einer Übermutter und derselben unerschütterlichen Würde, aber sie hatte auch die weisen, leicht müden Augen eines Menschen, der im Leben schon zu viel gesehen hat. Ihre ruhige Art bewirkte, dass Michelle sich entspannte. Edie verurteilte niemanden.

Nur im Haushalt helfen lassen wollte sie sich nicht. „Rafferty würde uns beiden den Kopf abreißen", sagte sie. „Er bezahlt mich dafür, dass ich die Hausarbeit mache, und wir versuchen hier alle, ihn nicht zu verärgern."

So wanderte Michelle ziellos durchs Haus, steckte ihren

Kopf in jedes Zimmer und fragte sich, wie lange sie die Langeweile wohl aushalten würde. Die Arbeit auf der Ranch war so hart gewesen, dass sie sich manchmal gewünscht hatte, auf der Stelle zusammenzubrechen, nur um nicht weitermachen zu müssen, aber sie war wenigstens beschäftigt gewesen. Ihr machte die Arbeit auf einer Ranch Spaß. Auch wenn es nicht immer leicht war, passte es doch weit besser zu ihr als die Doppelrolle als Schmuckstück und ausgehaltene Geliebte. Dass sie so nutzlos war, verunsicherte sie. Sie hatte gehofft, dass mit John zu leben bedeutete, seine Arbeit und seine Sorgen mit ihm zu teilen ... wie ein Ehepaar.

Bei dem Gedanken zog sie scharf die Luft ein. Sie stand in diesem Moment in seinem – immer noch seinem – Schlafzimmer vor dem offenen Schrank und schaute auf seine Kleidung, als ob der Anblick seiner Sachen ihn ihr näherbringen könnte. Langsam streckte sie die Hand aus und berührte einen Hemdsärmel. Ihre Kleider hingen im Schrank neben seinem, aber sie gehörten nicht hierher. Das war sein Haus, sein Schlafzimmer, sein Schrank, und sie war nur ein weiterer Einrichtungsgegenstand, an dem er im Bett seinen Spaß hatte, der bei Tagesanbruch jedoch wieder vergessen war. Aber sie wollte seine Partnerin, Freundin und Geliebte sein und ebenso hierher gehören wie er.

Irgendwann trieb sie ihre Rastlosigkeit aus dem Haus. Sie wollte niemandem vor den Füßen herumlaufen, aber ein bisschen umschauen wollte sie sich trotzdem. Zwischen ihrer und Johns Ranch lagen Welten. Hier war alles ordentlich und gepflegt, die Ställe und die Scheune waren frisch gestrichen, die Maschinerie summte. Gesunde, temperamentvolle Pferde tänzelten im Korral oder grasten friedlich auf der Weide. Der

Geräteschuppen war in einem besseren Zustand als ihr Stall. Früher hatte ihre Ranch genauso ausgesehen, und sie spürte Entschlossenheit in sich aufsteigen, dafür zu sorgen, dass es wieder so war.

Wer kümmerte sich um ihr Vieh? Sie hatte John nicht gefragt, aber er hatte ihr auch keine Gelegenheit dazu gegeben. Letzte Nacht war er blitzschnell mit ihr im Bett gewesen, und als er heute früh weggegangen war, hatte sie noch gedöst.

Als John bei Einbruch der Dunkelheit schließlich nach Hause kam, war Michelle so nervös, dass sie spürte, wie ihre Muskeln zuckten. Als er sie sah, huschte ein Ausdruck von tiefer Genugtuung über sein Gesicht. Er hatte den ganzen Tag gegen den Drang, nach Hause zu gehen, ankämpfen müssen und sich damit getröstet, sie sich wenigstens unter seinem Dach vorzustellen.

Sie wirkte so frisch und perfekt wie die Morgensonne, während er verschwitzt und verdreckt war, mit dunklen Bartstoppeln auf Kinn und Wangen. Wenn er sie jetzt anfasste, würde er schmutzige Fingerabdrücke auf ihrem weißen Kleid hinterlassen, und er musste sie bald anfassen, weil er sonst Gefahr lief, den Verstand zu verlieren. „Komm mit nach oben", brummte er, und seine Stiefelabsätze klackten auf dem gefliesten Boden, als er sich umdrehte und zur Treppe ging.

Michelle folgte ihm langsamer, wobei sie sich fragte, ob er es vielleicht schon bereute, sie hierher gebracht zu haben. Er hatte sie weder geküsst noch auch nur angelächelt.

Als sie das Schlafzimmer betrat, war er gerade dabei, sein Hemd auszuziehen. Sie erschauerte beim Anblick seiner muskulösen Brust und der breiten Schultern, ihr Puls beschleunigte sich, als sie sich daran erinnerte, wie es sich anfühlte, wenn er sich langsam auf sie legte und sich die Spitzen ihrer Brüste in dieses weiche Haarnest drückten.

„Was hast du heute gemacht?", fragte er, während er ins Bad ging.

„Nichts", antwortete Michelle mit aufrichtigem Bedauern und versuchte die sexuelle Spannung abzuschütteln, die sich ihrer unversehens bemächtigt hatte.

Sie hörte im Bad das Wasser rauschen, und als er ein paar Minuten später zurückkehrte, war sein Gesicht von der Staubschicht befreit, die es eben noch bedeckt hatte, und seine Haare ringelten sich an den Schläfen. Als er ihr einen Blick zuwarf, huschte ein ungeduldiger Ausdruck über sein Gesicht. Er bückte sich und zog seine Stiefel aus, dann begann er seinen Gürtel aufzumachen.

Ihr Herz fing an, schneller zu klopfen. Gleich würde er wieder mit ihr ins Bett gehen, und sie würde wieder keine Gelegenheit haben, ihm zu sagen, was sie zu sagen hatte, wenn sie es nicht jetzt sofort machte. Nervös griff sie nach seinen schmutzigen Stiefeln, um sie wegzustellen, wobei sie nach einem Anfang suchte. „Warte", platzte sie heraus. „Ich muss erst mit dir reden."

Er sah keinen Grund zu warten. „Dann schieß los", sagte er, während er seinen Reißverschluss aufmachte und sich die Jeans über die Hüften nach unten schob.

Sie holte tief Luft. „Ich habe mich gelangweilt, weil es hier absolut nichts für mich …" Sie stockte.

John richtete sich auf, und seine Augen wurden hart. Teufel, er hätte es sich denken können. Wenn man sich etwas Teures anschaffte, musste man auch für den Unterhalt aufkommen. „Also gut", sagte er in gleichmütigem Ton. „Ab morgen kannst du den Mercedes nehmen, außerdem werde ich ein Bankkonto für dich eröffnen."

Als ihr klar wurde, was seine Worte bedeuteten, wich ihr alle Farbe aus dem Gesicht. Das war ungeheuerlich! Wofür hielt er sie eigentlich? Sie wurde von einer Welle des Zorns überschwemmt und schleuderte ohne nachzudenken die Stiefel nach ihm. Den ersten fing er trotz seiner Überraschung geistesgegenwärtig auf, während ihn der zweite an der Brust traf. „Was zum Teufel …"

„Nein!", schrie sie mit vor Wut blitzenden Augen. „Nein, nein, nein!" Sie stand stocksteif da, die Hände, die an den Seiten nach unten hingen, zu Fäusten geballt. „Ich will dein Geld und dein verdammtes Auto nicht! Ich will mich um meine Herde und meine Ranch kümmern und nicht den ganzen Tag hier allein gelassen werden wie ein … irgendein Sexspielzeug!"

Er schleuderte sich die Jeans von den Füßen, sodass er bis auf die Unterhose nackt war. Jetzt wurde er ebenfalls wütend, aber er beherrschte sich. „Ich sehe in dir kein Sexspielzeug. Wie kommst du denn auf so eine Idee?"

Sie war weiß und zitterte. „Du kommst nach Hause, schleppst mich hier rauf und ziehst dich schnurstracks aus."

Er hob erstaunt die Augenbrauen. „Weil ich mich waschen musste. So verdreckt wie ich war, hätte ich dir ja nicht mal einen Kuss geben können, ohne dein hübsches Kleid schmutzig zu machen."

Ihre Lippen zitterten, als sie an ihrem Kleid nach unten schaute. „Das ist doch nur ein Kleid", sagte sie und wandte sich ab. „Man kann es waschen. Außerdem wäre ich viel lieber selbst schmutzig, statt den ganzen Tag hier herumzusitzen und Löcher in die Luft zu starren."

„Das haben wir doch längst alles besprochen.“ Er trat hinter sie und legte ihr mit sanftem Druck die Hände auf die Schultern. „Diese Arbeit ist nichts für dich, du würdest dir dabei nur deine Gesundheit ruinieren. Du bist einfach nicht kräftig genug dafür. Schau deine Handgelenke an“, sagte er, während er ihr mit der Hand über den Arm fuhr und ihr Handgelenk hob. „Du hast einen zu zarten Knochenbau.“

Plötzlich merkte sie, dass sie an ihm lehnte und ihr Kopf an seiner Schulter ruhte. „Hör sofort auf, mir einzureden, dass ich nutzlos bin!“, rief sie verzweifelt aus. „Dann nimm mich wenigstens mit! Ich könnte zum Beispiel Rinder einfangen …“

Er drehte sie in seinen Armen zu sich herum und presste sie an sich. „Gott, Baby“, brummte er. „Ich will dir doch nicht einreden, dass du nutzlos bist. Aber es hat mich ganz krank gemacht, mit ansehen zu müssen, wie du versucht hast, diesen Zaun zu reparieren. Wo ich doch genau weiß, was passieren kann, wenn der Stacheldraht zurückspringt. Er hätte dich aufspießen können …“

„Dich auch.“

„Nicht so leicht. Gib es zu, was hier zählt ist körperliche Kraft. Ich will, dass du sicher bist.“

Es war eine Schlacht, die sie bereits unzählige Male geschlagen hatten, und er ließ sich durch nichts beeindrucken. Aber sie konnte nicht aufgeben, weil sie noch mehr solche Tage wie heute nicht ertragen würde. „Könntest du es denn aushalten, wenn du nichts zu tun hättest? Wenn du immer nur herumstehen und anderen bei der Arbeit zuschauen müsstest? Edie wollte auch nicht, dass ich ihr helfe.“

„Das will ich ihr auch geraten haben.“

„Siehst du, was ich meine? Soll ich denn vielleicht den ganzen Tag nur herumsitzen?“

„Also gut“, versuchte er einzulenken. Er hatte geglaubt, sie sehne sich nach ihrem alten Leben zurück, doch stattdessen war sie tief verletzt. Er fuhr ihr tröstlich über den Rücken, was bewirkte, dass sie sich nach und nach entspannte und ihm die Arme um den Hals legte. Er würde irgendeine Beschäftigung für sie finden müssen, aber im Moment fiel ihm nichts ein. Es war schwer nachzudenken, solange sie sich an ihn schmiegte wie warme Seide, solange sich ihre festen Brüste an ihn pressten und ihm der süße Duft nach Frau in die Nase stieg.

Widerstrebend schob er sie von sich weg. „Das Abendessen ist in zehn Minuten fertig, und ich muss unbedingt vorher noch duschen. Ich stinke wie ein Pferd.“

Die urwüchsigen Gerüche nach Schweiß, Sonne, Leder und Mann störten sie nicht. Und dann war sie auch schon wieder bei ihm, presste ihr Gesicht an seine Brust und fuhr ihm mit der Zungenspitze über die heiße Haut. Er erschauerte, die Dusche war vergessen. Er ließ seine Finger durch den schimmernden blassgoldenen Vorhang ihrer Haare gleiten, hob sich ihr Gesicht entgegen und küsste sie so, wie er es sich schon den ganzen Tag lang ausgemalt hatte.

Sie konnte ihre Reaktion auf ihn nicht kontrollieren; wann immer er die Hand nach ihr ausstreckte, gehörte sie ihm, verschmolz sie mit ihm, öffnete sie ihm ihren Mund, um ihm bereitwillig so viel oder so wenig zu geben, wie er sich nehmen wollte. Ihn zu lieben war anders als alles, was sie bisher kennengelernt hatte, er nahm sie mit in ein Land, das neu für sie war. Es war seine Selbstbeherrschung, nicht ihre, die sie beide davor bewahrte, sofort aufs Bett zu fallen. „Erst die Dusche“, brummte er, den Kopf hebend. Seine Stimme klang gepresst.

„Dann das Abendessen. Und anschließend muss ich blöderweise noch ein bisschen Papierkram erledigen, aber es kann nicht länger warten."

Michelle spürte, dass er Einwände erwartete, aber sie wusste aus bitterer Erfahrung, dass es Sachen gab, die man besser nicht auf die lange Bank schob. Sie löste sich aus seinen Armen und lächelte ihn an. „Ich bin schon fast verhungert, also beeil dich." In ihrem Hinterkopf begann eine Idee Gestalt anzunehmen, der sie unbedingt nachgehen musste.

Nach dem Essen gab John Michelle einen flüchtigen Kuss und sagte: „Ich beeile mich. Kommst du noch eine Weile allein zurecht?"

Über ihr Gesicht huschte ein Anflug von Verärgerung. „Ich komme mit."

Er seufzte laut auf. „Wenn du bei mir bist, werde ich wahrscheinlich nie fertig, Baby."

Sie warf ihm einen vernichtenden Blick zu. „Du bist wirklich der größte Chauvi, den die Welt je gesehen hat, John Rafferty. Du setzt dich jetzt auf der Stelle an deinen Schreibtisch, aber nur, um mir zu zeigen, was du dort machst, und dann übernehme ich die Buchhaltung."

Er schaute sie, plötzlich wachsam geworden, an. „Ich bin kein Chauvi."

Er wollte also auch nicht, dass sie sich um die Buchhaltung kümmerte. Das hätte er genauso gut laut sagen können, weil sie es an seinem Gesichtsausdruck deutlich ablesen konnte. „Entweder gibst du mir jetzt irgendetwas zu tun, oder ich gehe auf der Stelle wieder nach Hause", verkündete sie kategorisch.

„Und was bitte schön, verstehst du von Buchhaltung, wenn ich fragen darf?"

„Ich habe im Nebenfach Betriebswirtschaft studiert." An dem Brocken hatte er wahrscheinlich eine Weile zu kauen. Weil er offensichtlich nicht die Absicht hatte, sie in sein Büro einzuladen, ging sie um ihn herum und marschierte ohne ihn entschlossen den Flur hinunter.

„Michelle, verdammt", knurrte er verärgert und folgte ihr.

„Was ist denn falsch daran, wenn ich mich um die Buchhaltung kümmere?", wollte sie wissen, während sie sich an seinen großen Schreibtisch setzte.

„Ich habe dich nicht zum Arbeiten hierher gebracht. Ich will für dich sorgen."

„Kann ich mich hier drin irgendwie verletzen? Oder hebe ich mir einen Bruch, wenn ich einen Stift in die Hand nehme?"

Als er auf sie herunterschaute, hatte er nicht übel Lust, sie einfach aus dem Stuhl zu heben, aber ihre grünen Augen funkelten ihn an, und ihr trotzig vorgerecktes Kinn verriet ihm, dass sie entschlossen war zu kämpfen. Sie würde wirklich wieder in dieses dunkle leere Haus zurückgehen, wenn nötig. Er wollte, dass sie lieb und willig war und nicht, dass sie kratzte und fauchte wie eine Wildkatze. Himmel, immerhin war die Arbeit hier drin bei Weitem nicht so gefährlich wie eine Herde zusammenzutreiben. Dann würde er die Bücher eben abends nachkontrollieren.

„Also gut, in Gottes Namen", brummte er widerwillig.

Ihre grünen Augen funkelten ihn spöttisch an. „Du bist ja so unendlich großzügig."

„Und du bist wirklich ganz schön aufmüpfig heute", murmelte er, während er sich hinsetzte. „Vielleicht hätte ich ja doch vor dem Essen erst mal mit dir ins Bett steigen sollen, dann hättest du dich wenigstens ein bisschen abreagiert."

„Hör dir diesen Chauvi an." Sie warf ihm einen abfälligen

Blick zu, einen dieser Blicke, von denen sie wusste, dass sie ihn schon immer tierisch geärgert hatten. Langsam fing es an, ihr Spaß zu machen, ihn zu reizen.

Sein Gesicht wurde einen Ton dunkler, aber er nahm sich zusammen und griff nach dem Stapel mit Rechnungen, Lieferscheinen und Notizen. „Pass jetzt gut auf, damit du nicht alles falsch machst", befahl er barsch. „Alles, was mit Steuern zu tun hat, ist auch ohne einen Amateurbuchhalter, der bloß ein Riesenchaos anrichtet, schon schlimm genug."

„Ich habe seit Dads Tod die Buchhaltung gemacht", konterte sie.

„Der Zustand, in dem sich deine Ranch befindet, ist da aber nicht gerade eine Empfehlung, Darling."

Als er sah, wie sich ihr Gesicht verschloss und sie seinem Blick auswich, verfluchte er sich. Er hatte ihr nicht wehtun wollen. Ohne ein weiteres Wort riss sie ihm die Papiere aus der Hand und begann sie nach Datum zu ordnen. Er lehnte sich in seinem Schreibtischstuhl zurück und beobachtete mit nachdenklichem Gesicht, wie sie die Zahlen schnell und ordentlich ins Hauptbuch übertrug und dann mit der Rechenmaschine zweimal addierte, um zu überprüfen, ob sich auch kein Fehler eingeschlichen hatte.

Als sie fertig war, schob sie ihm das Hauptbuch zu und sagte: „Los, kontrollier es nach, damit du sicher bist, dass ich keinen Fehler gemacht habe."

Er tat es, sorgfältig. Endlich schlug er das Buch zu und sagte: „In Ordnung."

Ihre Augen wurden schmal. „Ist das alles, was du dazu zu sagen hast? Kein Wunder, dass du nie verheiratet warst, wenn du denkst, dass Frauen nicht genug Verstand haben, um bis drei zu zählen."

Als sie sah, dass ihm eine scharfe Erwiderung auf der Zunge lag, beschloss sie, es nicht auf die Spitze zu treiben, und fuhr mit einem zuckersüßen Lächeln fort: „Aber eigentlich wollte ich etwas ganz anderes sagen. Ich brauche deinen Rat. Ich hatte vor, meine Rinder erst noch ein bisschen zu mästen, bevor ich sie verkaufe, aber da ich dringend Betriebskapital brauche, denke ich, dass es besser ist, wenn ich sie jetzt gleich verkaufe. Kannst du mir sagen, an wen ich mich wenden muss und wie das mit dem Transport ist?"

Genau in diesem Moment interessierte ihn nichts weniger als irgendwelche Rinder. Sie hatte die Beine übereinandergeschlagen, und ihr Rock war ein bisschen hochgerutscht. Es juckte ihm in den Fingerspitzen, ihn noch höher zu schieben, am liebsten bis hinauf zu ihrer Taille, sodass ihre Beine ganz entblößt waren. Seine Jeans war plötzlich verdammt eng geworden, und er musste sich zwingen zu antworten. „Besser, du mästest sie noch ein bisschen, dann bekommst du mehr dafür. Ich kümmere mich bis dahin um die Ranch."

Sie riss so ungeduldig den Kopf herum, dass ihr Haar flog, aber als sie sein Gesicht sah, erstarben ihr die Worte auf den Lippen. „Lass uns nach oben gehen", murmelte er.

Sie merkte, dass sie sich wie unter einem Bann stehend erhob und erschauerte, als sich seine Hand auf ihren Rücken legte und sie drängte, zur Tür und die Treppe hinaufzugehen. In seiner Nähe fühlte sie sich verletzlich, und es gab Situationen, da war sie von seiner schieren Größe überwältigt. Allein seine Selbstkontrolle und seine Zärtlichkeit beschützten sie.

Er schloss die Schlafzimmertür zu, dann trat er hinter sie und begann langsam, den Reißverschluss an ihrem Kleid aufzumachen. Er spürte, wie sie erschauerte. „Hab keine Angst, Baby. Oder ist das Erregung?“

„Ja“, flüsterte sie, als seine Hände in ihr offenes Kleid schlüpften und sich um ihre nackten Brüste schlossen. Sie fühlte, wie ihre Knospen an seiner Handfläche pochten, und lehnte sich mit einem leisen Wimmern an ihn. Es fühlte sich so gut an, wenn er sie berührte.

„Beides?“, murmelte er. „Wovor hast du Angst?“

Ihre Augen waren geschlossen, und sie atmete flach und schnell. „Vor den Gefühlen, die du in mir auslöst“, flüsterte sie schwer atmend, wobei sie den Kopf an seiner Schulter hin und her rollte.

„Du lässt mich das Gleiche fühlen.“ Seine Stimme war tief, während sich der Druck in ihm aufbaute. „Du machst mich so scharf, dass ich das Gefühl habe zu explodieren, wenn ich nicht sofort in dir sein kann. Und wenn ich dann in dir bin, fühlst du dich so weich und eng an, dass ich weiß, gleich ist alles zu spät.“

Es war ein süßes Vorspiel mit Worten, die köstliches Erschauern in Beben verwandelten. Sie hatte das Gefühl, als würden ihr gleich die Beine einknicken. Mit vor Verlangen vibrierender Stimme flüsterte sie seinen Namen.

Er knabberte an ihrem Ohrläppchen, und sein warmer Atem hüllte ihr Ohr ein. „Du bist so sexy, Baby. Dieses Kleid hat mich vorhin fast um den Verstand gebracht. Ich musste mir dauernd ausmalen, wie ich dir den Rock hochschiebe … so …“ Er hatte die Hände von ihren Brüsten genommen und schob ihr den Rock über die Schenkel bis zur Taille hoch, wobei er den Stoff in seinen großen Händen zusammenknüllte. Und dann glitten sie darunter und spreizten sich auf ihrem nackten Bauch.

„Ich habe mir ausgemalt, dass ich meine Hände in deinen Slip schiebe … so … und ihn dann nach unten ziehe … so.“

Sie stöhnte, als er ihr Höschen über Hüften und Po nach unten zog, überwältigt von einem Gefühl der Hilflosigkeit und Entblößung. Seine langen Finger schoben sich zwischen ihre Beine, und sie zitterte heftig, während er sie streichelte und in sie eindrang, wobei sich nach und nach eine schier unerträgliche Spannung und Lust in ihr aufbaute.

„Du bist so süß und weich“, flüsterte er. „Bist du bereit für mich?“

Sie versuchte zu antworten, aber alles, was sie herausbrachte, war ein Keuchen. Sie stand in Flammen, ihr ganzer Körper pochte vor Verlangen, und immer noch hielt er sie an sich gepresst, während seine Finger sie schier wahnsinnig machten, obwohl er wusste, dass sie ihn wollte und längst bereit für ihn war. Er wusste es. Er war zu erfahren, um es nicht zu wissen, aber er beharrte auf dieser süßen Folter und kostete es aus, sie unter seinen Händen zu spüren.

Schließlich konnte sie es nicht mehr aushalten und entzog sich ihm. Mit vor Begierde lodernden Augen riss sie sich das Kleid vom Leib. Dann streckte sie die Hände nach ihm aus und zerrte an seiner Kleidung. Er lachte ein tiefes Lachen, obwohl es eher ein Laut der Erregung als der Belustigung war, und half ihr. Nachdem sie beide nackt waren, fielen sie eng umschlungen aufs Bett. Er nahm sie mit einem einzigen kräftigen Stoß, und noch ehe er ganz in sie eingedrungen war, brach das Inferno auch schon los.

Am nächsten Morgen sprang Michelle noch vor ihm mit glühendem Gesicht aus dem Bett. „Du brauchst nicht aufzustehen", brummte er mit seiner tiefen Stimme, die morgens immer so rau war wie ein Reibeisen. „Warum schläfst du nicht aus?" Tatsächlich gefiel ihm die Vorstellung, sie schlafend in seinem Bett zurückzulassen, rosig nackt und erschöpft nach einer stürmischen Liebesnacht.

Sie schob sich ihr blondes zerzaustes Haar aus den Augen, für einen Moment in Bann geschlagen von seiner Nacktheit, als er aus dem Bett stieg. „Ich komme heute mit", sagte sie und stürzte vor ihm ins Bad.

Wenig später kam er mit finster zusammengezogenen Augenbrauen zu ihr unter die Dusche. Sie rechnete schon damit, dass er sich weigern würde, sie mitzunehmen, aber er sagte erstaunlicherweise, wenn auch leicht widerwillig: „Ich schätze, es ist okay, wenn es dich glücklich macht."

Es machte sie glücklich. Sie war zu dem Schluss gekommen, dass John so ein überfürsorglicher Chauvi war, dass er sie am liebsten in Watte einpacken würde, und es von daher keinen Sinn hatte, sich mit ihm herumzustreiten. Sie wusste, was sie tun konnte, und das würde sie tun. So einfach war das.

Während der nächsten drei Wochen begann sich ein tiefes Glücksgefühl in ihr breitzumachen. Die Buchhaltung hatte sie inzwischen komplett übernommen und arbeitete drei Tage in der Woche daran, wodurch John abends mehr Zeit denn je hatte. Und irgendwann hörte er auf, ihre Arbeit nachzukontrollieren, weil er nie einen Fehler entdeckt hatte. An den restlichen Tagen ritt sie mit ihm aus, einfach nur zufrieden damit, in seiner Nähe zu sein, und er entdeckte, dass es ihm gefiel, sie bei sich zu haben. Es gab Zeiten, da war er so verschwitzt, schmutzig und gereizt, dass sogar die Luft rot wurde von seinen wüsten Flüchen, aber wenn er sie dann nur ansah und ihr Lächeln auffing, fiel seine Gereiztheit schlagartig von ihm ab. Was scherte ihn ein halsstarriger Stier, wenn sie ihn so anschaute?

Die Nächte verbrachten sie eng umschlungen in heißer Leidenschaft, und statt nachzulassen, verstärkte sich ihr Verlangen noch.

Eines Tages blieb Michelle im Haus, um im Büro zu arbeiten. Außer ihr war niemand da, weil Edie zum Einkaufen gefahren war. Das Telefon klingelte an diesem Vormittag ständig und riss sie immer wieder aus ihrer Arbeit. Als es zum x-ten Mal läutete, meldete sie sich verärgert: „Bei Rafferty."

Niemand antwortete, obwohl sie langsame tiefe Atemzüge hörte, aber ein obszöner Anrufer war es nicht, das Geräusch klang nicht nach einem übertriebenen Stöhnen.

„Hallo?", sagte sie. „Hören Sie mich?"

Dann klickte es ganz leise, als ob der Anrufer den Hörer mit äußerster Behutsamkeit aufgelegt hätte.

Aus irgendeinem Grund zweifelte sie nicht daran, dass es ein Mann gewesen war. Ihr gesunder Menschenverstand sagte ihr, dass es irgendein gelangweilter Jugendlicher gewesen sein konnte, der sich einen Scherz erlaubt hatte, oder einfach jemand, der sich verwählt hatte, aber ihr lief trotzdem ein kalter Schauer über den Rücken.

Die Stille am anderen Ende der Leitung hatte etwas Bedrohliches gehabt. Zum ersten Mal seit drei Wochen fühlte sie sich allein und irgendwie in Gefahr, obwohl es keinen handfesten Grund dafür gab. Plötzlich war ihr eiskalt, sodass sie beschloss, sofort nach draußen in die heiße Sonne zu gehen. Sie musste unbedingt John sehen und hören, wie er mit seiner tiefen Stimme fluchte oder einem Pferd oder einem verschreckten Kalb gut zuredete. Sie brauchte seine Hitze, um die Kälte einer

Drohung zu vertreiben, die sie sich nicht erklären konnte.

Zwei Tage später war sie rein zufällig wieder einmal am Telefon. „Hallo“, meldete sie sich. „Bei Rafferty.“

Stille.

Ihre Hand begann zu zittern. Sie lauschte angestrengt und hörte erneut dieses leise, gleichmäßige Atmen, dann das leise Klicken, als am anderen Ende behutsam aufgelegt wurde, und einen Moment später das Freizeichen. Ihr war schlecht und kalt, ohne dass sie wusste, warum. Was ging hier vor? Wer tat ihr das an?

## 8. KAPITEL

Nachdem eine ganze Weile vergangen war, ohne dass ein weiterer seltsamer Anruf kam, begann Michelle sich langsam wieder zu entspannen, am Ende überzeugt davon, dass es doch nichts mit ihr zu tun gehabt hatte. Mittlerweile war sie auf Johns Drängen hin dazu übergegangen, an den Tagen, an denen sie nicht mit ihm ausritt oder sich um die Buchhaltung kümmerte, mit dem Mercedes in die Stadt zu fahren, um kleinere Besorgungen zu machen. Ein paar Mal schaute sie auch auf ihrer Ranch nach dem Rechten, aber die Stille dort deprimierte sie. John hatte offenbar ihre Stromrechnung bezahlt, obwohl er es ihr gegenüber nicht erwähnt hatte, aber sie dachte trotzdem nicht daran, wieder nach Hause zurückzukehren. Sie konnte ihn nicht verlassen, nicht jetzt, wo sie so hoffnungslos in ihn verliebt war, dass sie bei ihm bleiben würde, bis er sie wegschickte.

An einem Montagnachmittag, an dem sie etwas für John erledigt hatte, fuhr sie auf dem Heimweg wieder einmal bei ihrer Ranch vorbei. Sie ging durch die großen Räume und überzeugte sich davon, dass alles in Ordnung war. Seltsamerweise fühlte sich das Haus immer weniger wie ihr Zuhause an, obwohl sie gar nicht so lange weg gewesen war. Es fiel ihr schwer, sich daran zu erinnern, wie es gewesen war, bevor John Rafferty ihr Leben durcheinandergewirbelt hatte.

Es war spät geworden und die Schatten wurden bereits länger, als sie sorgfältig die Tür hinter sich verschloss und zum Auto ging. Plötzlich erschauerte sie, als ob ein kalter Luftzug sie gestreift hätte. Sie schaute sich um, aber nirgendwo war etwas Außergewöhnliches zu sehen. Die Vögel zwitscherten in den Bäumen, Insekten summten. Und doch hatte sie es einen Moment lang wieder gespürt, dieses Gefühl von Bedrohung. Seltsam.

Ihr Verstand sagte ihr, dass sie es sich nur eingebildet hatte, aber nachdem sie im Auto saß, drückte sie dennoch die Türverriegelung nach unten. Sie versuchte, sich über sich selbst lustig zu machen. Zuerst hatten ihr zwei Anrufe Angst eingejagt und jetzt glaubte sie zu spüren, dass irgendetwas in der Luft lag.

Da auf der Straße kaum Verkehr herrschte, schaute sie nicht besonders oft in den Rückspiegel. Deshalb bemerkte sie das Auto erst, als es schon fast an ihrer hinteren Stoßstange klebte, und selbst dann erhaschte sie nur einen flüchtigen Blick darauf, bevor es nach links ausscherte, um zu überholen. Die Straße war eng, und Michelle zog das Steuer nach rechts, um dem anderen Auto Platz zu machen. Es fuhr neben ihr her, und sie warf gerade einen flüchtigen Blick aus dem Augenwinkel darauf, als es plötzlich ausscherte und auf sie zukam.

„He!", schrie sie und riss das Steuer nach rechts, aber da krachte auch schon Metall gegen Metall. Der Mercedes, kleiner und leichter als das andere Auto, wurde nach rechts geschleudert. Michelle bremste hart, als sie spürte, dass die beiden rechten Räder im sandigen Boden des Seitenstreifens versanken, und versuchte, das Steuer herumzureißen.

Das andere Auto schoss an ihr vorbei, und irgendwie schaffte sie es, den Mercedes wieder auf die Straße zu lenken. Zitternd hielt sie am Straßenrand an und ließ den Kopf aufs Lenkrad sinken, doch als sie Reifenquietschen hörte, fuhr sie abrupt hoch. Das andere Auto war die Straße hinuntergefahren, aber jetzt wendete es und kam zurück. Hoffentlich war der Fahrer versichert.

Bei dem Auto handelte es sich um einen großen blauen Chevrolet. Am Umriss konnte sie erkennen, dass ein Mann am Steuer saß. Mehr sah sie von ihm nicht, weil er etwas Schwarzes über dem Kopf hatte ... so etwas wie eine Skimaske.

Die Kälte war plötzlich wieder da. Sie gab instinktiv Gas, und der kleine Mercedes machte einen Satz nach vorn. Der Chevrolet hielt direkt auf sie zu, und sie riss das Lenkrad herum, doch zu spät. Der große blaue Wagen krachte seitlich gegen ihre hintere Stoßstange, und das kleinere leichtere Auto kreiselte einmal um sich selbst, bevor es von der Straße flog, an einer gewaltigen Kiefer entlangschrammte und schließlich stehen blieb.

Sie hörte sich selbst schreien, aber der harte Ruck, mit dem ihr Auto zum Stehen gekommen war, stoppte auch ihre Schreie. Benommen rollte ihr Kopf einen Moment lang über das gesplitterte Seitenfenster, bevor ihre Benommenheit wilder Panik Platz machte. Sie tastete nach dem Türgriff, aber die Tür ging nicht auf, weil sie von der Kiefer blockiert wurde. Sie wollte über den Sitz klettern, um auf der anderen Seite auszusteigen, und merkte, dass sie immer noch angeschnallt war. Mit zitternden Fingern versuchte sie den Gurt zu öffnen, während sie sich panisch nach dem Chevrolet umschaute. Endlich hatte sie es geschafft, hechtete über den Sitz, stieß die Tür auf und purzelte keuchend aus dem Wagen.

Benommen duckte sie sich hinter den Kotflügel und lauschte angestrengt, aber alles, was sie hörte, war ihr keuchender Atem und das Hämmern ihres Herzens.

Oh Gott, hatte er vielleicht angehalten? Vorsichtig lugte sie über das demolierte Auto, aber sie konnte den blauen Chevrolet nirgends entdecken.

Langsam wurde ihr klar, dass er weitergefahren war. Er war nicht stehen geblieben. Sie stolperte auf die Straße und schaute sich nach beiden Seiten um, aber die Straße war leer.

Sie konnte nicht glauben, dass das wirklich passiert war. Er hatte sie absichtlich von der Straße abgedrängt, und das nicht ein, sondern zwei Mal. Wenn der kleine Mercedes frontal gegen einen der Bäume gekracht wäre, hätte sie leicht getötet werden können.

Der Mann hatte versucht, sie zu töten!

Es dauerte fünf Minuten, bis ein Auto die Straße entlangkam, und als Michelle sah, dass es blau war, wurde sie einen entsetzlichen Moment lang von Panik überschwemmt, weil sie glaubte, der Chevrolet käme zurück, doch als das Auto sich näherte, sah sie, dass es viel älter und auch kein Chevrolet war. Sie stolperte mitten auf die Straße und bewegte die Arme wie Windmühlenflügel auf und nieder.

Alles, woran sie denken konnte, war John. Sie wollte zu John. Sie wollte, dass er seine starken Arme um sie legte und sie festhielt, bis sie keine Angst mehr hatte. Ihre Stimme zitterte, als sie sich in das Fenster beugte und zu dem Jungen am Steuer sagte: „Bitte … rufen Sie John Rafferty an. Sagen Sie ihm, dass ich … dass ich einen Unfall hatte. Sagen Sie ihm, dass ich unverletzt bin.“

Entweder hatte John das Sheriffbüro angerufen oder der Junge, weil John und ein Streifenwagen fast gleichzeitig aus entgegengesetzten Richtungen eintrafen. Es waren nicht mehr als zehn Minuten vergangen, seit der Fahrer angehalten hatte, aber in der kurzen Zeit war es ein ganzes Stück dunkler geworden.

John sprang aus dem Pick-up und kam, die Lippen zu einem schmalen Strich zusammengepresst, auf sie zugerannt.

Er ging um sie herum und musterte sie von Kopf bis Fuß. Erst als er nirgends Blut sah, riss er sie an seine Brust und schlang so fest die Arme um sie, dass er sie fast erdrückte. Er schob seine Hand in ihr Haar und beugte den Kopf, bis sein Kinn an ihrer Schläfe lag. „Ist auch wirklich alles okay mit dir?“, brummte er heiser.

Sie umklammerte ihn und flüsterte: „Ich war angeschnallt.“ Eine einzelne Träne rollte ihr unbemerkt über die Wange.

„Gott, als ich diesen Anruf bekam …“ Er unterbrach sich, weil ihm die passenden Worte fehlten, um auszudrücken, was für eine Todesangst er um sie ausgestanden hatte, obwohl der Junge ihm versichert hatte, dass sie unverletzt war. Er hatte sich erst mit eigenen Augen davon überzeugen, hatte sie erst im Arm halten müssen, bevor er wirklich glauben konnte, dass alles mit ihr in Ordnung war. Erst jetzt verlangsamte sich sein Herzschlag, und er schaute über ihren Kopf auf das Auto.

Der Hilfssheriff kam mit einem Klemmbrett in der Hand auf sie zu. „Können Sie mir ein paar Fragen beantworten, Ma'am?“

John ließ sie los, aber er blieb dicht neben ihr, während sie die üblichen Fragen, die ihre Personalien betrafen, beantwortete. Als der Hilfssheriff sie fragte, wie es passiert war, begann sie wieder zu zittern.

„Ein … ein Auto hat mich von der Straße abgedrängt“, stammelte sie. „Ein blauer Chevrolet.“

Der Hilfssheriff riss überrascht den Kopf hoch. „Abgedrängt? Wie?“

„Er ist seitlich an mir vorbeigefahren.“ Verzweifelt ballte sie die Hände zu Fäusten, damit sie nicht mehr so zitterte. „Und dabei hat er mich abgedrängt.“

„Er ist nicht einfach nur zu nah gekommen, und du bist vor Schreck von der Straße abgekommen?“, fragte John und zog die Augenbrauen zusammen.

„Nein! Er hat es absichtlich gemacht. Ich habe gebremst, und er ist vorbeigefahren, und dann hat er gewendet und ist zurückgekommen.“

„Er ist zurückgekommen? Um Ihnen seinen Namen zu geben? Haben Sie ihn?“ Der Hilfssheriff zückte den Stift.

„Nein, er hat nicht angehalten. Er ... er hat versucht, mich zu rammen. Er ist mir an die Stoßstange gefahren, und ich bin ins Schleudern gekommen und habe dann den Baum gestreift.“

John schaute den Hilfssheriff an, dann gingen die beiden zu dem Mercedes hinüber und beugten sich nach unten, um sich den Schaden in Augenschein zu nehmen. Sie unterhielten sich so leise, dass Michelle nichts verstehen konnte, aber sie ging nicht näher heran. Sie blieb an der Straße stehen und lauschte den Geräuschen der Dämmerung. Es kam ihr alles ganz unwirklich vor. Wie konnten die Grillen so friedlich zirpen, wenn jemand versucht hatte, einen Mord zu begehen? Sie fühlte sich fast wie im Traum. Aber das kaputte Auto war real. Der blaue Chevrolet war real gewesen, ebenso wie der Mann mit der schwarzen Skimaske.

Die beiden Männer kamen wieder auf sie zu. John schaute sie scharf an, dann legte er ihr eine Hand auf die Schulter und sagte: „Es ist in Ordnung.“ Er nahm ihren Arm und ging mit ihr zum Truck. „Ich habe eine Versicherung. Die Hauptsache ist, dass dir nichts passiert ist. Beruhig dich. Sobald der Abschleppdienst hier ist, fahre ich dich nach Hause.“

Außer sich vor Angst umklammerte sie seinen Arm. „Aber was ist mit ...“

Er küsste sie zärtlich und drückte beruhigend ihre Schulter. „Ich sage dir doch, dass es in Ordnung ist, Baby. Es ist wirklich nicht so schlimm. Du brauchst keine Entschuldigungen zu finden."

Michelle setzte sich innerlich wie erstarrt in den Truck und beobachtete, wie er zu dem Hilfssheriff zurückging. Er glaubte ihr nicht. Keiner von beiden glaubte ihr. Es war genau wie damals, als ihr niemand glauben wollte, dass der gut aussehende, charmante Roger Beckman seine Frau schlug, weil doch jeder, der Augen im Kopf hatte, sehen konnte, dass er sie anbetete. Selbst ihr Vater hatte geglaubt, dass sie übertrieb.

Ihr war schrecklich kalt, obwohl es draußen immer noch sehr warm war. Sie hatte angefangen zu vertrauen, sie hatte sich fast schon daran gewöhnt, dass John fest wie ein Granitblock hinter ihr stand und sie sich auf ihn stützen konnte, wann immer sie ihn brauchte. Zum ersten Mal in ihrem Leben hatte sie sich nicht allein gefühlt. Er war da gewesen, bereit, ihre Last zu schultern. Aber plötzlich war es wieder wie vorher, und sie war allein. Ihr Vater hatte alles getan, was er konnte, um ihr jeden erdenklichen materiellen Luxus zu bieten, aber er war zu schwach gewesen, um sich einer hässlichen Wahrheit zu stellen. Roger hatte sie mit Geschenken überschüttet, um sie für die blauen Flecken und die Angst, die er ihr zufügte, zu entschädigen. John hatte ihr einen Platz zum Leben gegeben, Essen und atemberaubende körperliche Lust … aber jetzt verschloss er ebenfalls vor einer schrecklichen realen Bedrohung die Augen. Es war ihm einfach zu anstrengend, so ein Märchen zu glauben. Warum sollte jemand versuchen, sie zu töten?

Der Abschleppdienst kam mit rotierenden gelben Lichtern und lud den Mercedes auf. Michelle schaute teilnahmslos zu.

Sie zuckte nicht einmal zusammen, als sie das Ausmaß des Schadens auf der linken Seite sah. John nahm an, sie hätte sich ein wildes Märchen ausgedacht, weil sie seinen Wagen zu Schrott gefahren hatte. Er glaubte ihr nicht. Und der Hilfssheriff glaubte ihr ebenfalls nicht. Eigentlich müssten auf dem Mercedes blaue Lackspuren zu finden sein, aber offenbar waren sie unter den Kratzern verschwunden, die entstanden waren, als sie an der Kiefer entlanggeschrammt war. Vielleicht wurden sie ja auch von Schmutz verdeckt. Oder es war einfach zu dunkel, um sie zu sehen. Auf jeden Fall glaubten sie ihr nicht, aus was für einem Grund auch immer.

Auf der Heimfahrt hüllte sie sich in Schweigen. Edie kam beunruhigt an die Tür, und als Michelle aus dem Truck ausstieg, eilte sie auf sie zu.

„Ist alles in Ordnung mit Ihnen? John ist wie ein Wahnsinniger aus dem Haus gerannt und hat nicht mehr gesagt, als dass Sie einen Unfall hatten."

„Mir geht es gut", murmelte Michelle. „Ich brauche nur ein Bad. Ich bin der reinste Eiszapfen."

John runzelte die Stirn und berührte ihren Arm. Sie war eiskalt, trotz der Hitze. Sie war nicht verletzt, aber sie hatte einen Schock.

„Machen Sie Kaffee", wies er Edie an, während er Michelle die Treppe hinaufführte. „Ich lasse ihr ein Bad ein."

Michelle entzog sich ihm. „Nein, ich mache es selbst", sagte sie ruhig. „Mir geht es gut. Ich brauche einfach nur ein paar Minuten für mich allein."

Als sie in dieser Nacht mit John im Bett lag, konnte sie zum ersten Mal seine Leidenschaft nicht erwidern. Er brauchte sie fast verzweifelt, um sich davon zu überzeugen, dass sie wirklich mit heiler Haut davongekommen war. Er musste das Band zwischen ihnen festigen. Aber obwohl er sanft war und sie lange streichelte, entspannte sie sich nicht. Sie war viel zu still, seltsam distanziert.

Schließlich hielt er sie einfach nur und strich ihr übers Haar, bis sie eingeschlafen war und ihr Körper sich an ihm entspannt hatte. Er lag noch stundenlang wach, mit brennendem Körper, die Augen offen. Gott, um ein Haar hätte er sie verloren!

## 9. KAPITEL

Manchmal, wenn die Tage heiß und träge waren und die Sonne eine blendend weiße Scheibe war, fühlte sich Michelle, als ob alles nur ein Albtraum gewesen und in Wirklichkeit überhaupt nichts passiert wäre. Die Anrufe hatten nichts bedeutet. Die Gefahr, die sie gespürt hatte, war nur ein Produkt ihrer blühenden Fantasie gewesen. Der Mann mit der Skimaske hatte gar nicht versucht, sie zu töten. Der Unfall war gar kein Mordversuch gewesen. Nichts von allem hatte sich ereignet. Es war nur ein böser Traum gewesen, während in Wirklichkeit Edie wie immer bei der Hausarbeit summte, die Pferde stampften und schnaubten, die Rinder friedlich auf den Weiden grasten. John hatte zu seiner Mutter nach Miami fliegen müssen, die wieder einmal nicht mehr weiterwusste. Sie richtete mindestens zweimal im Jahr ein finanzielles Chaos an und erwartete dann, dass er alles stehen und liegen ließ und zu ihr kam, um die Dinge wieder ins Lot zu bringen. Seine täglichen Anrufe zeugten von seiner Ungeduld, endlich wieder nach Hause zu kommen.

Aber es war nicht nur ein Traum gewesen. Obwohl John ihr nicht glaubte, hatte seine Nähe ihre Angst unter Kontrolle gehalten. Sie hatte sich hier auf der Ranch sicher gefühlt, umschlossen von den Mauern, die seine Autorität ausstrahlten, umgeben von seinen Leuten. Aber jetzt, wo er nachts nicht neben ihr lag, verflüchtigte sich dieses Gefühl von Sicherheit. Sie schlief schlecht, und tagsüber trieb sie sich ebenso rücksichtslos zur Arbeit an wie früher, als sie allein auf ihrer Ranch gearbeitet hatte, einfach nur, damit sie erschöpft genug war, um nachts einigermaßen schlafen zu können.

Es war fast zwei Uhr morgens, als John leise die Haustür aufschloss. Er hatte eigentlich vorgehabt, erst die Morgenmaschine zu nehmen, aber nachdem er am Abend mit Michelle telefoniert hatte, hatte er sich so sehr nach ihr gesehnt, dass er kurz entschlossen am Flughafen angerufen und sich einen Platz in der letzten Maschine gebucht hatte. Als er jetzt die Treppe in dem dunklen stillen Haus hinaufstieg, begann sein Herz vor Erwartung schneller zu klopfen. Er würde sie nicht wecken, aber er konnte es gar nicht erwarten, wieder neben ihr zu liegen, einfach nur, um ihren weichen, warmen Körper zu spüren und den süßen Duft ihrer Haut einzuatmen. Er war müde, er konnte gut ein paar Stunden Schlaf vertragen. Aber morgen früh ... Ihre Haut würde noch warm und rosig sein vom Schlaf, und sie würde sich mit dieser katzenhaften Anmut strecken. Und dann ... dann würde er sie nehmen.

Geräuschlos betrat er das Schlafzimmer und schloss die Tür hinter sich. Sie lag klein und still im Bett und bewegte sich, auch als er hereinkam, nicht. Er stellte seine Tasche ab und ging ins Bad. Als er ein paar Minuten später wieder herauskam, ließ er das Licht an, damit er beim Ausziehen etwas sehen konnte.

Er schaute wieder aufs Bett, und jeder Muskel in seinem Körper spannte sich an. Auf seiner Stirn bildeten sich winzige Schweißperlen. Selbst wenn in diesem Moment ein Tornado über sein Haus hinweggefegt wäre, hätte er seinen Blick nicht von ihr losreißen können.

Sie lag halb auf dem Bauch, das Laken war nach unten ans Fußende gerutscht. Ihr rechtes Bein war ausgestreckt, das linke leicht angezogen. Sie trug eins von diesen dünnen Hemdchen, die sie liebte, das sich im Lauf der Nacht über ihren Po hochgeschoben hatte. Sie lag entblößt vor ihm. Sein brennender Blick bewegte sich langsam über ihre nackten Pobacken zu der weichen, seidigen Spalte und den Falten, die er so gern berührte.

Er erschauerte heftig und biss die Zähne zusammen, um das Knurren, das in ihm aufstieg, zu unterdrücken. Er war so schnell hart geworden, dass sein ganzer Körper schmerzte und pochte. Sie schlief tief, ihre Atemzüge waren ruhig und gleichmäßig. Sein eigener Atem kam stoßweise, Schweiß trat ihm aus den Poren und seine Muskeln zitterten wie bei einem Hengst, der bereit ist, eine Stute zu besteigen. Ohne den Blick von ihr zu nehmen, begann er sein Hemd aufzuknöpfen. Er musste sie nehmen – jetzt. Er konnte nicht warten. Sie war feucht und verletzlich, warm und weiblich und … sie gehörte ihm. Er kam fast schon allein davon, dass er sie anschaute, in seinen Lenden brannte ein Feuer, das unter allen Umständen gelöscht werden musste.

Er ließ seine Sachen auf den Fußboden fallen und beugte sich über sie, zwang seine Hände, sanft zu sein, als er sie auf den Rücken drehte. Sie gab einen leisen Laut von sich, der fast wie ein wohliges Aufseufzen klang, und drehte sich, ohne aufzuwachen. Sein Verlangen war so stark, dass er sich nicht die Zeit nahm sie aufzuwecken. Er schob ihr das Hemd bis zur Taille hoch, schob ihre Schenkel auseinander und legte sich dazwischen. Mit der letzten noch verbliebenen Selbstkontrolle drang er behutsam in sie ein. Als sich ihr heißes, feuchtes Fleisch fest um ihn schloss, entrang sich seiner Kehle ein heiseres tiefes Aufstöhnen.

Sie wimmerte leise, ihr Körper wölbte sich seinen Händen entgegen, und ihre Arme hoben sich, um sich um seinen Hals zu legen. „Ich liebe dich", stöhnte sie, immer noch im Halbschlaf. Ihre Worte fuhren durch ihn hindurch wie ein Blitz. Oh, Gott, und dabei wusste er nicht einmal, ob sie wirklich ihn meinte oder ob sie im Schlaf redete! Nichtsdestotrotz sehnte er sich danach, die Worte noch einmal zu hören. Er wollte sie aufwecken und ihr in die Augen schauen, wenn sie sie wiederholte, dann würde er es wissen. Verzweifelt drang er noch tiefer in sie ein, wobei er sich wünschte, dass sie ihn so tief in sich aufnehmen möge, dass nichts sie jemals mehr trennen konnte.

„Michelle", flüsterte er in höchster Ekstase, während er seinen geöffneten Mund an ihren warmen Hals presste.

Sie hob sich ihm erneut entgegen, während sie langsam aus dem Tiefschlaf aufwachte. Sogar im Schlaf hatte sie seine Berührung erkannt, ihr Körper hatte umgehend auf ihn reagiert, sich ihm geöffnet, ihn willkommen geheißen. Sie fragte nicht, woher er kam. Er war da, und das war das Einzige, was zählte. Sie wurde von einer Woge der Liebe überschwemmt, die so gewaltig war, dass sie alles andere mit sich fortriss. Sie brannte lichterloh, ihr Fleisch erbebte unter seinen köstlichen Stößen. Sie spürte, wie er sie in ihrem tiefsten Innern berührte, und schrie auf wie ein wildes Tier, als höchste Lust über ihr zusammenschlug. Während sie sich im Taumel der Sinne unter ihm wand, hielt er sie mit eisernem Griff fest, und als er spürte, wie sich ihre Muskeln ekstatisch zusammenzogen, war es das Signal für ihn, dass er sich jetzt auch endlich fallen lassen durfte.

Er konnte sie nicht loslassen. Auch als es vorbei war, schaffte er es immer noch nicht und begann sich wieder in ihr zu bewegen, verzweifelt bemüht, einen Hunger zu stillen, der offenbar nie gestillt werden konnte.

Der Morgen graute bereits, als Michelle sich, ebenso selig erschöpft wie er, in seine Arme schmiegte. Kurz bevor sie einschlief, flüsterte sie: „Du bist früher nach Hause gekommen."

Er legte seine Arme fester um sie. „Ich konnte es unmöglich

noch eine ganze Nacht ohne dich aushalten." Es war die reine Wahrheit. Er wäre zurückgekommen, selbst wenn er hätte laufen müssen.

Weil sie am nächsten Morgen niemand störte, schliefen sie, bis die Sonne sie irgendwann weckte. John wachte kurz nach eins als Erster auf. Er stand leise auf, wobei er aufpasste, Michelle nicht zu stören. Als er ihr Hemd auf dem Boden liegen sah, verzogen sich seine Lippen zu einem Lächeln. Er konnte sich nicht daran erinnern, es ihr ausgezogen und noch viel weniger, es auf den Boden geworfen zu haben. Nichts war wichtig gewesen, außer sie zu spüren.

Nachdem er geduscht hatte, kehrte er nackt ins Schlafzimmer zurück und zog Boxershorts und Jeans an. Seine Blicke wurden immer wieder magnetisch von ihr angezogen. Gott, war sie schön anzusehen, wie sie dalag, mit diesem blassgoldenen Haar, das in der hellen Sonne glänzte, dem nackten Fleisch, das glühte. Sie lag auf dem Bauch, die Arme unterm Kissen, und gewährte ihm einen Blick auf ihren geschmeidigen Rücken, feste, sanft gerundete Pobacken und lange schlanke Beine. Er ergötzte sich an ihren eleganten Linien und weiblichen Kurven, und schon wieder wuchs in ihm das Verlangen, sie zu berühren. Wollte sie denn den ganzen Tag schlafen?

Er ging zum Bett, ließ sich auf der Bettkante nieder und begann ihre nackte Schulter zu streicheln. „Wach auf, Schlafmütze. Es ist schon fast zwei."

Sie gähnte, kuschelte sich tiefer ins Kissen. „Wirklich?" Ihr Mund verzog sich zu einem Lächeln, aber noch weigerte sie sich, die Augen zu öffnen.

Er lachte leise. „Steh jetzt auf. Ich bringe es nicht über mich, mich anzuziehen, solange du da so liegst. Dann muss ich immer …" Er unterbrach sich und schaute auf die kleine weiße Narbe unter seinen Fingern, die ihre wie Satin schimmernde Schulter verunzierte. Wenn sie nicht nackt in der hellen Mittagssonne gelegen hätte, hätte er die Narbe wahrscheinlich gar nicht entdeckt, so winzig war sie. Und dann sah er noch eine. Gleich darauf eine dritte. Und als er seinen Blick weiterwandern ließ, entdeckte er noch mehr dieser winzigen, sichelförmigen Narben, die ihre makellose Haut entstellten, auf ihrem Rücken, ihrem Po, den Rückseiten ihrer Oberschenkel. Sie hatten alle dieselbe Größe und Form.

Er zog scharf den Atem ein, rollte sie herum und fragte mit äußerster Selbstbeherrschung, fast ohne die Lippen zu bewegen: „Wer war das?"

Michelle war weiß geworden, erstarrt vor Schreck über seinen Gesichtsausdruck. Er zog sie an den Schultern hoch, bis sie fast Nase an Nase mit ihm war, und wiederholte seine Worte langsam und fast tonlos: „Wer war das?"

Ihre Lippen zitterten, als sie ihn hilflos anschaute. Sie konnte nicht darüber reden. Sie schaffte es einfach nicht. „Ich … es ist nicht …"

„Wer war das?", brüllte er. Vor unbändigem Zorn spannten sich seine Halsmuskeln an.

Sie schloss die Augen, Tränen brannten hinter ihren Lidern und sickerten darunter hervor. Verzweiflung und Scham stiegen in ihr auf, aber sie wusste, dass er nicht lockerlassen würde, bis er eine Antwort hatte. Ihre Lippen zitterten so sehr, dass sie kaum sprechen konnte. „John, bitte!"

„Wer?"

Sie wandte das Gesicht ab und gab auf. „Roger Beckman. Mein Exmann." Sie brachte die Worte kaum heraus, hatte das

Gefühl, daran zu ersticken.

John fluchte wieder, leise, endlos. Michelle versuchte sich zu wehren, als er sie hochhob und sich mit ihr in einen Sessel setzte, aber es war sinnlos, deshalb gab sie auf. Allein Rogers Namen auszusprechen bewirkte, dass sie sich schmutzig fühlte. Sie wollte sich verstecken, sich wieder und wieder waschen, um den Makel loszuwerden, aber John weigerte sich, sie loszulassen. Er hielt sie nackt auf seinem Schoß fest und sagte kein Wort mehr, nachdem er aufgehört hatte zu fluchen, bis er merkte, dass sie fror. Die Sonne war heiß, aber ihre Haut war eiskalt. Er beugte sich vor, zog sich das Laken vom Bett heran und breitete es über sie.

Er hielt sie eine ganze Weile fest und wiegte sie sanft in seinen Armen, wobei er ihr zärtlich den Rücken streichelte. Sie war geschlagen worden. Dieser Gedanke erfüllte ihn mit einem so unbändigen Zorn, wie er ihn noch nie in seinem Leben verspürt hatte.

Schließlich bewegte sie sich ein bisschen, eine stumme Bitte, sie gehen zu lassen. Er tat es widerstrebend, ohne den Blick von ihrem weißen Gesicht zu nehmen, als sie ins Bad ging und die Tür hinter sich zumachte. Alarmiert von ihrem Schweigen und ihrer Blässe ging er ihr nach, aber als seine Hand auf der Türklinke lag, befahl er sich, sich zusammenzureißen. Sie musste im Moment allein sein. Er hörte die Dusche rauschen und wartete mit beispielloser Geduld, bis sie wieder herauskam. Sie hatte den Bademantel angezogen, der an der Badezimmertür hing.

„Ist alles okay mit dir?“, fragte er ruhig.

„Ja.“ Ihre Stimme klang gedämpft.

„Wir müssen darüber reden.“

„Nicht jetzt.“ Der Blick, den sie ihm zuwarf, verriet, wie

elend ihr zumute war. „Ich kann nicht. Nicht jetzt."

„In Ordnung, Baby. Später."

*Später* war in dieser Nacht, als sie wieder in seinen Armen lag und die Dunkelheit sie schützend einhüllte. Er hatte sie geliebt, sehr zärtlich und langsam, damit sie sich entspannte. In der anhaltenden Stille danach spürte sie seine Entschlossenheit, alles zu erfahren, und obwohl sie sich davor fürchtete, fühlte sie sich jetzt, wo es dunkel war, in der Lage, ihm alles zu erzählen.

„Er war eifersüchtig", flüsterte sie. „Völlig wahnsinnig vor Eifersucht. Auf Partys durfte ich kein einziges Wort mit einem anderen Mann wechseln, egal wie hässlich er war oder wie glücklich verheiratet er auch sein mochte; ich durfte keinen Kellner anlächeln. Die winzigste Kleinigkeit konnte seinen blinden Zorn hervorrufen."

Und dann erzählte sie stockend, wie er sie beschuldigt hatte, ihn zu betrügen, und schließlich angefangen hatte, sie zu schlagen. Und dass es ihm anschließend immer leid getan und er ihr beteuert hatte, wie sehr er sie liebte. Dass sie ihn angezeigt hatte, dass aber die Polizei die Sache nicht weiterverfolgt hatte, weil seine Eltern großen Einfluss hatten und die entsprechenden Beamten bestochen hatten. Und wie es ihr schließlich gelungen war, ihn trotz seiner erbitterten Gegenwehr zu verlassen, weil sie seinen Eltern gedroht hatte, alles öffentlich zu machen. Dabei hatte sie auf alle Unterhaltsansprüche verzichtet und dafür seinen Eltern das Versprechen abverlangt, ihn von ihr fernzuhalten.

John lag die ganze Zeit stocksteif da und zitterte vor Zorn. Sie streichelte in der Dunkelheit sein Gesicht und tröstete ihn so gut sie konnte, ohne sich darüber zu wundern, wie unlogisch das war.

„Beruhig dich", sagte sie schließlich leise und küsste seine

Schulter. „Es ist vorbei."

„Du hast gesagt, dass seine Eltern ihn von dir ferngehalten haben, aber dass sie tot sind. Hat er dich seitdem belästigt?"

Sie erschauerte, als sie sich an Rogers Anrufe erinnerte. „Er hat mich zweimal angerufen. Aber gesehen habe ich ihn nicht. Ich hoffe, dass ich ihn nie wieder sehen muss."

„Angerufen? Wo? Bei dir zu Hause? Wie lange ist das her?"

„Kurz bevor du mich hierher gebracht hast."

„Ich würde ihn gern kennenlernen", sagte John leise mit einem drohenden Unterton in der Stimme.

„Ich hoffe nicht. Er ist … nicht normal."

Sie lagen zusammen da, die warme, feuchte Nacht hüllte sie ein, und sie begann langsam müde zu werden. Dann berührte er sie erneut, und sie spürte seine unbändige Wut. „Was hat er benutzt?"

Sie zuckte zusammen und rutschte ein Stück von ihm weg. Er fluchte leise in sich hinein und zog sie wieder an sich. „Sag es mir."

„Ist doch egal."

„Ich will es aber wissen."

„Du weißt es." In ihren Augen brannten Tränen. „Es ist nicht sehr originell."

„Einen Gürtel."

Ihr stockte der Atem. „Er … er hat sich das eine Ende um die Hand geschlungen."

John fletschte tatsächlich die Zähne, sein ganzer Körper bebte. Er malte sich aus, wie eine Gürtelschnalle ihre weiche Haut aufriss, und der Gedanke machte ihn ganz krank. Er machte ihn mordlüstern. Mehr denn je sehnte er sich danach, Roger Beckman in die Finger zu bekommen.

## 10. KAPITEL

Michelle fuhr aus dem Schlaf hoch, die Augen weit aufgerissen, das Gesicht kalkweiß. John neben ihr bewegte sich und streckte die Hand nach ihr aus, aber er wachte nicht auf. Sie legte sich wieder hin, getröstet, weil er neben ihr war, aber ihre Gedanken und ihr Herz rasten.

Es war Roger gewesen.

Roger war der anonyme Anrufer gewesen. Und Roger hatte den blauen Chevrolet gefahren. Er hatte versucht, sie zu töten. Er war hier in Florida, schlug seine Zeit tot und wartete darauf, dass er sie allein erwischte. Sie erinnerte sich daran, dass sie vor dem Unfall das Gefühl gehabt hatte, beobachtet zu werden und das Gleiche hatte sie bei den Anrufen gefühlt. Sie hätte das gleich alles zusammenbringen sollen.

Er hatte das mit John herausgefunden. Wahrscheinlich hatte er sich die ganze Zeit über eingeredet, dass sie schon irgendwann wieder zu ihm zurückkommen würde; sie konnte ihn immer noch flüstern hören, wie sehr er sie liebte, dass er alles wiedergutmachen und ihr zeigen würde, wie gut es mit ihnen sein könnte. Nachdem er das mit John herausgefunden hatte, hatte er sich erst richtig in seine elende Eifersucht hineingesteigert.

Und jetzt war er ganz verrückt geworden. Sie fühlte sich in der Falle, sie bekam Panik bei dem Gedanken, dass er irgendwo da draußen war und geduldig darauf wartete, sie allein zu erwischen. Zur Polizei konnte sie nicht gehen, weil ihr die Beweise fehlten, es war nur so ein Gefühl, und kein Mensch wurde verhaftet, nur weil irgendwer irgendein Gefühl hatte. Davon abgesehen konnte sie der Polizei nicht unbedingt trauen. Rogers Eltern war es in Philadelphia gelungen, Polizisten zu bestechen, und jetzt war Roger der Besitzer dieses riesigen Imperiums. Er verfügte über unbeschränkte finanzielle Mittel. Wer konnte schon wissen, was er sich damit alles kaufen konnte? Vielleicht hatte er auch irgendwen beauftragt, und wenn das der Fall war, würde sie nicht wissen, vor wem sie sich in Acht nehmen musste.

Endlich gelang es ihr wieder einzuschlafen, aber das Wissen, dass Roger ihr auf den Fersen war, ließ ihr während der nächsten Tage keine Ruhe mehr, sie konnte weder schlafen noch essen. Trotz der Menschen, die um sie herum waren, fühlte sie sich unendlich einsam.

Sie wünschte sich nichts sehnlicher, als mit John darüber reden zu können, aber ihre bittere Erfahrung veranlasste sie zu schweigen. Über die Sache mit dem Unfall, der in Wirklichkeit gar kein Unfall gewesen war, hatten sie nie mehr gesprochen, aber sie war sich sicher, dass er ihr immer noch nicht glaubte.

An einem heißen sonnigen Morgen konnte sie es plötzlich nicht mehr länger aushalten. Sie fühlte sich so in die Enge getrieben, dass das Maß voll war. Sogar ein Kaninchen wehrt sich, wenn es nicht mehr weglaufen kann. Verdammter Roger! Was konnte sie bloß tun, um ihn endlich loszuwerden?

Sie hatte immer noch alle Beweise, aufgrund derer sie damals die Vereinbarung mit seinen Eltern abgeschlossen hatte. Diese Vereinbarung nützte ihr jetzt zwar nichts mehr, weil seine Eltern tot waren, aber zumindest konnte sie beweisen, dass Roger ihr gegenüber schon früher gewalttätig geworden war. Wer konnte wissen, wofür sie es noch einmal brauchen würde.

Aber der Umschlag mit den Fotos und ärztlichen Attesten

war in ihrem Haus, und sie wollte ihn bei sich haben, hier bei John. Es erschien ihr nicht sicher, ihn in ihrem Haus zu lassen, auch wenn es abgeschlossen war. Und wenn Roger irgendwie in den Besitz der Unterlagen kam, hatte sie überhaupt nichts mehr in der Hand.

Kurz entschlossen sagte sie Edie Bescheid, dass sie vorhatte auszureiten, und ging zum Stall, um sich ein Pferd zu holen. Es war ein angenehmer Ritt über ihre Weiden, aber sie war zu angespannt, um ihn genießen zu können. Als sie das letzte Mal hier gewesen war, hatte Roger sie gesehen, und sie hatte es immer noch vor Augen, wie der blaue Chevrolet auf sie zugekommen war.

Sie näherte sich dem Haus von hinten und schaute sich, als sie vom Pferd abstieg, ängstlich um, aber sie konnte nichts Außergewöhnliches entdecken. Sie überprüfte schnell die Türen und Fenster, aber alles war fest zu, und es gab nirgendwo einen Anhaltspunkt dafür, dass irgendwer versucht hatte, sich gewaltsam Zutritt zu verschaffen. Erst dann betrat sie das Haus und ging eilig ins Büro, um den Safe zu öffnen. Sie holte den braunen Umschlag heraus, überprüfte den Inhalt und atmete erleichtert auf, als sie sah, dass alles unberührt war. Dann schob sie ihn in ihr Hemd und verschloss den Safe wieder.

Das Haus hatte lange Zeit leer gestanden; die Luft war heiß und muffig. Als Michelle aufstand, wurde ihr schwarz vor Augen und gleich darauf wurde sie von Übelkeit überschwemmt. Sie beeilte sich nach draußen auf die Veranda zu kommen, wo sie sich an die Hauswand lehnte und tief durchatmete, bis ihr Kopf wieder klar war und ihr Magen sich beruhigt hatte. Sie war offenbar fix und fertig. Sie wusste nicht, wie lange sie das noch aushalten konnte, aber sie musste warten. Er würde wieder anrufen, das wusste sie. Und bis dahin gab es kaum etwas, was sie tun konnte.

Alles war immer noch ruhig, friedlich. Das Pferd wieherte leise, als sie aufstieg und nach Hause ritt.

Als sie den Hof erreichte, kam der Stallbursche angerannt. Auf seinem Gesicht spiegelte sich unübersehbar Erleichterung. „Gott sei Dank sind Sie wieder da", sagte er. „Der Boss dreht fast durch. Er hat die ganze Ranch nach Ihnen umgekrempelt. Ich sage ihm gleich, dass Sie zurück sind."

„Warum sucht er mich denn?", fragte sie erstaunt. Sie hatte Edie Bescheid gesagt.

„Keine Ahnung, Ma'am." Er nahm ihr die Zügel aus der Hand, nachdem sie abgestiegen war.

Sie ging ins Haus und suchte Edie, die allerdings auch nicht wusste, was John von ihr wollte.

Ein paar Minuten später hörte sie seinen Truck auf den Hof fahren, und der Geschwindigkeit nach zu urteilen war nicht davon auszugehen, dass er sich mittlerweile beruhigt hatte. Mehr neugierig als alarmiert ging sie ihm entgegen. John stieß krachend die Tür auf und sprang mit einem Gewehr in der Hand heraus. Sein Gesicht war angespannt, und seine Augen blitzten gefährlich, als er auf sie zukam. „Wo zum Teufel hast du gesteckt?", herrschte er sie an.

Michelle schaute auf das Gewehr. „Ich bin ausgeritten."

Er blieb nicht stehen, als er sie erreicht hatte, sondern packte sie am Arm und zerrte sie ins Haus. „Wohin, verdammt? Ich habe dich überall gesucht."

„Ich war nur kurz bei mir drüben." Sie begann sich langsam ein bisschen über sein Verhalten zu ärgern, vor allem, weil sie immer noch nicht wusste, warum er so aufgebracht war. Sie schaute ihn von oben herab mit einem kühlen Blick an. „Ich wusste nicht, dass ich deine Erlaubnis einholen muss, wenn ich zu mir nach Hause will."

„Schön, dann weißt du es eben jetzt", sagte er schroff, während er das Gewehr im Gewehrschrank verstaute. „Ich will nicht, dass du irgendwohin gehst, ohne mir vorher Bescheid zu sagen."

„Ich glaube nicht, dass ich deine Gefangene bin", sagte sie eisig.

„Gefangene!" Er wirbelte herum, unfähig, die Panik zu vergessen, die ihn erfasst hatte, als sie nirgendwo auffindbar gewesen war. Nachdem sie ihm kürzlich nachts die Geschichte von ihrem Exmann erzählt hatte, war ihm ein eisiger Schauer über den Rücken gelaufen, weil ihm dabei die Sache mit ihrem Unfall und dem, wie es angeblich passiert war, wieder eingefallen war. Und er hatte es nicht ernst genommen und es nur für blühende Fantasie oder eine Ausrede gehalten! Bis er wusste, was hier vorging, hätte er sie zu ihrer eigenen Sicherheit am liebsten im Schlafzimmer eingesperrt. Aber ein Blick in ihr empörtes Gesicht sagte ihm, dass er es falsch angefangen hatte und dass sie sich auf die Hinterbeine stellte.

„Ich dachte, dir sei etwas passiert", sagte er ruhiger.

„Und deshalb suchst du nach jemandem, den du erschießen kannst?", fragte sie ungläubig.

„Nein, das Gewehr habe ich nur für den Fall mitgenommen, dass du in Gefahr bist."

Sie ballte unwillkürlich die Hände zu Fäusten. Als sie wirklich in Gefahr gewesen war, hatte er ihr nicht geglaubt, aber jetzt machte er sich Sorgen, dass sie sich einen Knöchel brechen oder vom Pferd fallen könnte. „In was für einer Gefahr sollte ich denn deiner Meinung nach sein?", fragte sie scharf. „Ich wette meinen Kopf, dass es hier nirgendwo auch nur eine Schlange gibt, die es wagen würde, mich ohne deine Erlaubnis zu beißen!"

Über sein Gesicht huschte ein zerknirschter Ausdruck. Er hob die Hand und steckte ihr eine Haarsträhne hinters Ohr, aber sie funkelte ihn immer noch an wie eine entrüstete Königin. „Steht dir wirklich gut, wenn du wütend bist", zog er sie auf.

Einen Moment lang schaute sie ihn an, als wolle sie ihm die Augen auskratzen, dann platzte sie heraus: „Du Esel!", und fing an zu lachen.

Er stimmte ein. Niemand konnte das so sagen wie Michelle. Er liebte es. Sie konnte ihn jederzeit einen Esel nennen und so oft sie wollte. Bevor sie aufhörte zu lachen, legte er seinen Arm um sie, zog sie eng an sich und küsste sie. Ihr Lachen hörte abrupt auf, ihre Hände schlossen sich um seine Oberarme und ihre Zunge begegnete seiner.

„Du hast mir vielleicht einen Schrecken eingejagt", murmelte er, den Kopf hebend.

„So einen großen offenbar auch wieder nicht", gurrte sie, und er musste grinsen.

„Aber das war kein Spaß. Ich will wirklich wissen, wenn du weggehst, außerdem will ich nicht, dass du allein auf deine Ranch gehst. Sie steht jetzt schon eine ganze Weile leer, und es könnte sein, dass sich ein Landstreicher dort eingenistet hat."

„Was sollte denn ein Landstreicher so weit draußen wollen?", fragte sie.

„Was könnte ein Landstreicher sonst wo wollen? Landstreicher gibt es überall. Bitte. Tu mir den Gefallen, okay?"

Es war so ungewöhnlich, dass John Rafferty um etwas bat, dass sie ihn nur wortlos anstarren konnte. Obwohl er natürlich trotzdem erwarten würde, dass sie genau das tat, was er wollte, auch wenn er Bitte gesagt hatte.

Der Schwindel und die Übelkeit, die sie auf ihrer Ranch verspürt hatte, schienen die Symptome eines beginnenden Infekts zu sein, weil sie sich am nächsten Tag schrecklich fühlte. Sie verbrachte fast den ganzen Tag im Bett, zu müde und zu krank, um sich um irgendetwas anderes Gedanken zu machen. Jedes Mal, wenn sie den Kopf hob, überfiel sie dieser schreckliche Schwindel und bescherte ihr eine neue Welle von Übelkeit. Sie wollte einfach nur allein gelassen werden.

Am nächsten Morgen verspürte sie eine leichte Besserung und schaffte es immerhin, etwas im Magen zu behalten. John hielt sie in den Armen, besorgt über ihre Apathie. „Wenn es morgen nicht besser ist, fahre ich dich zum Arzt", verkündete er entschlossen.

„Es ist nur irgendein kleiner Infekt", sagte sie aufseufzend. „Da kann ein Arzt auch nichts machen."

„Er könnte dir etwas für deinen Magen geben."

„Heute ist es schon wieder besser. Was ist, wenn du dich ansteckst?"

„Dann darfst du auf Knien warten, bis es mir besser geht", sagte er und lachte, als er ihr Gesicht sah. Er hatte keine Angst sich anzustecken. Er konnte sich nicht einmal erinnern, wann er den letzten Schnupfen gehabt hatte.

Am nächsten Tag ging es ihr schon viel besser, und obwohl sie sich immer noch nicht gut genug fühlte, um auszureiten, verbrachte sie den Vormittag im Büro, wo sie den Computer mit Informationen fütterte und die Rechnungen ins Hauptbuch eintrug. Wenn sie ein Buchhaltungsprogramm für den Computer hätte, wäre alles einfacher. Sie nahm sich vor, es John vorzuschlagen.

Roger hatte immer noch nicht angerufen.

Sie ballte die Hände zu Fäusten. Sie wusste, dass er irgendwo in der Nähe war. Wie konnte sie ihn aus seinem Versteck herauslocken? Solange sie es aus Angst vor ihm nicht wagen konnte, die Ranch allein zu verlassen, konnte sie kein normales Leben führen.

Aber vielleicht war das ja genau das, was sie tun musste. Offenbar beobachtete Roger die Ranch, weil schwer vorstellbar war, dass der blaue Chevrolet rein zufällig aufgetaucht war. Damals hatte er sie überrumpelt, aber jetzt würde sie nach ihm Ausschau halten. Sie musste ihn irgendwie aus seinem Versteck hervorlocken.

Als John zum Mittagessen nach Hause kam, hatte sie sich das Haar hochgesteckt und ein bisschen Make-up aufgelegt, und sie wusste, dass sie viel besser aussah. „Ich glaube, ich fahre kurz in die Stadt und kaufe ein paar Sachen", bemerkte sie beiläufig. „Brauchst du irgendetwas?"

Er hob überrascht den Kopf. Sie war seit dem Unfall nicht gefahren, und jetzt tat sie so, als ob nie etwas passiert wäre. „Was denn für Sachen?", fragte er argwöhnisch. „Wo genau gehst du hin?"

Sein Ton veranlasste sie, die Augenbrauen zu heben. „Shampoo, Haarspülung, solche Sachen eben."

„In Ordnung." Er machte eine ungeduldige Handbewegung. „Wohin fährst du? Wann bist du zurück?"

„Wirklich, du hast den falschen Beruf. Du hättest Gefängniswärter werden sollen."

„Sag's mir einfach."

Weil sie nicht wollte, dass er ihr womöglich noch verbot, das Auto zu nehmen, sagte sie so gelangweilt wie möglich: „Wahrscheinlich in den Drogeriemarkt. Ich denke, ich bin so gegen drei zurück."

Er schaute sie scharf an, dann stieß er einen Seufzer aus und fuhr sich mit den Fingern durch das volle schwarze Haar. „Aber sei vorsichtig."

## 11. KAPITEL

Sie musste verrückt sein, das war Michelle klar. Das Allerletzte, was sie wollte, war es, Roger zu sehen, und doch versuchte sie ihn zu finden, obwohl sie den Verdacht hatte, dass er versuchte, sie zu töten. Nein, nicht obwohl, sondern deshalb wollte sie ihn finden. Sie wollte ganz bestimmt nicht sterben, aber sie wollte, dass das alles endlich vorbei war. Erst dann konnte sie ein normales Leben führen.

Sie wollte dieses Leben mit John leben, aber sie hatte sich nie vorgemacht, dass ihre Beziehung von Dauer sein könnte, und seine Laune der letzten paar Tage konnte gut das Ende ankündigen. Sie schien ihn durch nichts erfreuen zu können, außer im Bett, aber vielleicht hing das ja auch nur mit seinem ausgeprägten Sexualtrieb zusammen und wäre bei einer anderen Frau auch nicht anders gewesen.

An dem Morgen, an dem sie vorhatte, ein bisschen in der Gegend herumzufahren, war sie so nervös, dass sie zum Frühstück keinen Bissen herunterbrachte. Sie ging unruhig auf und ab und wartete, bis sie John mit dem Pick-up auf die Weide fahren sah. Sie hatte ihm nichts von ihrem kleinen Ausflug erzählen wollen, weil er dann zu viele Fragen gestellt hätte, außerdem würde sie sowieso in einer halben Stunde wieder da sein.

Während sie langsam die schmale Kiesstraße hinunterfuhr, stellte sie das Radio an, um ihre strapazierten Nerven zu beruhigen. Sie konnte es kaum glauben, dass sich jetzt bereits der dritte Hurrikan der Saison über dem Atlantik zusammenbraute und auf Kuba zubewegte. Die ersten beiden Stürme waren vollständig an ihr vorbeigegangen. Sie hatte nicht einmal gemerkt, dass der Sommer in den Frühherbst übergegangen war, weil es immer noch so heiß und schwül war, das perfekte Hurrikanwetter.

Obwohl sie sorgfältig beide Seiten der Straße nach einem Auto absuchte, das versteckt unter den Bäumen stand, konnte sie nichts entdecken. Es war ruhig, kein Lüftchen regte sich. Außer ihr war weit und breit niemand zu sehen. Frustriert wendete sie und fuhr zurück.

Als sie wieder einmal von einer plötzlichen Übelkeit überschwemmt wurde, musste sie anhalten. Sie machte die Tür auf und beugte sich hinaus, ihr Magen rebellierte, aber da er leer war, musste sie sich zum Glück nicht übergeben. Nachdem der Krampf nachgelassen hatte, legte sie den Kopf aufs Lenkrad. Sie fühlte sich erschöpft und schwitzte. Das dauerte schon viel zu lange für eine Infektion.

Wenn das eine Infektion war, dann eine Neun-Monats-Infektion.

Sie richtete sich auf und ließ den Kopf gegen die Nackenstütze sinken, und um ihre blassen Lippen spielte ein Lächeln. Schwanger. Natürlich. Sie wusste sogar, wann es passiert war: in der Nacht, in der John von Miami nach Hause gekommen war. Er hatte, nachdem sie aufgewacht war, sie geliebt, und keiner von ihnen hatte an Verhütung gedacht. Sie war die ganze Zeit über so nervös gewesen, dass ihr gar nicht aufgefallen war, dass ihre Periode längst fällig war.

Johns Baby. Es wuchs schon seit fast fünf Wochen in ihr. Sie fuhr sich mit der Hand über den Bauch, während ein ungeheures Glücksgefühl in ihr aufstieg, obwohl sie sich so scheußlich fühlte. Sie wusste, was für Probleme diese neue Entwicklung mit sich bringen würde, aber im Moment waren sie noch weit weg, unwichtig im Vergleich mit der überschäumenden Freude, die sie verspürte.

Sie begann zu lachen, als sie daran dachte, wie krank sie gewesen war. Sie erinnerte sich daran, in einer Zeitschrift gelesen zu haben, dass bei Frauen, die während der Schwangerschaft an Morgenübelkeit litten, weniger Gefahr für eine Fehlgeburt bestand als bei Frauen, die diese Beschwerden nicht hatten. Wenn das stimmte, dann war dieses Baby in ihrem Bauch so sicher wie in Fort Knox. Sie fühlte sich immer noch hundeelend, aber jetzt war sie glücklich, dass sie sich so fühlte.

„Ein Baby", flüsterte sie, während sie sich ein winziges, süß duftendes Bündel mit einem Mopp aus dichten schwarzen Haaren und feuchten schwarzen Augen vorstellte, obwohl ihr klar war, dass jedes Kind von John Rafferty wahrscheinlich ein Teufelsbraten sein würde.

Weil sie nicht bis zum jüngsten Tag im Auto am Straßenrand sitzen konnte, fuhr sie schließlich wieder zur Ranch zurück, wo sie einen trockenen Toast und eine Tasse schwachen Tee zu sich nahm. Dann begann sie über die Probleme, die vor ihr lagen, nachzudenken.

Tausend Gedanken schossen ihr gleichzeitig durch den Kopf, aber sie schaffte es nicht, auch nur einen einzigen davon zu Ende zu denken. Sie war so aufgewühlt, dass sie nichts entscheiden konnte. Ihre Gefühle fuhren mit ihr Achterbahn, im einen Moment fühlte sie sich himmelhoch jauchzend und im anderen zu Tode betrübt. Sie wusste nicht, wie John reagieren würde, von daher war alles, was sie sich jetzt zurechtlegte, nur Zeitverschwendung. Das war etwas, das sie nur zusammen machen konnten.

Sie hörte ein Auto vorfahren, gefolgt von lauten, aufgeregten Stimmen draußen, aber auf der Ranch kamen und gingen ständig Cowboys, von daher dachte sie sich nichts dabei, bis Edie nach oben rief: „Michelle? Jemand ist verletzt. Die Jungs bringen ihn rein … Allmächtiger, es ist der Boss!“ Die letzten Worte schrie sie, und Michelle schoss vom Bett hoch. Hinterher konnte sie sich nicht mehr daran erinnern, die Treppe nach unten gerannt zu sein, sie wusste nur noch, dass Edie sie an der Eingangstür abfing, als Nev und ein anderer Mann John von einem Pferd halfen. John presste sich ein Tuch ans Gesicht, an seinen Händen und Armen lief Blut herunter und durchtränkte sein Hemd.

Michelles Gesicht verzerrte sich, und ihrer Kehle entrang sich ein erstickter Schrei. Edie war eine große starke Frau, aber irgendwie gelang es Michelle, sich loszureißen und zu John zu rennen. Er schüttelte Nevs Hand ab und zog Michelle an sich. „Ich bin okay“, brummte er. „Sieht schlimmer aus, als es ist.“

„Sie sollten besser zu einem Arzt gehen, Boss“, warnte Nev. „Ein paar dieser Schnitte müssen genäht werden.“

„Das habe ich auch vor. Gehen Sie zurück und kümmern Sie sich um alles.“ John warf Nev über Michelles Kopf einen warnenden Blick zu und obwohl er sich ein Auge mit dem blutigen Tuch zuhielt, verstand Nev die Botschaft. Er warf einen kurzen Blick auf Michelle, dann nickte er.

„Was ist denn passiert?“, fragte Michelle entsetzt, während sie John in die Küche half. Sein Arm lag schwer auf ihrer Schulter, was ihr mehr als alles andere verriet, dass er schlimmer verletzt war, als er zugeben wollte. Er sank auf einen Küchenstuhl.

„Ich habe die Kontrolle über meinen Truck verloren und bin gegen einen Baum gefahren“, brummte er. „Und mit dem

Gesicht gegen das Lenkrad gekracht.“

Sie sah in seinen schwarzen Haaren winzige Glassplitter glitzern. „Lass mal sehen“, sagte sie und nahm vorsichtig das Tuch von seinem Gesicht weg.

Sie musste sich auf die Lippen beißen, um nicht laut aufzustöhnen. Sein linkes Auge war bereits zugeschwollen, und an der Wange hatte er einen tiefen Schnitt. Die Haut über seinem linken Wangenknochen und um die Augenbraue herum verfärbte sich bereits lila, auf der Stirn hatte er eine große Beule und auch sonst überall im Gesicht noch kleinere Schnittwunden. „Edie, zerstoßen Sie ein bisschen Eis für sein Auge. Vielleicht können wir verhindern, dass es noch mehr zuschwillt. Ich hole nur schnell meine Handtasche und die Autoschlüssel.“

Der Arzt bestand darauf, dass John sich so schnell wie möglich im Krankenhaus von Tampa einer eingehenden Untersuchung unterzog, und wollte sofort einen Krankenwagen rufen. John wehrte sich vehement dagegen, doch als der Arzt ihn schließlich mit großem Ernst auf die Gefahr hinwies, dass er auf dem linken Auge erblinden könnte, gab er zähneknirschend nach und sagte: „Nur wenn Michelle im Krankenwagen mitfährt.“

„Ich fahre direkt hinter dir her“, sagte Michelle.

„Nein“, sagte John in einem Ton, der keinen Widerspruch duldete. „Doc, geben Sie mir eine Stunde. Ich muss erst noch jemand bitten, uns ein paar Sachen zum Anziehen von zu Hause zu holen und das Auto zurückzufahren.“ Und zu Michelle sagte er: „Entweder fährst du mit mir mit, oder ich fahre auch nicht.“

Michelle starrte ihn frustriert an, aber sie spürte, dass er nicht bereit war, irgendwelche Zugeständnisse zu machen. Ihr war völlig unbegreiflich, warum es ihm so wichtig war, dass sie im Krankenwagen mitfuhr. Und außerdem, wenn jemand das Auto zur Ranch zurückfuhr, wie sollten sie dann von Tampa wegkommen? Dieser ganze Vorfall erschien ihr immer sonderbarer, aber sie wusste nicht genau, warum, und jetzt war nicht der richtige Zeitpunkt, um irgendwelche Nachforschungen anzustellen. Wenn sie im Krankenwagen mitfahren musste, um John nach Tampa zu bringen, dann würde sie es eben tun. Ihr saß immer noch der Schock über seinen Unfall in den Gliedern, und sie würde alles tun, damit es ihm bald wieder gut ging.

Er nahm ihr Schweigen als Zustimmung und beauftragte sie, Nev anzurufen und zu bitten, ein paar Sachen zum Anziehen herzubringen. Nachdem sie das Zimmer verlassen hatte, fragte er den Arzt: „Sagen Sie, Doc, gibt es hier noch ein anderes Telefon, das ich benutzen kann?"

„Hier drin nicht, und Sie sollten jetzt nicht herumlaufen. Sie sollen sich auch nicht aufsetzen. Wenn der Anruf so dringend ist, dass er nicht warten kann, bitten Sie Ihre Frau, ihn zu machen."

„Ich will aber nicht, dass sie etwas davon erfährt." Er machte sich nicht die Mühe, den Irrtum des Arztes, dass Michelle seine Frau sei, zu korrigieren. Der gute Doc war nur ein bisschen zu früh dran, das war alles. „Tun Sie mir einen Gefallen. Rufen Sie im Sheriffbüro an und sagen Sie Andy Phelps, wo ich bin und dass ich dringend mit ihm reden muss. Aber sagen Sie es ihm nur persönlich."

Der Arzt schaute den großen Mann scharf an. Jeder andere an seiner Stelle würde flach auf dem Rücken liegen. Rafferty sollte eigentlich auch liegen, aber er schien eine Konstitution wie aus Eisen zu haben.

„Na schön, aber nur, wenn Sie sich hinlegen. Sie riskieren Ihr Augenlicht, Mr. Rafferty. Denken Sie daran, dass die Gefahr besteht, dass Sie für den Rest Ihres Lebens nur noch auf einem Auge sehen können."

Johns Lippen verzogen sich zu einem schiefen Grinsen. „Vielleicht ist der Schaden ja schon passiert, Doc." Sein linkes Auge zu verlieren würde viel weniger schlimm sein, als wenn Michelle ihr Leben verlor. Nichts war wichtiger, als ihr Leben zu retten.

Nachdem der Arzt ebenfalls das Zimmer verlassen hatte, ließ John wieder und wieder den Unfall vor seinem geistigen Auge Revue passieren und versuchte noch weitere Einzelheiten aus seinem Unterbewusstsein hervorzuholen. Hatte er in diesem Sekundenbruchteil, bevor die Kugel die Windschutzscheibe durchschlagen hatte, aus dem Augenwinkel irgendwo eine Bewegung gesehen, die ihm Beckmans Standort verraten könnte? Denn dass es Roger Beckman war, dem er die Kugel zu verdanken hatte, die seinen Unfall verursacht hatte, stand für ihn fest. War Beckman zu Fuß unterwegs gewesen? Unwahrscheinlich, dafür war die Ranch zu weitläufig. Genauso unwahrscheinlich war es, dass er geritten war, an Reitpferde war nicht so leicht heranzukommen wie an Autos, die man jederzeit irgendwo mieten konnte.

Andy Phelps kam nur einen Moment vor Nev. Er wartete, bis John Nev ein paar detaillierte Anweisungen gegeben hatte. Nev nickte und stellte ein paar Fragen. Dann schaute John zu Michelle. „Warum gehst du nicht mit Nev raus und siehst dir die Sachen an, die er uns mitgebracht hat? Wenn etwas fehlt, kann er es uns nach Tampa nachbringen."

Michelle zögerte nur einen Sekundenbruchteil. John wollte

sie aus irgendeinem Grund aus dem Zimmer haben. Sie schaute auf den Hilfssheriff und dann wieder auf John, bevor sie mit Nev das Zimmer verließ. Irgendetwas war hier faul.

Selbst Nev verhielt sich merkwürdig, ihr fiel auf, dass er ihr nicht richtig in die Augen schauen konnte. Irgendetwas war passiert, von dem sie nichts wissen sollte, und es hatte etwas mit John zu tun.

Die Sache mit dem Auto, das Nev zurückbringen sollte, war absolut unlogisch, und John verhielt sich sonst nie unlogisch. Nev fühlte sich aus irgendeinem Grund unbehaglich in seiner Haut, und jetzt wollte John auch noch allein mit dem Deputy sprechen. Sie war sich plötzlich sicher, dass Phelps ihm nicht nur einen Freundschaftsbesuch abstattete.

Zu viele Dinge passten nicht zusammen. Allein die Tatsache, dass John einen Unfall gehabt hatte, war schon seltsam. Er fuhr schon seit er ein Junge war über dieses Weideland, lange bevor er überhaupt alt genug gewesen war, um einen Führerschein zu machen. Dazu kam, dass er einer der sichersten Fahrer war, die sie je kennengelernt hatte. Es machte einfach keinen Sinn, dass er die Kontrolle über seinen Truck verlieren und gegen einen Baum fahren sollte. Es hatte zu viel Ähnlichkeit mit ihrem eigenen Unfall.

Roger!

Wie vernagelt sie doch gewesen war! Sie hatte ihn nur als eine Gefahr für sich selbst betrachtet, aber nie für John. Sie hätte damit rechnen müssen, dass er versuchte, sich an dem Mann zu rächen, von dem er glaubte, dass er sie ihm weggenommen hatte. Während sie versucht hatte, ihn aus seinem Versteck zu locken, war er hinter John her gewesen. Wütend ballte sie die Hände zu Fäusten. In einem offenen Kampf würde Roger keine Chance gegen John haben, aber wenn er – Feigling, der er war – aus dem Hinterhalt zuschlug, konnte er durchaus Erfolg haben.

Sie schaute auf die beiden Übernachtungsköfferchen, die Edie für sie und John gepackt hatte. „Ich glaube, mir wird schlecht, Nev", flüsterte sie. „Entschuldigen Sie, ich bin gleich wieder da."

Nev schaute sie besorgt an. „Soll ich einer Krankenschwester Bescheid sagen? Sie sehen irgendwie grün aus."

„Nein, mir geht es bestimmt gleich wieder gut." Sie lächelte matt. „Das kommt nur von dem Blut. Ich kann nämlich kein Blut sehen."

Sie tätschelte seinen Arm und ging in Richtung Toiletten, betrat die Damentoilette jedoch nicht. Stattdessen wartete sie einen Moment und spähte dann um die Ecke der Trennwand. Sobald sie sah, dass Nev sich hinsetzte, um auf sie zu warten, rannte sie auf den Flur, auf dem die Untersuchungsräume lagen. Die Tür zu Johns Zimmer war nur angelehnt, und sie konnte durch den Spalt Johns Stimme hören.

„... glaube, die Kugel kam von einer kleinen Anhöhe links neben mir", sagte John. „Nev kann Ihnen zeigen, wo."

„Kann die Kugel in die Polsterung eingeschlagen sein?"

„Wahrscheinlich nicht. Der Winkel war nicht steil genug."

„Vielleicht finde ich ja die Hülse. Wenn er von Tampa gekommen ist, hat er sich ja vielleicht dort ein Auto gemietet. Ich werde mich erkundigen, dann haben wir seine Autonummer."

„Ein blauer Chevrolet. Das müsste die Suche eigentlich eingrenzen", sagte John grimmig.

„Nicht auszudenken, wie viele blaue Chevrolets es in diesem Staat gibt. Gut, dass Sie Michelle mit nach Tampa nehmen, dann habe ich wenigstens ein paar Tage Zeit, eine Spur von dem Burschen zu finden. Wenn Sie es für nötig halten, kann ich einen Kollegen darum bitten, das Krankenhaus zu überwachen."

„Er wird sie nicht finden, wenn der Arzt hier nichts verlauten lässt."

„Das lässt sich arrangieren."

Michelle hatte genug gehört. Sie ging leise den Korridor hinunter und gesellte sich wieder zu Nev. Er blätterte in einer Zeitschrift und schaute erst auf, als sie sich neben ihn setzte. „Geht es Ihnen besser?", fragte er mitfühlend.

Sie gab ihm irgendeine Antwort, die ihn offenbar zufriedenstellte, weil er nicht weiter nachfragte. Sie saß wie vor den Kopf geschlagen auf ihrem Stuhl. Was sie mit angehört hatte, bestätigte ihren Verdacht, dass Roger hinter Johns *Unfall* steckte, aber an dem Rest hatte sie schwer zu kauen. Nicht genug damit, dass John ihr das mit den anonymen Anrufen geglaubt hatte, er hatte sie auch noch mit dem blauen Chevrolet in Verbindung gebracht und offenbar ohne ihr Wissen versucht, Roger auf die Schliche zu kommen. Das erklärte auch, warum er plötzlich darauf bestanden hatte, über jeden ihrer Schritte Bescheid zu wissen, und warum er eigentlich überhaupt nicht wollte, dass sie irgendwohin ging. Er hatte die ganze Zeit versucht sie zu beschützen, während sie versucht hatte, Roger aus seiner Deckung hervorzulocken.

Auf der Fahrt nach Tampa saß sie neben ihm im Krankenwagen und hielt seine Hand, den Blick fest auf sein Gesicht gerichtet. Vielleicht döste er, vielleicht tat es aber auch einfach nur weniger weh, wenn er die Augen geschlossen hielt. Auf jeden Fall sagte er, aus was für einem Grund auch immer, während der gesamten Fahrt fast kein Wort.

Im Krankenhaus wurde er davongerollt, und sie sah ihn erst einmal drei Stunden lang nicht. Sie lief nervös durch die Gänge, bis ihr wieder übel wurde und sie sich gezwungen sah, eine Cafeteria zu suchen, wo sie langsam schale Kräcker in sich hineinmümmelte. Nach und nach beruhigte sich ihr Magen wieder. John würde mindestens zwei Tage hierbleiben müssen, vielleicht auch länger – wie konnte sie ihren Zustand vor ihm verbergen, wenn sie praktisch jede Minute des Tages mit ihm zusammen war? Seiner Aufmerksamkeit entging nichts lange, egal, ob er ein oder zwei gesunde Augen hatte.

Was würde er sagen, wenn sie es ihm erzählte? Sie schloss die Augen, während ihr Herz wild zu hämmern begann. Es war sein gutes Recht, es zu erfahren. Außerdem wollte sie, dass er es wusste, sie wollte jeden Augenblick dieser Schwangerschaft mit ihm teilen. Aber was war, wenn es ihn zu einer törichten Handlung trieb, wenn er erfuhr, dass Roger nicht nur sie beide, sondern auch ihr gemeinsames Kind bedrohte?

Sie zwang sich klar zu denken. Hier im Krankenhaus waren sie sicher, das war geborgte Zeit. Sie hatte den Verdacht, dass das der einzige Grund war, warum er zugestimmt hatte, hierher zu kommen. Er wollte Deputy Phelps Zeit geben, Roger zu finden.

Schließlich ging sie in das Zimmer zurück, das man John zugeteilt hatte, und wartete auf ihn. Dreißig Minuten später wurde er auf einer fahrbaren Trage ins Zimmer geschoben, dann half man ihm, sich ins Bett zu legen. Nachdem sich die Tür hinter dem Krankenpfleger geschlossen hatte, sagte er durch zusammengebissene Zähne: „Wenn jetzt noch einer etwas mit mir machen will, werfe ich ihn aus dem Fenster.“ Vorsichtig setzte er sich ein bisschen weiter auf, dann drückte er auf den Knopf, um das Kopfteil des Betts hochzustellen.

Sie ignorierte seine schlechte Laune. „Hat dich der Augenspezialist untersucht?"

„Drei. Komm her."

Der fordernde Ton in seiner Stimme ließ ebenso wenig ein Missverständnis zu wie das Glitzern in seinen Augen. Er streckte die Hand nach ihr aus und wiederholte: „Komm her."

„John Patrick Rafferty, du bist im Moment wirklich nicht in der richtigen Verfassung, um so etwas anzufangen."

„Wirklich nicht?"

Sie verbot es sich, in seinen Schoß zu schauen. „Du musst dich ruhig verhalten."

„Ich will mich ja auch ruhig verhalten. Ich will nur einen Kuss." Er warf ihr, seinem verschwollenen Gesicht zum Trotz, ein verruchtes Lächeln zu. „Der Geist ist willig, aber das Fleisch ist verdammt schwach."

Sie beugte sich zu ihm herunter und küsste ihn voller Hingabe. Als sie den Kopf zu heben versuchte, schob er seine Finger in ihr Haar und hielt sie fest, während sein Mund mit ihrem verschmolz und seine Zunge ihre streichelte. Nachdem sie sich voneinander gelöst hatten, seufzte er lustvoll auf und erlaubte ihr aufzustehen, aber er legte ihr die Hände auf den Po und hielt sie fest. „Was hast du gemacht, während sie mich gepiekst, genäht, geröntgt und wieder gepiekst haben?"

„Oh, ich habe mich prächtig unterhalten. Man weiß gar nicht, was für eine Kunst Putzen ist, bis man einen echten Meister sieht. Außerdem gibt es hier eine Vier-Sterne-Cafeteria, die sich offenbar auf schale Kräcker spezialisiert hat, und es sind die besten, die ich jemals gegessen habe." Sie grinste.

Er grinste ebenfalls, während er daran dachte, dass er sie früher immer beschuldigt hatte, verwöhnt zu sein. Jetzt wusste er es besser, weil er alles daran gesetzt hatte, sie zu verwöhnen und sie darauf bestanden hatte, sich mit weit weniger zufriedenzugeben, als er ihr zugedacht hatte. Ihr Geschmack beschränkte sich nicht auf Nerz und Kaviar, und sie war zufrieden gewesen, diesen alten Pick-up zu fahren statt einem Porsche. Sie liebte Seide und hatte wunderschöne Kleider, aber sie war genauso zufrieden damit, ein Baumwollhemd und Jeans zu tragen. Es war nicht leicht, eine Frau zu verwöhnen, die mit dem zufrieden war, was sie hatte.

„Sieh zu, dass sie dir ein Bett hier reinstellen", befahl er. „Oder willst du mit in meinem schlafen?"

„Ich glaube nicht, dass die Schwestern das erlauben."

„Gibt es hier ein Schloss an der Tür?"

Sie lachte. „Nein. Pech für dich."

Seine Hand bewegte sich über ihren Po, die langsame, intime Berührung eines Geliebten. „Wir müssen reden. Würde es dir etwas ausmachen, wenn ich dieses Auge verliere?"

Bis dahin war ihr nicht klar gewesen, dass er das Auge selbst ebenso verlieren könnte wie das Augenlicht. Sie holte erschrocken Luft und griff blindlings nach seiner Hand. Er fuhr fort, sie zu beobachten, und langsam entspannte sie sich, als ihr klar wurde, was wirklich wichtig war.

„Nur deinetwegen. Was meine Gefühle für dich anbelangt, könntest du einäugig, blind, verkrüppelt oder was auch immer sein, und ich würde dich trotzdem lieben."

Da. Sie hatte es gesagt. Sie hatte es nicht vorgehabt, aber die Worte waren so natürlich herausgekommen, dass sie sie nicht zurückgeholt hätte, selbst wenn sie es gekonnt hätte.

Sein rechtes Auge sprühte schwarzes Feuer. Sie hatte noch nie jemanden mit so tiefschwarzen Augen gesehen, Augen, die sie, seit sie sie zum ersten Mal gesehen hatte, verfolgt hatten. Sie schaute auf ihn hinunter und bewerkstelligte ein unsicheres kleines Lächeln, während sie darauf wartete, dass er etwas sagte.

„Sag es noch mal."

Sie versuchte nicht so zu tun, als wüsste sie nicht, was er meinte, aber sie musste noch einmal tief Atem holen. Ihr Herz hämmerte. „Ich liebe dich. Das sage ich nicht, um dich einzufangen. Ich sage einfach nur, was ich fühle, und ich erwarte nicht von dir ..."

Er legte ihr einen Finger auf den Mund. „Da wird es aber höchste Zeit", sagte er.

## 12. KAPITEL

Sie haben Glück gehabt, Mr. Rafferty", sagte Dr. Norris über den Rand seiner Brille hinweg. „Ihr Jochbein scheint den Stoß zum größten Teil abgefangen zu haben. Es ist natürlich gebrochen, aber der Augenhöhlenknochen ist intakt. Und das Auge selbst ist auch nicht in Mitleidenschaft gezogen. Mit anderen Worten, Sie haben nur ein beeindruckendes Veilchen."

Michelle wurde ganz schwindlig vor Erleichterung. Sie drückte Johns Hand. Er zwinkerte ihr mit seinem rechten Auge zu, dann sagte er: „Dann war ich also vier Tage in einem Krankenhaus, nur weil ich ein blaues Auge habe?"

Dr. Norris grinste. „Betrachten Sie es als Urlaub."

„Schön, der Urlaub ist jetzt vorbei, und ich reise ab."

„Aber schonen Sie sich in den nächsten Tagen noch. Vergessen Sie nicht, dass Sie genäht worden sind, dass Ihr Jochbein gebrochen ist und dass Sie eine leichte Gehirnerschütterung hatten."

„Ich passe auf ihn auf", sagte Michelle mit einem warnenden Unterton in der Stimme, wobei sie John scharf anschaute. Er hatte wahrscheinlich vor, sobald er nach Hause kam aufs Pferd zu steigen.

Als sie wieder allein waren, verschränkte John die Hände hinterm Kopf und betrachtete sie mit einem vielsagenden Glitzern in den Augen. Nach vier Tagen war sein verletztes Auge so weit abgeschwollen, dass er es zu einem winzigen Schlitz öffnen konnte, weit genug, um wieder damit sehen zu können. Sein Gesicht sah immer noch schlimm aus, es schillerte in allen Regenbogenfarben, aber das spielte keine Rolle, Hauptsache, das Auge war gesund. „Das waren lange vier Tage“, murmelte er. „Wenn wir nach Hause kommen, geht’s sofort ab ins Bett.“

Prompt begann ihr Blut schneller durch ihre Adern zu fließen, und sie fragte sich, ob sie wohl immer so auf ihn reagieren würde. Ihr Körper veränderte sich, während sein Baby in ihr heranwuchs, die Veränderungen waren noch unsichtbar, aber ihre Haut schien empfindsamer geworden zu sein, sie reagierte auf den leisesten Kontakt. Ihre Knospen pochten leicht, weil sie sich nach der Berührung seiner Hände und seines Mundes sehnten.

Sie hatte beschlossen, ihm noch nichts von dem Baby zu erzählen, nicht solange die Gefahr bestand, dass er sein Auge verlieren könnte, und sie hatte Mühe gehabt, ihren Magen unter Kontrolle zu halten. Sie aß einen Kräcker nach dem anderen und hatte aufgehört Kaffee zu trinken, weil ihr davon sofort übel wurde.

Als sie gesagt hatte, dass sie ihn liebte, hatte er die Worte nicht erwidert. Einen schrecklichen Moment lang hatte sie sich gefragt, ob er womöglich triumphierte, aber er hatte sie so hart und hungrig geküsst, dass sie diesen Gedanken sofort verworfen hatte. Und dann, in dieser Nacht, nachdem das Licht aus war, hatte er gesagt: „Michelle.“

Seine Stimme war tief gewesen, und er hatte reglos dagelegen. Sie hatte ihren Kopf gehoben. „Ja?“

„Ich liebe dich“, hatte er leise gesagt.

Ihr waren die Tränen in die Augen geschossen, aber es waren Tränen des Glücks gewesen. „Ich bin glücklich“, hatte sie erstickt gesagt.

Er hatte in die Dunkelheit gelacht. „Du kleine Landplage, wart nur ab, bis ich dich wieder in die Finger bekomme.“

„Ich kann es gar nicht erwarten."

Und jetzt ging es ihm wieder besser und sie fuhren nach Hause. Sie rief Nev an, um ihn zu bitten, sie abzuholen, und legte dann den Hörer mit Händen, die feucht geworden waren, auf. Sie wischte sie an ihrer Hose ab und hob angriffslustig das Kinn. „Hast du gehört, ob Deputy Phelps schon eine Spur von Roger entdeckt hat?"

John, der gerade dabei war sich anzuziehen, fuhr herum, wobei sich sein gesundes Auge überrascht verengte. Er zog langsam den Reißverschluss an seiner Hose zu, dann ging er um das Bett herum und kam drohend auf sie zu. Michelle wich seinem Blick nicht aus und senkte das Kinn auch nicht, obwohl sie sich schlagartig sehr klein und hilflos fühlte.

Er sagte nichts, sondern wartete einfach, die Lippen zu einem schmalen Strich zusammengepresst. „Ich habe gelauscht", gestand sie ruhig. „Ich hatte die anonymen Anrufe und den Kerl, der mich von der Straße abgedrängt hat, bereits mit Roger in Zusammenhang gebracht, aber wie bist du eigentlich darauf gekommen?"

„Nur ein mulmiges Gefühl und jede Menge Vermutungen", sagte er. „Und dann habe ich beschlossen, ein paar Nachforschungen anzustellen."

„Anfangs hast du es mir nicht geglaubt, das mit dem blauen Chevrolet."

Er seufzte. „Nein. Anfangs nicht. Tut mir leid. Ich wollte einfach nicht wahrhaben, dass dir irgendwer etwas antun will. Aber irgendwann wurde mir klar, dass du vor irgendwas Angst hast."

Ihre grünen Augen verdunkelten sich. „Schreckliche Angst", flüsterte sie und schaute versonnen aus dem Fenster. „Hast du schon etwas von Phelps gehört?"

„Nein. Er meldet sich erst, wenn er Beckman gefunden hat."

Sie erschauerte, ihr Gesicht nahm wieder einen angespannten Ausdruck an. „Er hat versucht, dich zu töten. Ich hätte es wissen müssen. Ich hätte etwas unternehmen sollen."

„Was hättest du denn tun können?", fragte er heiser. „Wenn du an diesem Tag bei mir gewesen wärst, hätte die Kugel dich getroffen statt nur die Windschutzscheibe."

„Er ist krankhaft eifersüchtig." Bei dem Gedanken an Roger wurde ihr ganz schlecht, und sie presste sich eine Hand auf den Magen. „Er ist wirklich krank. Wahrscheinlich ist er durchgedreht, als ich bei dir eingezogen bin. Wo er es doch nicht einmal ertragen konnte, wenn ich mit einem anderen Mann sprach, und als er herausfand, dass du und ich …" Sie unterbrach sich, auf ihrer Oberlippe hatte sich ein feiner Schweißfilm gebildet.

John streckte die Hände nach ihr aus und zog sie an sich. „Reg dich nicht auf", flüsterte er. „Phelps wird ihn ganz bestimmt finden, schließlich kann er ja nicht vom Erdboden verschluckt sein."

Michelle schlüpfte mit ihren Kleidern in der Hand aus dem Schlafzimmer. Sie wollte es nicht riskieren, John zu wecken, wenn sie sich im Schlafzimmer anzog. Er schlief seit dem Unfall tief, aber sie wollte ihr Schicksal nicht herausfordern. Sie musste Roger finden. Er hatte einmal versucht, John zu töten, und beim zweiten Versuch würde es ihm vielleicht gelingen. Und sie kannte John; sie konnte sich nicht vorstellen, dass er die Anweisung des Arztes, sich in den nächsten Tagen noch zu schonen, befolgte. Nein, so wie sie ihn kannte, würde er arbeiten wie immer, draußen im Freien und verletzlich.

Aber sie würde es nicht zulassen, dass Roger noch eine Gelegenheit bekam, um John etwas anzutun. Komischerweise hatte sie keine Angst um sich selbst, aber sie hatte schreckliche Angst um John, und deshalb musste sie etwas unternehmen.

Sie hinterließ eine kurze Nachricht auf dem Küchentisch und aß einen Kräcker, um ihren Magen zu beruhigen. Zur Sicherheit nahm sie die ganze Packung mit, bevor sie leise zur Hintertür hinausschlüpfte.

Der Mercedes sprang beim ersten Versuch an, der Motor schnurrte leise. Sie legte den ersten Gang ein und fuhr ohne Licht die Einfahrt hinunter, wobei sie hoffte, dass sie niemanden aufweckte.

Ihre Ranch lag unter dem Blätterdach der großen alten Eichen still und verlassen da. Sie schloss die Tür auf und betrat, angestrengt in die Dunkelheit lauschend, das Haus. In einer halben Stunde würde es hell werden, und sie hatte nicht viel Zeit, die Falle aufzustellen und Roger hineinzulocken, bevor Edie den Zettel fand und John weckte.

Ihre Hand zitterte, als sie das Licht in der Eingangshalle anknipste. Sie ging ins Wohnzimmer, wo sie ebenfalls Licht machte, dann weiter ins Arbeitszimmer, ins Esszimmer, die Küche, den Trockenraum. Sie zog überall die Vorhänge auf, damit man das Licht von außen gut sehen konnte. Dann ging sie nach oben in ihr Schlafzimmer, wo John sie das erste Mal genommen und es ihr unmöglich gemacht hatte, je wieder einem anderen Mann zu gehören. Jetzt war das ganze Haus hell erleuchtet. Dann setzte sie sich auf die oberste Treppenstufe und wartete. Bald würde jemand kommen. Möglicherweise war es

John, und er würde fuchsteufelswild sein, aber sie nahm eher an, dass es Roger sein würde.

Die Sekunden verstrichen, dehnten sich zu Minuten. Als sich der Himmel grau zu färben begann, ging die Tür auf, und er kam herein.

Sie hatte kein Auto gehört, was bedeutete, dass er in der Nähe gewesen war, ganz wie sie angenommen hatte. Sie hatte auch keine Schritte auf der Veranda gehört. Er kam ohne Vorwarnung zur Tür herein, aber sie war nicht überrascht. Sie war sich sicher gewesen, dass er kommen würde.

„Hallo, Roger“, sagte sie ruhig. Sie musste ruhig bleiben.

Er hatte in den zwei Jahren, in denen sie ihn nicht gesehen hatte, ein bisschen zugenommen, und seine Haare waren etwas dünner geworden, aber ansonsten sah er aus wie immer. Selbst seine Augen waren noch dieselben, zu aufrichtig und ein bisschen verrückt. Die Aufrichtigkeit täuschte darüber hinweg, dass in seinem Kopf etwas nicht stimmte, auch wenn man das normalerweise nicht merkte.

Er hielt eine Pistole in der Hand, die locker an seiner Seite baumelte. „Michelle“, sagte er, ein bisschen verwirrt, dass sie ihn wie einen Gast begrüßte. „Du siehst gut aus.“ Sogar in so einer Situation vergaß er seine gute Kinderstube nicht.

Sie nickte ernst. „Danke. Willst du eine Tasse Kaffee?“ Sie wusste nicht, ob Kaffee im Haus war, und selbst wenn, würde er schrecklich schal schmecken, aber das war egal, Hauptsache, sie konnte irgendwie Zeit schinden. Wenn Edie jetzt noch nicht in der Küche war, würde sie auf jeden Fall in ein paar Minuten kommen, und wenn sie den Zettel fand, würde sie John wecken. Sie ging davon aus, dass er in einer Viertelstunde hier sein würde. Bestimmt konnte sie Roger noch so lange festhalten.

Roger starrte sie mit einem fiebrigen Glitzern in den Augen an. Ihre Frage hatte ihn wieder überrascht. „Kaffee?", fragte er ungläubig.

„Ja, ich möchte gern eine Tasse, du nicht?" Allein der Gedanke an Kaffee bewirkte, dass ihr Magen rebellierte, aber das musste sie aushalten.

„Warum nicht? Das wäre nett, danke."

Sie lächelte ihn an und stand auf. „Warum kommst du nicht mit in die Küche? Wir können uns unterhalten, während ich den Kaffee mache. Obwohl ich hoffe, dass ich überhaupt noch welchen habe. Dieser Sommer ist wirklich unheimlich heiß, findest du nicht? Ich trinke fast nur noch Eistee."

„Ja", stimmte er zu und folgte ihr in die Küche. „Ich habe mir schon überlegt, für eine Weile nach Colorado ins Chalet zu fahren. Dort ist es jetzt bestimmt angenehm."

Sie fand ein halb leeres Päckchen Kaffee im Schrank, füllte die Kaffeekanne mit Wasser und schüttete es in die Kaffeemaschine, dann maß sie den Kaffee ab und tat ihn in den Filter. Ihre Kaffeemaschine war langsam, es dauerte fast zehn Minuten, bis eine Kanne fertig war.

„Setz dich doch bitte", lud sie ihn ein und deutete auf die Stühle am Küchentisch.

Er ließ sich langsam auf einem Stuhl nieder, dann legte er die Pistole auf die Tischplatte. Michelle vermied es, die Waffe anzuschauen, während sie zwei Becher aus dem Schrank holte. Einen Moment später setzte sie sich ebenfalls und nahm sich noch einen Kräcker aus der Packung, die sie vorhin, als sie in der Küche Licht gemacht hatte, auf den Küchentisch gelegt hatte. Ihr Magen rumorte schon wieder.

„Möchtest du auch einen Kräcker?", fragte sie höflich.

Er beobachtete sie aus Augen, die traurig und wild zugleich waren. „Ich liebe dich“, flüsterte er. „Wie konntest du mich verlassen, wo ich dich doch so nötig brauche? Ich wollte, dass du zu mir zurückkommst. Alles wäre gut geworden. Ich habe dir versprochen, dass alles gut wird. Warum wohnst du mit diesem dumpfen Rancher zusammen? Warum betrügst du mich?“

Angesichts der plötzlichen Wut, die in seiner Stimme mitschwang, zuckte Michelle zusammen. Sein außergewöhnlich anziehendes Gesicht verzerrte sich in dieser scheußlichen Weise, die sie in ihren Albträumen verfolgt hatte. Ihr Herz begann schmerzhaft gegen ihre Rippen zu hämmern, aber irgendwie schaffte sie, glaubwürdig überrascht zu sagen: „Aber Roger, sie haben mir den Strom gesperrt. Du erwartest doch wohl nicht, dass ich hier ohne Strom und Wasser lebe?“

Wieder wirkte er verwirrt, aber nur kurz, dann schüttelte er den Kopf. „Du kannst mich nicht mehr belügen, Darling. Du lebst immer noch dort. Aber ich verstehe es nicht. Dabei kann ich dir so viel mehr bieten: jeden erdenklichen Luxus, teuren Schmuck. Du kannst zum Einkaufen nach Paris fliegen, aber du läufst vor mir weg, um mit einem verschwitzten, nach Kuhmist stinkenden Rancher zu leben.“

Sie schluckte und versuchte die Panik zu unterdrücken, die in ihr aufzusteigen begann. Wie viele Minuten musste sie noch überbrücken? Sieben? Acht?

„Ich war mir nicht sicher, ob du mich zurückhaben willst“, brachte sie mühsam heraus, obwohl ihr Mund so trocken war, dass sie die Worte kaum artikulieren konnte.

Langsam schüttelte er den Kopf. „Du musst es gewusst haben. Du wolltest nur nicht zurückkommen. Du magst es, was dir dieser verschwitzte Rancher geben kann, obwohl du leben könntest wie eine Königin. Michelle, Darling, es ist krank, dass du so einem Kerl erlaubst, dich anzufassen, aber es macht dir Spaß, stimmt's? Es ist unnatürlich!"

Sie kannte alle Anzeichen. Er steigerte sich in eine Raserei hinein, sein Zorn und seine Eifersucht bauten sich in ihm auf, bis er schließlich explodierte und zuschlug. Wie lange würde es noch dauern?

„Ich habe bei dir zu Hause angerufen", log sie verzweifelt, um seinen Zorn zu dämpfen. „Deine Haushälterin hat gesagt, du seist in Frankreich. Ich wollte, dass du kommst und mich holst. Ich wollte zu dir zurück."

Er schaute sie verblüfft an, sein Zorn war plötzlich wie weggeblasen. Er war schlagartig ein anderer Mensch. „Du ... du wolltest ..."

Sie nickte und registrierte erleichtert, dass er die Pistole vergessen zu haben schien. „Du hast mir gefehlt. Wir hatten doch eine Menge Spaß zusammen, oder?" Es war traurig, aber am Anfang hatten sie wirklich viel Spaß gehabt. Roger war fröhlich und sanft gewesen, und sie hatte gehofft, John bei ihm vergessen zu können.

Ein bisschen davon spiegelte sich plötzlich in seinen Augen wider, in dem Lächeln, das um seine Mundwinkel spielte. „Du warst für mich das Wundervollste, was ich je gesehen hatte", sagte er weich. „Ich wollte dir die ganze Welt zu Füßen legen. Ich hätte sogar für dich getötet." Seine Hand bewegte sich zu der Pistole, wobei er immer noch lächelte.

Fünf Minuten?

Plötzlich hatte sie Mitleid mit ihm. Erst in diesem Augenblick wurde ihr wirklich klar, dass Roger krank war, dass irgendetwas in seinem Kopf gründlich schiefgelaufen war.

„Wir waren so jung“, murmelte sie, wobei sie sich wünschte, dass sich für den lachenden jungen Mann, den sie gekannt hatte, die Dinge anders entwickelt hätten. „Erinnerst du dich noch daran, wie June Bailey aus Wes Conlans Boot gefallen ist? Wir haben versucht, sie reinzuholen, und am Ende sind wir alle im Wasser gelandet, bis auf Toni. Die hatte keine Ahnung vom Segeln, und jetzt war sie mutterseelenallein an Deck und kreischte, während wir wie die Verrückten geschwommen sind, um das Boot einzuholen.“

Noch vier Minuten.

Er lachte, während seine Gedanken zu diesen sonnigen, sorglosen Tagen zurückwanderten.

„Ich glaube, der Kaffee ist fertig“, sagte sie und stand auf. Sie schenkte zwei Tassen ein und ging damit an den Tisch. „Hoffentlich ist er trinkbar.“

Er lächelte immer noch, aber seine Augen waren traurig. Während sie ihn beobachtete, füllten sich seine Augen mit Tränen, und er griff nach der Pistole. „Ich liebe dich so sehr“, sagte er. „Du hättest diesem Mann nie erlauben dürfen, dich anzufassen.“ Der Lauf schwenkte langsam in ihre Richtung.

Dann passierten eine Menge Dinge gleichzeitig. Die Hintertür krachte nach innen auf, von einem Fußtritt aus den Angeln gerissen. Roger fuhr erschrocken zusammen, wobei sich aus der Pistole ein Schuss löste, der in dem Haus ohrenbetäubend widerhallte. Michelle schrie auf und duckte sich, während zwei Männer durch die Türöffnung gestürmt kamen, wobei sich der größere von beiden auf Roger stürzte. Flüche und Schreie erfüllten die Luft, Holz splitterte, dann peitschte erneut ein Schuss auf. Sie schrie wieder und wieder Johns Namen, während John mit Roger eng verklammert über den Boden rollte, wobei jeder versuchte, die Pistole an sich zu bringen. Gleich darauf schlidderte die Pistole über den Boden, und John überwältigte Roger und versetzte ihm einen harten Kinnhaken.

Als Michelle das scheußliche Krachen hörte, schrie sie erneut auf, kickte einen demolierten Stuhl aus dem Weg und stolperte auf die beiden Männer zu. Andy Phelps und ein zweiter Hilfssheriff kamen auf John zugerannt und versuchten ihn von Roger wegzuzerren, aber John weigerte sich, von dem Mann abzulassen, der versucht hatte, die Frau, die er liebte, zu töten. Er brüllte auf und schlug ihre Hände weg. Michelle warf ihm schluchzend von hinten ihre Arme um den Hals und presste sich zitternd an seinen Rücken. „John, nicht, bitte", flehte sie und weinte dabei so sehr, dass die Worte kaum zu verstehen waren. „Er kann nichts dafür, er ist krank."

John erstarrte. Dann ließ er langsam die Fäuste sinken und stand auf, riss sie an sich, wobei er sie so fest drückte, dass sie kaum noch Luft bekam. Aber zu atmen war in diesem Moment nicht wichtig. Nichts war wichtig, außer ihn zu halten und von ihm gehalten zu werden. Er beugte den Kopf und sein Gesicht kam auf sie zu, während er erstickt eine Mischung aus Flüchen und Liebesworten flüsterte.

Die beiden Hilfssheriffs hatten Roger auf die Füße gezogen und ihm die Hände mit Handschellen auf den Rücken gefesselt, während die Pistole in einem Plastiksäckchen verstaut wurde. Rogers Nase und Mund waren blutig, und er schaute die beiden so benommen an, als ob er nicht wüsste, wer sie waren oder wer er war. Und vielleicht wusste er es ja wirklich nicht.

John hielt Michelles Kopf an seine Brust gepresst, während er zuschaute, wie Beckman abgeführt wurde. Gott, wie hatte sie nur so cool mit diesem Wahnsinnigen am Küchentisch sitzen und Kaffee trinken können? Der Mann ließ John das Blut in den Adern gefrieren.

Aber jetzt war sie sicher in seinen Armen, das Wertvollste, was er besaß. Sie hatte ihn einmal einen Herzensbrecher genannt, aber die wahre Herzensbrecherin war sie, mit ihrem sonnengoldenen Haar und den sommerwiesengrünen Augen, eine Frau, die er nie vergessen hätte, selbst wenn er sie im Leben nie wiedergesehen hätte. Beckman war von ihr besessen gewesen und war vollends verrückt geworden, nachdem er sie verloren hatte, und zum ersten Mal hatte John jetzt das Gefühl, ihn zu verstehen. Er hätte auch kein Leben mehr, wenn er Michelle verlöre.

„Als ich diesen Zettel las, bin ich schlagartig um zwanzig Jahre gealtert“, brummte er in ihr Haar.

Sie klammerte sich, immer noch weinend, an ihn. „Du bist schneller gekommen als erwartet“, sagte sie erstickt. „Edie muss früh aufgestanden sein.“

„Nein, ich bin davon aufgewacht, weil ich irgendwie gespürt habe, dass du nicht neben mir liegst. Wenn Edie mich erst geweckt hätte, wäre es vielleicht schon zu spät gewesen.“

Andy Phelps schaute sich seufzend in der verwüsteten Küche um. Dann nahm er sich eine saubere Tasse aus dem Küchenschrank und schenkte sich Kaffee ein. Nach dem ersten Schluck verzog er angewidert das Gesicht. „Igitt, ist das ein scheußliches Zeug. Erinnert höllisch an den Kaffee, den wir im Büro immer trinken.“

Michelle und John schauten ihn an. Er wirkte immer noch leicht verschlafen, und ganz gewiss war er nicht in Uniform. Er hatte Jeans und ein T-Shirt an und Laufschuhe ohne Socken. Wenn es nach Michelle gegangen wäre, hätte er auch gleich im

Schlafanzug kommen können.

„Ich brauche Ihre Aussagen“, sagte er. „Obwohl ich nicht glaube, dass es zu einer Gerichtsverhandlung kommt. Nach allem, was ich gesehen habe, werden sie ihn für unzurechnungsfähig erklären.“

„Ja“, stimmte Michelle heiser zu. „Das ist er wohl.“

„Muss das mit den Aussagen gleich sein?“, fragte John. „Ich würde Michelle gern erst nach Hause bringen, damit sie sich ein bisschen erholt.“

Andy musterte sie beide, dann sagte er: „Nein, schon gut. Heute Nachmittag reicht auch noch.“

John nickte und verließ mit Michelle das Haus. Er war mit Nevs Truck gekommen, zu dem er sie jetzt führte. Der Mercedes konnte später abgeholt werden.

Während der kurzen Fahrt zur Ranch hüllten sie sich beide in Schweigen. Michelle kletterte völlig benommen aus dem Truck, wobei ihr alles, was passiert war, immer noch wie ein böser Traum erschien. John trug sie ohne ein Wort an Edie vorbei, die sie mit hochgezogenen Augenbrauen beobachtete, geradewegs in ihr Schlafzimmer.

Er legte sie so behutsam wie einen zerbrechlichen Gegenstand auf dem Bett ab, aber dann zog er sie unvermittelt wieder hoch und drückte sie fest an sich. „Ich könnte dich erwürgen, weil du mir so eine Angst gemacht hast“, brummte er, obwohl er genau wusste, dass er ihr nie auch nur den kleinsten Schmerz zufügen könnte. Und sie schien es ebenfalls zu wissen, weil sie sich noch enger an ihn kuschelte.

„Wir werden auf der Stelle heiraten“, sagte er in einem Ton, der keinen Widerspruch duldete. „Ich habe teilweise gehört, was er gesagt hat, und vielleicht hat er ja recht, dass ich dir nicht alles geben kann, was du verdienst, aber ich schwöre bei Gott, dass ich versuchen werde, dich glücklich zu machen. Ich liebe dich viel zu sehr, um dich je wieder gehen zu lassen."

„Aber ich will doch gar nicht gehen!", protestierte Michelle völlig überrascht. *Heiraten?* Er wollte sie heiraten? Dann hob sie den Kopf und schenkte ihm ein atemberaubendes Lächeln. „Aber davon, dass du bleibst, hast du auch nie wirklich etwas gesagt."

„Wie könnte ich so etwas sagen? Das hier ist schließlich dein Haus."

„Zum Teufel mit den guten Manieren", brummte er ungehalten. „Ich zerbreche mir seit Wochen den Kopf, ob du hier glücklich bist."

„Glücklich? Ich bin so glücklich, dass mir schon ganz schwindelig davon ist. Du hast mir etwas gegeben, was sich nicht mit Gold aufwiegen lässt." Sie hob den Kopf ein bisschen höher und schaute ihn von oben herab an. „Wie ich gehört habe, ergibt eine Mischung aus blauem und rotem Blut sehr gesunde Babys."

Als er sie jetzt anschaute, glitzerten seine Augen vor Verlangen. „Na, ich hoffe nur, du magst Babys, Honey, weil ich nämlich ungefähr vier will."

„Ich liebe sie sogar", sagte sie, wobei sie sich über den Bauch fuhr. „Obwohl ich mich wirklich grässlich dabei fühle."

Einen Moment lang schaute er verständnislos drein, dann wanderte sein Blick zu ihrem Bauch und fragte völlig perplex: „Du bist schwanger?"

„Ja. Seit der Nacht, in der du aus Miami zurückgekommen bist."

Als er sich an diese Nacht erinnerte, ging sein Mund langsam in die Breite, und seine Mundwinkel hoben sich zu einem Grinsen. „Da habe ich wohl einmal zu oft nicht aufgepasst", sagte er mit sichtlicher Genugtuung.

Sie lachte. „Stimmt. War das Absicht?"

„Wer weiß?" Er zuckte die Schultern. „Vielleicht. Auf jeden Fall gefällt mir der Gedanke außerordentlich. Und was ist mit dir?"

Sie streckte die Hand nach ihm aus, und er zog sie auf seinen Schoß, schlang die Arme um sie und kostete es genussvoll aus, sie zu fühlen. Sie schmiegte ihr Gesicht an seine Brust. „Alles, was ich mir je gewünscht habe, ist, dass du mich liebst. Ich brauche diesen ganzen teuren Kram nicht, es macht mir viel mehr Spaß, auf einer Ranch zu arbeiten, und ich will meine eigene Ranch wieder aufbauen, auch wenn wir verheiratet sind. Und von dir ein Kind zu bekommen ist … noch ein Stück mehr vom Himmel."

Er barg seine Wange in ihrem weichen Haar, wobei er an die Angst dachte, die er beim Lesen ihrer Nachricht verspürt hatte. Aber jetzt war sie in Sicherheit, sie war bei ihm und er würde sie nie wieder gehen lassen. Er würde den Rest seines Lebens damit zubringen, sie zu verwöhnen, und sie würde seine Anordnungen weiterhin stillschweigend ignorieren, wann immer es ihr in den Kopf kam. Es würde ein langes, friedvolles Leben werden, mit viel harter Arbeit und lebhaften, glücklichen Kindern.

Es würde ein gutes Leben werden.

*– ENDE –*

*Alison Kent*
Weiber after Work

Band-Nr. 25225
6,95 € (D)
ISBN: 978-3-89941-342-7
496 Seiten

*Carly Phillips*
Hochzeit auf griechisch

Band-Nr. 25226
6,95 € (D)
ISBN: 978-3-89941-343-4
336 Seiten

*Nora Roberts*
Die Sehnsucht der Pianistin

Band-Nr. 25227
6,95 € (D)
ISBN: 978-3-89941-344-1
304 Seiten

*Sandra Brown*
Das verbotene Glück

Band-Nr. 25190
6,95 € (D)
ISBN-10: 3-89941-283-4
ISBN-13: 978-3-89941-283-3
336 Seiten

*Tess Gerritsen*
Die Meisterdiebin /
Angst in deinen Augen

Band-Nr. 25191
6,95 € (D)
ISBN-10: 3-89941-284-2
ISBN-13: 978-3-89941-284-0
400 Seiten

*Nora Roberts*
Affäre im Paradies

Band-Nr. 25189
6,95 € (D)
ISBN-10: 3-89941-282-6
ISBN-13: 978-3-89941-282-6
304 Seiten

*Nora Roberts*
Die Frauen der Calhouns 1
Catherine
Band-Nr. 25212
6,95 € (D)
ISBN: 978-3-89941-329-8
304 Seiten

*Nora Roberts*
Die Frauen der Calhouns 2
Amanda
Band-Nr. 25220
6,95 € (D)
ISBN: 978-3-89941-337-3
304 Seiten

*Nora Roberts*
Trau keinem Playboy
Band-Nr. 25213
6,95 € (D)
ISBN: 978-3-89941-330-4
304 Seiten

*Nora Roberts*
Verzaubertes Herz
Band-Nr. 25221
6,95 € (D)
ISBN: 978-3-89941-338-0
304 Seiten